禁止物种歧视

人族（下）

暮沉霜 著

北京联合出版公司
Beijing United Publishing Co.,Ltd.

第十七章

异兽暴动

密林里的东境队伍又恢复了秩序，不过原本走在最后面的俞幼悠现在已经到了最前面。北境的人先他们一步来过这里，附近的草丛和各个水源都被投了毒。

还好俞幼悠惯来抠搜且爱囤积资源，考虑到后续可能会缺少水资源，所以先前在山溪边驻营时就习惯性地囤了干净水。

俞幼悠低头从草堆里拔出一丛灵药，熟络地用灵力将上面沾染的毒沫去除干净，顺便研究了一下这些毒物的构成。

后面的启南风和苏意致也有样学样，不过他们对于灵力的把控没那么精准，所以花费的时间要长些。

“北境的人似乎把附近的异兽全部毒杀了，我们要么转向躲开他们，要么就追上去干掉他们。”去探路回来的张师姐拔出剑，在剑身上屈指弹了一下，杀意凛然。

苏意致淡定地将脚边的一具异兽尸体捡起来：“看这些异兽尸体的数量，北境至少有两千以上的积分了。我们若是现在转道又要浪费数日时间，想超过他们只有追上去。”

姜渊目光冷冽，寒声道：“三十年河西三十年河东，我东境蛰伏百年，是时候让他们见识来自东方的锋芒了！”

不知道是不是俞幼悠的错觉，她总觉得东境这帮人变得特别膨胀了，怎么连谨慎派的姜渊都开始说这种龙傲天台词了？刚进来的时候嚷着不垫底就行，等看到西境不行了，又开始说要冲第二，现在更厉害了，目标直指北境。

“修行之路可战不可退。”张师姐如是解释道，“否则大家日后修为高了都

会惦记着这次因为太刭而输掉的四境大会，心魔纠缠会导致日后的修行之路艰难。”

俞幼悠：那我一直都被没钱这个心魔纠缠着，怕是这辈子就在筑基期了。

俞幼悠瞄了眼边上走路一瘸一拐的狂浪生，后者的右腿虽然包扎好了，依然时不时往外渗血。她提醒道：“你现在伤势未愈，最好传送出去养伤，别以后就这样瘸了。”

狂浪生提着盾，全然没有要退赛的意思，他嘿嘿一笑正打算说句骚话的时候，俞幼悠突然拦住了他：“等等，别往前了。”

启南风和苏意致亦同时变了脸色。

今日的万古之森被一片阴云笼罩着，好似黑色纱幔般将穹顶笼罩，本就只有些许微光的密林此时宛若入夜。众修视线受阻，唯有暴雨前的泥腥味儿越发浓重，眼前则被一股暮霭似的浓重雾气笼罩着。

狂风将林间枝叶刮得簌簌作响，尘土与落叶皆被卷着盘旋上天，也将那落叶掩盖下的异兽尸体尽数暴露于视线中。混合着那股异兽尸体腐臭的腥味儿，另一股诡异的香气开始随着那股雾气蔓延开来。

俞幼悠嗅着这股味道，意味不明地夸了一句：“苏老二，你们苏家的人挺厉害。”

“那是当然…… 不对，你在夸谁？”苏意致马上反应过来这不是在夸他。

“当然是利用异兽尸臭和这片灵植还有某些特殊灵药，人为制造出这片瘴气林的…… 苏飞白。”俞幼悠淡定地念出这名字，之后从芥子囊中摸出个自制面罩戴上。她提醒道：“前面的雾气有毒，我们小心点儿。”

感谢南境道友赞助的高级法衣，面料高级，轻薄透气还自动屏蔽毒物，拿来做面罩最合适不过。就是实在是太坚韧了，要不是东境这边有俞长安那把伪仙器，大伙儿还没法儿把它给裁出来。其他东境修士有样学样，都戴上了那个奇怪的面罩。

远处，某个法修抬起头，收起灵力。

“苏道友，有人来了。”

苏飞白正蹲在一只金丹期异兽前方，听罢嗯了一声，问：“南境？”

“不是，像东境的。”

这答案让苏飞白微微挑了挑眉，他意味深长地弯了弯唇角：“今年东境的

胆子这么大，居然也敢来内围了？哦…… 也对，毕竟是有不灭剑神的儿子和徒弟在。”

“那东境运气挺不好的。”他言简意赅地评价，“我特意为南境准备的礼物，可比三年前大哥给他们的那份还要大，没想到今年又是送给他们了。”

如果是南境的话，依照御雅逸的谨慎性子，大概会直接选择传送出去吧？不过东境那群修士都是些死脑筋，不撞得头破血流怕不会轻易言弃。

东境修士们察觉到了不对劲。这附近的异兽尸体太多了，俞幼悠嗅不到其他味道了。而且暴雨随着大风骤然落下，非但没有冲散林中瘴气，反而让他们难以觉察附近的动向，耳中尽是豆大的雨珠同地面和树叶撞击的声音。

跟在东境队伍后面的黑虎也不安地低声咆哮着，甚至都不再扭捏地躲藏身形了，而是警惕地垂着尾巴走到了队伍末尾。它也察觉到了危险。

就在这时，那股奇异的香气越来越浓郁。夜幕中，一道漆黑的巨大身影猛地蹿出，仿若闪电般袭向东境的队伍。

“是异兽！”姜渊挥剑飞身相迎。

那个方向的盾修一直都防备着黑暗中未知的危险，所以下意识地举盾防御。然而那道黑影的力道大得惊人，竟然直接将这个盾修连人带盾撞飞，之后嘶吼着一爪拍向他的腹部。

一声闷哼过后，盾修身下洇开一摊深色的鲜血，而夜幕中隐藏着的更多异兽在嗅到这股味道后越发疯狂，嘶吼着狂奔而来。

这些异兽的数量竟然堪比前些日子的异鼠潮，更可怕的是，其中竟有数只金丹期异兽，它们此刻仿若癫狂，冲着东境众人蜂拥而来。

负伤的盾修首当其冲，眼看就要被扑上来的异兽撕扯成碎片了。

“苟奚师弟！”狂浪生怒吼着想去救援，然而这时候另一道身影跑得比他更快。

俞幼悠手中握着巴掌大的丹炉，灵力覆在其上不断催动，将它倒扣着往前重重一掷。丹炉迎风见长，最后变成最大，将苟师弟扣在里面，也成功阻挡住了异兽的袭击。

“砰！”两只金丹期异兽狠狠地撞上了丹炉外壁，随即被巨大的反击力撞飞出去，然而它们却发疯一般继续朝着丹炉猛撞，好似被里面的血味儿吸引得失去了理智。

俞幼悠一边躲避扑上来的暴动异兽，一边大声喊："传送出去！"

话音落下片刻后，丹炉缝隙中传出一道亮光，那是传送符发动后的光。

狂浪生悬着的心终于落下，他不敢分心，继续强打着精神应付这些暴动的异兽。

场外。

东境众长老的脸已经冷凝如冰了，众人齐齐上前接住那个满身是血的盾修。

狂长老怒吼："快救救荀奚！他的肠子都掉出来了！"

"不行，被异兽伤了，现在没有异兽的血……"牛长老的话音刚落，又一道传送的亮光闪过，然而这次出来的不是人，是半截异兽的尸体。

"是俞丫头的传送符！"

"她把伤了荀奚的那只异兽传送出来了！"

被异兽围攻的状态之下，竟然还能分心把那只伤人的异兽找出来杀死，并想到用传送符将它的尸体送出来，这等理智到变态的心性，她真的只是个十多岁的少女吗？

马长老一声不吭地把异兽血液炼化了，之后将各种上好的丹药和止血药塞进受伤盾修的口中，这些原本是他为俞幼悠准备的，没想到现在派上用场了。

马长老的动作极其利落干净，这个盾修弟子的命算是保住了。然而当他们抬头看向画面时，东境众修被暴动的异兽包围着，里面竟有三只金丹期异兽！

"金丹期异兽都有强烈的领地意识，同一片区域不该出现这么多。"徐长老声音极冷，"除非是人为！"

这一幕，东境所有修士都很熟悉。三年前，北境苏留白以丹药为饵引得异兽暴动，将东境全员送出局。今日，苏飞白复刻其兄长的手段，再次让东境陷入绝境。

方才被传送出来那个重伤盾修被抬下去养伤了。

悬壶派的长老见状瑟缩了一下，他警觉地看了一眼东境的方向，特意在马长老的身上停留片刻。后者似乎察觉到了他的视线，阴恻恻地盯着他，面

上无悲无喜，表情似寒潭般死寂。

马长老这次没有直接打过来，他仰着头和东境其他几位长老一样心神不定地看着屏幕，死死地盯着自己宗门的三个孩子。每每有异兽飞扑向三人时，他的眉毛就狠狠地揪起来。

后边的解说员们都跟着紧张起来，没人再欢天喜地地呼喊，反而声音都变得低沉下去——

“东境为何还不传送出来！”

“只要传送出来就可以全身而退，再不出来就要重蹈覆辙了啊！”

就连悬壶派的长老也有点儿心虚。丹鼎宗跟天盾门倒是没有什么可畏惧的，但是云华剑派的弟子中可是有两位不能出事的。他悄悄捏了捏芥子囊，其实先前他说谎了，悬壶派配制的各种毒药都是有固定药方的，所以解药他都提前备了几份，为的便是在那些惹不起的弟子中毒传送出来时替他们解毒。

至于先前为什么不给狂长老，区区一个天盾门的元婴期长老，悬壶派根本没有把他放在眼中。若是俞长安或者御雅逸中了毒，那就是另外一回事了。

牛长老收到了传讯符，他紧皱着眉：“清妙回来了，眼下刚到极西城，正在往这边赶。”

马长老眼睛也不眨，干脆地驳斥：“让她回去，别看到了这一幕又被牵出心魔了。”

曲清妙在修炼的天赋上一向极佳，当初在四境大会时就已经快要突破到金丹期了，然而最后东境被异兽暴动波及时，她不但受了重伤，也因为目睹二十多个同伴接连倒在自己面前，被心魔困扰，修为始终不得寸进。

这种眼睁睁看着好友濒死而自己却无能为力的无助感，会如同烙印般刻在记忆中日日夜夜纠缠着医修，所以马长老不想让曲清妙过来再看一次。

牛长老叹气：“她已经听说消息了，极西城都传遍了。”他顿了顿，继续道，“而且这次她回宗门，特意把他们带来了。”

都不消说名字，马长老已经知晓曲清妙带的是谁了。正是在三年前的四境大会上被毁掉灵脉，如今已经成为凡人的那两个弟子。

马长老一股无名怒火蹿上来：“他们为何要来？！”

“好像是他们在桐花郡中听那些说书先生说起了今年四境大会的事，听到我们东境一路领先，所以按捺不住便央求清妙带他们来，以平心中遗憾。”牛长老说着说着，便长叹了一口气。

马长老的火气也不知怎么就消散了，他看着东境画面中一眼望不到边的异兽，暗暗地攥紧了拳头。

“可如今万古之森里的那些孩子…… 情形可算不上好啊。”

岂止是算不上好，简直就是身处绝境。

密林里的天空已彻底被笼成黑色，分不清究竟是黑云还是时至深夜，仿若浓重的墨汁自天穹顶打翻泼下。

身旁的百年古木在如注的骤雨中依稀可辨，一阵狂风卷地袭来，裹挟着尸体的腐烂味儿和不断涌来的异兽腥味儿，似利刃一般不断刺痛着所有人的理智。整个世界都是嘶吼声和暴雨声。

俞幼悠和启南风两个凡人出身的没见过三年前那凄惨的一幕，其他修士几乎都曾经跟随长辈们听闻甚至是目睹了那年东境的绝境。

“金丹期异兽不顾领地范围齐袭而来，分属不同族群的异兽潮，遮蔽视野的迷雾……”姜渊的心跟声音都一点一点地沉下去。

俞长安紧抿一下唇，清隽的面上像是凝了一层冰：“跟三年前一模一样，不，比三年前还要更狠些。”

三年前东境就是被一群暴动的异兽冲击了营地，当时为首的有两只金丹期异兽，而这一次光是金丹期异兽就有三只，更别说后面那些源源不断涌上来，完全看不清数量的筑基期异兽了。

姜渊死咬着牙：“北境是想逼我们传送出去弃赛！”

“我们偏不如他们愿！”

雨水将雾气全都冲刷到了东境众修身上，浸透了他们每一寸肌肤，即便戴上了面罩也还是能嗅到自己身上那股浓烈的奇异香气。

正是这股味道将异兽引得暴躁无比，沾染了异香的腐尸也好、修士也罢，眼下对于那些异兽来说都是最诱人的食物。

俞幼悠召回丹炉，顺手将飞扑上来的那只筑基期异兽敲飞。看到有人的面罩在打斗中松落，冷声提醒：“空气中有毒，戴好！”

狂浪生持盾后退了几步，盾修们早就围成一个圈进入防御状态了，但是眼下有三只金丹期异兽，其中两只在低头大口地吞噬着他们正前方的异兽尸体，若是三只齐齐袭来，根本扛不住！

苏意致剧烈地喘息着："这些毒的味道很浓，像是刚投下不久的，悬壶派的人一定就在附近！"

雨水密集得让他们睁不开眼睛，姜渊持剑斩飞一只扑来的异兽，眯着眼大声问："此刻暴雨，雨水能否将毒药冲刷干净？"

若是可以的话，这样的大雨之下，再支撑片刻就能等到毒雾消散了。

"不行，毒雾早已被雨水冲得附着在我们身上了，非但如此，雨水还使得这股气味蔓延开来，后面怕是会有更多异兽从其他地方冲来了！"苏意致一边扯着嗓子解释，一边摸出丹炉颤巍巍地学着俞幼悠去砸异兽。

可惜他和启南风两个人是标准的丹修，对于战斗还停留在凡人少年们菜鸡互啄的阶段，丹炉落在异兽身上跟挠痒痒似的，非但没砸飞，反而激起异兽的怒火，专门朝着他咬去。

俞幼悠飞身而来将那只异兽砸飞，来不及同另外两个好友炫耀了，声音急切："灵植都带着吗？"

"带着！"

"把味道最大的那些全给我！"

启南风和苏意致不加犹豫，便从芥子囊中择出数种灵药朝着俞幼悠丢去。后者接过灵药，也不再挑剔丹炉上沾染的异兽残屑了，直直地砸落到地后便开始炼制。

盾修们将他们护在最中心的安全地带，俞幼悠知道，在越来越多的异兽冲击下，盾修们也不能坚持太久了。

"你要炼制解药吗？"苏意致反身踢开一只异兽，差点儿被咬到脚。

"这肯定是你们苏家的秘方，这种情况下我无法破解，更找不到解药的药材。"俞幼悠一边说着，一边催动着炼丹炉。

苏意致看得眼皮子直抖："既然没法儿炼制解药，你现在是在做什么？"

"是解不开，那就暂时把它压下去！"她话音落下，一股难以形容的臭味儿便从丹炉中飘出。

边上提着丹炉准备保护俞幼悠的启南风和苏意致离得最近，受到的伤害

也最大，二人的脸几乎马上变得铁青，甚至开始感到窒息。

苏意致一边帮着退下来的盾修包扎，一边憋着气问："你这炼的到底是啥？"

俞幼悠也屏息回答："我把所有带异味儿的灵植炼化到一起，又催发了它们的气味，现在应该是原来臭味儿的数十倍了。"

你是哪儿来的魔鬼？

就连正在艰难抵御异兽的盾修和剑修们也忍不住骂骂咧咧："我的天，什么味道，异兽放屁了吗？"

"啊，这比异兽的口臭还厉害啊！"

启南风甚至飞快地别过头，选择去面对那些张着大嘴乱吼的异兽，也不愿意去闻这坨丹药的味道。很快，启南风就发现用坨来形容这个丹药都是夸奖它了。

俞幼悠为了追求高效，又弄出了一堆黏糊糊的液体，此刻她便飞快地拿着那液体往众人身上涂抹。虽然众修士心中万般嫌弃，但是臭总比丢了命来得好。俞幼悠所到之处，臭味儿能熏死人。

"俞师妹，往我脸上涂点儿，这只异兽一直想咬我脸！"

"给我的屁股也来一层！"

当这臭得令人发指的味道被涂到修士的身上时，方才还冲着他们飞扑而来的异兽的动作微微一顿，像是在修士和地上那些诱人的腐肉之间做着艰难的抉择。

最后，这些被气味支配了脑子的异兽大多转向朝着地上的腐肉扑去，唯有最强大的那三只异兽依然双目赤红地朝着他们攻击。

这三只金丹期的异兽似乎意识到不主动攻击这些修士的话，这些鲜活的食物很有可能会将它们反杀。

就在这时，飞出去探查敌情的张师姐折回来了，她高声道："兽潮从我们后面还有两侧涌来的，只有前方的异兽数量最少！另外我还在前面发现了半截坍塌的石墙，想来是中州的古城外墙，我们可以前去避难！"

苏意致脸上狂喜："有古城墙做掩体，即便是异兽群再追上来我们也能缓口气了！"

姜渊一边和异兽厮杀一边高声道："只有前方的异兽最少，看样子悬壶派

就在古城废墟内了。”

俞幼悠暗暗咬牙，地上的异兽尸体快被吃完了，先前分心的异兽们重新盯上了他们，而周边的异兽还在不断朝这附近涌来。

“一味地防御无用，要玩我们就玩大的。”

众修几乎瞬间达成一致。

“我们直接冲到前面去，先干翻北境那群孙子，再干异兽！”

眼下整个密林遍布异兽，想要穿越异兽群去往古城墙内唯有一条路可以走——飞过去！

剑修们带着人的确不能飞太远，飞到不远处的城墙内却是足够了。

盾修和剑修们早就培养出了默契，十一道剑光掠过，剑修们御剑升空，脚下的九名盾修亦是猛地一蹬跳上飞剑。异兽们顿时飞跃起想要撕咬，然而根本碰不到。

倒是有很多长翅膀的异兽俯冲而来，剑修们御剑闪躲，盾修则手持大盾利落地砸去。这样默契的配合下，一时间竟无异兽可近身。

苏意致和启南风亦是上了飞剑了，姜渊载着苏意致，沉声对俞幼悠道：“你上来，我可以一次性带你们两人过去。”毕竟苏意致和俞幼悠两个人加起来还没一个盾修重。

然而俞幼悠灵巧地就地一滚，躲开异兽的一爪子，爬起来后拔腿跑向那个黑漆漆的角落：“你们先走，我随后就到！”她奔去的是大黑虎所在的位置。

这只黑虎体形甚是硕大，因此更不好躲避异兽的袭击，此刻它粗重地喘着气，雨水自纯黑的虎毛上滑落，在它白色爪子上洇出一团又一团鲜亮的红色。它被对面的那只金丹期异豹抓得伤痕累累，然而虎首高昂，咆哮声不见半点儿畏缩——“嗷！”

只是叫得再狠还是打不过，眼看着那只异豹就要照着它的脖子咬下来了，这时候一个大得吓人的丹炉狠狠地砸过来，猝不及防的打击让异兽往后退了两步。

俞幼悠便趁着这空隙翻身爬上了黑虎的背。她手持巨大的丹炉拼命挥打着，声音微哑：“走，我拿丹炉给你顶着，我们一道冲过去！”

黑虎一声咆哮，四爪猛地发力，在夜幕中奔袭而去。后面无数异兽穷追不舍，尤以那只金丹期异豹追得最快。然而每当它快接近黑虎的时候，倒趴

在虎背上的俞幼悠便咬牙切齿地拿着那个丹炉一砸——

金丹期异兽当然不能这么轻易便被砸死，然而好歹也能让它追杀的脚步一缓。便是这无数次的一缓，让疯狂逃命的黑虎逐渐同后面的异兽拉开距离，金丹期异兽尚未领悟天赋技能，也不会喷个火或者来个瞬间移动，只能跟在后面无能狂怒。

通体黑黝的黑虎已彻底融入黑暗，唯有那个亮闪闪的丹炉像旋风似的不断在其身旁旋转。

俞幼悠累得双手发抖，强忍着拿手往丹炉身上一抹，将这点儿残余的异兽血炼化了，送到踏雪的嘴边。她语气很不好：“吃，今日份的毒药。”

往日吃异兽血前总要愤怒咆哮一番的踏雪这次却没有再嚷嚷，而是一边撒腿往前奔着，一边偏过头吞下俞幼悠送来的异兽血。

它灵智已开，像人族小孩一般聪明，自然知晓俞幼悠方才选择返身带着它一起走是冒了多大的危险，也逐渐察觉到这所谓的毒药非但没让它难受，反而使得逐渐沉重的身体又变得轻松起来。所以踏雪这次甚至伸出粗粝的舌头，在她的掌心舔了舔。

然而俞幼悠这个无情的女人毁掉了大猫难得的温柔。她嫌弃地把手在黑虎湿漉漉的头顶蹭了蹭：“舔什么呢，给我弄一手臭烘烘的口水味儿！”

踏雪原本还“悲凉却温暖”的心瞬间被击得粉碎，它化悲愤为动力，跑得更快了。它现在想逃离的不是身后成群结队的异兽，而是这个冷酷的女人。

俞幼悠还夸它：“哎，跑挺快，保持这个速度冲！”

残破的古城墙已经出现在眼前了，黑虎后腿微屈，猛地飞跃，似一道黑色闪电般自城墙残破处翻越而过。

俞幼悠指挥着它：“他们的剑光刚才往左边飞了，我们快去找他们！”

然而也不知道是不是踏雪的脾气上来了，它这次没有听从俞幼悠的指挥，而是往另一个方向飞奔而去。

俞幼悠还没看清楚前方的动静，一个拳头便照着她和黑虎猛击而来。方才被异兽追杀了一路的俞幼悠习惯性地砸出丹炉！

只听得一声闷哼，前方那个人影倒飞出去。而冲着他直奔而去的踏雪像是没能收住速度，前爪重重地照着他的胸口踩了上去。这次连闷哼都没了，

当顺利。

外面已经能听到异兽的咆哮声了，俞幼悠飞快地将两境的人重新编整了一番。她并未迎向异兽对抗，而是领着众人沿着古城墙一路奔去。

东境的人自然不会置喙她的指挥，然而南境的人就不愿意了。

御雅逸习惯性摸座下的踏雪，发现这老虎居然一直跟在俞幼悠身后跑，心情越发不悦："一味地逃跑，这就是你们东境对上异兽的战术吗？"

俞幼悠无情地威胁："你的宝贝老虎被我投毒……"

御雅逸闭嘴了。

俞幼悠当然不是在乱跑，她同身边的剑修们低声交流着——

"刚才看清楚了？"

"嗯，刚才我在剑上看到了，最高的那处城墙上站了一排人，除了北境不会再有别人了。"

俞幼悠扯了扯嘴角，声音冷漠道："他们在等我们了。"

第十八章

苏飞白之死

“我等了很久了。”苏飞白立在墙头，用灵力将暴雨同他的身子彻底隔开。

他神采奕奕地看着前方，素来阴沉的脸上露出了难得的轻松笑容：“真是天助我也，原本以为只有东境那群倒霉鬼闯上来了，不承想南境居然真的追上来了。”

东境是真的倒霉鬼，苏飞白一开始压根儿就没打算防这群毫无竞争力的家伙。最好笑的莫过于那些引诱异兽疯狂的毒雾，一开始是被布置在南境所在的方向的，不承想黄昏后就起了大风，硬生生地把毒雾刮得偏离了方向，直直地冲着东境众修去了。

万法门的大弟子单咏歌站在城墙上，看着前方那数个小黑点，似笑非笑：“说实话，我偶尔都在想东境是不是得罪天道了。”

苏飞白慢条斯理地将数个装有毒丹的琉璃瓶拿出，嗤笑道：“或许是东境的俞前辈当初总是不服天道，爱喊什么‘我命由我不由天’之类的话，给东境引来了天谴吧。”

听苏飞白提起俞不灭，单咏歌皱了皱眉迟疑道：“其他人也就算了，御雅逸和俞长安若是出了事，怕是不太好交代。尤其是俞长安和姜渊，不灭剑神是出了名的护短，伤了他的儿子和徒弟，指不定会发疯杀上门来。”

“我心中自有分寸。”苏飞白眸子淡淡地扫过，“待会儿你们注意点儿，尽量把那几个人的传送符逼出来就行，实在伤着了也无须害怕，不出人命即可，毕竟我苏家可是有渡劫期的老祖宗。”

而且正如三年前那般，将东境有潜力的天骄折损其中，也能变相地提高北境的实力。

单咏歌听罢没有说话，只是表情变得略微复杂——是的，你苏家是有渡劫期的老祖宗护着，不必惧怕只有化神期的俞不灭或者是御兽宗宗主。我们万法门可没有渡劫期的老祖宗做靠山，四境大会结束后还要防着你们悬壶派来侵吞我们宗门的资源。

苏飞白没有注意单咏歌的表情，他凝神看着下方越来越近的东境和南境队伍，只见盾修将盾高高举起掩在头顶，而御兽宗修士骑着灵兽，和持剑的剑修们分掠在两翼，中间夹杂着几个孱弱的医修。

好一支声势浩大的队伍！苏飞白唇边扬起一丝自傲的笑。他慢条斯理地取出一个琉璃药瓶，打开盖子，以灵力将其中的丹药催化成雾气。

"居然联合在一起了，也罢，正好让我省力，一口气将东境和南境都驱逐出去吧。"

一片淡粉色的雾气被灵力混合在暴雨里，这些带着奇异香气的雨点直直地飘落到底下的东、南二境队伍中，底下飞速朝着这边突进的队伍似乎动作变得缓慢了许多，有人甚至脚步踉跄着险些跌倒。

而那些本来已经疲乏的异兽在嗅到这股味道后，竟然又变得躁动不安，不要命地朝着底下的队伍冲击而去。下方的嘶吼声和求援声混杂在一起，透露着绝望的意味。

单咏歌和其他法修看得心中不安，他提醒："这样伤了人怕是不太好……"

"伤人？"苏飞白诧异地偏过头看着他，眼中似乎露出了迷茫，"我们悬壶派本就是在用毒丹毒杀异兽，虽然这些异兽现在暴动，但是一个时辰后便会陷入虚弱状态，我们就能顺利斩杀它们。东境和南境非要这时候闯过来，与我们何干？"

单咏歌无言以对，他表情略复杂地看着苏飞白，对方的这套说辞跟三年前的苏留白如出一辙。

苏飞白拍了拍单咏歌的肩膀，笑道："他们若是聪明，就该在危险来临之前启动传送符，而非死脑筋地负隅顽抗啊。"

"我们从未害人，是他们自己倒霉且不够聪明罢了。"

然而话音刚落，一道寒意便自苏飞白身后升起。他刚狼狈地就地一滚避开，就看到数把剑不知何时出现在了众人身后。

姜渊载着苏意致，俞长安载着启南风，而张师姐则载着俞幼悠。

苏飞白瞬间意识到自己失策了！他被正前方那一大队人马吸引住了注意力，加之盾修们拿盾遮挡了大半的视线，不承想有另外一小队自古墙外飞掠而来，从背后偷袭他们北境！

北境众人瞬间集结成队将苏飞白围在中间，法修们想要施展术法，然而他们现在已经被数道剑气直指咽喉，不敢动弹了。

更没想到这群人居然没有引来异禽的注意。苏飞白嗅了嗅空气中传来的巨臭味儿，先前他以为这是异兽聚集产生的臭味儿，现在面对面了，哪里还不明白自己的药是被这离谱的臭味儿盖住了！底下的人身上撒了吸引异兽的药，但是这一小队人可没有。

他的脸色瞬间沉下去：“很好，居然能这样破解我的毒丹…… 苏意致，你做得很好。”

躲在后方的苏意致挺了挺胸膛，这还是他头一次跟嫡系的人以平等的姿态说话，他的胆子也变得大了许多：“我…… 老子一直都很厉害！”

苏飞白冷冷地盯向姜渊，冷笑：“不愧是不灭剑神的弟子，区区剑修带着三个废物也敢来偷袭。”

姜渊声音很平静：“不是我的主意。”

剑修一般都爱正面迎敌，这种背后捅人的战略是俞幼悠的最爱。

但是苏飞白并不会信，他手握着那个琉璃瓶，声音很镇定：“下面的人可都还被异兽给围攻着，而且后面的异兽只会越来越多，若是没有解药，你们要么退赛，要么就只能被异兽活活咬死。”

他似乎一点儿也不害怕，反倒谈起了条件：“你们后退十里放我们离开，我就将解药撒下，驱散异兽。”

听到这里，俞幼悠终于不耐烦了：“跟傻子谈什么条件，直接动手！”

剑气朝着北境众人凝聚而来，苏飞白往万法门众人身后退了两步，沉声道：“单道友，动手！”

怎么动手啊！一群施法吟唱的法修被剑修近身了，你还想让我们出面给你挡？

单咏歌脸色大变，当机立断：“万法门弟子，撤！”

法修们都有好习惯，那就是他们平时习惯了使用符篆，总是把符篆攥在

掌心。此次进万古之森中唯有一张符，那就是传送符。

还没等悬壶派五人反应过来，挡在前方的万法门弟子已经传送走了，偏生那些东境修士像是毫无波动一般，并无半点儿阻拦的意思。

苏飞白的心猛地沉下去，一方面痛恨临阵脱逃的万法门，另一方面也知晓这群人就是冲自己来的。若上来的是南境，还有的商量，来的是跟悬壶派有血仇的东境，他们今日定不能放他离去。

苏飞白一边伸手在芥子囊中翻找着传送符，一边强作镇定地说话来拖延时间："难道诸位东境道友竟想对我下杀手不成？同为人族修士，四境休戚与共，你们怎可……"

按照东境那些修士的性子，尤其是剑修们爱喊豪言壮语的性子，一定会劈头盖脸地驳斥回来。

找到了！苏飞白心神微松，正要撕碎传送符的时候，不知从哪儿来的一个丹炉狠狠朝他的手砸来！剧痛之下他下意识地松了手，那张传送符便轻飘飘地被暴雨和烈风卷着飞到了不远处。

俞幼悠漫不经心地朝他走去，眼中有股隐约的鄙视："傻子才在打架时吵吵嚷嚷。"

正准备义正词严痛斥北境的姜渊：还好我没来得及张嘴。

苏飞白脸色大变，飞身就要扑上去捡不远处的传送符，然而另一个丹炉也跟着砸了过来！不偏不倚，正好将那张传送符扣在了丹炉里面。

俞幼悠微挑眉，回头吹了个口哨，对着砸出第二个丹炉的苏意致夸奖了一句："丢得还挺准啊？"

苏意致低声："我其实瞄的是人…… 没砸中。"

事到临头，苏飞白反而平静下来，他微微抬了抬下巴，眼中尽是镇定："我苏家老祖乃渡劫期大能，你们难道真的敢杀我吗？"

俞幼悠一步步朝他走近，边上的几个医修被剑气锁定了，动也不敢动。她指了指俞长安，好奇地问："你知道他爹是谁吗？"

那可是龙傲天，一旦得罪就会被疯狂打脸的天选之子。

然而苏飞白并没有被吓到，他淡声道："区区化神期也敢同我苏家渡劫期老祖相抗衡？"

这再标准不过的反派台词让俞幼悠恍然大悟，她才想起，除了她没人知

道俞不灭是个龙傲天，在世人眼中，他的确远不如苏家的渡劫期老祖来得可怕。

对面的苏飞白依然在讲着一些标准的反派台词，不断地在替他的老祖宗吸引小龙傲天的仇恨，然而俞幼悠并没有止步，而是一步步地朝他走过去。直到停在他的面前，之后一把将他的脖子掐住。

她分明扬了唇角，表情却冷得骇人：“你兄长毁了我师兄师姐，我杀了你，是不是很公平？”

“俞师妹，”姜渊略担忧地提醒，“外面的人在看着！”

她毫无背景，要是真杀了苏飞白，就连丹鼎宗也护不住她！

俞幼悠回头，露出个无害的笑容：“啊，没事，我只是同苏道友开个玩笑。”

她慢悠悠地松手，将苏飞白丢在古城墙上，似笑非笑地看着他：“苏道友，你不会真的被吓到了吧？”

俞幼悠退回到东境的队伍中，耸了耸肩膀，无所谓道：“你们走吧。”

苏飞白的心脏仿佛停止了跳动。在俞幼悠的眼睛对上自己的那一瞬间，他的寒毛都耸立起来了，一股发自内心的恐惧感无端地升起。

那一瞬间，他确定俞幼悠对自己起了杀心，而且那看似稚嫩的少女眼神过于阴冷，哪怕是苏家镇守万古之森数年，手上染满鲜血的那些老人，也不一定有那样可怕的杀气。他竟生出了一种错觉，眼前的这个少女，曾经像方才那样拧断过无数根脖子。

理智告诉他，东境的人绝对不敢杀自己。但是不知为何，他的眼前竟然出现了可怕的一幕——对面那几个剑修竟然都冲着他挥剑刺来，他们要杀他！

苏飞白倒吸了一口气，他猛地奔向另一个苏家弟子的方向，一把推开后者，夺过对方的芥子囊翻找着传送符。然而还没等他找到，那几个剑修就提剑追杀过来，而那个满手是血的少女更是笑眯眯地朝他的脖子伸出了手。

“待我出去后，定要老祖给你们好看！”苏飞白冷笑着拿出传送符撕碎，朝着城墙一跃而下——他马上就要传送出去了！

然而，苏飞白同他那身碧绿长袍一同重重地坠落在城墙下，仿佛与断壁残垣下那些疯长的野草融为一体。唯有那张惨白而惊恐的脸在雨水的冲刷下

变得尤其醒目。

剧痛让他清醒过来了，不对…… 那个女丹修有问题！然而下一刻，暴动的异兽冲着他蜂拥而来。

没有传送符的光亮闪过，唯有那张撕碎的药方被雨水浸湿落在他手边，又被血水染成绯红。最后，都被异兽淹没。

城墙上，四个悬壶派的医修已呆若木鸡地站在原地一动不敢动。而对面的东境众修，无论是剑修也好，丹修也罢，自俞幼悠退回队伍后，他们从头到尾都没有动过，甚至连话都未说一句。

此刻，东境众人亦是满脸惊吓地盯着城墙下。

从苏飞白抢芥子囊摸出药方撕碎，又得意笑着从古城墙上一跃而下，仿佛只是瞬间的事。

他就像是那些被毒丹控制了的异兽一般，失去了理智。没人知道苏飞白眼中看到了何等恐怖的画面。

底下的那具尸体被异兽分食得半点儿不剩，血水也被雨水冲刷进泥土里，冲刷得干干净净，而俞幼悠手上残余的致幻药渣儿，也被雨水冲刷得…… 干干净净。

草丛里只剩下那件绿色的法衣，上一霎还在冷酷威胁的人，此刻竟连根骨头都不剩了。

悬壶派的几人都僵在原地不敢动弹，他们的脸上布满了惊恐，没人敢说话，也没人敢直视底下的那些异兽。以前都是看到暴动的异兽潮冲向别人，这还是他们头一次看到异兽潮将自己人淹没。而且这一次，恰好就是苏家的二公子。

尤其是方才曾被苏飞白夺走芥子囊的那个弟子，在目睹这骇人的一幕后，双腿一软，竟就这样直直地跪坐在了地上。

他愣愣地看着自己的手心，那里有一张被攥得快要烂掉的传送符，在东境修士出现的第一时间，他就把传送符拿出来放到手上了。但是不知道为什么苏飞白没发现，而是发了疯似的跑来抢他的芥子囊，之后突然跳了下去。

他们四人瑟缩在一起，明明边上就是提着剑的东境修士，他们居然宁愿待在这儿也不敢传送出去。

苏飞白死了，传送出去后，他们四个旁支弟子定会被苏真人问责，甚至

承受其怒火。这一瞬间，看着同样惊呆的东境修士们，悬壶派弟子居然与他们产生了同病相怜之感。

尤其是最中间那个瘦小的女丹修，湿漉漉的头发贴在苍白的脸颊上，显得越发柔弱可怜。她甚至吓得完全呆傻，连表情都没有了。

面无表情的俞幼悠："……"

"你们的队友都走了，眼下异兽暴动，先传送出去吧。"姜渊毕竟年岁最长，身为剑修也见惯了血腥，所以最先反应过来。他没有为难这四个悬壶派的丹修，也没有再理会他们。

启南风吸了口凉气，用力将脸上的雨水擦干净："他这是……被吓疯了吗？"

苏意致看了眼悬壶派的其他几个弟子，皱眉低声道："他看着跟那些失去理智的异兽一样，我怀疑他是炼药时不小心吸入毒丹了。"

几个悬壶派弟子默然，不过他们跟苏意致也抱有相同的猜测。引得异兽发狂的那种毒丹是只有苏家嫡系才知晓的秘密配方，他们根本无从知晓，更不要说碰到那东西了。从炼制到催化成毒雾，都是苏飞白一人在做，所以只有他一个人中毒好像也说得通？

边上的俞长安从震惊中回过神来，微微蹙眉："苏飞白这一死，恐怕外面要闹翻天了。"

"先别管外面了，我们并未动手，苏飞白的事与我们无关。下面的异兽潮尚未退散，我们先去支援他们吧。"姜渊率先敲下定论。

东境的几个修士在暴雨中御剑而下，只剩下顶上的几个悬壶派弟子面面相觑。

"所以我们还出去吗？东境的人好像没想拦我们。"其中一个犹豫不决地问。

"不知道。"边上的队友亦是一脸纠结。

"万法门的都走完了，我们留在这儿也杀不了异兽。"

"但是出去以后……该如何向诸位长老还有老祖交代？还不如在这里先酝酿点儿勇气。"

四人重归沉默，围成一圈，攥着传送符蹲在那高高的古城墙上，身影看着小得可怜。

没有了苏飞白的持续投毒，那股奇异的香气开始随着暴雨的倾泻而逐渐淡去，远方的异兽们也不用千里迢迢地赶来找死了。

更重要的是，俞幼悠明显感觉到这些异兽的疯狂状态逐渐被虚弱所取代。先前她的丹炉砸筑基期的异兽最多让后者疼一下，或者动作缓一下，大部分时间甚至需要用灵力锁定异兽寻找其弱点才能打中，但是现在连苏意致和启南风都能精准地砸到异兽脑袋了。

成功爆头一只异兽后的启南风有点儿纳闷：“我怎么感觉它们的速度慢了好多？”

“大概是毒丹的作用。”张浣月看过三年前那场四境大会，所以还有印象，“三年前那次暴动的异兽群也是在约莫一个时辰后就陷入了虚弱状态，然后被躲在远处的北境赶过来清剿了。”

“不然他们三年前的积分也不至于这么高。”

俞幼悠观察着前方的那群异兽，小声指挥：“我们往右边靠，这群异兽好像已经要进入虚弱状态了。”

东境的整个队伍便开始有序地移动起来，几乎在几个呼吸间就成功完成了变阵，其间甚至没让一只异兽越过他们的防御线。

南境的御雅逸看得忍不住皱眉：“东境的人居然有如此默契？”

就在他在心中暗自琢磨东境为何变得这么强的时候，就发现自己这边的防御压力倏然加重，这才后知后觉地发现东境那群人都去拣软柿子捏了，给他们留下了仍在狂暴状态中的异兽！

“东境的人果然信不得！”御雅逸暗地里咬紧了牙。

在金丹期的异兽也紧跟着进入虚弱状态后，原本还和谐组成同一道防线的东境和南境队伍霎时间分为泾渭分明的两边。

俞幼悠急声催促：“快快快，集火这边的金丹期异兽！”

南境那边亦是毫不犹豫地朝着另一只异兽奔去。

两边现在的状态顿时变成了争夺积分的不要脸现场，尤其是在两边各自斩杀了两只金丹期异兽后，双方人马的眼神顿时盯上了最远处那只异兽。只对视了一眼，两边就完成了眼神交流，以迅雷不及掩耳之势齐齐冲了过去。

四境大会中可不存在什么携手杀异兽平分积分的说法，外面那些紧盯着

的记分员可是只看击倒异兽的最后一下是谁出的，即便先前打了三天三夜，最后是被另一方人马的一块石头砸死的，那积分就会全部归在后者头上。

一边是御剑飞掠的剑修，另一边是四条腿的灵兽，两边都不要命地朝着积分冲。

姜渊这次学会不多话了，直接一道剑气斩过去。后面的剑修有样学样。

回春门那边早就密密麻麻地开始下针雨了，而灵兽们则各出花样，其间俞幼悠还时不时看到有刺球被丢出来，她旁边的那个弟子念念有词地在嘀咕元素周期表。

俞幼悠纠正对方一个错误后，忍不住夸奖："背得挺好。"

那个弟子满面红光，挺了挺胸，先前被淘汰的那名师兄猜得不错，果然是少宗主自己背错口诀了！

趁着对方分心，俞幼悠道了句"借过"，然后拎着丹炉飞奔向异兽，准备暗戳戳地补最后一刀抢积分。

没让她等多久，两大境联手之下，这只金丹期异兽很快便摇摇晃晃地往下倒了。俞幼悠眼睛一亮，就是现在！

她提溜着丹炉准备往下敲，远处的御雅逸一直盯着她，见此状轻轻一拍踏雪的脖子："拦住她！"

踏雪的圆脑袋一转，身子微屈，发出惊天动地的咆哮声朝着俞幼悠……慢悠悠地走过去了。

御雅逸亲眼看着俞幼悠拿着丹炉见缝插针地给了那只异兽最后一下，然后拿下了这珍贵的五百分。而他的宝贝老虎这会儿走到俞幼悠的身边，呼噜呼噜地打着响鼻，拿脑袋蹭了蹭她的手。

俞幼悠这才发现身边走来了一只老虎，她下意识地抬起手去揉老虎的圆耳朵，揉了两下才发现御雅逸还坐在上面。后者脸色极其难看地盯着她，仿佛她给他头顶种了一片万古之森似的。

俞幼悠假装没看到，又痛痛快快地揉了两下老虎耳朵后，才若无其事地拎着那个脏兮兮的丹炉往东境队伍中走。

御雅逸心里很不舒服，他选择无视俞幼悠，转头同姜渊聊起来："姜道友，你们现在多少分了？"

姜渊脸色一滞："不知。"

御雅逸皱眉，表情有些古怪：“不想告知直说便是，何须这样搪塞人？不瞒你们说，算上刚刚杀的两只金丹期异兽，我们南境已经斩获三千分了。”

积分这东西在前中期的确是会保密的，就怕被别人知道差距不大后拼命地去赶超。眼下周边的异兽全被吸引过来杀完了，时间也没剩两天，即便说出来也不会影响什么。

没想到剑修看着光风霁月，其实还挺小气的。

姜渊：我是真的不知道啊！我们东境全员都嗨翻了，从一开始就忘记了要计算积分这件事了！

没有了金丹期的异兽，剩下这些陷入虚弱状态的筑基期异兽就更加容易解决了。两境修士各显神通，最后将这些异兽尽数斩杀。

这时天边有一束微光亮起，这群十多岁的少年眯着眼抬头望去，才发现不知道什么时候，那如注的倾盆大雨已经停歇了。

此刻天边泛出淡青色，不远处的重峦被映出深深浅浅的影子，那些仿佛要生长到天顶的古木的枝叶上挂着剔透的水珠，脚底下那些没有染上血的野草上也垂着水珠子，浸透至泥土里，和那些暗色的血一道滋养着这片古地。

晨曦顺着被风化得快要坍塌完的古城墙缓缓落到他们头顶，带着久违的暖意。风一吹，把异兽尸体的味道都吹散了许多。没有了那些可怕的异兽，他们站在这片大地上才惊觉，这里曾是修士们最向往的中州大地。

众年轻修士站在古城墙下看着这晨曦，仿佛又看到了那些前辈白日飞升的盛景，一时间心中升起了万般情绪。

就在这时，俞幼悠懒洋洋的声音从边上传来——

“怎么都愣在那儿呢？快来打扫战场。”

刚才的气氛被无情地打破了，南境众修冷着脸看着俞幼悠，东境的修士们则是习以为常了，都跟着她开始焚烧异兽尸体。

俞幼悠说的是这玩意儿污染环境，虽然东境众修听不懂这什么意思，但是现在也都养成这习惯了。

南境修士们一开始还以为所谓的打扫战场是寻找异兽身上可以取下的宝物，结果发现他们只是单纯地烧尸体后，不由得纳闷了。

“这是为何？”

狂浪生露出高深莫测的表情：“你懂什么叫环保吗？”

南境所有人都把好奇的目光投向了学识最渊博的御雅逸，等着少宗主给予解释。

御雅逸：“……”

狂浪生马上换上鄙夷的眼神：“噫，连环保都不知道啊？”

御雅逸：“……”

虽然不知他们这是何意，不过东境的人素来狡诈，御雅逸觉得他们肯定不会无的放矢，这般行动肯定有他们的用意在其中。

身为南境的指挥，御雅逸的脑子一贯考虑得很多。莫非将异兽尸体全部销毁可以得到额外的积分？他一想到这可能，马上冷着脸示意身后的南境众修：“都去销毁异兽尸体，不能输给东境修士！”

俞幼悠一回头就看到南境众修加入了焚尸大军，她冲着那群人竖起大拇指夸奖：“南境的道友真的太热心了。”说着便继续转身回头炼化异兽尸体，练习自己的另类炼丹术。

不过走到方才南境斩杀的某只金丹期异虎面前时，她的动作一顿。她蹲下身，凑近了去看那个被打烂了一半的虎头，表情略有些古怪。

就在这时，一阵低低的哼哼声从她背后传来，另一个圆滚滚的黑老虎头拱了拱她，拿白爪子扒拉了一下那只死去的异虎。

俞幼悠转头看向踏雪，迟疑道：“你是不是也觉得这玩意儿很眼熟？”

踏雪甩了甩尾巴表示赞同，先前狂浪生中毒那会儿，它就在草丛里拖出来一只异虎，也是脑袋被打烂了半边。当时情况紧急，俞幼悠他们也顾不上把异兽尸体清理掉。

还没等俞幼悠跟踏雪多交流两句，不远处的御雅逸就冷声唤道：“踏雪，回来！”

大黑虎哼哼了几声，慢悠悠地起来朝着御雅逸走去。

等到踏雪重新回到自己身边，御雅逸才微微安心，摸了摸老虎脑袋低声叮嘱：“别怕，我这就找她讨要解药。”

眼下东境和南境修士相对而立，两边都略警惕地盯着对面，却也都没有要动手的意思。

御雅逸先开口：“俞道友，异兽已除，你该依诺将踏雪的解药交出来了！”他已经做好了对方反悔，自己要被痛宰一顿的准备，甚至都暗暗计算

着要交出三件高级法宝了。

然而这次俞幼悠出奇地好说话，只是微微扬了扬眉，似笑非笑地盯着大黑虎，然后就丢了一坨丹药过来。真的是一坨，约莫有小孩拳头那么大。

俞幼悠要是真的提点儿条件，御雅逸还放心点儿，偏偏她这次过于干脆了。

御雅逸警惕起来，怀疑这玩意儿是更厉害的毒，于是他并没有直接喂给踏雪，而是准备让回春门的医修帮着查看下。结果边上的踏雪甩着尾巴，很干脆地低头一口叼走了那枚丹药，而且吧唧吧唧吃得挺香！

御雅逸：为什么他感觉踏雪这次回来像是被对面收买了？这还是先前那只吃灵兽粮都只挑最好的灵虎吗？

观察片刻，确定踏雪精神头儿很好后，御雅逸这才安心。

“既然异兽已定，我们两境便算作两清了，现在尚有三天时间，我们便分头……”

“咦，只有三天时间了吗？”对面的东境修士们一脸震惊，“我先前算了算，好像还有七天啊？”

就连看似镇定的姜渊也将手隐在袖中，暗暗地推算着到底还剩多少天。

看着吵吵嚷嚷的东境修士们，御雅逸沉默了，他这次真的有点儿相信东境的人不知道他们自己拿了多少积分了。

尽管时间所剩不多，东境和南境却没有要一起传送出去的打算。两方人马默契地选择了不同的方向，背对着彼此，自古城墙分道扬镳。

苏意致分析道：“南境那些人想拿第一名，估计为了稳妥，会选择去寻找更多的异兽。”

“这片区域的异兽都没了，我们如果想要再寻找异兽，得再走远一些。”

俞幼悠眯着眼看了眼不远处的那段灰色高墙，指着那处：“为什么不往里面再走些呢？”

她隐约间看到远处似乎还有些残破的建筑，若是没有猜错，那便是当年修士们最向往的中州城了。

“因为以古城墙为界，里面就是元婴期以上的异兽的地盘了。”张师姐拍了拍俞幼悠的脑袋，“走吧，快离开这里，不然元婴期异兽逛出来觅食，咱们就都完了。”

不过这一路走过来，众修的确是没再看到异兽的影子了。提心吊胆了近一个月的东境众修这会儿总算可以松懈下来，跟郊游似的高高兴兴穿梭在密林中采集各种资源。

虽然东境的霉运未消，始终无法像灵药谷那样找到四品灵药，但是好在这里是万古之森内围，里面的资源远非外面可比。

俞幼悠还是摸到了一大堆三品灵药。反正现在用不上，估计也带不出去，所以她便不客气挑了能强化肉体的直接吃了。

天盾门那群热爱炼体的盾修听说了这些灵药的功效后都很心动，俞幼悠倒也不抠门了，分给他们尝了尝，结果吃了药的几人瞬间脸色惨白地瘫倒在地上，抽搐起来。

张浣月吓了一跳，慌忙问："是不是草上还有毒？！"

"不是。"苏意致面无表情地看了那些盾修一眼，解释道，"三品灵药药效暴戾，需要找到合适的配药炼化成丹温和药力，否则经脉就会有破碎的风险，血肉翻腾剧痛更是家常便饭。"

蹲在地上冒冷汗的狂浪生虚弱地问："那为什么不炼化成丹？"

正在拿药材当零食啃的俞幼悠看了他一眼，淡定道："因为没找到配药啊。"

狂浪生看她生啃灵药就觉得更疼了，他虚浮地问："那你怎么不疼呢？"

俞幼悠嚼着灵药，实在没好意思说自己每个月经脉都要碎上一次，对于这点儿疼痛早就习惯了。

到后面，盾修们再也不提吃药的事了，而是面带钦佩地看着俞幼悠一边咳血，一边勇敢地啃完一株又一株灵药。

最后这三天过得极快。东境众人尚在密林之中赶夜路，拿着投影石的俞长安便轻咦了一声。那块投影石竟然微微发着光，从他手上飞离向天空飘去。

"时间到了，这是告知我们传送出去的讯号。"姜渊收回目光，摸出传送符，其他人亦是做着相同的动作。

然后众人就想起了某件事，都疑惑地看向了俞幼悠。

"你的传送符好像用掉了？"

俞幼悠表情沉重地点点头。

先前盾修苟师兄被异兽重伤传送出去了，俞幼悠想着没有异兽血解毒，脑袋一热便尝试着把自己的传送符催动了贴在那只异兽身上。结果三息[1]过后，异兽尸体还真的传送出去了。

问题来了，她现在没了传送符，出不去了！原路走出去还得花一个月时间，但是要是把俞幼悠一个人丢在这儿，她一个小丹修，来一只异兽就能把她啃干净。

苏意致和启南风跟着坐下来："我们俩陪你。姜道友，你们先出去，让长老他们来救救我们。"

"你们仨在万古之森里就是一盘菜，我也留下来守着你们吧。"狂浪生也跟着坐下了。

张师姐收起传送符："算了，我也在这儿等着，不然若是异兽突袭，你们丹修和盾修都无力反击。"

最后，整个东境的修士们都坐在了原地。

万古之森外。

西境修士和南境修士们一前一后被传送出来，前者看了一眼北境的方向，略显不解。

竹朝雪微微蹙眉："北境那边的气氛为何分外凝重？"

万法门和悬壶派不知为何竟然分开而站，两边之间的氛围甚至有点儿敌视的意思在其中，这不像是北境素来的作风了。

"而且我怎么没看到悬壶派的那些医修？"梅灵儿也感觉到不对劲。

迎上来的梅长老听到了这句话，低声轻斥："勿要多言！"之后她领着身后的这些弟子朝着西境的位置走去。

竹朝雪原本还在担忧该如何说这次垫底的事，又该如何拿出那一堆可怕的欠条给自家长老看，然而在听说北境苏飞白的死讯后，便目光一凛，没有其他心思了。

南境那边的气氛亦是相同，不同的是御兽宗的人早知道了苏飞白的死讯，甚至习惯于眼观四路的御雅逸亲眼看到他发狂跳了城墙。

① 三息，指三次呼吸的时间。

御兽宗长老隐晦地看了一眼北境的方向，把声音压到最低：“你们当时也在现场，可看清谁动的手？”

御雅逸确定自己没看错，他低声道：“回春门的道友们都猜是他自己中了那种毒，发疯跳下去的。”

长老略诧异：“东境当真不曾动手？”

御雅逸颔首：“三境的投影石同在，想来长老也看得清楚，东境那群人当时真没动手。”

说起东境，他下意识地往东境的方向看去，结果一个人也没见到：“东境的人怎么还没出来？”

牛长老看着东境画面上那群憨坐在地上的年轻修士，猛地一拍脑门儿：“我们怎么都忘了，俞丫头她没传送符了啊！”

马长老挠挠头，利索地从躺椅上爬起来道：“现在知道他们在中州古城墙附近就好办，我去接她出来。”

徐长老抱着剑上前一步，淡声道：“算了，还是我御剑进去快一些。”

两人这边正在商量着谁去，自头顶的云层中忽然传出一道低沉阴冷的声音——

“何必要争，不如就让老夫去帮你们东境接人吧。”

属于化神期的威压落下，东境众长老一时间都难以挪步，而其他三境的修士亦是跟着变得一片死寂。这是在苏飞白身亡后，苏真人头一次开口。

当日苏飞白身亡的画面一出，北境众长老皆是吓得没敢喘气，就连过去一个月中嚷嚷得最大声的解说员们亦是保持了沉默，只敢偷偷地以文字的方式将此事传出去。

“东境悬壶派二公子苏飞白，身殒异兽口中！”

外界早已被这事惊得炸成一团，然而现场自那天起，便没人再敢说话。

后面抢先回来的万法门也没料到他们走后事情竟出现了如此大的变动，悬壶派长老们显然将罪责推到了他们头上，若不是还有外宗在，怕是早就争执起来了。

至于那四个悬壶派弟子，他们在传送出来后，被悬壶派其中一个长老带离了现场，至今未归。

而天顶的苏真人一直没有说话，直到现在。他缓缓起身，踏空走下，每

往前走一步，那股可怕的压力便朝着东境众修身上一压。

“苏道友，”无尘佛子出言提醒，“这是四境大会。”

顾真人亦是摇头劝道：“未有证据，莫要向小辈动手。”

四境大会生死有命，每个修士踏入万古之森之前，都知晓里面会有生命危险。

“死的人是我的曾孙。”苏真人阴恻恻道，声音中已隐含了杀意，“今日我便要那几个小崽子给我曾孙偿命！”

底下的东境长老们竭力想要抵抗却无能为力，在那股威慑之下甚至连话都说不出来，更莫要说拔剑了。

苏真人往前迈出一步，脚下缩地成尺，几乎瞬移一般从云上朝着万古之森内移动。

就在这时，一道剑光掠过，挡住了他的去路。一道高挑清瘦的身影懒懒散散地站在了他前面，生生地破了他的缩地成尺之术。

那剑上还氤氲着漂亮的冰蓝色寒气，精巧秀气得很。握剑的那只手亦是纤长苍白，半拢在衣袖中，像是极怕冷的样子。

可惜苏真人见识过这把细剑贯穿元婴期异兽时的狠厉，更知晓面前这个神色恹恹的男子发起疯来是什么样子。

苏真人一挥手，在二人之间凝出一片结界。

“我不伤你那两个师侄，”苏真人冷冷开口，做了退让，“我只要另外那四个偿命。”

百里空山抱着剑，神情冷淡地望着万古之森内围。他的手指慢悠悠地甩着一条拴了团白毛的手链，仿佛没听到对面的苏真人说话，兀自伸手比画了一下距离，之后剑光一闪，转瞬间破掉苏真人的结界，头也不回地朝着万古之森里飞去了。

苏真人脸色变得很难看，他现在确定了，百里空山就是在针对悬壶派，你以为你区区一个化神期真能为所欲为了吗？

顾真人看着前方这一幕略显不解，他面向无尘佛子疑惑道：“百里道友先前像是不爱管这些事？”

无尘佛子念了句佛号，淡淡道：“此事苏道友不占理。”

苏飞白是怎么死的或许的确另有内因，但这是四境大会，死掉一个天骄

并不算稀奇，若苏真人敢因这事对东境的弟子出手，便是乱了规矩。即便是百里空山不出手，他们二人也势必会出来阻拦苏真人。

三年前东境遭难，北境以“四境大会本就生死自负”这句话将东境按下去。如今，他们也不得不吞下相同的苦果。

东境这群修士一开始都乖巧地蹲在地上等着，然而在看清头顶那道带着寒气的剑光后，这群少年立刻变了脸色。

“怎么是百里小师叔……”

“俞师妹，我先传送出去了，咱们外面再见。”

剑修们以迅雷不及掩耳之势摸出传送符就准备撕开跑路。

俞幼悠纳闷地看着他们：“百里前辈如此慈爱且关爱后辈，特意来接我们出去，你们怎么不多跟他亲近亲近，还一脸害怕的样子？”

启南风跟着点头：“对啊，你看其他化神期前辈谁跟他一样这么好？”

张浣月眼神略复杂地看着他们，低声道：“待会儿你们被他带上天后就知道了。”

然而剑修们已经飞快地跑路了，原地留下的盾修们似乎觉得俞幼悠他们说得挺有道理。真论起来，百里前辈好像是挺古道热肠的。

盾修们也很想体验下被化神期大能带着飞的快乐，于是这会儿都排排站好，期待地看着天上越来越近的剑光。

百里空山没有落地，只是一挥手便用灵力把众人带上天了。

狂浪生有点儿兴奋，看着底下越变越小的景致，悄悄开口：“我觉得好像还挺爽——啊！”

不等他说完，这股强大的灵力便裹挟着他往前冲了，狂浪生脸上的肌肉被狂风刮得扭曲，头发瞬间被吹到脑后，险些连巨盾都没拿稳。前面启南风的高马尾早就被吹散了，这会儿狠狠地抽打在他的脸上。狂浪生含着热泪，总算知道剑修们为什么不愿意被百里前辈带着飞了。

先前他总觉得姜渊他们飞得虽然快，但是也不算多厉害。这一次，他终于切身体会到世人为何都说剑修速度最快了。要不是怕被一剑削死，他都想在天上哕了。

“百里前辈……你太……太快了啊！”站在最前方的俞幼悠也被这速度

给弄傻了，好在她上辈子坐过战斗机，勉强还能承受住这可怕的眩晕感。只是她在剑尾有点儿站不稳，而她的尾巴也因为这可怕的失重感逐渐奓毛，要不是她穿的是会随着体形变化的高级法衣，恐怕就要藏不住尾巴了。

俞幼悠低头看了眼自己越来越粗的腰，努力用手把奓开的毛顺回去。结果她因为专注于压尾巴毛导致一个没站稳，重重地撞在了前面的百里空山背上。

说是背也不对，因为中间还隔了一层冰凉且柔顺的黑色长发。不知道是不是有灵力护着，百里空山的头发就没有乱飞，只是有几缕轻轻地扬在俞幼悠的脸上。

俞幼悠觉得这味道有点儿熟悉，借着自己绝佳的嗅觉，悄悄地嗅了嗅。噫，为什么他头上也有股狗毛味儿？而且除了那股狗毛味儿，还夹杂着一股更加让人熟悉的……美毛膏味儿？

她这动作做得很隐蔽，加之这会儿后面的所有人都跟着在大喘气，所以没有任何不妥。然而前面的人微偏了头，垂眸凝视下来。从她的角度看去，只能瞥见他苍白的小半张侧脸。

百里空山不冷不热地问一句："你是狗？"

此话一出，俞幼悠腰上的毛猛然间全部奓开了：他怎么知道我可能是狗！

在百里空山可怕的御剑速度下，丹修和盾修们七荤八素地落地了。

当然，俞幼悠状态尚可，所以早在发现快抵达的瞬间就飞快地跳下去了。至于狂浪生那群人，因为百里空山不负责地直接收回灵力，狼狈地滚到了地上。

看到那群晕剑的同伴，早一步出来的剑修们都忍不住偷笑起来。

俞幼悠奓开的尾巴毛在落地后也逐渐平和下来，腰上也不是夸张的一圈了。她往百里空山那边看了一眼，后者没多做停留便离开了，高挑的背影没半点儿剑修的正形，随意地拎着剑，懒懒散散地往前，像是吃饱了在散步似的。

俞幼悠的眼前很快便被围上来的人挡住了。

马长老毫不客气地往她头上弹了个脑瓜崩："你这个丫头还真是胆大包

天，传送符是这样乱用的吗？后面要是你运气不好被哪只异兽追着咬，连逃命的机会都没了！”

俞幼悠满脸都是无所谓：“不可能追着我咬，我肉少，要追肯定都追狂浪生他们。”他们可是还会对异兽使用嘲讽技能的。

说到这事儿，她顺便问了句：“苟师兄还好吧？”

“没死。”边上的狂长老挤过来，重重地照着俞幼悠的肩膀上一拍，老脸上全是喜色，“多亏你聪明，救了那小子，到时候来咱们天盾门玩两年，我让他给你当牛做马！”

“滚，去你们天盾门玩两年，她还要不要学炼丹了？”

几位长老对外的时候很一致，现在都是自己人，就又吵吵嚷嚷了。

俞幼悠漫不经心地往四周望去，各境的弟子这会儿都在原地等着积分统计的结果。为了确保无误，四大境都会派出人手再三核对数据。

北境那边的人不知道去哪儿了，南境和西境的道友倒都还坐在自己的位置上没乱跑，不过他们个个都光鲜亮丽、衣衫整洁，看样子是出来后就偷偷换过衣服了，连踏雪的黑爪子都恢复成了雪白色。

相较之下，东境这边的人跟一群逃荒出来的难民似的。

俞幼悠他们三人还好都穿着高级防御法衣，这玩意儿有自动清洁的阵法，至于那些穿一身白的剑修，现在已经是一身灰黑了，埋汰得没有半点儿风度。

看着看着，一个熟悉的身影朝着她走过来，是先前送双生炉回去改头换面的曲清妙。俞幼悠还没来得及寒暄两句，来者便不客气地伸手，利落地捏上了她的脸颊。

“疼疼疼，师姐你别下狠手！刚刚马长老已经教训过一次了！”

曲清妙被她这反应弄得想笑，她还没使上劲儿呢就开始叫唤起来了？

“敢正面冲出去跟异狼打，还敢硬抗异兽潮，我看你拿丹炉砸异兽的时候不是挺勇的吗？”说着，她便拿出帕子往俞幼悠脏兮兮的脸上擦，那块白帕子很快就变成了灰色。

俞幼悠嬉皮笑脸地插科打诨，任由曲清妙给她擦脸，在万古之森里糙了一个月，现在出来就有人伺候的感觉真好。

边上的启南风和苏意致看得挺羡慕，他们现在也很脏，所以也仰着脸想

享受师姐的疼爱。

然后曲清妙看了一眼他们，莫名问：“你们脖子伤到了？”

两人回道：“没有。”我们在等师姐你来疼爱。

曲清妙便冷淡地回答：“那就别把脖子伸那么长。”

两人：“……”

把俞幼悠弄得像样了一些，又丢了帕子给另外两个少年让他们自己擦脸后，曲清妙轻声对三人道：“走，我带你们去见两个人。”

东境的队伍最末出现了两张陌生的面孔，他们穿着丹鼎宗的内门弟子服，不过身上没有一丝修为，气息看着也很微弱，像是大病未愈的模样。

看到三人组走过来，他们两人都面露笑容。

“这是你们的周师兄和吴师兄。”曲清妙表情很郑重地介绍道。

俞幼悠和启南风收敛了嘻嘻哈哈的态度，很乖顺地问了好，而边上的苏意致已经认出了两人，有些局促不安的样子。

他们就是三年前被悬壶派害得灵脉破碎的两个丹鼎宗弟子。其实一开始他们也有机会用传送符出来，但是当时异兽暴动伤了不少人，他们为了采集到异兽的血液便拼命冲了上去。异兽血是带出来了，但是丹修们的下场都很惨。

“你不用多心。”周师兄注意到了苏意致的不知所措，他拍了拍后者的肩膀笑道，“你在万古之森里表现得很好，我们现在不会怀疑你是卧底的。”

原来你们之前果然在怀疑我是卧底！

两位师兄忽然收敛起笑容，他们同曲清妙对视一眼，三人忽然面对着三个年轻的师弟、师妹拱手一揖，深深地拜下。

俞幼悠他们被惊了一跳，想出手阻拦，然而他们三人坚持行完了大礼。

“我们要谢你们。”吴师兄声音微沙，说了两句话后便咳嗽起来。

曲清妙神情清冷却认真：“我们三人不曾战胜的异兽暴动，你们三人做到了，还能在那样紧张的局势下救下所有的队友，你们替我们把丢掉的丹修尊严找回来了。”更重要的是，她看到这群东境修士携手在异兽潮下活下来，平安无事地出来了。

其实在过去的日子里，曲清妙一直都怀着对同伴的愧疚和不甘，就连修炼时也总是会回想起异兽冲过来将身边的队友咬碎的画面。而这次，俞幼悠

他们此刻的笑容和自信，将萦绕在曲清妙记忆中的那个血腥之夜彻底驱散，她甚至都能感应到，自己那停滞了三年的修为也开始缓缓地长进了。

她笑容淡淡地揉了揉俞幼悠的头顶，声音倒是一如既往的清冷和嫌弃："头发油了，等会儿回去我帮你洗。"

说起头发，俞幼悠便想起了百里空山那一头柔顺冰凉的黑发，还有上面若有似无的美毛膏味儿。

那是黑市中口碑最好、价格最高的一款美毛膏，自带一股清甜的香气，有点儿像清晨刚摘下的新鲜水蜜桃味儿。俞幼悠用了两罐了，对这个味道很熟悉。

她确定百里空山和苏意致一样憨，在拿妖族涂尾巴的美毛膏抹头发。不同的是，人家百里空山用完后拥有飘逸顺滑的头发，而苏意致用了白搭。

俞幼悠先前都只把美毛膏涂在尾巴上，这次暗自下了决心，等会儿回去洗澡的时候，一定要涂在头发上试试看。

那边统计积分的人迟迟没出结果，马长老让人去打听了一下，得到的回复是还要等两天才行。而俞幼悠也没能顺利回去试验美毛膏的效果，因为北境长老要求带东境和南境弟子过去一趟，询问苏飞白离奇死亡的真相。

北境的人说得倒是很客气："只说是询问一下事情的经过，并不会为难各位。因为远在悬壶派的渡劫期大能苏家老祖出关了，听闻此事甚是哀恸。"

"南境道友亦会一同前往，以及四境各位长老都可同去。"

说的只是询问，但是都搬出他们家的渡劫期老祖宗了，威胁之意昭然。

俞幼悠神情淡定地看了眼同伴，他们的眼中略有担忧，她倒是无所谓："去呗，我们清清白白什么事都没做，有什么心虚的。"

原本还轻松的氛围因这一插曲顿时变得糟糕起来。除了一直没进入万古之森内围参加最后决战的西境外，余下的北境、东境和南境弟子都被悬壶派的长老们请到了极西城他们包下的别苑内。

走到门口的时候俞幼悠没忍住扬了扬眉："我听说极西城的物价很贵的，他们居然租下这么大片地方，这一天得好几百枚灵石吧？"

狂浪生摸了摸下巴，东张西望："池子里养的鱼都是灵鱼，起码一百吧？"

边上路过的御雅逸目光掠过这个精巧华美的庭院，一边为东境修士的粗

神经感到敬佩，一边又为他们的没眼界而无语："这是悬壶派买下来的，这附近想要租下如此大的别苑，一日恐怕得耗费数千枚灵石。"

俞幼悠啧了一声，眼中写满了羡慕。

最前方的悬壶派长老们没有理会他们的议论，只是沉默地将所有人带入了不同的房间。

俞幼悠被带到了最头上的那间屋子。进去后，她懒懒地一抬眼皮，才发现里面已经坐满了人了。那四个悬壶派的弟子、悬壶派的长老，以及其他三境的长老，居然都在这间房中。

房中只有一张小板凳还空着，俞幼悠便自然地坐了上去，坦然地面对着他们。按照她的习惯，能坐着肯定是不会站着的，当然坐相也好不到哪儿去就是了。

在藏书阁中见惯了俞幼悠懒散坐相的牛长老已经不想纠正她的坐姿了，她没跟在宗门里似的跷着二郎腿，咸鱼似的躺在地上已经很像样了。

而且她长得着实可怜且无害，这样没骨头似的懒坐着，落到不熟悉的人眼中，就像是身体虚弱得快坐不稳似的。

他轻咳一声安抚道："俞丫头，悬壶派的长老有话想问你。你如实回答便是，不用害怕，我跟马长老都在此，若有不公定会替你出头的。"最后这半句他说得尤其严肃，甚至略带警告地看向了悬壶派的长老们。

悬壶派的长老们面色阴沉，并不为牛长老的话所动摇。冰冷的目光落在俞幼悠脸上，似乎想将这少女所有的细微表情都收入眼底。可惜后者这会儿正揪着自己的头发偷偷地闻，不知道在分心想着什么。

一位悬壶派的长老问道："俞幼悠，你是最后一个与苏飞白有接触的人，你究竟对他做了什么？"

小凳子上的少女抬起头，用无比老实的语气回答："我什么都没做。"

"那你为何要掐他脖子！"

"因为很气。"俞幼悠仰着脸，反过来质问悬壶派的那个长老，"换成是你，被我们丹鼎宗差点儿害死，你见了我们宗的马长老还能跟他拥抱一下，热情地打招呼？"

悬壶派的长老被问得哑口无言，便以更具压迫性的语气追问："可是你曾说想杀了他给你师兄师姐报仇！"

俞幼悠认真地回答："如果没有投影石，我肯定会把他按在地上揍一顿的，但是当时还有你们的人在，所以我只是过了下嘴瘾，随口说了一句而已。"

悬壶派长老沉默下去。他知道俞幼悠所言属实，因为那四个悬壶派弟子在出来后就被带走逼问了许久，连一点儿细节都没放过。所有人的答案皆一致，俞幼悠是在苏飞白死前对他动了手，这也是为何俞幼悠会出现在这间屋子。然而他们后面的答案也一样，俞幼悠只不过撂了句狠话吓唬了一下苏飞白便放手了，甚至直接让他们走。

这些年轻修士放狠话是再寻常不过的事情了，年轻人气盛，真要计较那句话就显得可笑了。可是这样的结果显然不能向苏家的各位真人交代，悬壶派长老阴冷的视线在俞幼悠身上来回扫视，最后他缓缓地道出另一个可能性——

"你是丹修，你是否向苏飞白投了毒？"

"胡说八道！"还没等俞幼悠回答，方才就一直垮着脸的马长老拍案而起，又骂了句桐花郡方言的脏话后，斜着眼瞥着悬壶派长老。

"老子早跟你们说了，他们仨都是刚入门一年的新弟子，才会背点儿灵药大全，药方也只会点儿基础的，根本就还没学会制作毒丹！"

悬壶派长老不服："他们连四品虚灵丹都弄出来了，现在你跟我说他们只会背灵药大全？可笑！"

马长老怒骂："我就知道，你们就是嫉妒我们丹鼎宗，出了三个能炼四品丹的天才，所以想弄死他们！"

悬壶派长老怒极反笑："我们现在说的是四品丹的事？我们在说毒丹的事！"

俞幼悠也跟着露出迷茫的眼神："什么毒丹？我不会啊。我要会的话肯定早就跟悬壶派一样用毒丹对付异兽了，还用得着辛辛苦苦拿丹炉砸吗？"

对方死死地盯着俞幼悠，冷声道："我们看到你曾经在异兽暴动时在角落炼了丹药，此物是否就是令人丧失理智的毒丹？"

"不是。"俞幼悠回答得很快很确定，她无比严肃道，"那是我炼制出来压制你们悬壶派毒丹的臭丹。想来诸位长老也看到了，我炼完后就涂到了我们东境人的身上，若是不信，我芥子囊中还有剩下的一点儿，现在就让你们鉴

定。”

说着，都不等对方说话，俞幼悠就从芥子囊中摸出剩下的那一小坨臭丹，干脆利落地塞到了悬壶派长老的手上。

于是她成功地看到所有人的脸色都变青了，尤以与臭丹近距离接触的那位长老为最。偏偏他还不好把这东西丢掉或是干脆地嫌弃，只能强忍着不适仔细地检查了一番。最后的结果是，这东西除了臭得令人发指，毫无他用。

倒是西境和南境的长老都露出了欣赏的眼神，不吝夸赞：“能发现异兽是被气味控制，并靠着另一种气味将其暂时压制住，你很聪明。”

“此事尚不明朗，劳烦诸位这几日暂且勿出极西城，我们悬壶派已派人前去出事的地方探查了。”

悬壶派长老沉着脸，将那坨无用的臭丹丢到马长老怀中，之后一边擦拭着手，一边寒声道：“若是真有人下毒害苏家弟子，我宗老祖自会向诸位讨要公道。”

“下毒？”俞幼悠重复了这字，她那双幼兽般的圆眼中全是无辜和费解，“普通的毒丹也不可能瞒过最擅毒术的苏家子弟吧？毕竟苏家毒丹天下第一呢！”

悬壶派长老：明明是夸奖，怎么听着阴阳怪气的？

她说到了关键，是的，即便是丹鼎宗的人懂得炼制毒丹，这三个比苏飞白还年幼的丹修，是绝不可能在此道上胜过自幼耳濡目染的苏飞白的，若换成其他年岁更长的丹修倒有可能。

悬壶派长老无言地坐下，例行公事般问了几个无关紧要的问题后，动作缓缓地挥了挥手。

俞幼悠转身，迈出房门。

第十九章

黑市拍卖场

门外的阳光斜斜地映到俞幼悠的脸上，她眯了眯眼，懒懒地打了个哈欠。

是啊，普通的十几岁少女不可能胜过浸淫毒术多年的苏飞白。可是她不普通，更不是真的只有十几岁。

外面同样被问询完的东境弟子和南境弟子一起出来了。

启南风和苏意致迎上来："你怎么被问了这么久的话？是不是他们看你好欺负，专门针对你了？"

御雅逸像是听到了天大的笑话："……她好欺负？"

俞幼悠很认真地点点头："是啊，你看我这么柔弱，还挺好欺负的。"

御雅逸被噎住了，他发现跟俞幼悠交流起来总是会被气到，索性直接岔开话题："北境的人说要我们在极西城留几天再走。听说为了不让我们走，他们的人在清点积分的时候故意出错，看样子是想要拖到调查结束了。"

为了公正，积分必须经由四境的人全部清点完才行，北境这样一拖延，他们的确是走不掉了。

"那就留下呗。"俞幼悠并不怎么在意，她抬了抬下巴，"极西城这么大，我们难得出来玩一趟，肯定要好好逛逛。"

"极西城就等等吧。"御雅逸的脸上有点儿不情愿，"我宗长老让我带你们上天宫云舟游玩两日。"

他也不知道长老们为什么会对东境这么热情，还说什么"两境合作得很好，东境真是可靠的盟友，要好好结交"？

天可怜见，他们南境被东境骗惨了，也就最后对付异兽潮的时候才短暂地合作了一下。但是为什么听长老们的语气，东境仿佛成了他们从头到尾就

在合作的铁杆盟友？

不过御雅逸后来也听说了，东境的人的确是救下了踏雪，而且最后他们被异兽潮追杀的时候，俞幼悠竟然还冒险回去，带着踏雪一同走。光凭着这一点，也足够让御雅逸放下对那五件高级法衣的怨念了。当然，现在他还是不能听到某四个字，一听到就想奓毛。

东境和南境这群人一边聊着一边朝着天宫云舟的方向走，路上恰好遇到了西境和万法门一行人。

还没等御雅逸开口，边上的狂浪生已经热情地招起了手——

“竹道友快来啊，南境的道友说要请我们上天宫云舟吃饭啊！”

御雅逸：我让你帮我们南境装大方了吗！

大家都是刚从万古之森里吃糠咽菜爬出来的人，乍一听到有人请吃饭马上就心动了，就连那些光脑门儿的佛修也都像模像样地行了个合十礼，然后——

“那就多谢南境诸位道友了。”

最后西境的人也混入了队伍当中，不过万法门的法修们表情有点儿复杂，只是摇摇头，客气地拒绝后就匆匆地走了。

“他们跟悬壶派的人闹得很僵。”御雅逸低声解释，“好像是悬壶派的人怪他们提前传送出来了，万法门素来仰仗悬壶派，这次单咏歌为了保全师弟们擅作决定，被训得极惨。”

大家都同情地看了万法门的道友们一眼，小弟果然不好当啊。

三境的弟子们很快就跟着御雅逸上了天宫云舟。真正上来以后，东境这群没见过世面的土包子才知晓，为什么这艘云舟会取名叫天宫了。

整艘云舟大如浮岛，上面亭台楼阁，无比华美，处处可见精致的装饰，样样都是价值连城的珍宝，就连那些看似不起眼的花草都是些珍稀的灵植，正中间更是拿各种灵材宝石造了一座纯白色的宫殿！

相较之下，丹鼎宗那艘大云舟真的只是艘破飞船。

早有侍从们在云舟上等着了，眼见众人前来，立刻指挥着奉上各类灵茶还有点心。宫殿中间摆了长长的案儿，不断有人往上面呈上各种精致的灵食。

俞幼悠他们还在嘀咕去哪儿洗手的时候，脚下的那个灵阵已经亮起，带

着一股散发着清香的水雾将他们笼上，数息之后，东境的难民们身上变得干干净净。

“……好羡慕。”东境和西境的修士们齐齐感叹。

上了天宫云舟的御雅逸变得无比自在，动作优雅地端了杯灵茶送到嘴边轻抿，淡淡道：“出了万古之森后我们便不再是对手了，诸位道友请自便，将此处当作自己宗门便是，无须拘束。”

苏意致搓了搓手，眼睛都快放出光了，俨然是想把这个新的宗门整个搬回旧的宗门去。

俞幼悠看着有点儿眼熟，指了指某个不起眼的角落：“那是不是排队两个时辰才吃得上的蟹黄面？”

边上路过的御雅逸很淡然地嗯了一声：“味道尚可，所以我们御兽宗把它买下了，待四境大会结束后，这家酒楼就只开在南境了。”

竹朝雪：你们南境的人未免太过分了，就这样把我们西境的特产之一偷走了！

东境的人懒得想那么多，他们有现成的白食吃就很满足了。

长老们都不在，大家全是些年纪相仿的少男少女，在天宫云舟上吃吃喝喝一顿后便迅速地熟络起来。

一杯灵酒下肚，竹朝雪冷艳的脸上带了些微醺之意，她凝向对面的俞幼悠：“梅长老说，幽蓝花是被你们取走了。”

听到这话的御雅逸眼皮子一抖，也跟着看向了俞幼悠：“原来又是你？你是不是一直就在算计着诳我们？”

雷爆刺球是她鬼扯出来的，当初他们南境和西境打起来的原因居然也是俞幼悠弄出来的？

低头吃面的俞幼悠抬头，脸上写满了老实：“我没有，我不是，我就正好路过那儿，看到了就采走了。”

竹朝雪和御雅逸：鬼才信！

知道同是被骗者后，南境和西境大有同是天涯落难人的惺惺相惜了，开始你一句我一句地揭露起了俞幼悠的罪行。

俞幼悠死猪不怕开水烫，吃饱喝足后懒躺在张师姐的身上，开始反击：“竹师姐，你不说我都差点儿忘了。”

她摸出那沓欠条拿出来亮了亮，笑得很真诚："该清账了。"

竹朝雪握着酒杯的手一紧，她僵硬道："你们马长老欠我师父……"

"我们不认识什么马长老。"俞幼悠果断地回答。

旁边的苏意致和启南风亦是坚定地点头："什么马长老？我们宗门只有牛长老！"

竹朝雪："……"

遇到这群不要脸的，西境的修士们也只能老实地还钱了。

边上的御雅逸略惊讶，凑上去问："你们欠他们钱？多少？"

竹朝雪寒着脸，回答："三四万吧。"

御雅逸又坐回去，慢条斯理地喝茶："不过这点儿，倒也不多。"

竹朝雪冷笑一声，近乎咬牙切齿地补充道："除了我，西境每个人都欠她三四万。"

这次连御雅逸都差点儿把嘴里的茶给喷出来了，每个人三四万，合起来都七八十万枚灵石了，跟这个数字比起来，那五件高级法衣还算什么？

不知道为什么，听到西境比他们还惨，御雅逸心里诡异地觉得有点儿爽。

不得不说，西境修士们真的很有钱，个个给钱都很痛快，就连小和尚们都豪爽地一拿就是数万枚灵石，而且连装灵石的芥子囊都是中级的，比苏意致现在用的那个打折货还好。

俞幼悠对自己人很大方，先前采药的时候，盾修和剑修们都是跟着一起去的，所以每人都拿到了一万枚灵石的分红。

穷惯了的盾修和剑修们感动得快落泪了，万万没想到只是护送着丹修出去采药就能拿到这么大一笔钱！

然而轮到狂浪生的时候什么都没有，他只能眼巴巴地看着俞幼悠，伸出手："幼悠师妹，我的呢？"

俞幼悠冷漠地拿出那张历史最久远的欠条晃了晃。狂浪生脸色大变，暗叫失策，他都差点儿忘记自己还欠俞幼悠灵石了！

他只好转头看向御雅逸："我把你的老虎从中州河里捞起来了，你不给赎金？"

见证完东境众人"分赃"的御雅逸脑子瞬间变得精明，他淡定地指了指

桌上的灵食："这些都是谢礼，你要吃多少管够。"

狂浪生：为什么到我的时候，连最豪爽的少宗主都变抠了啊！

大家都吃得差不多了，开始在天宫云舟上闲逛，唯独剩下狂浪生眼含热泪，拼命地吃灵食想要回本。

俞幼悠拿了个灵果慢条斯理地啃着，跟苏意致和启南风坐在云舟一角，享受着难得的闲情雅致。

不远处的草地上懒洋洋地趴了一众灵兽，这会儿正有专门的人在给它们喂食各种灵食，还有人给它们梳毛洗爪。其中最引人注意的自然是那只通体黝黑的大老虎，它这会儿正眯着眼晒太阳，尾巴一甩一甩的，并不搭理企图给它喂食的修士。

"踏雪，这兽粮你不喜欢吗？那你试试这个灵鸡肉？"

然而黑虎连闻都懒得闻一下，偏过头来避开，这一偏头，它就看到俞幼悠他们了。

俞幼悠朝它招手，嘴里发出唤狗的啧啧声："过来，大猫！"

踏雪不情不愿地爬起来，雪白的四爪优雅地踩在草坪上，慢悠悠地走过来，然后眯着眼不耐烦地哼了两声。

俞幼悠并不管它乐不乐意，先上手痛快地撸了两下老虎头，后者被她撸狗的手法弄得双眼微眯，从喉咙中发出咕噜咕噜的低响。

摸着摸着，这舒适的力道停了，踏雪睁了只眼斜瞥着她，尾巴摇了两下催促她继续。

俞幼悠慢慢摸着它柔软的耳朵，转头看向两个好友："先前忘记跟你们说了，我跟大猫都发现了一件怪事。"

躲到了椅子后面的启南风探出个脑袋："什么事？"

"死掉的异兽好像会复活……"俞幼悠飞快地将那只烂头异虎的事同另外两人讲了，他们听得一愣一愣的，倒不是不信，只是从来没听到过这种事，所以也不知道原因。

"我确定是同一只异虎，大猫当时叼过也认出来了，对吧？"

踏雪哼了一声，表示赞同。

苏意致表情很严肃地低头拿传讯符写着什么，过了会儿才抬头："我跟牛长老他们说了此事，他们说会转告给镇守万古之森的陆长老，到时候再调查

一番。”

三人正小声地讨论着可能性的时候，御雅逸过来了，他一眼就看到了趴在俞幼悠脚边上的踏雪，不知道为什么，这一幕让他头顶发痒，好像有什么种子在头顶萌芽。

御雅逸提高声音招呼：“踏雪！”

被俞幼悠撸成狗的大老虎懒懒地睁眼，终于后知后觉地意识到自己的主人好像在对面。它站起来甩了甩毛，翘着尾巴用脑袋蹭了蹭俞幼悠的手，然后才走回到御雅逸的身边。

御雅逸忍着心酸摸了摸老虎脑袋：“他们说你回来都没吃东西？连最爱的灵鸡肉都不吃了？”

俞幼悠在边上阴险地补一句：“兴许是今天的毒药没吃，不太习惯吧？”

要不是后来长老告诉御雅逸，俞幼悠一直没给他的老虎投毒，反而一直在给它喂辟谷丹，他这会儿真要暴跳如雷了。

没能如愿看御雅逸黑脸，俞幼悠挺遗憾。她在芥子囊中摸了摸，抠抠搜搜地拿了粒辟谷丹出来：“大猫来吃。”

御雅逸刚想说他回来就试过了，踏雪并不想吃辟谷丹，结果就看到自家老虎真的过去把俞幼悠掌心的那坨辟谷丹舔了。

御雅逸：“……”

“我这辟谷丹是很稀有的口味儿，折耳根味儿的。”俞幼悠拿着那一匣子剩下的辟谷丹笑得满脸亲切，“你家大猫好像口味儿独特，你要不买了这匣子辟谷丹给它当零食？友情价，一百枚灵石一粒。”

呵，御雅逸差点儿冷笑出声，辟谷丹市价只是个位数，她转头就翻十几倍？而且堂堂御兽宗会缺辟谷丹这种低级丹药吗！

数个时辰后，夕阳西斜，御雅逸面无表情地拿着那匣子辟谷丹，送别了东境这群坑货。他心口发痛，待所有人都走后，低头盯着这匣子辟谷丹，迟疑片刻后，从中取了一粒放进了嘴里。三息过后——

“呕！”

“南境的道友真是热情且大方！”苏意致高高兴兴地提着打包回来的点心往东境落脚的客栈走，“等会儿给马长老他们吃，就说是我们特意买的。”

启南风亦是点头："这样就算我们说不认识他的话传出去了，也能少挨两顿打。"

丹鼎宗果然全是大孝徒，不过马长老他们并不在客栈里，只有几个师兄师姐在。

曲清妙看到他们回来，解释道："四境的积分计算出了问题，好像是有分歧，现在所有长老都赶过去判定了，今晚估计都不会回来，你们自己早些回去休息吧。"

听到长老们不在，三人组对视一眼，用目光交流了一番。

"去？"

"去！"

刚在天宫云舟上吃饱喝足，他们当然不是去吃夜宵。先前没时间好好逛极西城的黑市，这次北境找事儿不让他们走，无事可做的三人可不逮到机会了吗？

"我听说灵药谷的长老们会偷偷把从万古之森找到的高级灵药带出来，瞒着宗门拿到黑市拍卖。"苏意致不愧是八卦能手，低声分享着消息，"小鱼不是说她的身体差想多买点儿强化肉体的灵药吗？我们去黑市的拍卖会。"

血脉反噬一次比一次猛，俞幼悠需要用来修补经脉的灵药也越来越高级。

灵药谷的秘法可以找到高等级的灵药，那些镇守在万古之森的元婴期长老肯定私下不会放过这样的好机会，而且西境地广人稀，加之灵药谷本就擅长种植灵药，这里的灵药价格很划算。

俞幼悠把灵石分出去了一部分，现在还剩下五十万的巨款，听到这样的好事哪会不心动。

一回生二回熟，三人趁着夜色便溜了出去。

为了稳妥起见，俞幼悠照例把自己的尾巴露出来装妖族，另外两个少年却死也不愿意把假尾巴戴上了。非但如此，他们现在还嫌弃上了俞幼悠露出来的那半截尾巴。

"你看别人的尾巴又大又软，尾巴毛都泛着光，你看你……"苏意致啧了一声，吹开那随风飘散的一团灰毛，"还掉毛了！"

启南风低头看了眼俞幼悠的黑袍，发现上面果然沾满了毛："真的，而且

小秃，你的尾巴上好像还有块斑秃。”

三人商定，进了黑市后就叫她小秃，苏意致照旧是老二，现在修为最拉胯的启南风被迫成了老三。

这俩人就跟在她身后，你一句我一句地把秃尾巴同路过的其他妖尾巴进行对比，最后一致得出她是条秃尾巴狗的结论。

俞幼悠原本是打算直接去拍卖场的，但是被这两人念得直接转道去了珍宝巷，打算再去买两瓶最高级的美毛膏囤着。抹一层不行是吧，那她就抹两层！

珍宝巷素来是最热闹不过的，而对自己妖族特征最为看中的妖修们很爱美，所以卖美毛膏的那家店里挤满了人。

启南风和苏意致啧啧称奇地看着这些稀奇的玩意儿，俞幼悠直接豪气地奔往了最贵的那一款前面。据掌柜的介绍，这款是新出的顶级美毛膏，自带草莓香气，除了美毛效果外，还新增了防掉毛的效果。

小小的一罐就要一千枚灵石，所以少有修士能咬牙买下，这柜子前面也难得清静。

只有一个披着黑袍、戴着黑帽，浑身黑乎乎的妖修在前面拿美毛膏。俞幼悠低头看了一眼，然后眼睛就挪不开了。

哪怕有宽大的黑袍做遮蔽，对方这条大得过分的雪白尾巴还是没被挡住，此刻它优雅地垂在地上，柔软的白毛在灵石灯的映照下仿佛在发光。

她目光又移到了自己那根细小的秃尾巴上面，不知道为什么有点儿想落泪。

俞幼悠想起了在云华郡黑市看到的大尾巴，心中感慨万千，原来在妖族当中漂亮的尾巴比比皆是，丑陋的只有我自己。

对方买了美毛膏后便转身离去，俞幼悠恋恋不舍地看了眼，然后就看到对方的黑袍上也沾满了白色的浮毛，行走的时候亦是有几根白毛飞飞扬扬。

她瞬间释然了。原来大家都掉毛啊，那没事了。

只是转过去想要买美毛膏的时候才被告知，最高级的那种已经被刚才的大尾巴给买走了。难得准备大方一次的俞幼悠只能心不甘情不愿地买了以前的那种。

挤出来的时候，苏意致和启南风扯了扯她的袖子：“你发现没有？极西城

的妖修变多了。”

极西城不似桐花郡，与妖族距离极远，先前俞幼悠他们来的时候也没看到这么多妖修。

俞幼悠看了一眼：“这是妖族用品专卖店，妖族多很正常吧？”

“不对。”苏意致有点儿严肃地示意她看前面，“你看，他们都没有戴面具，而且瞧着…… 不是普通的妖修。”

俞幼悠抬头望去，果然看到珍宝巷口站了十多个妖族修士。

兽耳长尾，衣衫华丽鲜亮，长相虽然妖冶且惊艳，但是一眼看去就知道，他们跟花酒巷里一百枚灵石就让摸尾巴和耳朵的漂亮妖族少年们不同。

这些妖修全是妖族贵族的装扮。那十多个妖修立在珍宝巷口，吸引了不少人的注意。一般来说，黑市只有花酒巷的男女才不爱戴面具，而这些人不太像是从事这一行的妖。

他们当中多是兽妖，有些人的妖族特征是柔软的兽耳，有的则是毛茸茸的长尾，种族各不相同，特征部位却都生得分外鲜明和漂亮，甚至有人在上面缀饰了华美的宝石。

“那只豹子的尾巴上居然挂着一串红色宝石。”

“那只鸟妖背后的翅膀上也粘着珍珠。”

没见过世面的丹修三人组看稀奇似的悄悄盯着别的妖修看，俞幼悠瞅了瞅自己的尾巴，又看看别的妖修的，有点儿纳闷了：“为什么就他们整得这么花里胡哨的？”

启南风是桐花郡本地人，从小就见惯了妖族，而且他家的棺材据说卖到了妖族，所以对此很有发言权。

“我听我家店铺里一个妖族员工讲过，妖修将他们的妖族特征视为荣耀的象征，只有最高贵的那些贵族妖修才能在尾巴或者耳朵上装饰宝石，而且宝石的等级也跟身份有关，不能逾越。”

可惜就连启南风这个暴发户也认不全那些稀奇的宝石，加上那群妖修很快便进入另一家法宝店了，三人自然也就无法判断到底哪个妖修的身份更高贵。

俞幼悠收回目光：“他们大概是来看四境大会热闹的，别管了，走吧。”

“也是，毕竟大家都爱看热闹。”

不过他们到黑市的拍卖场去看时，才得知拍卖会要等到后半夜才会开启，眼下那座高楼紧闭着门，根本进不去。

三人对望了几眼。

“我们再去珍宝巷淘点儿宝贝？”苏意致指了指俞幼悠，“小秃能帮忙砍价，不买就是损失。”

俞幼悠提醒：“我刚看过了，极西城的法宝价格比我们东境的贵出三成还不止。”

“那就算了。”苏意致拒绝得很干脆。

俞幼悠倒是挺想去极西城的擂台赛看热闹的，奈何另外两个同伴都是爱好和平的丹修，死活不愿意再去那种断腿断手乱飞的地方。

最后三人终于还是回归初心，重新摸到了最寒酸的地摊一条街。

这条街是散修们的最爱，平时夺来的宝，或者历练时找到了什么灵药灵矿，再或者是号称祖传的某种神秘功法，拍卖场看不上的，都乱糟糟地堆在这儿卖。

以往这里最热闹的肯定都是卖法宝的摊位，不知道为什么，这次俞幼悠再来，看到多出了许多卖灵丹的人。

更可怕的是他们嘴里吆喝着的台词——

“卖灵丹了，二品灵丹，四境大会丹鼎宗弟子亲手炼制！”

“卖正版丹鼎宗特色辟谷丹了啊，买就送四境大会俞幼悠亲笔签名了啊！”

“黑市独一家丹鼎宗招牌丹药，由三位天骄携手炼制的丹药！独家供应！”

这一幕太可怕了，比先前云华郡中打着丹鼎宗招牌卖假丹的还夸张，这次居然直接打他们三人的名头了！

四境大会的影响力太大了，黑市的地摊上甚至有说书的讲起了四境大会中的各个故事。俞幼悠他们仨也站在边儿上免费听了一段，发现最受欢迎的桥段就是“苏飞白之死”和“东境逆袭”……

前者不用说，现在整个修真界都在各种阴谋论推测苏飞白的死因。后者则是因为散修们最爱听这种逆袭的故事，从倒数第一变成夺冠热门的东境堪称逆袭典范，其中频频出现的各种丹鼎宗丹药更是成了这次四境大会的

亮点。

“这些假丹居然全都是一坨一坨的。”苏意致的心情有点儿复杂。

边上的一个摊主听到了，立刻出言教训：“什么一坨？说这么难听，这是经过丹鼎宗天骄验证过的丹药最佳形态，能够保留最强的药效！”

三人组：“……”

“不过你们有眼光，我这个才是真正的丹鼎宗灵丹，他们那些都是炼制完了，把药丸故意捏成这种形状。”摊主神秘兮兮地推销，“你们先前看到了丹鼎宗用幽蓝花炼制的灵丹了吧？我这儿还有一粒，丹鼎宗的内部人员搞到的，看你们仨顺眼，五千枚灵石卖给你们了！”

三人组心情复杂地看着那粒丑陋的回灵丹，头都不想回。

启南风愤愤：“太黑了，在桐花郡只要二十枚灵石就能买到的回灵丹，他居然敢拿来冒充虚灵丹卖！”

苏意致无奈道：“没办法嘛，懂炼丹的人还是太少了，万一有人傻钱多的上当了，不就赚翻了吗？”

不过来混黑市的散修没几个善茬儿，所以那些摊主打着丹鼎宗的招牌都是噱头，压根儿没指望有人会信。

俞幼悠慢悠悠地一边走一边看，原本是想看看有没有便宜的灵药，结果就看到前面有两个摊位的摊主吵起来了。

右边那个摊位的摊主手握一把无比眼熟的大刀，骂骂咧咧：“老子就敢把话放在这里了，秃大师的丹才是最厉害的，什么狗屁丹鼎宗，大宗门的人都只会骗钱！”

俞幼悠的脚步一顿，后面的启南风见状乐了，悄悄指了指那把大刀，低声问：“这不是霸刀的那把刀吗？他怎么也来极西城了？”

非但来了极西城，还拿着秃大师炼制的各种丹药高价兜售，在一众售卖“丹鼎宗灵丹”的摊主当中分外显眼。

霸刀摸出一匣子形状难看的辟谷丹：“秃大师才是第一个领悟到丹药形态真谛的高人！”

“呵，你那什么秃大师不知道是哪儿来的牛马，我这可是丹鼎宗俞大师亲手炼制的灵丹！”另一个摊主冷哼了一声，愤怒地摸出更丑的一坨碎丹，傲然道，“看过四境大会的人都知道，俞大师才是真正的丹道天才、丑丹的

创始人！”

霸刀骂骂咧咧：“什么俞大师，她个黄毛丫头算个鸟啊！”

“你那个狗屁秃大师才什么也不是，一听就是连秃头都治不好的废物！”

本来都停下来打算听他们吹捧自己的俞幼悠：怎么突然改成互喷了？

听不下去的俞幼悠面无表情地拉着启南风和苏意致逃离现场。

在热闹的地摊一条街捡漏买了些低级灵药后，三人再转道回去时，拍卖场就开门了。

黑市的拍卖场很现实，需要先验过资产才能进入。

据说是因为曾经有人进去豪爽地抬价，那一场拍卖会创下了各种离谱的高价，结果等到拍卖结束后才发现这个修士身上加起来只有两枚灵石，根本就是来捣乱的。

眼下门口已有不少人陆续等在门口了，俞幼悠他们三人过来的时候，引来了附近人的频频注视。

倒不是因为三人组太矮，而是因为黑市当中妖修跟人修往往泾渭分明，最多不过交易时说两句话，像他们这样结伴同行的堪称奇观。妖族跟人族互相歧视，一般来说都不爱跟对方打交道。

不过按黑市的规矩，明面上人妖平等，所以他们三人不必刻意掩饰什么，继续顶着别人古怪的目光并肩同行。

别人看不惯又怎么样？嘿，那他们就多让别人看看，让那些搞歧视的心里多难受一阵！

“想要买好点儿的东西还是得来拍卖场，就比如说灵药，地摊上连三品的都找不到，但是拍卖场有时还会出现五品的……”

苏意致正说着话，结果没注意路，险些踩到了前面那个妖修的尾巴。好在俞幼悠手快把他拉住了，那一脚总算没落到那条豹子尾巴上。是刚才在珍宝巷口碰到的那些妖修，这下三人都认出前方这一行人的来历。

这一插曲也让前面的妖修注意到了身后的三个黑袍小个子。那个豹妖是个年轻男子，看得出他和御雅逸一样出身高贵，只不过不同于御雅逸那般的好修养，这人眉目间带着轻慢和傲气，居高临下地睨过来时，让俞幼悠觉得很不舒服。

他微微眯眼瞥了眼三人组，尾巴一甩，抬手慢条斯理地拍了拍袍角并不

存在的灰尘："两个人族…… 一只小妖？"

后半句话说出时，豹妖的视线亦是轻视地落到了俞幼悠黑袍下的半截灰色尾巴上："原来是只低贱的犬妖，难怪会自甘堕落，跟人族混在一起了。"

莫名被攻击的俞幼悠皱眉，边上的启南风和苏意致想要站出来替她辩驳却被拦住了，她是来买东西的，不想惹事。

那群妖修皆是配合地跟着嗤笑，倒是有路过的一个妖修好意提醒："豹绝兄弟，这里是极西城，不是妖都。"

叫豹绝的那个妖修扬了扬嘴角，目光玩味地回看了一眼那个路过的妖修，不屑道："我觉得刚才那句话并无不妥，本来就是只有自甘堕落的低等妖族才会跟人族混在一起，你觉得不对吗？"他顿了顿，又带着无所谓的口吻道，"而且你知道的，我先前被不长眼的犬妖冒犯过，一贯瞧不上各种犬类和类犬的贱种。"

那个路人妖修气得怒目而视："你这是在冒犯妖皇陛下！"

"这里没有陛下。"豹绝笑得眼睛微眯成缝，"而且狼和狗本就没有区别，都是贱种。"

…………

俞幼悠三人津津有味地听着前面的妖修们吵架，排队太无聊了，能有这样的热闹看简直是福利。他们甚至不知道什么时候拿出了一包瓜子，一人分了一小把咔咔地嗑着。

约莫是他们嗑瓜子的声音太明显了，那边吵架处于下风的豹绝不耐烦地回头看过来，冷斥道："滚！"

哪怕隔了一个面具，俞幼悠那道看蠢货一样的眼神都透出来了。她懒洋洋地反问："拍卖场是你开的？"

豹绝被噎了一下，他居高临下地看着俞幼悠："人族的地界就是没规矩，拍卖场竟然也会让你这种低等妖族进。"

这会儿前来检验资产的拍卖场女侍已经过来了，豹绝随手将芥子囊丢入对方怀中。

他淡淡地一瞥寒酸的三人组，正好瞥见俞幼悠拿了个低级芥子囊递给女侍，于是甩了甩斑斓的长尾一笑："倒忘了，这里也不是什么低级家伙都能进

的。”

边上其他几个妖族亦是相同的表情，并不觉得豹绝的话有何不对，甚至连后面那些同样只是散修的普通妖族亦是低着头不说话，一副对这帮人很是敬畏的模样。

她丢了粒瓜子进嘴里，纳闷了：“我怎么感觉妖族思想很落后？”

“你不是妖族吗？”启南风很纳闷，“妖族间物种歧视严重，平民和贵族之间等级森严，的确有很多地方是低等妖族不能够进出的。”

俞幼悠瞎解释：“我从小在桐花郡长大嘛，是外地妖。”

那边的女侍已经检查完了资产，带着恭敬的微笑将芥子囊归还，另一个则端着号码牌分发给众人。

绝大部分人拿到的都是最普通的木质号码牌，这代表着他们只能坐到一楼大厅的位置。托盘中，一块银色的牌子在一众木牌中尤为醒目，这是能够上到二楼贵宾席的高级号码牌。

豹绝自然而然地伸手去拿，然而女侍径直地走过了他，带着亲切的笑容微微屈膝，将这块牌子递到了俞幼悠的面前：“这位贵客，您的位置在二楼，待会儿会有侍从引领您上去，请稍等。”

豹绝微皱眉，声音冷下去：“你弄错了，牌子是我们的。”

美貌女侍偏过头看向豹绝，微微笑着礼貌答：“这位客人，诸位的牌子已经给您的同伴了。”

豹绝顺着她的视线看过去，果然看到其中一个妖修拿了块木牌子，正愣愣地看过来：“豹绝哥，不是十万枚灵石就能上二楼吗？”

女侍客客气气地回答：“看来诸位曾去过其他地方的黑市呢，十万块那是其他地方的数额。极西城的拍卖场时常有贵重法宝出来，通常都需要二十万以上才能上二楼呢。”

意思是……这条秃尾巴狗居然有二十万以上的灵石？

妖修们的眼睛都有点儿发直了。

还没等豹绝反应过来，女侍接着甩下另一道惊闻：“而且今日我们的拍卖场有件伪仙器做压轴拍品，所以贵客来得多，数额要五十万以上才能上二楼呢。”她笑得很是得体，甚至体贴地问了句，“诸位是否还有其他灵石不曾取出？若是有五十万枚灵石，我们这边为您核对一下就带您上去。”

豹绝脸色铁青地往拍卖场里走了。

俞幼悠感叹了一句："我这辈子都没想到，我居然有靠着灵石来打脸别人的一天啊！"

她从头到尾都没说一句话，只认认真真地嗑瓜子。结果拍卖场的女侍便很懂事地替她阴阳怪气地一顿，挖苦那群妖修。能在黑市拍卖场这种地方混的女侍真是太上道了，不露声色地就能让贵客舒爽。

这就是灵石的力量啊！这就是贵宾的待遇啊！

苏意致亦是心情激荡，连腰都挺直了："太爽了，我以后一定要拿灵石来砸人！"

不过，很快他便担忧起来："我们身怀巨款的事情被人知道了，等会儿要是出去就被人劫持了，怎么办？"

侍女掩唇一笑，温柔解释道："我们拍卖场有专门的传送通道让贵宾出入的，若是不想离开黑市想再逛逛，我们也会派出护卫保证诸位的安全。"

熟悉拍卖场的贵客一般都是直接传讯让拍卖场的侍从来接待的，根本无须在外面排队检验资产。不过这种伤客人面子的话，聪明的女侍是不会说出来的。

拍卖场的贴心服务让三人组再次感慨起了灵石的力量，有钱真是太好了。

他们被带到了二楼的十一室。这间房格外别致，灵香袅袅萦在室内，室内软榻矮几一应俱全，上面的茶酒瓜果和各类精致点心甚至不输天宫云舟上的质量。

更要命的是，屋内已经提前站好了三个侍从，是两个漂亮的人族侍女和一个秀气的妖族男侍。

刚一进来，就各自有一人上前来想要搀扶他们，甚至半跪在地上准备为他们脱鞋。

尤其以那个猫耳的妖族少年最为热情，白色的猫尾巴摇曳着都卷到了俞幼悠的尾巴尖上，碧绿的猫儿眼楚楚可怜地望着她，半是无辜、半是魅惑。

说实话，这猫耳少年可比花酒巷口站着的那些妖族少年还要好看，尤其是他屈膝半跪在俞幼悠面前，仰着尖俏的小脸，大眼蒙眬地望着她的时候……

没有心动也没有意乱情迷，俞幼悠的尾巴毛都被吓得奓开了。她飞快地往后跳开，远远地躲开这个漂亮的妖族少年，如临大敌地看着对方。

另外两个丹修的表现也没比她好到哪儿去，三个没见过这种阵仗的丹修后背都发麻了。

带他们进来的女侍愣了愣，旋即微笑着解释道："拍卖期间，他们会负责给诸位端茶倒水还有讲解……"

"不用了。"俞幼悠反应最快，她强装淡定地往后退了一步，"我们喜欢清静，都出去吧。"

等到人都出去后，俞幼悠才如释重负地瘫倒在了软榻上。她本来想伸手去拿灵果啃两口压压惊，但是担忧果盘要另外收钱，最后还是继续拿着瓜子嗑。

"太吓人了。"俞幼悠一边嗑瓜子，一边感慨道。

启南风和苏意致深有感触："对，太过热情反而很吓人。"

"不是。"俞幼悠在软榻上翻了个身，严肃道，"你们不知道，花酒巷的妖族少年要价很贵的，摸一下尾巴就得要一百枚灵石，刚才那三个看着比花酒巷的还漂亮，要是让他们在这儿待那么久还随便摸尾巴，这不得花上千枚灵石？"

"嗯，你说得对，不能随便摸。"另外两人下意识地点头附和。

片刻后，他们反应过来了，带着狐疑的眼神看向了俞幼悠——

"你怎么知道花酒巷的妖族少年摸一下就要一百枚灵石？"

俞幼悠动作一滞，飞快地坐直指着下面："啊，拍卖会要开始了，别聊了，快看！"

好在下面的拍卖会真的要开始了，替她解了围。

二楼的贵宾席都布有阵法，视野奇佳。从这儿可以直接看到一楼大厅中的所有人，而外人看不到里面的场景。

此刻，前方的高台上走出一个身形曼妙的人族女修，她带着得体的笑容介绍着这次拍卖会："欢迎诸位贵客，小女子梦兰，此次将由我来为诸位介绍每件拍品……"

极西城不愧是最大的人族大城，这里黑市拍卖场拿出来的东西几乎都是难得一见的宝贝，远非外面那些地摊货能比。

“大部分法宝都是高级法宝啊……”苏意致睁大了眼盯着拿出来的拍品。

眼下才刚开始，竞争也不太激烈，很快便有四件法宝拍出了，其中三件都是高级法宝，唯一一件中级法宝都具有极妙的功能，称得上是罕见了。

“我听说这次的压轴拍品是一件伪仙器的武器，一根鞭子。”苏意致认真地同另外两人说。

启南风和俞幼悠就纳闷了：“你从哪儿知道这么多八卦的？”

“就排队的时候，后面的人都在说啊。”苏意致用谴责的目光看着他俩，“你们自己不注意细节。”

不过伪仙器的法宝不是他们能够觊觎的了，这种东西拿出来，拍卖场甚至都没把握有人能买下它，大概率是想以此提升自己在各个黑市间的名气，稳固第一拍卖场的地位。

其间那几个妖修也叫了价想买法宝，俞幼悠此人甚是记仇，故意抬了两次价，生生地让他们多花了两三万的冤枉钱。然后她继续专心地等待灵药上来。

没有让三人等多久，很快便有一株三品灵药被送上台了。

一直在蹲灵药的俞幼悠飞快地把那个出价的灵阵拿过来，准备好按下去，能够上拍卖场的灵药肯定不是普通灵药，先买了再说，大不了回去倒卖给丹鼎宗的师兄师姐。

台上的梦兰微笑着揭开红布，声音通过扩音阵法传遍拍卖场的所有角落——

“第七件拍品，三品春情果，百年一结果的珍稀品，效果嘛……能够使得男女迅速动情，增加双修时的趣味儿，有道侣的贵客们可不要错过了，底价三万枚灵石。”

梦兰的话刚说完，俞幼悠的手已经下意识地按下去了。

“二楼十一号室的贵宾出价三万枚灵石，还有要加价的吗？”

启南风和苏意致一左一右地盯住了她，他们的目光中带着谴责：“小秃，你不对劲。”

俞幼悠面无表情：“我说我只是手快了，你们信吗？”

很明显，苏意致和启南风不信，而且他俩纠结的点还有点儿奇怪。

“三万枚灵石都能买两株三品灵药了，现在就买一粒你用不上的三品灵

果，血亏啊！”

俞幼悠想了想，决定把“万一以后我用得上呢”这句话给憋回去。

好在底下的修士们对这颗春情果的兴趣极大，叫价很快便超过了俞幼悠的三万，最后以四万八的离谱高价被买走了。

在第二株灵药出来时，俞幼悠谨慎了，仔细地听完了介绍。

“这株濯灵草品相不错，这种灵药炼成丹能够改善灵脉的强度。”

苏意致专心致志地盯着底下：“凡是能改善灵脉的东西都贵得离谱，这株灵药虽然才三品，但怕是要拍上天价。”

他跟启南风都是顶级天赋了，用不上这东西，至于俞幼悠嘛……她的灵脉每次碎完了重组都会变强一些，就更用不上了。

最后这株起价才三万的灵草生生地被拍出了十八万的价格，俞幼悠摸着自己的芥子囊心惊肉跳——原本以为自己很有钱，现在看来好像还是很寒酸。

兴许是因为有灵药谷在西境的原因，下一件拍品居然还是一株灵药。

梦兰微笑着介绍道：“这是一株自万古之森中摘取的凝血草，能够活血生肌，迅速恢复破损的肉体和灵脉，当然，只能在灵脉刚破损时恢复，诸位可以先买着以备后患。此物已有元婴期的前辈用灵力包裹了，加之我们拍卖场的特殊药匣保存，可以保存半年，起拍价，八万枚灵石。”

“四品灵药的起拍价才八万？”启南风吓了一跳，一般来说都是十万起步的。

“因为是从万古之森里拿出来的，最多只能保存半年。而且在座的也没有谁伤到需要拿这玩意儿疗伤的程度，买下了不一定用得到，要是半年内没有半死不活，这八万枚灵石就打水漂了。”

苏意致眼睛瞥向了俞幼悠：“你的怪病……好像用得到……”

俞幼悠却没有马上出价，她很冷静地看着下面，等到梦兰又说了几次都只有零星的两三人报价后，才不慌不忙地按下去。

果不其然，这次根本就没人跟她竞争了，最后仅用了八万五的超低价就拿下了这株四品凝血草。

不多时，那个猫耳少年便捧着一个药匣敲门进来，将东西呈给了俞幼悠。与之相对的，她的灵石也交出去了八万五。

拍卖越到后面越是激烈，尤其是各种防身法宝和武器更是被拍出了高价。

眼下这些拍品中早就没了中级法宝，都是些高级乃至顶级法宝，一楼大厅里的叫价声基本没有了，全是二楼贵宾席在花式炫富。贪生怕死的丹修们倒是看中了几件保命的法宝，然而在听到动辄几十万的叫价后顿时歇了心思，不敢跟真正的豪客们竞争了。

好在那些受欢迎的改善灵脉资质、增加晋升概率的灵药，俞幼悠都用不上，她需要的那些灵药大多都是炼体的修士才会买。众所周知，体修大多贫寒，甚至天盾门的那群家伙都穷得要命，所以他们即便想要也喊不起价。俞幼悠趁机又买下了几株四品的灵药。

“你只剩下十万枚灵石了，后面再有好的灵药恐怕买不起了。”启南风看了一眼俞幼悠，没多犹豫便把自己的芥子囊丢了过去，“先前你分了我十万枚灵石，还有我之前没用完的那些零花钱，这里一共十五万，你先用着。”

苏意致见状，虽然面露不舍，却还是递出了芥子囊：“买药治病要紧，我这儿还有十万零一千，你先拿着吧。”

俞幼悠愣了愣，她知道启南风被他爹停了零花钱，也知道苏意致家境贫寒，挣的灵石全寄回家了，所以不愿收。

她把两个芥子囊丢回去：“没事，这么多四品灵药足够我用大半年的了，我不用再买了。”

然而下一刻，启南风飞快地转向了拍卖台的方向，呼吸微有急促：“我感觉到一股很强的木系灵力…… 这件拍品很厉害！”他咽了咽唾液。隔了这么远，还有药匣阻挡，都能让他感觉这么清楚，里面的灵药恐怕不是普通货色。

苏意致飞快地把两个芥子囊都塞在俞幼悠的怀中，双眼放光地跟着看。

台上的梦兰表情亦是变得严肃了一些，她微启红唇：“若非这次拍卖会出现了一件伪仙器，此物肯定会作为压轴品拿出来。”

“第三十二件拍品，五品灵药，五叶海棠，可重塑肉身。”

可重塑肉身。简短的五个字，就让底下大厅沸腾起来。

然而梦兰的下一句话，又让底下重新归于安静——

“此物亦是从万古之森中取得，由诸位阵法宗师苦心钻研，最多也只能

使其保存一年时间。起拍价，两百万！”

刚刚还激动万分飞蹿起来的三个人迅速恢复冷静，咸鱼似的又躺回去了。

拍卖场的软榻躺着真舒服，三人虽然躺平，眼睛却还巴巴地望着底下的那株五叶海棠。

对于所有医修来说，三品灵药是好东西，四品灵药是大宝贝，五品灵药……那是梦寐以求的真爱啊！即便是丹鼎宗这样的大派，长老们也极少有亲自炼制五品灵药的机会。因为五品以上的灵药便属于天材地宝，不能种植，只能全靠机缘去获得了。

俞幼悠叹口气：“先前曲师姐找到的五品灵药就让悬壶派多出了一位元婴期的高手，难怪卖这么贵。”

“五叶海棠啊……”启南风的眼睛都快盯直了，嘴里念念有词地背起了在藏书阁看到过的灵药介绍，“据说此药一百年才长一片叶子，成熟后的五叶海棠可以炼制成五品灵丹，只要还剩下一口气就能马上救回来，可以说是你先前买的那株凝血草的超级加强版，这样的丹药带在身边就相当于多出一条命。”

凝血草是活血生肌疗伤用的，吃了以后得慢慢等伤势愈合。而五叶海棠是救命用的，吃了以后只要没死透，就能马上翻身爬起来跑路，二者完全不能比。

更重要的是拍卖场的人专门为它炼制了特殊的药匣，即便是离开了万古之森都能够存放一年的时间。

“一年内拥有两条命……啧，那些准备去跟仇家拼命的道友还不得抢疯？”打输了还能马上嗑药再打一次，在时常厮杀的修真界，此物算得上是至宝了。

俞幼悠把瓜子壳拢在手里，慢悠悠地放到矮几上，拿手托了下巴看热闹。心动是一码事，贫穷使人躺平。她总不能真跟龙傲天似的看到一件宝贝就想办法去抢吧？

若没看错，在五叶海棠拿上来的时候，拍卖场周围就已经出现了数位元婴期修士的身影，防的就是那些想抢劫的人。

在沉默半晌后，二楼的这些贵宾室中开始有人报价了。

“两百一十万。”

“两百三十万。”

…………

这些价格听得俞幼悠心惊肉跳，只能酸溜溜地感叹：“修真界的有钱人可真是太多了。”亏她先前拿着几十万走路的时候人都在飘，原来这点儿钱什么也不是。

“要是你在四境大会前押的那三万已经赢回来就好了，说不定还能参与一下。”启南风还惦记着俞幼悠押进去的钱，那些赌庄在四境大会正式开始后就停止投注了，而眼下大会的结果尚未公布，所以庄家和赌鬼们都只能眼巴巴地等着。

“就算是她那三万枚灵石再翻一百倍都买不起，五叶海棠的价可不止三百万。”苏意致的小脸微微板着，毫不留情地给俞幼悠泼了冷水。

果不其然，楼上除了他们这间房，过半的客人都加入了竞价。一轮过去，价格飙升到了三百万，而且还在慢慢上涨。

底下的梦兰笑靥如花，不断地报出一些骇人的数字——

“二楼七号贵客出价三百二十万，还有哪位贵客想要竞价的吗？”

“三号房的贵客出价三百五十万，真是有眼光呢……”

“他们居然随身带这么多灵石？”俞幼悠握紧了装着十万枚灵石的芥子囊，听得胸口绞痛。

“应该都是有备而来的，毕竟是底价两百万枚灵石的大宝贝，拍卖场在拿到东西后就会秘密告知一些真正的贵客——我是说这些正在出价的，而不是我们仨这种恰好混上来的。”

“一般来说，这些人要么是大门派或者大家族的掌权人，要么就是那些声名远扬的强大散修，当然也可能是比启老三还豪阔的暴发户。”苏意致毕竟是从大家族出来的，对这种情况很熟悉，他的眼睛滴溜溜地从那些房间号上转过，可惜也看不见里面的人是谁。

启南风纠正：“我家不是暴发户，我们这是脚踏实地靠自己本事慢慢发达的小生意人。”

嗑完了瓜子，终于没忍住朝灵果下手的俞幼悠动作一顿，抬头问：“大门派？一般宗门不是都不让弟子来黑市的吗？”

黑市什么人都有，花酒巷，擂台赛，全都是些纸醉金迷、血腥暴力的不良地，极不适合青少年前往，没有哪个正派大宗门会愿意让自家弟子来这种地方学坏。

苏意致和启南风都转过头看向她，发出灵魂拷问：“那你为什么会来这里呢？”

俞幼悠：算了，原来大家只是明面上乖巧，背地里都拥有一颗叛逆的心呵。

底下的竞争越来越激烈，当价格提高到四百万时，只剩下两间房尚有人参与竞价了。

“二号房的贵客出价四百一十万，还有哪位贵客出价的吗？”梦兰笑眯眯地说着，视线却落向了某处。

启南风纳闷了：“我感觉她在看我们？”

“她可能觉得我们看起来很有钱，对我们充满了期望。”俞幼悠懒洋洋地啃着果子。

直到隔壁的十二号房不紧不慢地出价后，三人组才知道自己又自恋了。

二号房跟十二号房像是较上劲了，前者似乎对此物势在必得，后者却总是不紧不慢地跟着他往上加十万。数次过后，俞幼悠他们都开始怀疑十二号房是拍卖场派来抬价的托儿了。

二号房的主人似乎也预想到了这样的可能性，在沉寂片刻后，突然传来一道苍老的声音——

“这位道友，在下赤凤山血手老道，若不嫌弃，不如交个朋友？”

老头的话语淡淡的，不过底下的人听到后都惊呼出声——

“血手道人！”

“竟然是他！”

俞幼悠纳闷地问：“这是谁？听他说话的语气有点儿狂。”

“修真界有不少强大的散修，未曾加入任何门派却赫赫有名，这位血手道人便是其中之一。”苏意致头也不回飞快地向另外两人普及修真界常识，“更重要的是，他是个化神期的大能。”

另外两人了然：难怪底下的人反应这么激烈。

化神期的身份亮出来不是真的想交朋友，而是明摆着在威胁——老子很

厉害，不管你是哪门哪派的，都赶紧退出竞争，算我欠你一份人情。你要敢蹬鼻子上脸，就别怪我不客气！

在座的所有人都以为此物的归属定是血手道人了，就连台上的梦兰都做好了宣布结果的准备。然而…… 十二号的灵阵再次亮出一个数字。

底下的梦兰愣了愣，眼中闪过一丝错愕，略犹疑片刻还是开口："十二号贵客出价，五百万枚灵石。"

众人哗然：太张狂了！

即便是顶级的大门派也会给化神期的修士面子，这十二号房的依然不搭不理，还继续加价。

血手道人也没想到这人这么不知趣，他意味难明地冷哼一声，阴恻恻地说了句："很好。"

俞幼悠略好奇地往隔壁望了一眼，可惜隔了堵墙，看不清那边坐着的究竟是谁。与她有同样好奇心的人不在少数，众人都在暗自猜测十二号房里究竟是哪位大能，或者是顶级大派的掌权者。

其中最有钱且正好在极西城的御兽宗少宗主也成了怀疑的目标之一。御雅逸是不敢跟一个化神期的大能对上，但是换成御兽宗不给血手道人面子，那倒是有可能的。正在天宫云舟上给老虎梳毛的御雅逸突然连打了几个喷嚏。

五叶海棠的争夺就此告一段落。接下来送上来的拍卖品便是这次的压轴宝物，那条伪仙器的鞭子。

伪仙器的起拍价就是八百万，这次冲着它来的人更多，就连方才放弃了五叶海棠的血手道人亦是加入了竞争的行列。不过隔壁的十二号房重归寂静，未曾再报价了。

"据说是有位修士在万古之森中寻找到的中州遗宝，不但能任意变换长短大小，还可以化身为绳子束缚敌人。当然还有更大的威力，不过具体的只有法宝主人才知道了……"

寻常散修也是能进万古之森的，只要不怕死，一路冲入最内围的化神期异兽老巢都没事，只不过迷路了或者被异兽追杀了都不会有人来救就是了。

俞幼悠对这鞭子不感兴趣，只不过这可以绑人的鞭子让她想起了自己的

那根手链。

在出来之前，曲师姐给了俞幼悠一个芥子囊，说是云华剑派的徐长老特意叮嘱要亲自交到她手上的。曲清妙也不知道其中是何物，当时只说：“据徐长老所言，此物是百里前辈临走前指名赠予你的。”

因为那会儿三人组急着溜到黑市来，所以一直忘记把芥子囊拿出来看了，想来里面装着的应该就是她进万古之森之前托百里空山保管的手链了。

俞幼悠这样想着，顺手便打开了芥子囊，再往里面一摸——“啊！”

芥子囊中装着的不是那条毛茸茸的手链，而是一条已经变得僵硬的巨型蟒尸！这东西上面依然存留着寒冰剑气的痕迹，尸身上还凝着一层薄薄的冰，所以不曾腐烂，摸着滑溜冰凉，很是瘆人。

启南风和苏意致也被俞幼悠那一手熏天的异兽血腥味儿弄得快昏厥过去，好在先前在四境大会上三人都习惯了这股腐臭味儿，这会儿也还能保持镇静。

“这不是百里前辈先前杀的那条化神期的异蟒吗？”苏意致吓了一跳，“他把这玩意儿送你了？”

启南风也想不通：“难道是因为你夸他所以得了这宝贝？那不公平啊，我也夸了他，怎么我什么都没有！”

俞幼悠思考片刻，试探着提出一个可能：“兴许是他看中了我的链子，这条异蟒尸体是拿来作为交换物的吧？不然他为什么还不还我？”

另外两人呸了一声，用鄙视的眼神看着她：“你当百里前辈是傻子，能看上你那条狗毛手链？”

不过启南风有点儿惋惜：“要是早点儿发现就好了，把这东西拿来拍卖估计也能卖个几百万，说不定得的钱能参与拍卖那株五叶海棠呢。”能不能拍下来是一回事，但起拍价肯定是够了，至少能喊两次价，享受顶级富豪的快乐。

苏意致打断他的幻想：“化神期的异兽异蟒尸体能做许多件高级乃至顶级法宝了，拍卖场要请专人来鉴定估价，还要提前通知那些贵客，没有三两个月的提前准备绝对不会拿出来拍。”

外面的伪仙器拍卖如火如荼已经到了俞幼悠听都不配听报价的阶段了。

她捏着芥子囊低头思索片刻，之后突然抬起头看向两位好友：“我记得五

叶海棠想要发挥出最佳效用的话，最好也得炼制成丹吧？”

启南风和苏意致没反应过来：“是，谁跟你一样生啃灵药啊。”

俞幼悠继续分析道：“散修中几乎没有擅长炼丹的，而四大医修宗门中，炼丹术最强的莫过于我们丹鼎宗。”

“悬壶派擅毒，灵药谷擅寻药植药，回春门擅针……”苏意致喃喃念了两句，之后点头，“是的，最有把握炼制成功五品灵丹的，肯定是我们丹鼎宗的诸位元婴期长老。”

“你说隔壁那位道友，会不会缺一位能炼制五品灵丹的丹修呢？”俞幼悠微微挑眉。

另外两人被吓住了：“你想干吗？”

“合作共赢，此乃亘古不变的真理。”俞幼悠语重心长道。

下一刻，她便拿出传讯符给马长老递送了一句话过去——“马长老，炼制一炉五品灵丹，工费十万枚灵石，干不干？”

极西城中。

苏飞白的事情尚未平定，不过苏家已派人前往苏飞白坠亡处调查了，眼下让众长老心烦的是另一件事——东境的积分计算出现了分歧。

东境连续遇到了好几波异兽潮，数量繁杂不好清算，分歧点还是出在了那只异狼身上。

“大家都看到了，东境修士在对上异狼的时候它有晋升的倾向，甚至已经出现了威慑这项天赋之力，问题就在于……俞幼悠在诛杀异狼的那一瞬间，它究竟是金丹期，还是已经到了元婴期？后者的积分是前者的十倍。”

这次四境大会是西境主办的，而且西境已经坐稳了垫底位置，所以梅长老站出来说话倒也没有人不满。

十来位元婴期长老齐坐一堂，都这样僵持了一整天了。

“金丹期的异兽一只是五百积分，而元婴期的异兽可是五千积分。”徐长老抱着剑一步也不愿退让，“既然那异狼介于金丹期和元婴期之间，就折算为两千五百积分好了。”

“哎，道友这话说的，是金丹还是元婴，咱们得算清楚，岂能这般不明不白？”御兽宗的长老笑眯眯地打断他的话。

牛长老带着和气的笑跟着点头："是啊，当时那条伪结丹的异鱼只给我们东境算了二百五十积分，到了伪元婴的异狼却不愿给我们两千五百积分，这样的确是挺不明不白的。"

马长老百无聊赖地坐在一角，他骂人在行，但是这种需要维持风度的场合就不行了。恰好这时看到了传讯符上俞幼悠发来的问题，于是随手回了句——

"成，只要你这小崽子能拿来五品的灵药，老子免费给你炼。"

真是有意思，一个筑基期小丫头还拿五品灵药同他开上玩笑了。这玩意儿是她能梦的吗？即便是马长老这样活了好几百年的顶级丹修，这辈子摸过的五品灵药也屈指可数。

丹修想要提高炼丹技术需要不断地练习，奈何马长老也找不到五品灵药来炼制五品灵丹，所以手痒之下才逮着机会乱炼各种玩意儿，背了一屁股债。

俞幼悠要是能找来给他炼，别说是免费，让他倒贴一百枚灵石都成！当然，抠搜的马长老是不会主动提议倒贴的。

拍卖场内。

看到马长老的回复后，俞幼悠心满意足地起身，将外面等着的侍女唤进来。结果进来的是那个漂亮的猫耳少年。

少年恭敬地半蹲在俞幼悠面前，以保持仰视她的谦卑姿态道："尊敬的客人，请问您需要什么服务呢？"

俞幼悠往后退了两步同这少年保持距离，然后淡定地让他去隔壁传一句简单的话——

"你问问隔壁十二号房的客人，是否需要一位能将他的五叶海棠发挥出双倍药效的高级丹修，报酬只需那炉五品灵丹的一成。若是他有意，劳烦拍卖场为我们提供一处详谈的地方。"

此言一出，猫耳少年眼中露出些许错愕，但很快便被越发强烈的恭敬所取代。他将头继续往下低，无比恭顺地应下来。

在他临出门前，俞幼悠忽然又将其叫住："等等。"

她将方才拿在手中的一片异蟒鳞片递过去："将此物一同递上去，作为信

物便是。”真是庆幸异蟒被百里空山削掉了一些鳞片，不然光靠俞幼悠自己掰怕是有点儿难办。

等到猫耳少年出去后，启南风才好奇地问：“你为什么要把异蟒的鳞片送过去？”

“因为四境大会前有一条化神期异蟒被斩杀的消息都传遍了，不过异蟒尸体在谁手上却无人知晓。能拿出异蟒的鳞片就说明我们背后至少是一个顶级大派，不会拿他寻开心，增加交易可信度。”苏意致替俞幼悠回答了，后者懒懒地竖了个拇指权当表扬。

不过苏意致也纳闷：“你怎么不直接把异蟒尸体给他，换一片叶子算了？”

俞幼悠很警惕：“那不行，万一他拿了百里前辈送我的异蟒尸体就逃了怎么办？”

苏意致：“我觉得能花五百万的前辈不至于这么不要脸。”

“那真要谈的时候怎么办？”启南风还是有点儿担忧。

“很简单啊。谈妥了我们就是丹鼎宗的人，带他去找长老炼丹。”俞幼悠又指了指苏意致，眉毛一挑，“至于谈崩了没成……那我们就是悬壶派苏家的人。我们悬壶派天下第一，能炼五品灵丹是很奇怪的事情吗？要敢上门找麻烦或者告状，尽管来我们北境就是！”

苏意致面无表情：“论不要脸还是你最强。”

没有让三人组等多久，猫耳少年很快便折返回来。

只是这次他手上的托盘中非但呈放着俞幼悠方才递上去的那片蛇鳞，还多出了一个被强大阵法萦绕着的药匣。

看到那药匣的瞬间，三个丹修的呼吸都微有停滞——

“这是……”

这药匣太显眼了，方才梦兰介绍的时候特意说过，这上面有经由十多位阵法大师绘制的聚灵阵，所以才能让五叶海棠保存一年的时间。

“就这样拿过来了？”俞幼悠捧着药匣有点儿惊讶，按道理，这种巨款之间的交易都要双方互相向天道起誓订下契约才对。

“是的。”猫耳少年粉白色的耳朵也因激动而微微战栗着，上面的茸毛都悄悄地耸立起来。

“隔壁的贵客托我转告诸位一句话，他七日后会来此地取此物。若是迟了，就会亲自到贵宗拿。”

俞幼悠跟另外两个人对视一眼，开始疯狂地进行视线交流。

启南风：你们说，他说的贵宗是咱们丹鼎宗还是悬壶派？

苏意致：我觉得要是把东西卷了跑了，这位大佬会从悬壶派搜到丹鼎宗。

俞幼悠倒是挺淡定地接过了药匣，她虽然抠搜却也很讲信用。对方愿意信任她，那她自然不可能做出卷了灵药就跑路这种缺德事。

小心站在一旁侍奉的猫耳少年对俞幼悠的态度越发恭敬，见到俞幼悠准备去拿水果啃，便体贴地递到了她的嘴边，柔声细语：“何须贵客动手，让小的喂您便是。”

拍卖场的这些侍从生得一副好容貌，也有一副玲珑心肠。

眼前这位年轻的女妖修看着虽然同自己一样只是阿猫阿狗般的低等妖族，但是与她同行的二人约莫是哪个大宗门出来的，而她与隔壁那位大妖谈交易时竟然云淡风轻，可见其真实身份不一般。

来黑市的人都不爱暴露身份，那条秃尾巴定然只是掩人耳目的法宝。关键是她瞧着很是青涩单纯且好骗，方才仅被钩了下尾巴就紧张得奓毛了。若是就此看上他，并将他带回家……凭自己的美貌和服侍人的本领，指不定能入赘到某个妖修贵族家中。

此刻，俞幼悠还不知道自己脑门儿上被贴了“青涩单纯且好骗”几个大字，她这会儿正无比专注地打量着这个药匣，所以当那颗灵果被送到嘴边的时候，她吓了一大跳，之后飞速地往后一缩保持距离。

猫耳少年的眼中迅速地盈满了朦胧的泪光：“贵客竟如此嫌弃……”

“不是。”俞幼悠皱了皱眉，然后从嫣红的灵果上捻下两根白色的毛。

她拿着毛，抬头看着猫耳少年，迟疑道：“你掉毛了？”

猫耳少年的眼泪滑落了一半掉不下去了，他呆呆地看着那两根长毛，慌忙解释：“这不是我的毛，我……我是短毛啊，您不信摸摸我的尾巴？”他微微躬下身，翘着那条可爱的白色猫尾让她摸。

俞幼悠终究还是没好意思上手，她很客气地安抚了两句：“没事，我就随便问问，春天快到了，妖族掉毛是很正常的，你用不着紧张。”

猫耳少年垂着短毛猫尾巴忐忑地出去了，而俞幼悠随手将那两根长毛一

吹。隐约地，一股极淡极淡的甜美草莓香气掠过她的鼻尖，又很快消失不见了。

“奇怪了……”俞幼悠纳闷地偏过头看了眼果盘，这里面也没有草莓啊。

第二十章

四境大会头名

拿到五叶海棠后，三人组从拍卖场的其中一个秘密传送通道离去。拍卖场为了防止贵客的行踪被泄露，发生买下宝贝后被人尾随夺宝的惨剧，所有的出口都是随机传送的。

万万没想到，这个通道的出口随机到了那家卖蟹黄面的酒楼。

只不过往日排满人的酒楼门口早就没有人了，因为御雅逸那个可耻的富二代把整座酒楼的员工全挖到了天宫云舟上，就等着把他们带回南境，让蟹黄面成为南境特产了。

想到这里，启南风和苏意致一边往客栈的方向走，一边偷偷议论着隔壁十二号房是御雅逸的可能性。

“敢得罪化神期大能，又出得起那样的高价，还疑似认出我们是丹鼎宗修士……”

“符合以上条件的，还真的就御兽宗的这位少宗主最可疑了。”

“当然最重要的还是能摸出五百万枚灵石！”

俞幼悠走在前面，却总想着那两根白色长毛。她怀疑对方不是御雅逸，而是某位大妖，只是没有证据，所以不好妄自推论。

黑市的拍卖会持续了很久，此刻天光大亮，外面都是白昼了。

三人在路上顺便买了几份早点带回客栈，本来是打算给曲师姐和另外两位师兄带的，没想到，在客栈门口就遇到了灰头土脸的马长老。更重要的是，他身畔还站了个极其美艳的女修，看装束是合欢宗的某位长老。

眼见着自家弟子来了，马长老愁眉苦脸地把自己的芥子囊递了上去，哀求一般地催着那位女修走了。

果不其然，启南风一走过来就很八卦地凑上前问：“马长老，那位前辈是

谁啊？”

马长老板着脸：“不过是来问路的某个陌生人罢了。”

苏意致不留情面：“问路而已，你为什么连芥子囊都给她了？”

马长老：“因为老子是个大善人，最爱四处接济人……”

俞幼悠只看了一眼，便残忍地戳破真相：“马长老，那位该不会是来找你要账的债主吧？”

马长老：“……”

俞幼悠再精准地补上一刀：“若没猜错，那是合欢宗的竹长老吧？”

马长老老脸一垮：“你怎么知道的？”

俞幼悠双手揣在衣袖里，眸光镇定：“因为别人家徒弟已经要账到你徒弟头上了。”

“所以你到底欠了多少外债？”

马长老被问得一滞，他不耐烦地挥挥手：“哪儿是欠的！是竹长老狡诈，当年骗了我合伙做生意，结果让我赔了十多万进去！”

结合马长老先前对某物的了解，俞幼悠怀疑这生意是开合欢宗的特产店。

只是马长老死活不愿意细说，被问到还欠多少债的时候冷笑一声：“要论欠得最多的肯定是悬壶派了。三年前，老子把他们宗门的长老跟弟子都揍得半死不活，顺便还把他们山门给毁了，后来给我送了一百多万的账单，老子就不还，他们能奈我何？”

“这怪我吗？要怪只能怪他们宗门的医修一个能打的都没有！昨天还好意思跟我说再不还钱就收利息了。”

你一个元婴巅峰期且最擅打架的修士，去打那群元婴初期的，还怪人家一个能打的都没有？

俞幼悠眨了眨眼，凑上去：“既然您这么缺钱，那我先前跟您说的事还做不做？”

“什么事？”

俞幼悠悄悄地打开芥子囊，把那个药匣露出一个小角，低声：“十万枚灵石工费。”

早在俞幼悠拿出药匣的瞬间，眼尖的马长老便一把将这东西拍回芥子囊

中，脸色前所未有地郑重：“跟我进来！”

直到带着三人进入屋内，他又果断地以元婴期的灵力将整间屋子笼罩，屏蔽外界的声音与窥探后，才半是激动、半是欣喜地看向药匣。

药匣上端是半透明的某种晶石，虽然看不太清楚里面的东西，但是那标志性的五片心形叶子落到马长老这等宗师眼中，一眼就能道出它的名字。

“五叶海棠！”即便是在五品灵药中，此物也称得上是最珍贵的之一。

马长老如珍似宝地打量着此物，最后又想起什么，转过头严肃地看向三人：“说吧，此物是从哪儿来的？！”

俞幼悠装作没听到，拿胳膊碰了碰边上的启南风，后者有样学样，最后解释工作落到了苏意致的头上。

小白脸清了清嗓子，很严肃也很老实地说出自己推测许久的答案：“这是南境御雅逸让我们帮忙炼制的。”

启南风亦是坚定地点头：“对！就是他！”

俞幼悠：为什么从他们眼中看出了认真，一点儿都没有在撒谎的意思？

最可怕的是，马长老原本紧皱着的眉居然逐渐舒展，还若有所思地颔首沉吟道：“难怪他突然要请你们去天宫云舟游玩了，原来还有这般内幕。想来也是怕被回春门的人知道了，引得南境内部不和。”

然后他便仰头哈哈大笑：“果然，回春门那群半吊子医修不靠谱，连御兽宗都信不过他们，还得让老子出马，让他们知道为何我丹鼎宗最强啊！”

在三人组发蒙的眼神中，原本浑不吝的马长老目露精光，气息深沉，好似换了一个人。他从芥子囊中摸出一个丹炉，斜眼瞟向俞幼悠：“正好清妙把这个丹炉给你带过来了，就让老子用五品灵丹给你的新丹炉开炉吧！”

丹修的丹炉有讲究，每个刚炼制的新丹炉所炼制的第一炉丹又称开炉丹。据说开炉的丹药品质越高，存留在其中的丹气会让这个丹炉之后炼出的灵丹品质越高。

可惜还没等到兴奋的俞幼悠看清自己的新丹炉，马长老便不客气地用灵力将他们三人一起推出去了。之后房门紧闭，以灵力结界封死整间客栈，居然连带着俞幼悠他们周围的灵力都被抽空了！

启南风有点儿担心：“马长老能行吗？”

“应该没问题。”苏意致对他倒是很有信心，“我还在苏家的时候就听过马

长老的赫赫威名，苏家的老人都说只要把马长老毒死，丹鼎宗的炼丹术就要完一半，说明他的炼丹本事很强。”

俞幼悠幽幽道：“你们苏家的人夸人的本事真是别致。”

炼制五品灵丹要花上好几天时间，所以三人也不急于一时，悠悠然地拿着早点去找曲清妙和两个师兄吃饭。结果非但没找到曲清妙，就连剑修和盾修们的踪影都没寻到。

三人这会儿手上都端着满满当当的早餐，俞幼悠纳闷了：“他们是不是偷偷去玩了？”

启南风也很委屈：“为什么不带我们？”

苏意致搞阴谋论：“他们又想孤立我们了！亏我们还给他们打包了这么多吃的！”

委屈万分的三人组只好回房间埋头吃着十多人份的早点，从灵粥到灵酥小鱼一应俱全，摆满了整张桌子。被孤立的三人越想越气，越吃越香。

远处的四境大会的会场外，挤满了饿着肚子的年轻修士们。

连续统计了两天积分的长老们累得够呛，此刻却个个身着宗门的长老服饰高坐在上首，面色端肃且正经，就连心情极差的悬壶派长老们也不得不静坐在此地。

底下是排排站好的四境修士队伍，所有修士皆身着宗门弟子服饰，就连灵兽们也被打理得油光水滑。他们代表的是四大境最杰出的天骄，亦是人族修士新一辈的希望。

高台之下挤满了前来围观的四境修士，还有手持着传讯符的解说员们，此时的气氛过于严肃，所以就连他们都安静下来。

只是东境的修士们表情都不太对，甚至都在拿着传讯符不知道弄些什么。

姜渊眉头紧皱：“他们三个还没来？”

俞长安轻声道：“我方才听合欢宗的道友说，她们宗门的竹长老跟丹鼎宗的马长老一道去接人了，合欢宗的几位道友都被接过来了，想必马长老和俞师妹他们也快了。”

狂浪生拿着传讯符戳了半天，最后无功而返：“他们那边的灵力好像不

足，传讯符都传不过去。”

张师姐叹气：“谁能料到原说是五天才能统计好的积分和名次，竟在今天早上就出来了，还如此匆忙地让我们过来，难怪寻不到人。”

队伍最后边的曲清妙唇角忍不住上翘，一想到还没来的师弟、师妹，又很快地抿紧了唇。她修眉紧蹙，频频望向极西城的方向。

马长老修为最高，所以大家才没有发传讯符，而是让他直接返回客栈去带那三人组回来，这样也好节省时间。还有半个时辰就要颁发四境大会的奖励了，怎么还不见他归来？

最后还是徐长老悄悄地退到了队伍最末。

“曲师侄，我御剑去将他们带回来。”

曲清妙连忙拱手致谢：“那就有劳徐师叔了！”

徐长老微颔首，唤出飞剑似风一般奔赴极西城。

“要是跟以前一样垫底也就罢了，少两三个人倒也无所谓，可这一次……”曲清妙看着徐长老御剑离去的背影，只想叹气，“这一次，我们东境可是在时隔一百年后，终于又拿了头名啊！”

不得不说，云华剑派的飞剑速度配得上举世无双四个字。

这边三人组才吃完撒了细碎果干的甜豆花，正准备向那笼热腾腾的灌汤小笼包伸筷子的时候，就被冲进客栈的徐长老拎出来了。

徐长老都顾不上研究马长老去哪儿了，这间客栈为何又被灵力结界覆盖，径直带着三人就往外面冲。

“四境大会的结果出来了，他们都在会场等着你们了……俞幼悠，什么时候了，你还在打包这些吃的！”

俞幼悠动作飞快地把最后一块肉饼捞进空间戒指里，认真地解释：“这些冷了就不能吃了，不能浪费粮食。”

徐长老可算体验到牛、马长老被俞幼悠气得破口大骂的感受了，就差拎着她脖子把她丢上飞剑了。

兴许是体验过了百里空山那让人窒息的速度，这会儿徐长老的飞剑显得如此温和，三人甚至偷偷摸摸地在飞剑上吃起了香味儿四溢的肉饼。

不到半盏茶的工夫，面色阴沉的徐长老便带着三个丹修抵达了会场，指了指高台没好气道：“去东境队伍里站好！”

好在他们三个这会儿把肉饼啃完了，胡乱地擦了擦手和嘴角的饼渣儿，就往队伍最末端溜去。

虽然徐长老已经竭力低调了，但架不住今年几乎所有的人都在关注东境，所以这三人啃饼的小动作也没能瞒住后面那一大群修士，尤其是那些解说员。

他们虽然还不知道具体的名次，却也知道东境今年成绩很不错，甚至算得上是前所未有的亮眼。

他们拿着传讯符，由衷地感慨："何为荣辱不惊？何为不骄不躁？丹鼎宗的三位年轻丹修为我们做出了最好的示范，哪怕这次取得傲人的成绩，依然保持着初心！"

看到丹修们在大礼正式举行前赶来，盾修和剑修们都松了口气。

"可算是赶来了，你们做什么去了？"

"买早饭去了。"俞幼悠肚子已经饱了，她很体贴地从空间戒指里摸出一笼尚散发着热气的灌汤小笼包，"要来一个吗？"

边上的启南风和苏意致也偷偷地摸出各种早点："还有蒸玉米和西境特产的腊肠饭，特意给你们打包过来的。"

东境修士们一起在万古之森里摸爬滚打了一个月，彼此间早就不知道什么叫客气了。他们飞快地往台上瞥了一眼，确定还有会儿才正式开始后，便坦然地开始瓜分各种吃食。就连以往最注意形象的剑修都不例外，站在队伍最前方的姜渊也接了两块米糕送入口中。

要什么形象和面子，在四境大会中饿得吃野草的样子都让外边的人看了，还在意别人看他们吃早点吗？

早早就被提前叫来的其他修士都没吃早餐，最多也不过吃了粒辟谷丹，那味道哪能跟那些香喷喷的早点比？

东境左边是西境，右边是南境，时不时就有复杂的目光从两边瞥来。

狂浪生一边嗍着螺蛳粉，一边向边上的南境弟子热情地介绍："这味道很不错，酸辣味儿很足，等会儿结束了你们记得去尝尝！"

南境弟子没说话，只是空空的肚腹让他下意识地咽了咽唾液：你光说干吗啊！有本事分给我吃啊！

另外一边的西境弟子也遭受了同样的折磨，狂浪生这厮甚是欠打，向南

境道友介绍完了螺蛳粉，又转头同西境道友说起了油酥肉的好。

东境的人抠抠搜搜，全然没有要分享的意思，动作很快地把所有食物都消灭了。

后边的解说员继续感慨：“何为同伴情，何为团队魂？哪怕四境大会结束后，东境修士们依然亲密无间，真是让人羡慕不已啊！”

不得不说解说员们也很现实，要是换成以前东境垫底，估计现在就是被冷嘲热讽一通了。

台上的长老们神情各异地盯着东境这群年轻修士在下面的小动作，在发现他们很快地吃完东西，已经开始擦嘴后，居然都忍不住松了口气。

悬壶派的长老目光冰冷，冷哼一声，正想阴阳怪气嘲讽两句时，就见到原本还懒懒散散的东境队伍气势一变。

吃饱后的少男少女们个个都面色肃穆，背脊挺直得好似山巅雪松，其凛然的气质让所有人都为之侧目。

剑修和盾修们体格原本就远胜过其他宗门的弟子，个个皆是高挑矫健的身材，分外惹眼。而那三个漫不经心懒站着的丹修……因为太矮所以被其他人挡完了。

此次四境大会是由西境举办，所以由合欢宗大长老梅长老宣布结果。梅长老此刻也收起了平日里的媚态，美艳绝伦的脸上带着温和的笑容，并不因西境这次的糟糕表现而乱了心绪。

她的目光凝向下方的一众年轻修士，略显欣慰地轻颔首，元婴期的修为暗含在声音中，传遍了会场的每个角落——

“此次四境大会已结束，无论是取得最佳名次也好，抑或是稍逊一筹也罢，还望诸位年轻修士能不忘初心，铭记踏入万古之森的目的是为守护我人族，守护四境大陆！”

此话一出，底下的年轻修士们神情都变得严肃了许多。

梅长老年轻，并不爱老套的长篇大论，很快便宣布了这次四境大会的结果——

作为东道主的西境落到了最后一名，仅拿了一千出头的积分。

西境队伍的修士们表情略有难堪和失落，竹朝雪站在队伍的最前端，不用回头也能想到自家队友的心情。

她淡淡道："一次大会的胜负能决定什么，何须郁结于此？若真不甘心，日后镇守万古之森时多宰点儿异兽让他们见识见识。"

这话好歹让西境的修士们振奋了不少。

也是，每次参加四境大会的弟子们几乎都能进入金丹期，也就是说，不久之后他们这群人可能都会成为镇守万古之森修士大军中的一员，到时候有的是机会证明自己。这次斩杀异兽不多，下次超过他们就是了。而且西境也不是第一次垫底，这么一想好像又没什么了。

站在俞幼悠边上的梅灵儿突然转过头来，认真地对她道："虽然我不会忘记你的救命之恩，但是下一次可不会再输给你了！"

俞幼悠回过神来，定定地看着梅灵儿，然后朝着她伸出了手。

就在梅灵儿心潮澎湃地等着俞幼悠说一句同样的宿敌宣言，再与她握手为誓时……

"你不说我都差点儿忘了。"俞幼悠一脸的庆幸，"我们东境救过你一命，你都还没给我们钱。"

这话一出，东境队伍中又齐刷刷地伸出好几只手，默契地对着梅灵儿。

"还钱！"

梅灵儿：当初我是怎么会觉得俞幼悠单纯善良的？

相较于西境，拿到第三名的北境修士们心情就复杂多了。

在听到梅长老念出北境的名次后，有个法修忍不住叹气："北境可是从未拿过这等糟糕的战绩，以往再怎么样也能斩获第二名的。"

为首的单咏歌低声道："已成定局的事，就莫要多言了。"

只是北境修士们的心态依然不太平衡。

本来按照他们的积分，稳扎稳打过完最后几天是很有可能拿下头名的，整整两千七百积分啊！放在前面几次四境大会中都是毫无疑问的头名了。

奈何最后的时候苏飞白为求稳拿第一，竟毅然决然向南境下手，和他兄长一样引发了异兽暴动。那些异兽有致命的危险，却也为东境和南境送去了无数的积分。

想到这里，万法门的修士们表情都不太好看，尤其眼下北境在起内讧，此刻北境的队伍中站着的竟然只有他们万法门！

数日前，北境的化神期长老苏真人亲自去了古城墙探查，那一场暴雨将

所有的痕迹都冲刷得一干二净，苏真人当时便冷着脸离去，那四个筑基期的弟子则再也没出现。

光是站在这儿，单咏歌仿佛都能听到后面那些看热闹的人群中有人在议论纷纷，然而他不曾有过半点儿后悔。要唯唯诺诺地顺从苏飞白，拿自己师弟们的性命去保护悬壶派的人，他做不到。

参加四境大会的弟子都有奖励，除去最后一名的西境弟子们只一人分到一万枚灵石外，前三名还有实物奖励。

万法门在北境仰仗悬壶派过活，资源远不如那些医修，所以分到那些高级法宝和各种灵药后，沉重了数日的脸上亦是不由得流露出久违的欣喜。

“悬壶派的道友不在，他们的灵石怎么办？”

单咏歌神情很淡定：“我们先帮他们收着好了。”

等到北境领完奖励后，梅长老的视线在东境和南境的队伍之间游移了片刻，之后收敛了微笑，正色开口——

“南境的分数为三千二百分，位列第二。”

御雅逸等人是早就知道结果的，所以神情淡定地上去领取奖励了。只是不管是灵石也好、法宝也罢，对于南境的修士们来说都不算太了不得。

南境修士多世家弟子，能来参加四境大会的更是嫡系中的嫡系，不知道有多少个少家主。御雅逸身上其实都有伪仙器的防身法宝在，其他人更是多多少少都身怀顶级法宝，对于拿出来当奖品的这些灵石和高级法宝都不太在意。

从台上走回来的御雅逸视线落到了东境队伍的最末处。

俞幼悠正借着前方盾修高大身形的遮掩懒洋洋地歪站着，没精打采地同边上的两个同伴闲聊着什么。

不过少女的警惕性极强，在御雅逸看过去的瞬间，她便抬头同他的视线对上了。

俞幼悠声音一顿，经过短暂的思索后，很敷衍地冲御雅逸拱了拱手，嘴巴一张：“恭喜啊。”

御雅逸：“你们是第一名。”

第一名来恭喜第二名，怎么听都像是在嘲讽。

但是俞幼悠全无嘲讽之意，她表情挺认真地问：“第二名就不值得恭喜了

吗？”

启南风接嘴：“要知道我们东境都上百年没拿过第二名了，而且你们这次的对手是恐怖如斯的我们，落后一名也不算丢人嘛。”

这句自夸的话要放在从前，御雅逸听了之后定会嗤之以鼻，然而这次他心里竟诡异地产生了认同感。这次的东境前所未有地强，南境还真是输得不冤。

不过后面看热闹的修士们就不这样想了，他们在听到三千二百分这个数字后便忍不住议论纷纷。

“我记得前几届四境大会的分数好像都没这么高？拿个两千五以上就稳拿头名了吧？”

“西境的一千多分垫底正常，但是两千七的北境只有第三，突破三千分的南境只有第二？”

“因为这届的异兽潮来了好几波吧，以往可没有这么多异兽因暴动聚集到一起来。”

“东境这次的表现拿第一当之无愧，但是他们的分数到底是多少？”

“南境跟东境一起对上了最后那一大波异兽潮，所以我觉得他们的分数应该差得不远。”

…………

在南境修士们上去领奖的时候，下面吃瓜群众的议论就没有断过，更有个机智的道友临时开了个赌庄，下注东境的分数。

当梅长老再次开口时，现场的气氛都变得有些凝滞。

“头名是东境。”

这是现在大家都知晓的结果了，梅长老扫过众人，视线落在东境队伍中，道出下一句话——

“他们的积分是，六千分。”

“啪嚓！”后方有个正在啃甜瓜的修士手上一松，甜瓜掉到地上，他却张大了嘴连一句话也没能说出来。

同样与他保持这份诡异寂静的，除了后方这些看热闹的修士，还有前方那四大境的年轻修士，即便是东境队伍里也出现了一张张发蒙的脸。

狂浪生结巴了一下：“我听错了？六千？”

姜渊深吸了一口气保持平静:“嗯，六千。”

“先前四境大会的最高纪录是多少分?”

“四千九,百年前我师父参加的那次。”

也只有提前知道这个确切数字的长老们还能保持镇定了。

梅长老表情严肃道:“相信诸位都不太敢相信这个数字，的确是六千分，没错。东境队伍诛杀的那只异狼，经由天音禅寺的无尘佛子确认，在死亡前便领悟了只有元婴期异兽才能掌握的天赋之力。因其未完全结婴，所以评判为伪婴期，积分为两千五百分，加上原本的三千五百分，东境共计六千分，乃实至名归的头名!”

无尘佛子这个名字一出，原本还在质疑的那些声音顿时消失。天音禅寺的声望在四境都极佳，佛修们更是恪守清规，决计不会妄语。

御雅逸面露苦笑，拍了拍身旁的踏雪:“原来就算没有那只异狼，他们的分数也比我们高。”这次真是输得心服口服了。

此刻，所有人的目光都落在了东境队伍之上，那一群年轻的修士意气风发地踏上高台，比晨曦还要耀眼。

这次四境大会的奖励是由西境提供的，获得头名的弟子们每人不仅能分到五万枚灵石的奖励，更能各自挑选一件顶级法宝或者四品灵药。最重要的是，还拥有自由挑选奖品的权利。

最上首的无尘佛子神情温和地看着这些年轻修士，淡声夸了句“你们做得极好”后，便微微抬起手一挥。俞幼悠他们的面前都出现了一个阵法，上面标注着灵药、矿石、法宝等类别。

边上的梅长老温和地提醒:“此阵与我西境宝库连通，里面有灵材，也有现成的丹药和法宝，你们每人都可通过阵法取出一样心仪之物来。若是都看不上，可以直接选择拿十万枚灵石。”

梅长老没说的是，这里面的宝贝也是有高低之分的，自由选择听着固然不错，但是很考验个人的缘法和眼光。

她才这样想着，边上的俞幼悠就发出灵魂拷问:“梅长老，我可以把宝库里的宝贝挨个儿看完慢慢选吗?”

此言一出，正激动万分准备选定奖品的东境修士们都停下了动作，俨然有了跟她相同的想法。

梅长老：你们真的好意思吗？

最后还是牛长老看不过去，板着脸低声提醒："别磨蹭，整个修真界都看着你们呢！一炷香内给我选完！"

您觉得让大家在这儿看一炷香就不过分了吗？

梅长老听不下去了，勉强挤出笑容纠正："后面还有要事，你们莫要耽搁，在三十息之内选定奖品吧。若到时间还没选定，便视作主动选择十万枚灵石。"

云华剑派这群剑修最爱的就是不断淬炼打磨自己的本命灵剑，所以毫不犹豫便点开了"矿石"一栏，开始选取给"老婆"升级的矿石。

盾修们做出的选择也差不多，先前狂浪生盾上镶嵌的寒晶石让他在异兽潮中坚挺不倒，看得他们眼红不止，所以此刻也都直接开始寻找能增强各种属性的灵矿石。

唯独俞幼悠在皱着眉思考："要不要直接换成灵石算了？"

边上最怕死的苏意致已经快速地选定了一件防御法宝，他听到俞幼悠的嘀咕后就提醒："只有西境灵药谷才能找得到这么多四品灵药，你离开西境后就不一定找得到了。"

听到这话，俞幼悠只能忍痛放弃了十万枚灵石，直接进入了灵药的选项。这里面存放的全都是四品灵药，视线落到哪处，那里就会显出灵药的名字和基本的功效。不过灵药太多，她一时间看得眼花缭乱，半天都没选出心仪的。

边上的启南风已经选定了一本灵药谷化神期长老编写的《高阶灵药种植手册》，眼睛瞥过俞幼悠的画面，呼吸立刻变得急促起来。

他匆匆催促："小鱼，拿那朵花，破破烂烂那朵！"

听到启南风的话，俞幼悠毫不犹豫地伸手探入阵法，一把将装着半朵紫色干花的药匣捞进手中。才刚拿到手，阵法便关闭了。

梅长老没注意到他们的小动作，待众修重新站定后，便严肃地继续开口："按照惯例，为了鞭策诸位年轻修士，诸位化神期前辈都会赐予至宝给表现最优的一位弟子。经过诸位长老评判，此次四境大会东境队伍中表现最佳者——"

众长老的视线都落向了台上的某个角落，那儿站着三个丹修，还有俞

长安。

三个丹修倒是很淡定，甚至小声地在议论着什么。俞长安则神情淡淡地挺立在原地，微微抿着唇，不知道究竟是何感想。

底下的修士们已经按捺不住开始议论了——

“按道理该给俞长安才是，毕竟那可是不灭剑神亲赐的一对伪仙器灵剑，一看就是给自己儿女准备的，长老们应该会买他面子。”

“此次俞长安虽不如他父亲那般逆天，但是在异兽潮来袭时也斩杀了许多异兽，算得上是少年英才了。”

“可是我觉得俞幼悠表现得更好，且不说她炼制的丹药救了不知多少队友，光是她杀的那只异狼……那可是两千五百积分！”

“说起来，俞幼悠也姓俞，她就是不灭剑神的那个女儿吗？”

“不是，我听人说，她亲口承认自己是父母双亡的孤儿，而且据说身世贼惨，她爹在她刚出生时就掉进粪坑淹死了……”

…………

底下人群蜂鸣声嗡嗡不断，但是很快，梅长老的声音便将所有人的议论声盖过——

“最佳者是——丹鼎宗，俞幼悠！”

这个结果并未出乎大家的意料，这是四境大会，在整个修真界的注视之下，众长老并不会因为想给俞不灭面子而让四境大会蒙上“不公”的阴影。

就连东境的队伍对这个结果亦是毫不意外，他们早先开玩笑时也都觉得该是俞幼悠拿下最佳的名头。

即便是没能将父亲赠物取回的俞长安，在短暂的失落之后，亦是轻声地道了句：“恭喜。”

俞幼悠回头深深地看了他一眼，之后神情淡然地走到了最前方。

站在这里，可以看到整个会场的布置，下方成千上万的修士正注视着她，人群中甚至有人冲着她拱手行礼以示敬意。

然而最耀眼的，莫过于不知何时悬在她正前方的一对灵剑。那是伪仙器，是就连元婴期修士也会为之疯狂的宝物，是在拍卖场能拍出千万枚灵石的至宝。

底下的修士们早已被这对灵剑绮丽的流光所震慑，连话都说不出来了。

即便是坐在高座上的顾真人也忍不住通过神识同边上的无尘佛子无声地抱怨：“俞不灭自己行事张扬高调就算了，你说他非要拉咱们下水！伪仙器，还是一对！三年后就轮到我出宝贝赠给这些小辈了，我原打算拿两件高级法宝就够了，结果他这一出手，我不拿一件伪仙器都不好意思了！”

无尘佛子垂眸淡然回：“馈赠小辈一为结缘，二为勉励，无须攀比。”

顾真人微侧目：“你的意思是，轮到你的时候，你不打算赐伪仙器？”

无尘佛子辨不出年龄的脸上浮出庄重之色：“佛修清苦。”

顾真人：佛修清苦？要不是怕冒犯道友，我都想说一句脏话了。

“原本是该由不灭剑神亲赐宝物的，但是前辈尚在闭关，所以便由云华剑派的徐长老代行此礼。”

徐长老起身，平日里温和的笑容早就不见，取而代之的是前所未有的凝重。他郑重地将这对剑取下，放到了俞幼悠的手中。

俞幼悠终于触碰到了这对剑，也看清了它们的模样。它们小小的一对静静地躺在她的双手上，只有她的小臂长短，莹白如玉的剑身温润，不带半点儿锐利的杀意，反而带着和她掌心温度相似的暖意。

她因这对剑而来，可是真的拿到手的这一刻非但不曾生出喜意，双手反而莫名地颤抖起来。胸口像是压了一块沉重的石头，一点一点，无法反抗地将某些存留在身体中的原身记忆挤压出来——它们不该是这把剑的模样，它们好像该轻轻地摩挲着那只幼兽的后颈，玩闹似的轻咬它的耳朵。

徐长老严肃却也温和地低声提醒俞幼悠：“此物乃伪仙器灵剑，你若是用不上它，可以考虑同其他剑修换取自己能用的防御法宝。若我没记错的话，俞师侄还有一件伪仙器防御法宝，你不妨同他交换。”

“多谢徐长老提醒。”俞幼悠抬头，温和客气地同徐长老道了谢。

少女的眉眼间无阴无霾，明澈得好似今日的晴空。晨曦映在她小小的面庞上，同那得体的笑容一般明朗。

徐长老以为俞幼悠把自己的建议听进去了，于是微笑着对她颔首。只是他忘记了一件事，俞幼悠只说了谢，却并未应下，从头到尾更不曾将视线落到俞长安身上哪怕片刻。

四境大会的最后，获得头名的所有东境修士在一册金色长卷上书写下自己的名字。

晨曦映在那群意气风发的少年人身上，同那册写满了无数耳熟能详名字的长卷一道，为他们镀上了一层耀眼的金光。

“狂浪生……”

“启南风……”

“俞幼悠……”

注视着这一幕，不知为何，所有人都莫名地生出了一种预感。或许，修真界又将出现让后人铭记千万年的名字了。

四境大会总算告一段落，然而回去的这一路上，获得头名的东境众人被各路修士们围得水泄不通，一改过去几届无人问津的清冷局面。

有因为赌输了钱气得想来打人的，有痴迷某位修士冲上来想送花的……当然最快的还是那群身手最矫健、嗓门也最大的解说员了，里面还混着一些拿着纸笔不断记录的话本写手。

他们最快地拥上来，手上拿着传讯符凑到众修身边，声音一个比一个大——

“俞长安，请问你对错失你父亲赐下的剑有何感想？”

“狂浪生，你能说说为什么那种蚂蚁叫狂浪蚁吗？”

…………

个子小巧的俞幼悠被挤来挤去，作为这次最大的赢家，她毫无疑问获得了最多的关注。俞幼悠甚至被挤出了东境的队伍，身边围满了眼巴巴望着的各路修士。

“俞幼悠，请问你……”

她默然地看着蹲在自己身边的这些人，艰难地打断：“我没那么矮，你们也不用蹲着跟我说话……”

然后那些人唰地站了起来。

俞幼悠看着突然多出来的人墙，沉默了一会儿，开口：“算了，你们还是蹲着吧。”

众修想起当时她和御雅逸在草丛里谈判时的模样，都忍不住偷笑起来。

她不似那些大世家的修士不好说话，也知晓这些人没有恶意，所以对他们问的一些无关紧要的问题也都一一作答了。很快，便有人关心起了那对双

子剑。

“你是准备把那对双子剑拿去卖掉吗？我们上官家的拍卖行可以免费帮你开一场拍卖会！”

虽说有丹鼎宗和云华剑派的双重威慑，不至于有不长眼的来抢她的剑，但是在众人眼中，俞幼悠拿了这对剑根本就是无用，一个天赋超群的丹修，总不可能半道改行练剑吧？

然而人群最中间的那个少女弯了弯眼睛，露出个意味深长的笑容：“为何要卖？也没说丹修不能兼练剑法，我倒是挺想修习剑术的。”

听到这样的回答，旁边的一个剑修猛地想起俞幼悠在万古之森里怒斩异狼的惊艳一剑，忍不住插了句话：“你年纪尚小，想来学剑完全来得及。”

牛长老怒目而视，悄悄地踩了那个剑修一脚，还下了死劲儿踝了踝。

边上的人群中传出善意的笑声，大家都没把俞幼悠这话当真。这些年随着一桩桩关于俞不灭震惊修真界的事件出现，有不少修士爱开玩笑说想学剑，想来俞幼悠这样说也不过是玩笑，顺带着向赠予仙剑的不灭剑神示好罢了。

于是便有人顺势问道：“你为何突然生出想修习剑术的念头呢？”

按照常理，此刻俞幼悠便该顺着此人递出的话头说一句“因听过不灭剑神的种种故事才生出这样的念头”才对，不只能和不灭剑神攀上关系，修真界也多出一桩美谈。

然而俞幼悠思忖片刻，之后抬起头，原本散漫的表情变得前所未有地认真道：“我曾有幸见过百里空山前辈一剑斩杀化神期异兽的英姿，那一幕真是让人异常痛快。”

她迎着众人呆愣的眼神，一字一句道——

“我也想一剑斩杀化神。”

被围了大半个时辰后，东境众修总算从热情的人堆中脱身。

得知马长老正在炼制一炉重要的灵丹，大家都很配合地转移到了隔壁的客栈，不去打扰他。反正现在每个人都拿了五万的灵石奖金，包下这座酒楼绰绰有余。穷酸的东境终于支棱起来了！

“不过我是真的没想到，你最后说出的那句话简直绝了！”狂浪生兴奋地

冲着俞幼悠比了个大拇指，眼中只剩下了崇拜，“一个丹修居然也敢说斩化神期的异兽，你当时把他们都吓傻了！”

俞幼悠啃着果子，没有多解释。

众修都忙着回去看自己选中的宝贝了，各回各的房间。

俞幼悠则是跟启南风和苏意致在一起，三人把脑袋凑到一起研究她选的那株花。说是一株都不对，因为那朵花只剩几瓣干枯得看不清颜色的花瓣了，更无从辨认出是何物。

俞幼悠虚心地向启南风询问：“这花只剩下半朵了，当时为什么让我选它？”

启南风低头盯着那朵花，跟她嘀咕：“那朵花我也不认识，但是它都破烂成那样了还能放到四品灵药的宝库中，肯定不是垃圾货色，回去我们问问长老是什么……”

苏意致和俞幼悠一起鄙视地看向启南风：“原来你也是赌鬼？”

“算了，我们现在就去找牛长老问问看吧。”

俞幼悠拿着东西起身，刚打开门的时候，就看到俞长安抬起手准备叩门的动作。

四目相对，两两无言。沉默片刻后，俞幼悠客客气气地问：“不知俞道友有何事？”

“俞道友”这个称呼让俞长安心口一紧，经过了四境大会这一个多月的并肩作战，他原以为自己跟她算是好友了，她唤其他剑修也都是亲近的“师兄师姐”，偏偏对他和姜渊的称呼，还是很生分的“道友”。

更甚者，偶尔俞幼悠想找姜渊麻烦的时候都会阴阳怪气地故意喊声“姜师兄”，唯独对他从头到尾都是生疏客气到极致的一声“俞道友”，不带半点儿温度。

俞长安收起心中的那点儿无奈，抬头看向俞幼悠身后的两人：“俞师妹，我有事想同你说。”

启南风和苏意致只是憨又不是傻，当然知道这是想支开他们了。但是二人组不为所动，甚至一人一边搭上了俞幼悠的肩膀，替她礼貌地开口：“俞道友请讲。”

他们怕俞长安过来是想要回那对剑的，担心俞幼悠又被欺负了，所以不

愿意走。

俞幼悠亦是客客气气道："他们是我生死之交的挚友，俞道友但说无妨。"

俞长安差点儿脱口而出，经历四境大会数次厮杀，他其实和她也算得上是生死之交了，可最后还是将这话咽了下去。

他真的想过用自己的另外一件伪仙器来换取那剑的，即便是只换一把也无妨。然而先前俞幼悠那句人人都当笑话听的"我也想一剑斩杀化神"，他听到耳中总觉得对方语气认真得可怕。

血月下，少女飞身跃起，一剑斩杀异狼的画面又浮现在他的面前。那时候俞长安就知道，俞幼悠是不会放弃那对灵剑的。所以他当时没笑，反而莫名觉得俞幼悠说不定有朝一日也能同百里小师叔那样，一剑便将化神期异兽诛灭。

俞长安沉默片刻，眼眸定定地落在俞幼悠身上，清隽的脸上神情异常诚恳道："俞师妹，若你真想修习剑术，我可以让我父亲教你。"

少女微微下垂的眼睛眯了眯，唇角向上一扬，又很快地压下去了，说道："那的确挺好的。"

送走大孝子俞长安后，俞幼悠三人便拿了那半朵烂花去找牛长老。

可惜牛长老瞧了半天也没能辨出这是何物，他皱着眉："此花只剩几片干枯的花瓣，加之它被这药匣封存才能保留药性，不能轻易拿出来，所以也不便细查。

"估计此药是从万古之森里寻出来的，不过我看这药匣上的聚灵阵最多还能让它保存半年时间，万古之森内围有太多未知的灵植，想来灵药谷亦是不知道它是何物，才把它丢到了四品灵药的宝库里。"

俞幼悠心中浮出不好的猜测："也就是说，它虽然有可能是高品灵药，但也很可能是某种比较罕见的低级灵药？"

牛长老点点头。

俞幼悠的小脸马上变成苦瓜，整个人如丧考妣。

抱着药匣出来后，有点儿心虚的启南风安慰她："没事，都已经赌了，搏一搏，一品变五品！"

被迫成了赌鬼的俞幼悠继续用谴责的目光看着他。

苏意致在边上煽风点火："这能行？眼瞅着到手的十万枚灵石就要飞了，小鱼这么穷，南风你还坑了她一波，你良心不会痛吗？"

俞幼悠仰头哽咽："我要抬着头才能忍住不让泪水掉下来。"

启南风："……"

最后启南风忍痛请了这两人出去吃夜宵，生生干掉了两百多串烤肉后，刚才还一副要哭模样的俞幼悠心满意足了。

回客栈的路上，启南风看着还在边走边吃甜点的俞幼悠，面无表情："我怀疑你刚刚是在故意装可怜让我请客。"

俞幼悠："喀喀。"啊，被发现了。

四境大会暂告一段落，北境的修士们连夜传送离开，东境的这群人倒是不急着走。

一来是为了等着隔壁不知在炼什么丹药的马长老，二来则是因为热情的西境道友们都送来了请帖，邀请他们去门中游玩。

从合欢宗到灵药谷，众修都逛了个遍，就连素来喜好清静的天音禅寺也不例外，那个清秀的明心小和尚领着他们在恢宏的禅寺中逛了一整天都没逛完。

"此处是我们天音禅寺的虚法禅师讲经的……"

明心声音沉静和缓，讲着讲着就犯了职业病，从讲述此殿的历史变成了阐释佛法开始传道。

东境众人昏昏欲睡，尤其是盾修，已经开始神游天外，盯着殿中的各种金身佛像，计算天音禅寺究竟多有钱。

明心讲完一段经后回头，愣愣地在人群中看了看，却怎么也没找到那三个人："丹鼎宗的三位道友呢？"

为首的姜渊面无表情，有点儿难以启齿："他们三人方才路过你们斋堂的时候，同你的师兄们一道进去蹭……参观了。"他还是给了丹鼎宗那三人组面子，没把"蹭饭"二字说出口。

明心微微张嘴，之后白嫩的脸上倏然变红，慌张地道歉："对……对不起！我近来在戒五欲，已多日不曾进斋堂，竟忘了带诸位去用斋饭，是小僧的过失。"

饿了一整天还被迫装出高深模样的东境众修总算能去蹭饭了，他们都快感动得掉眼泪，也不再偷骂那三个提前抛弃队友的家伙了。

只可惜，待他们去斋堂时，并没有看到俞幼悠三人。

只有还在就着豆腐青菜咬馒头的牛长老给那三人找借口："他们啊……说是听了佛经有所顿悟，赶回客栈去闭关了。"

听到这话，明心的脸上猛地绽出亮色，就连光头好像也镀上了一层佛光："没想到三位道友竟如此有悟性！"

他回头看向那一排生无可恋咬馒头的剑修和盾修，念了句佛号，语气坚定道："既是如此，那诸位东境道友不如在我天音禅寺小住数日，想来以诸位的天资也定能同他们三位一般参悟禅理的！"

狂浪生的馒头啪的一声掉回盘子，他慌忙伸手想阻止："明心小和尚，我们今晚就回——"

然而明心已经一脸激动地跑远了，只高声地留了句话："诸位慢用，我这就去让长老们为大家安排今晚的住所！"

狂浪生眼含热泪，狠狠地咬了口没滋没味儿的馒头："我想吃肉啊！"

被东境众修狠狠问候的那三个"叛徒"什么都不知道，他们早就优哉游哉地溜出天音禅寺，奔向自由了，他们的目标很明确。

"我们现在就去领赌金。"俞幼悠一直都惦记着这茬儿。

今天赌庄那边就开始领钱了，不过听说那边发生了斗殴事件。据说是很多往北境身上押了大把赌金的赌徒输红了眼，从四境大会后便在传送阵那边堵着北境。虽然不敢动手，但私下里也是各种谩骂。

甚至有人写了数首辱骂北境的诗，想要趁着夜黑风高将它们贴在传送阵附近，结果万万没想到，北境众修也正好选在了半夜返程，双方就这样碰上了。

苏意致推理得有理有据："我怀疑北境那些人就是怕被丢鸡蛋，所以才连夜跑路的。"

"像我们东境就不一样了，压根儿没几个人押我们，所以不用担心被赌鬼们报复！"

启南风话音刚落，三人的脚步便顿住，头皮发麻地看向了人群涌动的赌

庄门外。

有不少人双眼通红地蹲在地上扎小人，里面有绿衣服的悬壶派小人，也有蓝白衣服的丹鼎宗小人。

“你不懂赌鬼的心思。”俞幼悠站在街角，往后面缩了缩，隐藏在阴影里慢慢分析，“在赌鬼心里，北境是让他们输钱的罪魁祸首，把北境赢了的我们就在仇恨名单的第二位了。”

“那怎么办？”苏意致忐忑地看着俞幼悠手里的押注凭证，满脸都是舍不得，“总得想办法去把灵石领出来吧？”

俞幼悠拍了拍苏意致的肩膀，又看了看启南风，语重心长道：“所以就得靠你吸引火力了。你不是刚拿了件顶级防御法宝吗？赶紧把它催动起来，再不行，你俩就躲进丹炉里避一避。”

对俞幼悠的黑心更加了解的启南风已经后背一凉，默不作声地往后退了一步准备跑路了：“老二，你保重。”

“嗯？”苏意致愣愣的没有听懂。然后下一刻，他就知道这两个人是什么意思了。

她拿着面具往脸上一扣，之后便尖着声音呼喊：“兄弟们快看啊！东境丹鼎宗的人居然就在这儿啊！”

单纯的苏意致呼吸一滞，然后就发现俞幼悠和启南风早就不见了身影，只剩下那些蜂拥而来的赌鬼。

好在这些赌鬼经过这些日子的折磨早就平静了不少，又或者是顾及丹鼎宗，所以没有一个人真的动手。

他们将苏意致层层围住，质问最多的一个问题居然是——

“苏道友，你明明是苏家寄予厚望的后辈，为何在四境大会中不为苏家做事，你没有完成自己的职责！”

“职责？”苏意致有点儿费解，“我们丹修的职责就是炼制丹药救治队友，我感觉我做得不错啊，我们东境不是拿了头名了吗？”

而且他是苏家的旁支，天赋出众是真的，但是得罪了嫡系没法儿待下去也是真的，哪儿来的寄予厚望？他们就光让他种药采药了！

边上一个红着眼的赌鬼怒其不争，斥责道：“作为苏家派去丹鼎宗的卧底，你简直是失败！”

苏意致彻底明白了，原来大家都以为我是卧底啊！

他解释道："我不是……"

"你不在四境大会帮北境拿头名，进丹鼎宗是为了什么？"

不过苏意致一抬头，就看到人群外面的俞幼悠已经成功跨入赌庄了，还给他比了个加油的手势。

行吧，为了能够安全获得赌金，今天他苏老二就当一回卧底了！

苏意致脸上霎时变得高深莫测："我去丹鼎宗自有我的原因，当然不能轻易告诉你们。"

原因很简单，因为北境主家的看不惯他们家，而灵药谷和回春门的弟子需要自己购买丹炉和一众炼丹的灵药，膳堂还要收费。唯独丹鼎宗会提供免费食宿和丹炉灵药，表现上佳者还有灵石奖励！

当初他家贫寒，父母修为低，身体也不好。给悬壶派在药田里劳作一月，种植上百亩的药田，所得的那点儿微薄报酬也不过每月换得两株灵药到手，而他天赋如此好，也只分得一册修炼功法罢了，认药也好、炼药也罢，全都是在门内打杂时偷学的。

而到了丹鼎宗后，苏意致便拼命地上进，每月省吃俭用挣灵石，再加上前阵子俞幼悠分给他的那十万枚灵石，一年过去，总算让自家父母过上富足生活了。

只是其他人都不知道这内幕，在他们看来苏意致去丹鼎宗的原因，肯定就是当卧底了。他在四境大会上没有动作，肯定是为了日后更大的重任在蛰伏，现在还是在获取丹鼎宗信任的阶段。

边上围观的说书先生们低着头飞快地记录着素材，口中还念念有词："却听那矮个儿少年掷地有声道了句——'忍辱负重甘受千夫指，此间少年必将大器成！'"

苏意致听不下去了，好在这时候那边的俞幼悠鬼鬼祟祟地溜出来了，冲他挥了挥手。背负着北境众望的苏意致逃一样地从人群中挤出去，擦了擦冷汗。

成功地与其在客栈门口碰头的俞幼悠和启南风一人拍了他一边的肩膀，面含同情："辛苦了，等下给你分红。"

一说分红，原本还想痛击队友的苏意致马上来劲儿了，悄悄问："拿回来

多少？”

俞幼悠低声：“连本带息，三百九十万！”

苏意致啧了一声，有点儿遗憾：“怎么这么少？也就够在拍卖场喊一次五品灵药。”

启南风补充：“伪仙器更是连参拍资格都没有。”

俞幼悠怀疑他们膨胀了，她低声道：“本来该有上千倍的赔率的，结果不知道哪个赌鬼如此大胆，押了上百万东境赢！大头全落他那儿了！”

启南风和苏意致呼吸一窒，开始疯狂掰着手指算那个赌鬼到底赢了多少灵石。

三人窃窃私语地一路往客栈走。

盾修和剑修们还被困在天音禅寺咬馒头，进去就只看到曲清妙和两位凡人师兄坐在客栈大堂里悠闲地喝茶。

窗边坐了个说书先生，手中醒木一拍，说得那叫一个激情洋溢——

“话说那苏家弟子忍辱负重潜伏到了敌对宗门后，事事谨慎……”

刚坐下来准备喝口茶的苏意致没忍住，差点儿把茶水喷出来。

曲清妙难得露出笑容：“挺精彩的，不如坐下一起听。”

苏意致飞快地把茶杯放下：“不了不了，我膝盖突然疼，想回去躺着了。”

就在他准备转身溜走时，俞幼悠突然一把将他按住。她盯着手中的传讯符，声音略显兴奋：“马长老炼成了！”

隔壁客栈的灵力结界悄无声息地退散，原本封闭的门也在俞幼悠三人抵达后自动开启。

客房最中间是一尊精巧的丹炉，原本被木火双系阵法萦绕的精致丹炉已经大变模样，它在不断变化七彩的颜色，仅俞幼悠他们进来这一会儿，就看到它从红色变到紫色了。

“好……”俞幼悠把“土”字憋回去。

“你也觉得好？”马长老气息有点儿虚弱，不过精神极好，“内核没变，还是那尊伪仙器，但是掌门将其这样一改，连我都差点儿没认出这就是那尊双生炉。”

此刻丹炉已经变成了刺眼的绿色，俞幼悠眯了眯眼，躲避它造成的视觉

污染："掌门果然厉害。"

悬壶派别说认出这玩意儿了，他们敢直视这丑东西超过三息都算她输！

马长老把丹炉收好抛到俞幼悠手中后，她赶紧将其塞回芥子囊中，转而期待地望向马长老。

都不用开口，高深地站在前方的老头已经冲她伸出手了，虽然当初随口说过俞幼悠拿出五品灵药就帮她免费炼，但是真到了要钱的时候，他伸手的动作比谁都熟练。

俞幼悠从芥子囊中摸出早就准备好的十万枚灵石，不忘提醒："把灵石拿去后，芥子囊还我。"一个芥子囊要两百枚灵石呢！

"抠门。"马长老抱怨了一句，将一个药瓶丢过来，亦是叮嘱，"药拿去，把药瓶还我！"一个药瓶要两枚灵石呢！

同样抠门的两人迅速完成了交易。

拿到灵石的马长老都不带歇的，并不关心俞幼悠拿这丹药做什么，咬牙切齿地念叨了一句"老子才不给你收利息的机会"后，便风一般飞出去了。

俞幼悠合理怀疑他是赶着去给竹长老还钱了。

马长老虽不靠谱，但是他的炼丹术在整个丹鼎宗仅次于化神期的掌门，这株五叶海棠炼出的天元丹亦是品相完美，而且不曾损耗半点儿药材，足足炼制了五粒。

俞幼悠先前同十二号房的那位贵客商定的是只要一成，也就是只要半粒。对她现在的修为来说，半粒天元丹也足够用了。

黑市的拍卖会每个月只开启一次，平日皆是紧闭着大门。不过俞幼悠上次拿到了贵宾的牌子，能直接从秘密通道传送到里面。

没有了上一次的喧嚣和热闹，此刻的拍卖场内被灵石光阵映照出柔和的光线，楼上传出若有似无的弦乐声，每走两步必能看到或美艳或清丽的少男少女躬身行礼，让人产生了这里是某处逍遥乡的错觉。

先前那个猫耳少年知晓今天俞幼悠有约要来，所以一早便等着了。看到那条熟悉的伪装秃尾巴后，少年都不必核验身份，便极有眼色地恭敬地俯身向俞幼悠行礼："贵客，这次也让小濯为您带路可好？"

俞幼悠没有拒绝，反正谁带路都一样。

看到她点头，那个叫小濯的猫族少年耳尖兴奋得微烫，趁着没人发现，他悄悄地又拿尾巴尖钩了钩俞幼悠的尾巴。

妖族素来崇尚解放自然天性，男女之间的示爱尤为直接热辣，走兽类若是对某人有意便可以用尾巴同对方接触，若是对方也同意就会把尾巴缠上去，待到无人处两妖自然而然就滚到一起了。所以妖族之间用尾巴示好是再正常不过的事。

很可惜，俞幼悠不懂。虽然她是真喜欢毛茸茸，但是面对陌生男子的接触还是很紧张，她再次奓毛跳离了原地。

“你为何总用尾巴钩我？”直女俞幼悠终于忍不住发问。

小濯愣了愣，妖族生性单纯奔放，所以也没有被拒绝的难堪。忽然想起这位极可能是妖中贵族，近年来听说贵族那边很爱学人族的那些礼仪道德，说不定这位年轻的贵族女妖家中也兴这一套，没跟她讲过这种过于开放的妖族传统。

于是小濯犹豫片刻，没好意思告诉她这到底是什么意思，只委婉地表示：“这是……一种很常见的妖族之间示好的方式。”

俞幼悠若有所思地点点头。

小濯这次再也没敢乱动尾巴了，老老实实地领着俞幼悠上了三楼。

尽管看不见俞幼悠的表情，小濯却还是很懂事地低声为她解释：“在本拍卖场曾交易过千万的贵客，在三楼都有自己的静室。”

“那位大人曾交代，将您带到此地等他。”小濯客客气气地站定，然后看向启南风和苏意致，“二位不妨同我下楼去听会儿曲子？”

他们两人没动，这里可是黑市的拍卖场，放俞幼悠一个人在这儿也太危险了。

“两位放心，我们拍卖场定会保证每位客人的安全。”然后小濯又补了一句，“楼下还有免费的灵茶和点心，都是高级厨修精心制作的新品……”

“小秃，”苏意致突然面向俞幼悠，语气很深沉，“你自己在上面好好保重，我下去等你。”

启南风也跟着宽慰安抚她：“反正来的都是熟人，他也不会对你做什么。”

对方能如此信任地将五叶海棠交给他们，那他们也没必要怀疑对方会杀人跑路。更重要的是，启南风和苏意致在路上就坚信来的人会是御雅逸！他

们甚至交代了俞幼悠，如果被看穿身份又被问起尾巴来历的话，就说那是在合欢宗买的特产，用来伪装的。

反正当初苏意致在外面被搜芥子囊结果拿出两条假尾巴的事情，在各大宗门弟子中都传遍了。

三人组坚信一个道理：只要我们不尴尬，尴尬的就是别人。

俞幼悠：行吧，我只能自己去那间静室等着了。

静室极大，和二楼的布置相似，却又清雅贵气不少，无论是最醒目的那张铺着天蚕丝锦褥的软榻还是由整块巨型灵石雕就的屏风，或者是角落里不显眼的那些装饰，皆散发着俞幼悠买不起的气质。

哦，不对，买得起！

俞幼悠才想起自己还揣着大笔灵石，心情顿时大好，自在地坐下，一边喝着茶，一边等着那位兄弟的到来。

如果来的真是御雅逸，那等会儿说不定还可以同他商量下能不能用这三百万枚灵石再买两粒天元丹…… 然而俞幼悠的思绪突然被打断了。

一阵清甜的香气自后方传出，清雅而又甜美，像是最新鲜的草莓溢出的粉色汁水洒落在她鼻尖。

照明的灵阵光线并不太明，似黄昏暮色，将后方那个高挑的影子拉得极长，几乎同俞幼悠垂在柔软地毯上的尾巴挨到了一起。

她不用回头，就已经知晓来者绝对不是御雅逸。御雅逸虽然个子不矮，身材也不错，却依然是个少年，绝对不会有如此高挺的身形。

更重要的是…… 俞幼悠垂着眸子，看到了对方黑袍底下垂地的白色大尾巴，果然不错，这是位大妖。

来人半个身子被笼在阴影中，面容被面具遮蔽得不露分毫，那头长至腰下的白色头发未束，和尾巴一样懒懒地低垂着，几乎与尾巴融在了一起。

他也在打量着俞幼悠，后者清楚地察觉到他的视线落在了自己的尾巴上。

从来都是“老子天下第一”、自信心爆棚的俞幼悠在对比二人的尾巴毛量后，心里有点儿难受。

她做事很干脆，不多说便摸出了一个最常见的廉价药瓶：“这是用道友的五叶海棠炼成的天元丹，品质完美，一共五粒，你检查一下。”

苍白的手接住抛过来的药瓶，原本只值一枚灵石的烂大街的瓶子，到了他手中竟也显出些许贵重的意思。

他终于开口，说了见面后的第一句话，是很淡的问句："四粒半？"

声音清清冷冷的，却又略有些低哑，听不出原本的音色。不知道为什么，这疑问的语气让俞幼悠觉得莫名耳熟。

她很镇定地解释道："先前我拿来做酬劳的半枚已经分割出来，所以是四粒半。"

大尾巴低着头扫了一眼，果不其然，瓶中有粒半圆的丹药。她分得倒是很公正，一点儿便宜都没占，一点儿都不像四境大会里坑蒙拐骗的狡猾样子。

他微微挑眉，随意地取了三枚天元丹出来，又将剩下的那一枚半并药瓶一起丢回到俞幼悠手中。

看到他动作的俞幼悠微怔："你给得太多了……"

"算作定金，下次再找你炼丹。"大尾巴声音懒懒散散的，听不出太多的情绪，"传讯符拿来。"

俞幼悠激动万分，丹修们其实一般交友极广，客户遍天下，她没想到，自己发展的第一个客户就如此阔绰大气！

对于化神期的大佬们来说，五品灵丹兴许不算什么，但是对于她来说，这东西能完美解决她接下来好几个月的血脉反噬问题了。

她飞快地递上传讯符，二人交换了彼此的神念，以后就能随时传递消息了。

大妖懒懒地半躺在了软榻上，那条毛量惊人的尾巴也优雅地低垂在地毯上，茸毛在灵阵的柔光下仿佛也泛出了光泽，漂亮得不像话。

可惜那地毯是黑色的，俞幼悠眼尖地看到了他走过的地方……地上沾了两根显眼的白毛。

她猜得不错，上次那两根白毛果然是隔壁这位大妖的。

掉毛的问题一直困扰着妖修们，尤其是长毛走兽妖族更深受其害，不管是她这样妖力等同于零的半妖还是对面这位，看来都有一样的烦恼。

俞幼悠脑子过于精明，她抬起头看向大妖，决定投桃报李。

前阵子她没有在珍宝巷买到那罐最高级的美毛膏，回去以后抱着秃尾巴

很不甘心，便开始研究该如何用灵药炼制出类似的防掉毛药膏。眼下正好弄出第一罐试验品，刚好也是草莓味儿的。

俞幼悠摸出那罐粉色的药膏，认真道："道友大方，我也不能小气。这是我新研制出的美毛膏，能够有效防止妖修在换毛季大量掉毛，用的全是二品的珍贵灵药，眼下春天就要到来，道友兴许用得上。"

原本还在慢悠悠摇晃的白尾巴倏然一顿。大妖垂眸看了一眼自己掉下的两根毛，然后视线继续往前，落到了俞幼悠脚边那秃秃的尾巴尖上。

他语气有点儿意味深长："可以防止掉毛？"你一个秃尾巴好意思说这？

虽然俞幼悠尾巴秃，但是她对自己炼制的药膏极有信心："我这不是掉毛掉秃的，是天生的。这药膏你拿去试试，好用的话再来联络我，到时候给你熟客价。"

果然，后面的都是要收费的。男子的唇角微不可察地扬了扬。

将草莓味儿的美毛膏送出去后，俞幼悠拱了拱手告别就打算离开了。不过离去前，她突然想起了刚来的时候，小濯同自己说的那个妖族习俗。

俞幼悠犹豫了片刻，决定尊重妖族礼节。她坦然地走上前，动作生疏地用自己细弱的灰色尾巴钩了钩那条柔软华贵的大尾巴，同这位未来的客户示好。

妖族的尾巴最为敏感，这也是先前俞幼悠一被猫耳少年碰到尾巴尖就奓毛的原因。灰色几乎被那片纯白包围，还是笨拙地钩上了对方的尾巴尖。

不过俞幼悠很客气，没有跟小濯一样缠上去，她觉得那样应该是关系很亲近的好友才会行的礼，现在还不急，以后跟这位熟络后再缠尾巴也不迟。

在碰到对方的尾巴尖后，那柔软得好似云朵般的绝妙触感从尾端传来，让她舒服得忍不住眯了眯眼。她其实挺想摸上去的，这大妖的尾巴肯定比花婶家的大黄狗摸着舒服。

但是俞幼悠在外面很守礼节，她很规矩地钩完对方的尾巴后，便冲着半躺在软榻上的大妖拱手告别："那我便不打扰了，告辞。"

对妖族完全没常识的俞幼悠不知道的是，妖力越强，尾巴也越敏感。她猝不及防地一下钩尾，险些让软榻上的高冷男子闷哼出声，不过他很快便反应过来，用修为将浮出来的本能压制住。

然而从尾巴尖一直传递到全身的酥麻感，依然激得他略微失神。这是他

头一次体验到这种传说中的刺激感。

没有人敢钩他尾巴，所以当俞幼悠走过来的时候，他也全然没有防着这个小姑娘，因为没有必要，她只不过是只小崽子罢了。然而这只看似天真的小崽子，居然做出了这种胆大之事。

修长的手指逐渐用力地拢住边上那罐美毛膏，直到把罐子都捏出碎隙后才慢慢松开。

甜美的草莓香气漫溢在整间静室内，如同一层曼妙的轻纱覆在身上，竟然比他先前用的那种还要浓郁。他抬手看了看指尖上沾染的粉色软膏，苍白的指尖将这点儿粉衬得越发娇艳。

俞幼悠所言不假，她在炼药这一方面素来很讲究真材实料，所以用的全是最佳的药材，效果一时间无法验证，但是就这品质来说，绝对比珍宝巷卖的还好些。

迟疑片刻后，男子抬手用灵力将整间静室覆盖，阻隔了所有人的窥视和窃听。然后好似无意地将软膏抹在了尾巴毛上，涂得还挺匀。

俞幼悠并不知道客户已经用上自己的美毛膏了。

现在东境众修已经逛够了极西城，马长老也还清了欠竹长老的账，众修买了特产准备各回各家了。

不过想从西境回到东境，还得先传送到云华剑派才行，然后丹修们再转道坐云舟回丹鼎宗。

狂浪生非常遗憾道："我还挺想再吃一次蟹黄面的，可惜御雅逸那厮着实过分，居然想要独占美食！"

"狂道友竟背后道人坏话，我听到了。"骑着黑虎从不远处走来的御雅逸冷哼了一声。然后他自踏雪背上翻身而下，同大老虎一起走到了东境队伍中。

苏意致和启南风现在认定了御雅逸就是他们的大客户，所以很热情："你要去我们丹鼎宗做客吗？欢迎欢迎！"

这样的态度让御雅逸心生警惕，他默不作声地往俞幼悠身边靠了靠，同那两个丹修保持了距离。

俞幼悠抬头看了看天，原本悬在极西城上空的那艘巨大云舟已经不见

了，再回看向御雅逸："南境不是今天早上就走了吗？你怎么还在这儿？"

御雅逸微挑眉，淡然问："长老们说我今年表现极佳，一致决定由我同你们一道过去。"

众修都没听明白，愣了愣："去哪儿？"

御雅逸皱眉，若是换成西境或者北境，心眼极多的他肯定会觉得对方在故意刁难排挤自己。但这是脑子不太清醒，甚至连四境大会结束时间都能忘记的东境。

他轻咳一声，选择问不远处正在启动传送阵法的长老们："诸位长老，敢问你们还未曾将那件事告诉东境道友吗？"

马长老不耐烦地抬头，看到是御雅逸后马上露出前所未有的慈祥笑容："原来是肥羊…… 不是，是御师侄啊，你说的是何事啊？"

边上的其他几位长老亦是相同的和蔼笑容，但是没人回答。

御雅逸：差点儿忘了，东境连续一百年垫底，怕是已经没人能想起获得四境大会头名之后，弟子们要去何处了。

最后还是徐长老猛地忆起一百年前的事。他脸上全是恍然，但很快就掩饰住了，最后轻咳一声："自然没忘，这不正打算回了云华剑派后商量吗？"

徐长老面向众修道："先前不曾同你们讲，为了维持人族与妖族之间的和谐，所以每次四境大会获得头名的队伍，都会前往妖都修习一段时日。同样地，妖都那边也会派出其优秀子弟，前往我四境各大派中学习我人族文化。"

其他三境长老好歹都轮流拿过头名，便也觉得这种事不该忘，未曾提醒过。但是这件事对于东境来说真的太久远且陌生了，往年的惯例都是大家四境大会结束后便哭丧着脸传送回宗，连话都不会多说几句。

"三年前获胜的是我们南境，所以我们南境来了十多个妖修贵族子弟。"御雅逸摸了摸踏雪的脑袋，解释道，"他们这次说想来看四境大会，所以也随我们来西境了，不过他们先我一步回了妖族，这才没有一道与你们同行。"

俞幼悠跟另两个同伴迅速地进行眼神交流——

"原来先前在黑市遇到的鬼子是御雅逸引来的！"

"那你为何要跟我们一道？"狂浪生挠挠头，倒不是嫌弃，而是单纯的好奇。

御雅逸踏入传送阵中，轻飘飘地看了他一眼："但凡有表现极佳者，也可

前去妖都。”

“就好比三年前的苏留白。”曲清妙在数日前成功晋升至金丹期，周身气质越发孤傲清冷，她淡淡道，“他现在兴许还在妖都，尚未返程。”

第二十一章

“龙傲天”俞不灭

云华剑派。

山间浮云随风而动，却始终笼在群山之间，时而掠过亮眼的剑光，为其增添几分色彩。

剑修们崇尚清苦朴素的生活，平素会有意地淬炼意志和肉体，所以哪怕是内门弟子也会轮值亲手洒扫山门，若有偷懒用剑气者，被发现了会被惩罚。

山中雨多风大，近日尤甚，才过一夜，山门望不到顶的青石阶上已铺满了湿润的落叶。两个年纪尚小的剑修拿着扫帚慢慢地清扫着，兴许是无聊，便低声地聊起天来。

高个儿少年道：“张师兄前天带了本画册回来，听说里面画的都是咱们东境修士在四境大会中的经典画面，等会儿扫完了，你同我一道去寻他借来看？”

矮个儿弟子立刻兴奋点头，忍不住感慨：“这次四境大会真是精彩极了，我们紫云峰的长老都带着我们一起听传讯符里的消息，最后异兽潮的那两天，还免了我们练晨剑。”

高个儿少年听后流露出羡慕的眼神：“真好，我们峰的人什么消息都听不到，只知道是东境赢了。”

矮个儿弟子愣了愣：“你不是不灭峰的记名弟子吗？你们峰的俞师兄和姜师兄都去参加了四境大会，怎么会听不到消息呢？”

“嘘。”高个儿少年神情紧张，抬头小心地望了望，确定周围没人后才轻声道，“你该知道，俞师姐没有去参加四境大会吧？”

“知道，俞师姐受了重伤嘛。”紫云峰的弟子点了点头，他消息灵通，知

晓俞念柔受了伤所以没有去参加四境大会，往日宗门里常能看见她的身影，但是这数月都不曾见过。

“其实伤不重。”不灭峰的记名弟子声音更轻，他略带抱怨道，“我前些日子不过同另一位师姐说起了四境大会的事情，结果就被她听到了，差点儿一剑朝我们削过来。她精神头儿可好着呢。”

“不该啊，俞师兄同她是一母同胞……”

“谁知道呢，反正我们不灭峰上下谁都不敢提四境大会的事，但凡有人说便会被收拾，就连提俞师兄的名字都不行。”

紫云峰弟子面露同情：“那是挺惨的，听说今天下午师兄师姐们就要回来了，等会儿你来我们紫云峰吧。我们峰的张师姐极好说话，她肯定要跟我们讲四境大会的事。”

不灭峰弟子点头，很向往道：“我也听说过你们峰的张师姐……”

正说着，一片裙角便施施然地落在了他们刚扫干净的青石阶上。俞念柔微抬起下巴，面纱上方的眼睛透出的神情似笑非笑，反嘲一句：“张浣月好说话，意思是我不好说话了？”

两个弟子惊得扫帚掉落在地，慌忙躬身行礼：“俞师姐好！”

紫云峰的弟子还好，不灭峰的那个已经紧张得冒冷汗了，他低声解释：“师姐，我……我不是……”他原以为自己这次又要挨训了，没想到今日的俞念柔看起来心情不错，居然没有同他计较。

俞念柔轻哼了一声，语气不冷不热道：“回不灭峰去告诉其他弟子，速速收拾好到峰下准备迎接。”

不灭峰那个弟子爹着胆子道：“师姐，听说俞师兄和姜师兄下午才归……”

“你以为是迎他们？”俞念柔嘴角一撇，很不屑，“是我爹爹马上要归山门了。”

两个年轻弟子眼神大亮，下意识地回身去看。在深浅不一的重云之间，果然有一道金色的剑光朝着云华剑派的方向飞掠而来，而且越来越近。

俞念柔郁结了数月的心终于变得放松，她摸了摸自己疼得厉害的脸，随着那剑光的接近，好像也不再疼了。

“念柔，”一道温柔似水的声音自她头顶响起。一个身着华美衫裙的绝色

女子从俞念柔身后翩飞赶来，轻轻地拍了拍她的头，“你呀，听到你爹要回来怎么就如此急，连娘为你熬的鸡汤都不喝了。”

俞念柔拉住母亲的手，露出久违的笑容：“我都大半年不曾见过爹爹了，自然想……”

剑光越来越近，俞念柔提起裙角小跑着奔向山门，身后的崔能儿带着温柔却无奈的眼神注视着，也暗自加快脚步跟上去。然后，崔能儿的脚步忽然顿住了，绝美的脸上笑容慢慢沉下去。

俞念柔好几日不曾出门了，今日的阳光又格外晃眼，她不由得抬手去挡。等手放下来后，剑光亦是落在山门前。

俞念柔难掩兴奋：“爹——”她的声音戛然而止。

眼前的俞不灭跟记忆中一模一样，但是他身旁多出了数道身影，或是娇俏或是曼丽，无一不是天姿国色。

最年轻的那个……大概同俞念柔年纪差不多。

“念柔，快来见过你二娘、三娘和四娘。”

正是日暮时，东境众修带了一堆西境特产满载而归，启动传送大阵回到了云华剑派。

山门前早就围满了云华剑派各峰的弟子，还没等俞幼悠他们从短暂的传送眩晕中清醒过来，便听得数道声音兴奋呼喊了——

“他们回来了！”

“我东境这次总算是扬眉吐气了！”

“队伍里还有天盾门和丹鼎宗的诸位道友！”

里面还夹杂着各峰弟子在认领自家英雄的声音，几乎每座峰头都来了人迎接，更有甚者，有数位剑修的师父都在人群后方不远处故作镇定地等着自家徒弟了。

众修四散开来。

俞长安亦是含了笑，带着期待的眼神在四处张望着。他在昨夜便用传讯符告知了姐姐和母亲自己要归来的消息，俞念柔兴许还在生气所以不曾回复，崔能儿当时可是温言细语地夸了他好几句，又说了会在山门来接他。

俞长安心想，姐姐说不定也会随母亲一道来接自己。然而人群吵吵闹闹

的，不仅没见到俞念柔的身影，连原本承诺了要来相迎的母亲也不曾出现，更有甚者…… 山门外，一个不灭峰的弟子都没有。

剑修不该这么矫情，只是相对于其他峰满门相迎的热闹场景，难免会觉得有点儿失落。他握了握剑柄，和姜渊默契地一道退到了人群后面。

而那边的剑修们在最初的兴奋后，不少人都将视线落到了俞幼悠身上，饶是剑修素来处事淡然冷漠，这会儿亦是难以抑制地露出了敬重之色。

早有年纪小些的师弟师妹拥上来问："你就是丹鼎宗的俞师姐吗？我一直在听四境大会，多谢你救了我峰的赵师兄。"

"多谢三位救下钱师兄！客院偏僻简陋，诸位不如来我白鹤峰上小住数日。"

还有些对俞幼悠他们更了解些，手里捏了张纸积极地凑上来："俞师姐，我昨天同人切磋被捅了一刀，你能帮我看看吗？欠条我已经签好了。"

俞幼悠：倒也不用懂事成这样。

有几个人也注意到了混在东境队伍里的御雅逸。

有两个剑修客气地拱了拱手，凑上来问道："御道友，你们当时拿高级法衣换的雷爆刺球还有吗？可否借予小弟一观？"

天地良心，他俩是真的好奇，因为据说南境御兽宗有个弟子出来以后，大肆宣扬了自己亲眼看到的雷爆刺球的威力！所以现在此物在话本中频频出现，简直成了万古之森里最让人向往的宝贝之一。

为了面子，所以面对自家师弟们的询问一概选择含糊盖过的御雅逸："……"他温润的笑容逐渐破碎，差点儿没能维持住。

御少宗主现在无比后悔，后悔自己为什么脑子不清醒，跑来跟东境这群人同路！

最后还是张浣月师姐好脾气地将他们一一劝散，又加上各峰都有一二位弟子去参加四境大会，每座峰头今晚都能讲故事会，原本拥堵的云华剑派山门前才复归清静。

张浣月转身看向盾修和丹修们，温声道："客院那边的确略简陋了些，诸位不如到我们紫云峰上住吧？大家也好商定一下去妖都的事。"

上次丹修和盾修们来云华剑派都住的是客院，倒不是因为张浣月他们势利，而是因为那会儿大家都不算熟人…… 哦，上门来挑事的俞念柔不算。

现在众修同历生死，都算是生死之交了，各峰都在热情地邀请他们住进去，除了不灭峰。

俞长安同姜渊对视了一眼，后者面色沉沉地冲他摇了摇头，原本也想出言相邀的俞长安张了张嘴，却又只能归于沉默。他脸上闪过些许无奈。

都不用想，盾修们就罢了，要是他真把丹修们给带上了不灭峰，俞念柔那边怕是要闹翻天了。毕竟她至今都对当初去丹鼎宗遭到的冷遇耿耿于怀，认为是丹修们医治不积极才害得她脸上的伤迟迟不愈。

所以当浩浩荡荡的队伍一路行入云华剑派后，姜渊和俞长安步出队伍，冲众修拱了拱手道别。

"诸位，我们二人要先回不灭峰看——"

话还没说完，姜渊便看到数个不灭峰的弟子行色匆匆地在朝着自家峰头的方向御剑飞驰。他皱了皱眉，将他们喊住："周师弟、吴师弟，你们为何如此匆忙？"

那两个弟子听到声音后便反应过来，面露兴奋地飞落向他们。

"俞师弟、姜师兄，你们回来了！"

"四境大会精彩吗？我听说我们东境赢了，不知你们杀了多少异兽？今年师兄们可斩杀了金丹期异兽？"

虽然有点儿奇怪自家师弟怎么连这些众所周知的事都不知晓，但是总算有人因他们的归来而高兴了，俞长安和姜渊脸上也露出些许笑容。他们的注意力很快便被那两个弟子肩上扛着的一根长灵木吸引了。

俞长安指着那根大木头，面露不解："师兄，你们扛着这么长的木头做什么？"

两个弟子对望一眼，略有尴尬："芥子囊放不下，我们这是准备扛到不灭峰去修建新别院的。"

听到这回答，俞长安和姜渊就更加费解了，不灭峰上的大小别院都是十多年前才建的，用的也都是各种灵材，不可能这么快就要重新修葺吧？

两个弟子犹豫了半天，看到后面还有不少竖着耳朵准备听八卦的同门，终究还是把"师父带了三位新师娘回来"这句话给压下去了。他们只委婉地说了半句："师父今天早上回来了，命我们修建三处别院出来。"

听到俞不灭归来，姜渊和俞长安便也顾不得细究修建别院的事儿了，匆

匆与众人告别，面带喜色地朝不灭峰飞去。

不灭峰上果然很热闹。

不仅是峰上的弟子们在大兴土木，甚至多出了些陌生面孔，看那样子兴许是专门请来帮着修建院落的木匠，而上山的路皆放置着各种珍贵的灵材，还有珍宝阁的分铺掌柜笑眯眯地在边上说着哪种屏风最好。

俞长安同姜渊直奔峰顶的正院内。院外多了许多婢女，看着都是新来的，不过两人没多想，问清楚俞不灭在正厅等着他们后，便径直踏入。

正厅内，一个长相平平无奇，然而周身隐约透出不凡气质的高大男子坐在上首。他看起来还是青年模样，一双眸子带着看透人心般的亮光，五官似刀凿剑削一般坚毅，手边一柄嗜血长剑，右手拇指上则戴了一枚古朴无奇的银戒指。

正厅中围坐了好几人，然而任谁进来第一眼看到的都是此人。此人便是不灭峰峰主，也是这一百多年来搅得整个修真界翻天覆地的不灭剑神——俞不灭！

俞长安和姜渊难掩心中激动，皆拜倒在地，齐声问候——

“父亲！”

“师尊！”

俞不灭目光似鹰隼般锐利，从最看重的徒弟和儿子身上扫过，之后轻颔首：“起来吧。”

站起来后，姜渊和俞长安都做好了要被问及四境大会中的事的准备，所以束手站在一侧，目不斜视。

然而俞不灭似乎心情极好，对身后乖顺站立着的崔能儿叮嘱道：“且先带着姜渊和长安去见过柔儿她们吧，以后就是一家人了。”

姜渊和俞长安都以为俞不灭口中的“柔儿”是指俞念柔，虽不明白俞不灭后半句古怪的话是什么意思，却也没多问。

崔能儿则带着再得体不过的柔婉笑容，脸上不带半点儿酸涩，动作极优雅地上前，牵着徒弟和儿子往正厅的一侧走去。

两个刚回来的人才发现屏风后坐着三个姿容各异的美貌女子，他们差点儿怀疑自己走错了地方，皆不知所措地看向了崔能儿。

“娘，这……”

崔能儿暗暗握紧了俞长安的手，声音却一如既往地温和动人。她面向一个身材热辣的娇媚红衣女子，顿了顿，继续对俞长安道：“这是你媚…… 二娘。”

那两个字最先出口时还有些难以道出，但是她很快便将自己的情绪掩饰下来，又看向另一个清清冷冷的冰雪美人：“这是你柔三娘。”

最后看向那个面容娇俏，不过十五六岁的粉衣少女，带笑道：“这是你娇四娘。”

崔能儿对着早已傻眼的姜渊，和声道：“渊儿，还不随你师弟一起见过你的三位新师娘？”

姜渊：“……”

俞长安：“……”

姜渊不傻，想起方才师弟们说要新修三处别院，再结合方才师父满面春风所言的“以后就是一家人”，他马上知晓这三位美人儿的身份了。

他看向崔能儿，只见后者脸上笑容一如既往地温柔可亲，心中才松了一口气——还好，师娘一贯最为大度体贴，看她这样子也是心无芥蒂地接纳这三位新师娘了吧？

于是姜渊便恭敬地冲着那三个美人躬身行礼，声音中没有半点儿勉强：“徒儿姜渊见过二师娘、三师娘、四师娘！”

崔能儿被姜渊这从善如流的称呼激得一窒，却又不好表现出任何不满，只能勉强维持着微笑。

而俞长安脸色有点儿发白。对姜渊来说，师娘有多少个都无妨，但是对他来说就不一样了。

他担忧地看了看母亲，却怎么也叫不出“二娘”这类的称呼，最后只是垂下头，低声问候：“小侄长安，见过媚姨、柔姨、娇姨。”

崔能儿拍了拍俞长安的手背，轻轻摇了摇头，温声道：“我早上炖了灵鸡汤，先前一直让人煨在灶上，你辛苦了一月不如去补……”

然而话不曾说完，后院便传来了一声冷哼：“灵鸡汤？”

俞念柔自后院步入正厅，目光冷冷地盯着那三个美人，最后落在了那个最年轻的娇姨娘身上，声音都快凝出冰了。

“灵鸡汤早没了，有些没见过世面的女人一来我们不灭峰就钻进厨房把它喝完了！”

软椅上坐着的粉衣少女眼眶马上就红了，不知所措地捏着衣角，怯生生地望向俞念柔身后的男子，颤声唤了句：“不灭哥哥，”她嗫嚅道，“娇娇修为尚浅，饿得快……娇娇是不是不该这么贪吃？”

俞念柔脸色马上变得更难看了，她又被恶心到了：“你做出这番矫情姿态是给谁看呢！我不灭峰容不得你这种矫揉造作的女人！”

见到自己最近的新欢被女儿不留情面地骂了，俞不灭俊眉一皱，沉下脸呵斥：“念柔，你先前那般无礼地甩手冲回来，眼下竟又对你四娘不敬，成何体统！”

“爹爹！”俞念柔眼中很快便蓄了泪水，她强忍着没哭出来，只是难以置信，“你竟为了这个坏女人熊我？”

这是俞念柔过得最跌宕起伏的一天。

最开始听到参加四境大会那群人要回来了，记恨着他们当时不等自己便溜走，后来又接到父亲要回来的消息，便兴奋地前去迎接。

一来是打算让俞不灭出手替自己疗伤，二来则是想要让他替自己教训那群人。当然，还有一点，俞不灭素来最宠爱的就是自己这颗掌上明珠，每次外出皆会从各个秘境中带回各种奇珍异宝。

万万没想到，俞不灭离家一年再归来，的确给她带了特产，还一带就是仨。他给他家宝贝女儿带回来足足三个小娘！

俞念柔都忘了自己是怎么被气得冲回不灭峰的了，她将自己关在房中赌气，暗自打算这次无论父亲怎么哄都不会松口，一直要等到他将那三个坏女人送走才原谅。结果……俞不灭身陷花丛，无暇顾及女儿了。

他一边叮嘱崔能儿——“柔儿曾在我年少时赠我至宝，是我最知心的知己”“媚姐姐与我在秘境中同生共死，我不能负她”“娇娇年纪小、心思单纯，你年长她数倍，多照顾她”，一边又得温柔地带着三个美娇娘在不灭峰熟悉环境，又因为她们说不想一道挤在正院，于是雷厉风行地下令新修三个别院，忙得不可开交。

俞念柔红着眼在屋里等了好久，只听到外面噼里啪啦伐木凿石的阵阵巨响，等到肚子都饿了，偷偷去了厨房想找东西吃，却得知娘亲煨在炉上的鸡

汤都被那个粉衣少女喝完了！

一想到这些事，俞念柔心中更是恼怒："爹，您竟为了外人让自己的妻子儿女伤心吗？"

俞不灭面上看不出情绪，他将含泪的娇姨娘揽入怀中，对俞念柔道："念柔，我再说一次，休要对她们再出言不逊，什么外人不外人，她们和你是一家人！从今以后，她们与你娘并无区别，都是这不灭峰的女主人！"

边上坐着的娇媚女子轻笑出声，眉峰微挑："不灭，你女儿像是不欢迎我们呢。"

俞念柔难以置信："你妄想拆散我们家，还想让我欢迎你？"

俞不灭怀中的少女一脸单纯真挚，带着哭腔道："我不是来拆散这个家，我是来加入你们的！"

俞念柔听得脑子一片空白，无名火一阵接一阵。

偏偏那三个同是外面带回来的女人似乎在这时达成了一致，开始你一言我一语地阴阳怪气起来，就连那个一直沉默喝茶的冰冷女子亦是淡淡地反问了一句："那我走？"

"柔儿，我怎么可能让你走？"俞不灭悠悠一声叹息，伸手将那个冰雪美人一并带入怀中，转头看向自己的道侣，淡声道，"能儿，我时常外出历练，看来念柔还是缺少管教了。"

俞念柔在听到"柔儿"这个称呼时略有恍惚，她怔怔地看着俞不灭，半晌都没回过神来。

原本爹爹只会这样叫她的。她张了张嘴，还想问出什么话的时候，一旁的崔能儿已经收敛了笑容，略严厉地看向了她："念柔，你今天怎么如此不懂事，快向你的三位姨娘道歉！"

俞念柔愣了愣，难以置信地看向自己的娘："娘，我在为你出头，你还护着这三个狐狸精——"

"住嘴！"崔能儿呼吸有些急促，她艰难地咽了口唾液，方能继续说话，"是为娘太过宠溺你了，你这就回房反省，不认错就不要再出来了！"

俞念柔鼻尖一酸，她眨了眨眼将眼泪忍回去，死死地捏着袖口，扭头跑回自己小院了。

崔能儿很快调整好自己的情绪，她脸上重新露出带歉意的笑，先是温声

细语地同三个新姐妹道歉，又楚楚动人地看向了俞不灭：“夫君，是我没能教好念柔，竟让她这样无理地冒犯了三位妹妹……”

依偎在俞不灭怀中的娇娇声音弱弱道：“姐姐，是我不好，我不过是不灭哥哥的侍妾罢了，本就不该惹念柔生气。”

边上的冰雪美人冷笑一声：“侍妾？你是，我可不是。”

听到这样的话，崔能儿一口气差点儿噎死，偏又不好发作，只能含混道：“我们都是修士，既然能聚在一起自是由天道安排的，何须像凡俗那般分得那么清楚呢。”

修士们的确不讲究这些，大多都清心寡欲专注于修炼，要么就痛痛快快地四处留情，单身数百年和有数百段风流史都不算奇怪。通常来说…… 正式结为道侣且昭告天下后，鲜有人还往家中带新欢。

崔能儿如此大度，不愧是北境大家族出来的世家嫡女，颇具正室风范。有如此贤妻，俞不灭方才生出的那点儿不悦瞬间烟消云散。

他爱怜地看着四位美娇妻，叹道：“见到你们姐妹和睦相处，我也就安心了。日后我们一家人无所谓大小，更莫谈谁是妻谁是妾了，你们皆是我俞某人的妻子！”又看向崔能儿，笑道，“能儿，我不在的时候就由你照看三位妹妹了。”

崔能儿银牙暗咬，露出最艰难的一个笑：“那是自然。”

四个女人表情迥异地对望一眼，都在无言中。

姜渊无比敬重地看向了崔能儿，替自家大师娘美言道：“师娘素来最是宽和大度，定会好生照拂三位师娘的！”

崔能儿：“……”

俞长安：师兄，你是不是听不懂语气？

因为宗门多了许多珍宝阁来送家具的人，一来二去，不灭峰上的热闹事在第二天大早就传到了紫云峰上。

云华剑派的光棍超过九成，大家都将剑当道侣了。紫云峰上更是全员单身。

年轻修士们对这种情情爱爱一概不懂，只是下意识觉得不对劲：“俞师叔带回三位新道侣，那崔师娘又该怎么办？”

熟读龙傲天文学的俞幼悠听到这问题就笑了："自然是姐妹一家亲，和谐相处了。"

她没说谎。兴许是剧情出了点儿偏差，在原文中，俞不灭可不止带回三个美人，他是把外面那十八个女主全都带回来了，同崔能儿一道组成了红颜知己团。

原文到这会儿已经进入了收尾阶段，反派们被打脸得差不多了，开始后宫情节。

不灭峰上全是些倾国倾城的美丽女子，其中有出身高贵的世家女，有幼时相依为命的青梅竹马，还有秘境结识的神秘仙女。她们争奇斗艳，虽然偶尔会争风吃醋，但是所有人的心都放在俞不灭身上，为了爱人甘愿与姐妹们分享，相处倒也算和谐。而俞不灭坐享齐人之福，夜夜被翻红浪。

龙傲天文学的精髓有二,一是永远无敌的男主，二就是数不清的后宫，俞幼悠深谙其中道理。

年轻的修士们偷偷议论了几句，最后纷纷表示不能理解。

御雅逸听说俞不灭回来了，便准备起身去拜访一番。他毕竟是御兽宗的少宗主，日后还要接管宗门，自然需要与诸位化神期大能打好交道，所以早早地备了不少礼物，准备给云华剑派各位峰主送去。

俞幼悠一听这事儿，马上来精神了："御道友且慢，我们丹鼎宗也得给不灭剑神准备点儿谢礼才是！"

御雅逸一怔，很快释然："也是，你才拿了不灭剑神赐下的伪仙器，不去致谢就说不过去了。"

他原以为俞幼悠打算送点儿现成的丹药之类的，哪知道她拉住了张浣月的衣袖："张师姐，能劳你御剑带我去云华郡城一趟吗？我去拜访，总归得买点儿礼物才是。"

御雅逸对俞幼悠改观了，原来她这般懂事，还要特意去买大礼，并不是自己所认为的那么抠搜啊！

他冲俞幼悠点头，微微笑道："你快去买吧，我就在这儿等你，届时我们一同去拜访。"

狂浪生也坐不住了，跟着俞幼悠一同赶去了山门下面的云华郡城。

他们没有让御雅逸等太久。约莫一个时辰的工夫，张浣月便带了俞幼悠

和狂浪生归来，只是她的表情略微有点儿古怪。

御雅逸询问："礼物可买好了？"

盾修和丹修一起自信地点头。

御雅逸不做他想，便同这群盾修和丹修一道去往不灭峰拜会。

来接待他们的是姜渊和俞长安，这也在情理之中，哪有堂堂化神期大能来接待这群筑基期修士的道理。

俞幼悠挺遗憾，本来还想围观一下俞不灭坐拥众美人的精彩场面的。

俞不灭一直以为这个女儿死了好多年，早就将俞幼悠的存在忘得干干净净了。毕竟她只是个生来就注定会早夭……不，是在原文中已经死去的半妖小杂种罢了。

姜渊神采奕奕，师父高兴他就高兴。而俞长安清隽的眉眼中却笼着一层阴郁，接待众人时亦是心不在焉的模样。

御雅逸出身世家，他爹也有不少侍妾，所以要比那些剑修更懂俞长安的心情。

他面带同情地看着俞长安，没揭他的伤疤，准备送完礼就走："俞道友，既然不灭剑神另有要事，那我们就不便打扰了。"

精致的礼盒放下去，全是亮闪闪的各种顶级法宝。

另一边的狂浪生也起身拱拱手，代表天盾门送出礼物，虽不如御兽宗那般贵重，却也不寒碜。

启南风拿胳膊推了推俞幼悠，后者将桌上的最后一口灵茶饮尽，然后笑眯眯道："听说不灭剑神新添了三位道侣，这是我们丹鼎宗送上的贺礼。"

她递上一个精致的礼盒。

后边的苏意致肉痛地解释："这是我们特意赶去珍宝阁，让师傅们选用最好的灵石雕成的一副麻雀牌，日后四位夫人闲来无事正好可以一起打牌。"

其实是骗人的，这些就是赌场里随便买的便宜货，看着漂亮而已。

御雅逸："……"

麻雀牌，又称麻将，在凡界贵族间颇为盛行，尤其是宫廷女子很爱玩，不过修真界中倒是……很少见。

俞幼悠甚至体贴地为蒙了的姜渊递上了一张说明书："我特意去了趟赌场，寻了麻雀牌的规则册来。你拿去给你的四位师娘看看，以后可以凑一桌

搓麻将。”

她劝道：“这是凡界女子很爱的玩意儿，说不定还能培养她们之间的感情，你师父看到她们一同玩乐，肯定会很欣慰的。”

俞幼悠知道姜渊对俞不灭有多敬重，听到最后这句话后，肯定会回去劝说师娘们搓麻将的。

姜渊在微愣片刻后，郑重地接过了这副麻将和说明书，用难得友善的口吻同俞幼悠道谢：“多谢你了，俞道友。”

四位师娘虽然相处和谐，但她们相互之间依然显得生疏，师父只能这边陪了又去陪那边，很是麻烦。

俞幼悠轻咳一声：“谁让我们丹鼎宗都是热心肠的大善人呢。”

狂浪生听到俞幼悠的解释后暗自后悔，低声同自家师弟道：“早知道我们就该再送个蹴鞠什么的…… 日后新来了夫人能一起玩，增进感情。”

俞长安张了张嘴，欲言又止，最后还是什么话都没说。

外面的场景其乐融融，院内的气氛就没那么好了。

俞念柔这会儿正红着眼，恼怒地砸着房中的东西，婢女吓得一声不敢吭，只能喏喏地低着头。

在察觉到有人影靠近后，婢女抬头一看，微松了口气：“夫人——”

崔能儿声音冷冷淡淡，全然不似往日的温柔：“你先退下吧，我来劝她。”

待婢女退下后，崔能儿沉下脸，半是失望、半是无奈地看向俞念柔：“念柔，够了！”

俞念柔眼睛通红，没了外人后她终于还是没能忍住，哽咽着哭了出来：“娘，昨夜爹爹总算记得来看我，都到门外了，我原想气他两句再开门，结果刚说两句话，隔壁院子的那个狐狸精就把他叫走了！”

崔能儿垂眸，脸上没有任何表情。

俞念柔呜咽着恨恨道：“那个叫柔儿的女人说句肚子疼，爹爹居然就不管我脸上的伤……”

“你知道为什么吗？”崔能儿脸上浮出些疲倦和讽刺的笑，“因为那个女人是你爹在微末时就惦记着的未婚妻，不过那时候他家道中落，而那女人被家族逼着同他取消婚约，私下却屡屡助他。”

俞念柔的眼睛逐渐睁大，半晌都没能说出话来。她从没见过自己母亲用这样的表情和声音，她颤声道：“可是您曾陪他出生入死，还一起逃出妖界……”

这些都是为修真界所赞誉的美事。

崔能儿声音飘忽：“是啊，可是你父亲生来不凡，与他出生入死过的女子太多了，外面那三个，全都与他一同经历过惊心动魄的事。”

她充满爱怜地摸着女儿的头：“念柔、念柔……你以为你这名字是如何来的？因为他一直都念着自己的未婚妻，那个叫柔儿的女人。”

俞念柔的呼吸一窒，她张了张嘴，只觉得脑中一片空白，许久都说不出话来。

崔能儿叹息道：“你且收收你的脾气吧，以前你父亲就你这一个女儿所以宠着你，但日后……唉。”

她欲言又止，反而让俞念柔更加慌乱，后者捏紧了母亲的手磕磕巴巴地问：“娘，你这话什么意思？”

崔能儿苦笑着摇摇头，几乎是在叹息：“你还不知道吧，那个叫柔儿的女人，肚子里已经怀了你的弟弟或者妹妹了。”

一桩接一桩的惨事砸下来，俞念柔的脑子都有些恍惚了。她的泪水浸透了面纱，看着自己素来善良温柔的母亲眼中的绝望，只觉得崩溃。

沉默良久后，俞念柔倏然起身，唤出自己的飞剑，一字一句道：“娘，你等着。”

崔能儿似乎有些不解，抬头看着她：“念柔，你要做什么？”

俞念柔握着剑，银牙一咬：“我就不信一个女人会比亲生女儿重要！今天我定要将那女人赶出不灭峰！”

崔能儿在后面轻声唤了句“念柔不可”，然而也不知是俞念柔跑得太快还是她走了神，堂堂元婴期的修士，竟然也没拦住筑基期的俞念柔。

修士们修建院子的速度极快，加之珍宝阁亲自送货上门，所以峰顶正院在一夜之间便多出了三处精致的别院。

俞不灭昨日还颇有雅兴地为正院和这三个别院提了字，分成春、夏、秋、冬四院，大有四房道侣不分高低的含义在其中。

此时，俞不灭正在其中一个院子中，哄着年纪最小的娇娇修习剑术。然后便倏然皱眉，猛地转头看向了隔壁院子。

一道剑光飞闪入内，俞念柔虽然性子骄纵，天赋却尤其出众，还不到十四岁就要突破到金丹期了。她身形轻矫，持剑径直飞向那个叫柔儿的女修。

俞不灭轻描淡写地一抬眸，以元婴期的灵力挡了这记攻击，寒声道："没规矩，滚！"

俞念柔一想到她就想起自己名字的来历，再凝眸恨恨地看向她尚未显怀的肚子，更是替自己母亲委屈。

"贱人！我娘是北境高门崔家的高贵嫡女，是我爹立下天道契誓结成的道侣。你不过是一个爬床的贱婢，也敢这样猖狂！"

柔儿蹙眉，她修为已是元婴，远比俞念柔强，自然也察觉到隔壁院子越来越近的气息。她无声地笑了笑，淡淡道："小丫头，我肚子里可是有你的弟弟妹妹，你居然拿剑指着我？"

一听到这个，俞念柔果真被激出更大的火气："我爹只要我和长安就够了，哪里还要你肚子里的小孽种！"

她扬剑一挥，不管不顾地直接冲着柔儿刺去。后者这次竟然避也不避，任由她冲过来。然而那一剑终究不曾刺下，一道霸道至极的灵力强势地将俞念柔的剑击落在地，少女亦是被这灵力反推着倒飞在地上。

"爹——"俞念柔的手颤抖着，半跪在地上，哭着看向前方的男子。

"闭嘴！"俞不灭冷冷地打断她的话，深深地看了女儿一眼，最后失望地闭了闭眸，长长叹息，心想：媚儿昨夜说得不错，孩子还是不能太宠了，偶尔还须严厉些才行。

"你自行去石室思过一年，待你三娘生产过后再出来吧。"

云华剑派的石室是弟子们犯了错才会进去的地方，名为思过，其实是囚禁。里面见不到光，亦见不到人，唯有一间空荡荡的石室，每十日才会有人去送水、送辟谷丹。

俞念柔在宗门内也曾犯过错，当时无人敢管教，唯独百里空山把她直接丢进去关了三日。因为她父亲是一峰之主，所以待百里空山离开山门后便有人将她放了出来。那三日她都过得生不如死，更何况一年？

然而俞不灭不曾看她，带着怜惜扶住了那位冰雪美人："柔儿，你还好吗？"

美人黛眉微蹙，声音冷淡淡的，莫名带着脆弱的吸气声："不灭，我肚子有些疼。"

俞念柔不敢信，她怒道："我根本就没碰到你，而且你一个元婴期……"

可是俞不灭万分紧张地扶着美人进屋了，从头到尾再没人看她一眼。

喝完灵茶，吃完茶点后，上不灭峰拜访的众人便告辞了。

刚刚走到了峰下，姜渊便匆匆地追了上来。

"俞道友！"他喊住俞幼悠。

俞幼悠纳闷地一回头："什么事？"这兄弟现在不是该去找四位师娘搓麻将吗？

姜渊面露难色，开口询问："敢问贵宗的牛长老和马长老还在吗？"

俞幼悠懒洋洋地答："不在，他们带着曲师姐去万古之森了。"

曲清妙已经到了金丹期，不日就要去镇守万古之森东境边线了。两位长老放心不下，特意带她去熟悉一下。

听到这个回答，姜渊的表情更苦涩了。无奈中，他只能看向三个丹修，想起他们在四境大会上的绝佳表现，又生出了些许希冀。

"三位道友，你们……"

见姜渊吞吞吐吐，启南风直接问："到底什么事？你直说便是。"

于是姜渊吸了口气，直接问："三师娘方才动了胎气，你们当中有人懂安胎之术吗？"

三人组面面相觑：我们仨都还只是孩子啊！

就在姜渊也觉得自己这问题问得不妥时，不知何时摸了把瓜子出来的俞幼悠突然开口："安胎这种事，收费很贵的。"

姜渊："……不会欠你钱的。"

能宰人时为什么要客气？

俞幼悠跟随姜渊一道重返不灭峰。

她一边嗑着瓜子一边走，到那处装饰华美的别院前时正好嗑完，将瓜子

壳一拢，塞到了姜渊的手中："帮忙丢一下。"

启南风和苏意致想要跟着进去，却被俞幼悠喊住："你们在外面等我就行了。"

正午的阳光好得出奇，斑驳的树影映在俞幼悠神情淡淡的脸上，把情绪全都遮掩了。她一步步踏入内室中，瘦小的身影懒懒散散的，半点儿没有要面见化神期修士的紧张。

总归是要见一见的，俞幼悠的心绪平静如水。她要记住这人的气息和面容，免得以后遇见仇人都不知道下手。

姜渊带着俞幼悠在屏风后面站定，恭敬道："师父，我带了丹鼎宗的俞道友来为师娘诊治。"他怕师父责怪自己不曾请来长老，只带了个小丫头，于是补上一句，"她是丹鼎宗这辈最出色的弟子，曾成功炼制四品灵丹，便是无尘佛子也曾夸赞过。"

俞幼悠见鬼似的瞥了姜渊一眼，这种话能从他口中说出来？这人不对劲。

一道低沉的声音从内传出："进来吧。"

声音道出的瞬间，俞幼悠没有表现出任何异样。她知道自己不能暴露。

少女神情镇定地上前，不曾多看一眼边上站立的男子，而是目不斜视地径直去了软榻边，装模作样地开始给那个受了惊的美人号脉诊治。

其实她不会号脉，不过用脑子想都知道一个元婴期的修士不会轻易动胎气，她又不傻。

俞幼悠摸了摸美人的皓腕后，便逐渐皱眉，一副凝重的姿态。

"情况不太好。"俞幼悠若有所思地看着她，"虽然夫人修为颇高，毕竟怀有身孕，为了确保夫人和孩子无忧，还须谨慎对待。"

俞不灭低沉的声音自一旁响起："你且说需要如何做便是。"

俞幼悠低垂着眸子，平静道："孕期女修容易心绪不宁，为了预防心魔缠身，还请俞前辈时刻陪伴在夫人身侧，尤其是夜深时分，更莫要离去，也不要让其他人来叨扰夫人。"

俞不灭微皱眉，他又不只这一位夫人，怎么可能在接下来的一年都只陪着这一个？

然而看到冰雪美人眼中隐含的期待，他只能按捺着不耐烦道："可。"大

不了每夜哄得这个睡了，再出去见其他几个罢了。

俞幼悠继续道："另外，我这儿有从天音禅寺取来的心经一部，能安定心神，烦请前辈为夫人每日早晚亲诵一遍。"

俞不灭自少时便桀骜不驯，敢质问天道不公，又怎么可能信奉他口中的那些秃驴？然而美人轻轻地拽住了他的手，晃了晃。

俞不灭原本就知道这只是女人在闹性子磨人而已，之所以配合也不过是挂念着她腹中的孩子，但是先前话都放出来了，再反悔就是打自己脸。身为龙傲天怎么可能被打脸？此刻俞不灭只能忍住烦躁，淡淡应下。

一遍经文而已，每日大不了花上半个时辰……他才这样想着，俞幼悠便从芥子囊里摸出一本约莫十寸厚的经书，重重地放在了桌案上。

这是明心小和尚在听说俞幼悠要回东境时特意馈赠予她的，还叮嘱她好好研读佛经，日后一起探讨佛理。虽然俞幼悠一直没弄明白他为什么会觉得自己对这东西感兴趣，但还是收下了。

这玩意儿看两行就犯困，助眠效果极佳，她本来是打算回丹鼎宗后拿着当睡前读物的，没想到现在还能拿出来挣钱。待回了丹鼎宗，得给小和尚寄点儿水果味儿的辟谷丹作为谢礼。

拿到沉重经书的俞不灭：我从早读到晚都不一定能念完一遍。

然而俞幼悠并不会考虑他的心情，她熟练地摸了纸笔出来："我们丹鼎宗有诸多灵丹，可以强身健体，还能舒畅心情，只是价格略——"

不等美人回话，边上傲然而立的俞不灭便打断她的话："都用最好的。"只要是灵石能解决的都行，总归比先前那些念经陪伴要好。

俞幼悠的笔好似不经意地掉落在地。她俯身去捡起，之后慢慢地站直了身躯。似乎是因为窗外映入的阳光太过刺眼，少女微微眯起了眼睛，同对面的男人对视上了。

一刹那，俞幼悠腰间的尾巴毛逐渐耸起，一种难以呼吸的窒息感莫名出现，如同潮水一般涌上来。她握了握笔杆，逐渐用力。

然而俞幼悠的呼吸不曾乱分毫，就连唇畔那丝客气的笑容都没有变化。当然，她更不会让半点儿杀意泄露："好。"

之后少女用略沙哑的声音念出数种闻所未闻的丹药，每念一种，她的视线便好似畏惧化神期大能似的，再往下垂一些。

原文细节有不少变动，简单的文字跟亲眼所见更是两码事。有些事只有一次机会，所以她要做足准备。俞幼悠的记忆开始飞快涌出，将原文和眼前这人一一对照。

“琅心丹，可保灵脉顺畅……”

她的视线在俞不灭的颈部停留片刻，果然和原文一样，隐约可见这男人佩戴了一件伪仙器的防御挂坠，此物在遇刺后会自动开启防御结界。

击其颈部，杀不掉。

“灭清丸，可解孕期心绪不宁……”

垂眸，视线下移到心口处。俞不灭的心脏与常人不同，长在右边。他有一件伪仙器软甲，若没看错，外面的长袍亦是伪仙器，刀剑难入。

心脏、丹田，皆伤不到他。

“珠龙丹，可保……”

最后，俞幼悠的视线落在了俞不灭右手手指上，那儿有一枚古朴的银戒指，同俞不灭这一身的伪仙器格格不入。

俞幼悠垂眸收起视线，换上最得体不过的笑容：“就是这些灵丹了。”

俞不灭淡淡地嗯了一声，他记挂着美人，无心去看这个小医修。而且方才与那女孩对视的时候，那双本该让人心生好感、似幼犬一般的澄澈大眼，倒让他生出一种熟悉的烦躁和厌恶感。他素来谨慎，也从不会有太大的情绪波动，所以只是冷然盯着前方的少女看。

俞幼悠表情很诚恳，开口却很不客气：“丹药是十三万枚灵石，那部经书是由天音禅寺的佛修供在佛前百年的珍贵之物，本该由我馈赠给夫人聊表心意，不过那也是我挚友所赠的宝物……”

她像是有些为难，最后轻叹一声：“就算作十万枚灵石吧，我将这灵石以夫人名义捐给天音禅寺为佛像塑金身，也当作为孩子祈福了。”

俞不灭沉默了，素来都是他占别人便宜，修行上百年也曾有人狮子大开口，最后的结果都是被他反吃。他暗自猜测，自己方才莫名厌恶这丹修的感觉，兴许是因为她这一脸的狡猾模样？

然而今时不同往日，软榻上的美人正抚摸着肚子看着他。俞不灭只能压下心中的古怪感，淡淡嘱咐屏风后的姜渊：“带她去拿灵石。”

待姜渊带着俞幼悠走后，俞不灭心情不悦地唤来了俞长安。

昨夜他曾问了几句四境大会的事，也因儿子未曾取回自己送出去的灵剑而失望。不过父子的谈话因其中一个美人的到来而中断，俞长安似乎有什么事情未说完。

俞长安到来后，俞不灭淡声问："你那时候想说什么？"

俞长安沉吟片刻，还是鼓起勇气对父亲道："父亲，我有位朋友想要习剑，您可否……"

"谁？"

俞长安匆忙道："就是方才那位丹鼎宗的俞师妹。"

此言一出，俞不灭很快皱眉，眼中露出傲然之色。

"如此孱弱的丹修，连剑都拿不稳，又怎能同吾辈剑修一般修炼这杀戮之道呢？吾之剑道，上斩不公天道，下诛卑劣宵小，绝非寻常人可学的！"俞不灭冷声说道，"她非剑材，无须再提。"

俞长安只能沉默地低头，但这是他头一次想要反驳父亲的论断：父亲不曾见过俞幼悠挥剑的模样，所以他才会这样说。若是见到了……

"终于见到了。"踏出院外的俞幼悠在心中暗自叹息。

她这次来见俞不灭并不是为了看他那副嘴脸，目的就是确认原文是否有变动，看看他的最大依仗是否依然如原文那般戴在手上。

俞不灭最大的依仗是一枚无意中得来的神秘戒指。戒指里面有一处灵力浓郁的神秘空间，里面时间的流逝速度只有外界的十分之一，书中的俞不灭每每遇到必死之局，都是靠着藏入这枚戒指躲过。

俞幼悠虽没看过结局，但是不用想都知道，俞不灭极有可能靠着这枚戒指避过天雷，成功飞升。

那如果……他飞升的时候出了些意外呢？

俞幼悠眯着眼，从兜里摸了许久，终于摸出最后一粒瓜子。"咔。"她一下将瓜子嗑破。

当一个修士最后的底牌被别人看透后，那他就危险了。尤其是他自以为……那还是无人知晓的底牌时。

俞幼悠将手中的瓜子壳炼化成灰，扬在不灭峰上，得加快速度提高修为了。

回到紫云峰后，俞幼悠收获了两个同伴敬佩的眼神。不过两人的关注点有点儿清奇。

苏意致震惊：“你居然出去一趟就挣了十多万！”

启南风震惊：“你居然真的会安胎！”

俞幼悠：“别废话了，快炼丹。”她会个鬼的安胎，刚才连那个美人到底怀没怀都没摸出来！

“炼什么丹？”两人愣愣地看着俞幼悠龙飞凤舞写在纸上的那些丹名，迟疑道，“这些丹药我们都没听说过。”

没听说过就对了，因为都是她胡诌的。

俞幼悠开始淡定地从芥子囊中翻找出各种用不上的灵药，全都是先前在黑市地摊上觉得便宜捡漏的。

没办法，穷惯了，就算是知道用不上，看到诸如“打折”“清仓”之类的字眼还是会下意识地凑上去。

苏意致跟她有一样的毛病，所以他的囤货也被迫贡献了出来。

“我们后天就要出发回丹鼎宗，所以要在两天内把丹药炼完。”

俞幼悠已经看到了自己想确认的细节，所以并不打算继续在云华剑派嗑瓜子了。龙傲天故事背后的细节让人糟心，她有点儿犯呕。还不如回丹鼎宗安心泡药浴呢，那么多灵药可不能浪费。

于是她摸出了自己的七彩丹炉，准备开始加班。

丹炉一出来正好又转到了绿色，苏意致和启南风被亮瞎了眼，赶紧拿手挡：“天！求求你收回去！”

“那不行。”俞幼悠摸了摸自己的新丹炉，眼神热辣无比，“这是我的大宝贝，你们以后就是它的干爹了。”

“滚。”苏意致与启南风同声道。

虽然这个炉长得又土又辣眼睛，的确算得上是完美伪装。俞幼悠相信，就算她到时候拿这丹炉去砸它的前任主人苏留白，他也肯定认不出来！

她用自己的灵力开始催动丹炉变大，于是整间屋子里的诡异光芒也越来越耀眼。

外面路过的张师姐看到那绿光，担忧地止步：“俞师妹，你们可是出了什

么事，需要帮忙吗？”

“没事师姐，我们在炼丹呢！”

“对，木系灵力太盛了而已！”

张师姐是火系灵力，对于木系灵力着实不太敏锐，听到这样的解释顿时恍然。她颇为钦佩地看向屋内的绿光，暗道：这三个丹修实力果然不一般，小小年纪，灵力居然已强盛到可以外泄这么多了！

在张师姐察觉到不对之前，俞幼悠总算是摸索到了这丹炉的用法，勉强让它停止了变色，停在了绿色上。

边上两个人吵吵嚷嚷，都嫌绿色刺眼，一个说换黄色，一个说换蓝色。然而俞幼悠无情地忽视了两人的意见，她眼里只有炼丹。

要下毒是不可能的，她现在下毒，明天必死在龙傲天剑下。所以她炼制的都是些无毒……却也没啥用的骗钱玩意儿。

“止痒丹、防腹泻丹、防晕丸……”启南风拿着俞幼悠弄出来的这些丹药，看得眉毛一抖，“这种在丹书上都没人会背的冷门丹药，你是怎么炼出来的？”

要不是启南风把丹书背完了，肯定也认不出来！

“冷门才好啊。”就不容易被拆穿了。

双生炉不愧是伪仙器，俞幼悠尚未熟悉它，但是将灵力引入丹炉内后，便察觉到此物的不凡。炼化一品灵药所需的灵力直接节省了一半，而二品也能节约三成左右！

原本以为中途要歇两次的俞幼悠索性一鼓作气，飞快地将所有的“安胎药”炼制完毕。

灵力消耗一空的俞幼悠将东西抛给苏意致，懒洋洋地趴回床上：“我困了，你跟南风把药送去不灭峰吧。”

俞幼悠这一睡便直接到了第二天晌午。

前往妖界的事纯属自愿，有几位剑修另有打算，并不准备与他们同往。于是张浣月便在紫云峰上布置了几桌酒菜，权当是这群伙伴儿临别前的最后一聚。

俞幼悠乖巧地坐在张师姐旁边，不客气地吃着后者给自己剥的虾肉。

御雅逸舍不得一直把踏雪关在封兽石里，所以这会儿大老虎也趴在她脚边，偶尔用头蹭蹭俞幼悠，后者便悄悄地递一只虾下去。

她有点儿心不在焉，刚拿着虾递下去，就听见有人问：“俞师弟和姜师兄怎么没来？”

众修的表情马上变得微妙起来——

“喀喀——听说不灭峰这两日有些热闹，俞师弟和姜师兄怕也是焦头烂额了，都不一定会一道去妖都。”

“昨天夜里，不灭剑神来来回回御剑追了三次。”

启南风见俞幼悠听得津津有味，便悄悄凑过去说：“昨天你睡得早不知道，我跟苏老二去送药的时候，正好遇到三位新夫人闹情绪了。”

当俞不灭说要陪着小三安心养胎的时候，另外两个被他好言哄回山门的就不乐意了，说好的一视同仁，现在却要晾着她们？小二和小四马上离开了云华剑派。

俞不灭这边只能丢下刚念了两页的佛经匆匆追出去，后边见到此景的小三便也冷傲地走了。

于是云华剑派的众修有幸见识到了化神期剑修的御剑速度有多快，也知晓了道侣不可以超过一个，无论男女，道侣太多很麻烦。

就连张师姐也面带柔情地摸了摸自己的灵剑：“果然只有它才是最懂事的道侣。”

虾吃完了，俞幼悠的手指被踏雪粗粝的舌头舔了舔，她很嫌弃地在老虎的脑门儿上擦干净，然后在心里笑出了声：没猜错的话，不灭峰还会越来越热闹的。毕竟……姜渊还有十五位师娘没回来呢！

不过云华剑派的热闹同他们也无关系了，因为马长老他们已从万古之森边境归来，众修该乘坐云舟前往桐花郡了。

第二十二章

荣归桐花郡

妖族和人族之间没有传送阵法，所以必须要从桐花郡出发。

修士来去随心，加之人族与妖族互遣修士交流的事情做得一贯隐蔽，所以众修趁着夜色便上了云舟。

云华剑派有五人不去，出乎意料的是，俞长安在云舟起飞的前一刻过来了。

他精神恹恹的，声音亦是沙哑，上云舟后淡淡地同众人解释："姜师兄快到金丹期了，他准备闭关冲击境界，就不与我们一道了。"

说完这句话，他便静坐在了云舟的角落怔怔地不说话，偶尔看向人群，视线却总是略复杂地落在俞幼悠身上。

自从知晓自己有一群小娘后，他每每看到俞幼悠略眼熟的侧脸，都不由得怀疑她是自己失散在外的某个妹妹。

俞幼悠很警觉，她往踏雪身后一挪把自己挡住，有点儿纳闷："俞长安用诡异的眼神看我一晚上了，他是不是知道我们给的是假安胎药了？"

"应该不可能，而且那些药算不上是假药，还是算补药的。"苏意致和启南风对望了一眼，才想起一件事，"说起来，我们送药以后是他送我们下的山，那时候他看着就有点儿奇怪。"

俞幼悠老实答："他一直挺奇怪的。"小龙傲天怎么可能平平无奇？

"不是，他那晚问了我们关于你的事。"

"嗯？"

"他问你的生辰还有父母籍贯……"启南风贼兮兮地指了指俞幼悠略圆润的腰，然后压低了声音，"我担心他怀疑你的身份在偷偷调查，所以就没说实话，把你编小了几个月，又说你是遗腹女，从小不知道早死的爹长啥样，

你娘大着肚子在我家帮着卖了两个月棺材，所以我俩光屁股时就认识。”

光屁股就认识，保证她没有什么奇怪的狗尾巴！

这样有理有据的说法一出，启南风至今记得当时俞长安露出的那副若有所思的模样。

“算了，不管他。”俞幼悠在御雅逸不高兴的注视下飞快地揉了揉踏雪的尾巴，然后趴在了云舟边上，看着那逐渐接近的繁华郡城。

“我们快到家了。”

云舟从桐花郡上空飞过，眼下依稀存留着初春寒意，尚未到泡桐花期，唯独碧叶葱茏，在城中大街小巷里连绵成翠色长线，将下方热闹的郡城衬出几分桐花郡独有的清雅味道。

桐花郡是个边境小郡城，虽然与妖族离得最近，但是通常两族来往不多，所以也没因此繁华起来。

俞幼悠趴在云舟边上往下探头：“桐花郡好像来了好多外人，有点儿热闹。”

“因为你们在四境大会上扬名天下，连带着准备来参加丹鼎宗外门考核的人也增多了。”曲清妙上前一步指了指，果然越接近丹鼎宗，人群也越拥挤，成千上万的少男少女都从各地提前赶来了，此等盛况不知比俞幼悠他们那次热闹了多少倍。

当这艘刻有丹鼎宗标识的云舟减速飞向山门时，有人指了指天空，底下的少男少女们倏然兴奋起来——

“是丹鼎宗的修士们回来了！”

“是俞幼悠！我看到她趴在云舟上冲我挥手了！”

这些都是些年岁尚小的半大孩子，本就是看了或者听了四境大会中丹修们的强势表现才来参加考核的，眼下见了真人，更是激动不已。

底下的少年们乱糟糟地呼喊着他们仨的名字，边上的马长老听着吵闹，又或者是丹鼎宗难得有这种炫耀的机会，干脆用灵力托着把三人组给丢了下去。

刚一落地，三人组就被围满了。

桐花郡本地人激动得飙出了当地话：“启南风，你给咱们桐花郡的老乡长脸啦！”

“小鱼宝贝，你快看姐姐这边。你杀异狼时受的伤还疼不疼啊？”

俞幼悠露出个甜甜的微笑，对着漂亮姐姐说了句：“不疼了。”

那位漂亮姐姐低头才发现苏意致也在，于是马上接了一句：“苏意致，就算你长得最矮，还是北境卧底，我依然很喜欢你！”

苏意致：“谢谢你哦……”

那边的师姐和长老们早早地带着客人们去安顿了，一点儿也不管三人组的死活。

他们在山门前被围了好一会儿才成功进入丹鼎宗，进去后免不了又是一顿热情的问候。

丹修们可不像剑修那般矜持，不管是外门还是内门的师兄师姐，个个都扑上来又是揉脸又是摸头以作夸奖。

成功走到浮空岛后，苏意致的小白脸都被揉红了，他叹气：“谁让我们是最小的一届呢。”

俞幼悠摸了摸自己脑门儿：“我的头发好像被摸油了，我想先回去洗个头。”

苏意致也点点头：“我也回去补觉，饭点叫我，我要去膳堂吃饭。”

然后三人便目不斜视地朝着最左边的那个院子走进去了，真跟回家一样熟练。

后边跟上来的曲清妙：“……”

她原本想提醒俞幼悠她的院子已经修好了，结果她连看都没看，习惯性地就去启南风屋里了，就连苏意致也是一个德行。算了，他们仨都是孩子，不能用成年人的眼光看他们。

曲清妙心情略微复杂，最后只能当作没看到，离开了。

院内。

外间的启南风和苏意致横七竖八地挤在软榻上睡成了一团，鼾声如雷。

里面的俞幼悠懒懒地窝在浴桶里，拿灵力一催动，原本冰冷的水随之变得温热，而水中泡着的灵药也开始发挥效力。

她又不是真傻，有条件用温和的药浴吸收药力时，也不会自虐到生嚼灵药。她一边泡着淬炼肉体的药汤，一边开始观察起了自己新增的那条灵脉。

现在俞幼悠有足够的钱给自己买灵药补身体了，原本孱弱的灵脉也变得粗壮些许，已经能够辨出属性了。新的灵脉是金系。

俞幼悠不得不感慨苏意致真是自己的大恩人，他买一送一给自己的第二枚玉珏，恰好也是金系！

修真界中天赋上佳者极少，而拥有两条灵脉的更是鲜有听闻。龙傲天这个物种不算，他有五条灵脉。

两条灵脉就可以同时吸取两系灵力，拥有双倍的修炼速度，这也是为什么苏意致没有多少资源也能偷偷修炼这么快的原因。后面他的修炼速度一直排在三人组中第一，也有这方面因素。

金系灵力主杀伐，锐利难挡，对剑修来说是最佳的灵力属性，但是对于丹修来说没太大用处。若是与火系一起配合，恐怕有奇效。

俞幼悠尝试操纵着摸了株灵药出来，先用金系灵力将其飞速切割得细碎，之后再用火系灵力炼化。果然同她预想的一样，原本至少需要十息才能炼化完成的一品灵药，这次只用三息便炼出了含有药性的精华。

又炼了两株灵药后，俞幼悠心思活络起来。用金系灵力和火系灵力配合起来炼药这么快，那炼其他的……应该也有奇效吧？她的眼睛开始不老实地在房里打量。

启南风的房间里摆满了各种华美的摆设，大部分都是俞幼悠陪他去珍宝巷里买的，所以她看到它们就仿佛看到一堆亮闪闪的灵石。不行，面对灵石下不去手。

最后，俞幼悠只能仰着头再次看向了头顶。先前她说白天的时候琉璃瓦晃眼睛，于是启南风就把瓦片换回了最普通的黛瓦，这东西倒是不贵。

先前她也炼过自己屋顶的瓦片，当时没出事，是后来没忍住又炼了边上的柱子才把院子弄垮的。所以，这次只要不手贱，想来问题也不大？

俞幼悠试探着用金系灵力覆盖在瓦片上，在其发动的同时，飞快地以火系灵力催动——

“咔啦！”

软榻上的两个少年蓦地惊醒，翻身爬起来，摸出丹炉紧张地喊：“异兽来了吗？”

片刻后，他们就知晓到底是啥玩意儿了。承重的房梁化作一捧灰烟消云

散了，与之相同的还有那些瓦，几乎瞬间消失，黑灰撒了两个发蒙的少年一脑袋。

他们抬头，只看到头顶空空，星光与夜色同在。

“俞幼悠，你又干什么了啊！”

从浴桶里狼狈爬出来的俞幼悠都顾不上擦尾巴毛了，拿衣服飞快地一裹爬出来，挠了挠头：“我忘了，我现在不是炼气期了。”这灵力突然变强……一不小心就把整个屋顶给炼没了。

只等了半盏茶的时间，丹鼎宗内务堂的弟子们便熟络地找上门来了。

他们看了眼俞幼悠，有人认出她来，饶有兴趣问了句：“你就是俞幼悠？”

俞幼悠心中激动，暗道自己为宗门争了光，兴许能少算点儿修房顶的钱，她自豪地回答：“对，我就是俞幼悠！”

“那就对了，我听说你先前随马长老学了半年炼丹术。”内务堂的弟子一脸很懂的样子，给俞幼悠递上一张账单，“果然有其师必有其徒。”

俞幼悠：说好的为宗门争光呢？

内务堂弟子又问：“你也跟马长老一样赊账吗？”

“不，我有钱。”富婆绝对不可能做老赖！

俞幼悠阔绰地摸出芥子囊，把这一百多灵石的欠款给结清了，她才炼没一座院子和一个屋顶，不至于像马长老那样负债累累。

屋顶要等两日才能修缮完成，启南风的那些天蚕丝的被褥和灵兽茸毛织成的地毯也被黑灰毁了。于是俞幼悠只能哭丧着脸带着启南风前去黑市，把这些玩意儿都买回来补偿给他。

桐花郡的黑市一如既往地热闹。

在这里，妖族的比例大大增多，而且因为桐花郡修士普遍没有物种歧视，所以里面的气氛既暴力又和谐。

刚进来就听到熟悉的对骂声和邀约去擂台打架的声音，俞幼悠深觉欣慰。

三人照例去了地摊一条街捡漏，俞幼悠欣慰地发现，虽然这里不乏打着“丹鼎宗三天骄”假货牌子的，更多的还是在兜售秃大师亲自制作的丹药。里

面竟然没有假货，看样子都是他们没舍得吃存留下来的。

桐花郡黑市中秃大师的名气果然最盛，毕竟这里不少人都亲眼见证过秃大师的传说，再加上先前申稣自称是丹鼎宗的丹修，导致大伙儿不太信任这些大宗门。

桐花郡黑市中，秃大师才是永远的神！

三人扫荡了一圈，买了些品相不错的药材后，直奔珍宝巷。

以前俞幼悠都不敢走进来，现在她进这些法宝店就跟刚才逛地摊一样淡然自若。

“过几日就要出远门，听说那边草木多，得多给你备点儿防蚊虫的。另外法衣也多给你买两套……”启南风一边念着，一边体贴地指点着让掌柜把各种日常用的法宝拿出来，虽说全拿的三人份，但大部分东西都是以俞幼悠需求为主的。

俞幼悠听得心里熨帖不已，果然启南风才是自己的好朋友，事事都为我着想。

下一刻，启南风就站在掌柜面前不动了，见俞幼悠没反应，他纳闷地问：“你怎么不来付钱？”

“嗯？”

他提醒对面的俞幼悠：“你出门的时候说了今天你结账的。”

俞幼悠沉默了，紧紧地握住了自己的芥子囊。

苏意致瞬间恍然，立马奔向最贵的货架，兴奋地准备让老板把那件最贵的法宝给他包上。

俞幼悠面无表情，拎着他的黑袍后领，把这货给拖出门了。

在大出血买了无数件“万一有用”的法宝后，俞幼悠捂着抽痛的胸口差点儿没喘上气来——不能再待了，他们在逛完一圈珍宝巷后，甚至开始跃跃欲试地想去花酒巷摸别人尾巴了。

那两人还理直气壮：“你的尾巴又不给我们摸，御雅逸的那只老虎太凶又不敢摸，我们花你的灵石去摸摸别人的尾巴怎么了？”

俞幼悠冷冷：“想摸尾巴是吧？成，我带你们去摸！”

启南风和苏意致兴致勃勃，都开始商量到底是摸狐族少年的长尾巴还是兔耳少年的短尾巴了，却没料到俞幼悠径直将他们带出了黑市。

三人组沿着桐花郡的青石板路一路往前，最后越走越偏，脚下路也成了窄狭的小道。

苏意致东张西望，看着这些残破的旧民居："这是哪儿？"

启南风倒是认出来了，他的老家也在棺材一条街，小时候时常在附近玩耍："小鱼带我们回家了。"

苏意致一怔："她不是……"不是父母双亡吗？

此刻正是晨曦未现的清晨，棺材纸钱铺都没开门。再往里走，里面那条老旧的巷中已经传出鸡鸣犬吠，还有各家婶子忙碌的身影。

俞幼悠走到最小的那个院子前站定。

不远处趴着的狗蛋翻身而起，先是警惕地看了看俞幼悠，之后嗅了嗅味道，便兴奋地呜呜叫着冲她跑来，尾巴摇得飞快。

俞幼悠大方地对两个好友道："这不就是尾巴吗？摸啊！"

苏意致倒是兴致勃勃地蹲下来摸狗尾巴了，启南风却警惕地看了看大黄狗，然后略㞞地退到了树后面。

俞幼悠喂了狗蛋两个肉饼，后者尾巴摇得更欢了。

她这才起身打量原身的家——小屋的木门和记忆里没什么两样，只是一年不曾住人又破败了些，门槛石上生了些潮润的青苔，却没半点儿落叶渣子，想来有人时常帮着清扫。

她熟络地在花盆后面一翻，还真又翻出一瓦罐井水，下面有张写了字的纸，兴许是昨夜有雨，湿漉漉的把字也浸湿了。

俞幼悠仰头喝了一气水，又递给身后两人："走累没，喝一口？"

启南风和苏意致也不嫌弃，咕噜咕噜喝了下去。

然后两个丹修就察觉到异常了："这井水好像有一丝灵药药性？"

俞幼悠嗯了一声，趁着没人注意，又往旁边的井里丢了两粒灵丹："这巷中凡人于我有恩。"

如果没有他们的照拂，原身怕是连一年都活不过。她不会一口气将这井水变作让人马上病愈或者返老还童的灵泉，因为这样很可能被权贵给抢去，但是暗暗地让井水拥有些许强身健体的功效还是可以的。

她接过空瓦罐，从芥子囊中摸出一把银子往里面放，苏意致看到愣了愣："你准备赠予凡人重金？"

鲜有修士会跟凡人有牵扯，因为都觉得沾染了凡尘因果就不叫修仙了。苏意致出身修真世家，身边全是修士，甚至都没怎么跟凡人接触过。

俞幼悠点头，指了指旁边的花婶家："我蹭了她家十多年的饭。"

"我才不管什么'修士不该过问凡尘事'之类的话，有恩就该报。对于贫苦人家来说，最大的回馈不是什么感念一辈子，而是一笔实实在在的钱财。"

俞幼悠将银子在瓦罐中压了压，然后笑眯眯道："谁不喜欢暴富呢？"

启南风和苏意致深以为然。

俞幼悠本来想悄悄把瓦罐放到花婶家院子里的，不承想刚到门口，狗蛋就兴奋地冲着院内汪汪叫了两声。

花婶一边训斥狗蛋一边出门来看，结果一眼就看到了三人。

她愣了愣，视线落在俞幼悠脸上，犹疑不定地注视了许久，最后试探着问："俞丫头？"

俞幼悠应了一声。

花婶眼眶一热，马上出来将她搂住，又是心疼又是欢喜地问了她好多话。

俞幼悠不好说她已是修士，因为怕花婶不自在，于是只说自己离家去了启家当学徒，现在学得手艺准备远行了。

"那你要去哪儿？"

俞幼悠笑了笑，轻声回了一句，之后将盖着一片泡桐叶的瓦罐塞到了花婶手中："花婶，我该走啦。"

花婶目送着她离去，抹了抹眼泪，正懊恼自己忘记给这丫头煮一碗她最爱的鸡蛋面时，一阵风吹过。

泡桐叶飘起不知飞向何处去，只留下抱着瓦罐惊在原地的花婶。

第二十三章

妖都

数日后，丹鼎宗山门前。

黎明初升，一众年轻修士皆表情肃穆，静静地听牛长老讲前去妖族的注意事项。

其实他这些日子已经讲过很多次了，不过临行前还是放心不下，又不由得啰唆起来。

曲清妙上前，看了一眼众修，视线最后落到师弟师妹身上，说道：“我过两日也要去万古之森镇守了，不能随你们同去，你们自己好好保重。”

启南风马上拍胸：“师姐放心，等我回来，你就会看到筑基期的我了！”

苏意致幽幽道：“那师姐你等着看金丹期的我吧。”

俞幼悠挠了挠头，试探着说：“那…… 师姐，你等着看元婴期的我？”

曲清妙无奈地笑了笑，很快又恢复了正色，叮嘱道：“妖族这些年的情况极其复杂，总之你们要万分小心，我在东境等你们回来。”

三个丹修飞快地点头，然后便随着队伍一起坐上了云舟。

天光渐盛，俞幼悠回头冲着曲清妙挥挥手，丢了一大匣子辟谷丹下去。她大声喊：“师姐，我这几天新炼的水果味儿辟谷丹送你，你吃完以后我就回来啦！”

曲清妙被她逗得想笑，想起俞幼悠先前炼的那些一坨一坨的东西又是无奈，不过待云舟飞远后，还是万分小心地打开了那个加大号的药匣。然后，她微微怔住了。

药匣里整齐地摆着数百粒颜色不一的辟谷丹，上面体贴地标注了各种口味儿，丹药颗颗粒粒皆是圆润光滑得同珍珠一般，在晨曦下泛着绮丽的光华。

那真是…… 她从未见过的漂亮辟谷丹。

妖族和人族之间相隔甚远，凡人不可能徒步穿越那么远的距离，修士们若想前往对方领域，徒步怕是得耗费数月，寻常云舟也须得飞行数十日。

剑修们外出靠剑，盾修外出靠走，所以门内都没有大型云舟……也舍不得买这玩意儿。

唯一庆幸东境还有个低调的丹鼎宗，平日里不显山露水，关键时刻拿出了一艘仅次于天宫云舟的大型云舟。

临行前马长老千叮咛万嘱咐，要俞幼悠他们好生保管这玩意儿，并且在被问到云舟造价的时候，冷哼着说了个恐怖的数字。

五百万枚灵石！还是曲清妙去求了掌门，后者自费找珍宝阁定制的。

要不是东境在四境大会上好不容易能扬眉吐气一回，惯来寒酸的东境修士们怕是做梦也想不到丹鼎宗会这么有钱。

“我就知道。”狂浪生盘腿坐在云舟甲板一角，眼睛通红地看着旁边的三个丹修，“先前在云华剑派，看到剑修们都差不多穷，峰上的屋舍也都和咱们天盾门差别不大。结果到了丹鼎宗，他们居然奢靡到用巨型灵阵来使得山脉浮空，连膳堂的灵食都不限量供应，我就知道整个四境就咱们穷！”

连最温柔不过的张浣月都很是心酸地点了点头。

听到这里，刚从芥子囊里摸出躺椅躺好的俞幼悠侧过头来，解释道：“主要你们剑修和盾修老爱打架，没事就要重铸剑盾，而我们丹修能卖丹药帮人看病，他们御兽宗也能卖灵兽，你们最多就当保镖……”

剑修赵师兄马上抱着剑摇头：“不可，吾辈剑修铁骨铮铮，岂可屈身为人鹰犬？”

三个丹修在躺椅上躺平：“看吧，这就是为什么你们日子过得那么苦。”

边上正拿着梳子给踏雪梳理毛发的御雅逸听到这段对白后突然抬起头，看向盾修：“在妖族的这段日子里，你们替我保护好踏雪，回去诸位道友每人一千枚灵石，怎么样？”他自己倒不担心什么，唯独担忧还算是幼虎的踏雪到了妖界被妖修们欺负了。

才一千？四境大会赢了后手握巨额奖金的狂浪生哼了一声，学着剑修的那句话：“吾辈盾修也一身傲骨，不干。”

御雅逸又换了张软帕，蘸了水给踏雪洗脸，补充道：“一千枚灵石一天。”

狂浪生马上召出巨盾，一声不吭地走到了踏雪身旁，义正辞严道：“我和你的大猫有缘，当初能救它一次，日后就能护它千万次，吾辈盾修万死不辞！”

刚才还躺平的丹修们也翻身而起：“御道友，还差人吗？”

就连方才眉目凛然的剑修亦是拔出灵剑，气势汹汹地将踏雪围住：“御道友，我们也可以！”

御雅逸：你们东境修士的傲骨呢？

对不起，在灵石面前，傲骨要来何用？

在云舟上的日子有点儿无聊了。

剑修们尚且能偶尔御剑飞出云舟外，在浮云之间同云舟并行竞速，其他人除了跑去逗逗大黑虎玩，也无事可做。

云舟飞在云端，至云雾稀薄之处，阳光尤盛。

启南风强烈要求买的那三件可自由在躺椅和软床之间变换的法宝派上了用场，这几日俞幼悠都懒散地窝在躺椅上，晒着太阳看着药书，好不惬意。

“这本药书还是一百年前陆长老和苟长老去妖界时编写收集的，上面记载的全是妖界独有的一些药材，可惜后面咱们东境就没机会去妖界了，所以里面的内容也一百年没得到补充了。”启南风把躺椅挪到俞幼悠边上紧挨着，歪着头一起看。

苏意致挺遗憾的：“北境倒是常有人去，可惜我看不到。”

四大境之间并不算是一个整体，关系和凡界的国与国更为相似，所以像关于妖族之类的信息都颇为隐秘，并不会互相流通。东境来往的妖修是多，可惜他们大多是冒险而来的散修，对很多事情亦不知晓。

启南风马上就出馊主意了：“苏老二，你下次回家探亲的时候就说自己打算叛出丹鼎宗了，然后回悬壶派做半年卧底，把他们的药书、丹方全背熟了，再带着你爹娘一道回东境！”

苏意致翻了个白眼：“不干，我怕是还没跑出悬壶派就要被打死。你不如让小鱼去，她记性最好，去了悬壶派一个月就能把丹方全背回来。”

边上的御雅逸听得很崩溃，这么隐蔽可怕的卧底谋划，你们就当着我一个外人的面大大方方地讨论起来了？

他轻咳一声，提醒那三人收敛点儿。

结果三人果然注意到他就坐在旁边，只是非但没警觉，反而一脸的惊喜。

俞幼悠把视线从药书上挪开，看向御雅逸："说起来，三年前是南境得了第一，而且那些妖修也是在你们南境修习，所以御道友应该对妖界了解颇深吧？"

御雅逸警觉，第一时间想到的是她想借机骗取南境获知的机密消息，但是又想起这段日子以来东境众修的离谱程度……

在短暂的沉默后，御雅逸决定从自己认为众所周知的事开口："你们都知道我人族有三位渡劫期修士，那你们应该也知道妖族的妖皇也是渡劫期修士吧？"

说上半句的时候围过来的东境众修还在点头，下半句大部分修士就一脸茫然了。

这也正常，御雅逸毕竟是少宗主，自幼就接触各种顶级资源和信息，而这里的弟子除了俞长安，个个身份都很寻常，加之年纪又小，哪里知道妖族的事。

御雅逸一看他们的表情就知道了，只能无奈继续道："这数百年里，众渡劫期大能多在闭关，然而据说……只是据说，妖皇不甘受拘于渡劫期，曾在十多年前尝试引来天雷，结果飞升失败了。"

他说得很简单，然而"飞升失败"这四个字一出，便已经让众修神情凝重。

"妖族有三大分支——兽族、翼族和水族，原本在妖皇的辖下这三大族和谐共处，然而妖皇这十多年来都在闭关不露面，便由这三大族的首领共理事务。想来你们也能猜到结果，妖皇一脉没落，现在的妖族大小部族间都在明争暗斗，想要取而代之，乱得不可开交。"

听到这里，狂浪生不解道："那妖皇太子什么的就不出来管管？"

苏意致听后忍不住开口："你不知道吗？妖皇一脉血嗣单薄，妖族没有什么太子，只有过一位公主。不过听说那位公主离奇暴毙了，妖族那边一直内乱，也不知晓到底怎么回事。"

说到这里，启南风有点儿好奇地转头看向俞长安："你爹不是曾在十多年

前从妖界回来过吗？你临行前，他就没跟你说说妖族到底是个什么情况？”

俞长安一怔，他这次离开不灭峰的时候，峰上正乱成一团，让人糟心不已，所以他是悄悄离开的，其中不无躲避那些糟心事的想法。

他抿了抿唇道：“父亲从未同我提及过在妖界究竟经历何事，只有母亲曾说过，他那时修为不算高，在妖族历练时得罪了几个厉害的妖修，九死一生突破后，才杀掉仇家归来。”

人妖两族互相歧视，妖族公主看上一个人族剑修并不算光彩的事，加之龙傲天外出必有伪装，所以即便是妖族，也少有人知晓当年残杀公主的凶手就是现在人族赫赫有名的俞不灭。

更重要的是……妖族内部恐怕也有人早盼着妖皇一脉绝嗣呢。

边上的众修士聊得火热。捧着药书的俞幼悠将泛黄的书册盖在自己的脸上，阖眼不语了。

在云舟飞行了七日后，底下苍翠的丛林和山峰都逐渐变成了荒草地，到最后，只剩下一望无垠的金黄色沙丘。

沙丘最高处耸立了一块巨石雕就的无字碑，但是两族子民都知晓，这便是人族和妖族的分界线了，迈过界碑就算是抵达了妖族领域。

支撑云舟飞行的灵阵已经消耗了半数资源，俞幼悠便操纵着云舟缓缓地下沉，在距离地面一丈左右时，众修跃下，她也小心地将云舟收起，然后递给启南风。

启南风纳闷：“给我干吗？”

苏意致和俞幼悠一起幽幽地看向他：“云舟太贵了，弄丢了我们赔不起。”

启南风：“……”

在云舟上还懒洋洋的东境众修在落地以后，几乎下意识地排列成阵，在万古之森里的厮杀已经让他们培养出了警觉性，到了陌生环境绝对不会再懒散。

御雅逸看了一眼，不由得暗自心惊，最后想了想，还是领着踏雪同丹修们一道混在了队伍中间。

姜渊不在，最前方探路的剑修换成了俞长安。他抬头看了看附近：“前来接引我们的妖修还没来，沙漠容易迷失方向，我们且先在此处驻扎吧？”

没有人反对。

此时原本灼热的阳光开始渐退热度，天边仅残留些许余晖，连绵的沙丘也将光线遮蔽，一阵携了黄沙的风刮过。众修眯了眯眼，再睁眼时就发现头顶的天光黯淡，这片沙漠已然是要入夜了。

“沙漠的夜晚极冷，而且可能会有流连于边界的修界盗匪出没，我们还须得谨慎。”

云舟灵阵剩下的能量得留着回家时用，他们这里面也没人懂阵法，不能再召出来了。

于是众人索性靠在那块巨大的界碑后面躲避风沙，再由盾修们持盾一挡，简单地弄了一块营地出来。

只不过沙漠的夜冷得离谱，空气又干燥，这群修士又都还是筑基期的嫩崽子，这会儿吸口气都觉得鼻腔疼。

最开始大家还是三三两两分散而立，到后面就围成一圈瑟瑟发抖。就连御雅逸也暗自往踏雪身边缩了缩。

俞幼悠想起自己前几天在珍宝巷里的大出血，开始在芥子囊里翻找起来：“等等啊，我记得好像买了点儿法宝用得上。”

然后她就摸出了三床柔软宽大的毯子，过了会儿又摸出几件厚重的大衣，上面都隐藏了保暖的灵阵。她分出去给众人盖着后，甚至摸出了一篮丰盛的点心当夜宵！

御雅逸看得目瞪口呆：“你的芥子囊里都是这些东西？”

修士的芥子囊中不是该放着各种保命的或者杀人的玩意儿吗？为什么她的芥子囊里都是些乱七八糟的东西？

俞幼悠啧了一声：“同为富二代，看来你并不怎么懂得享受生活啊。”

启南风已经从自己芥子囊里摸出躺椅变成软床睡上去了，啧了一声后开始教育御雅逸：“法宝研究出来就是让人用的，你们干吗非要折磨自己呢？”

御雅逸：“……”

托了会享受生活的启南风的福，这群修士在沙漠里没冻成傻子。

哪怕这里不像万古之森那样遍布异兽，众修还是没敢安然入睡，而是轮流值守。

后半夜的时候，俞幼悠站起来，在边上巡视着，御雅逸的大黑虎见她起来，也鬼鬼祟祟地跟着俞幼悠的背影走了。

先前俞幼悠偷偷拿了两块点心分给它，大猫还没吃饱。

御雅逸低声喊了两句让它回来，结果踏雪装作没听到，摇了摇尾巴没搭理。

俞幼悠站在沙丘上，身上裹了件厚实的抗寒法衣。她蹲在人群不远处盯着妖族的方向看，此刻天边星点渐稀，沙丘被风吹得呜呜响，有些干枯的风滚草随风靠近。

结果看了一会儿才发现，风滚草后面还有一个小小的身影，是只茶色带着黑斑、四足黝黑的小猫。

小家伙也发现了蹲坐在沙丘上的俞幼悠，脊背警觉地拱起，躲在一丛风滚草后面不露头，却忘记收起在外面紧张甩动的猫尾巴。

俞幼悠没擅自靠近，她怕吓着这小东西。

过了好一会儿，这小猫才警惕地再次探出半个头看着俞幼悠，确定她不会突袭自己后，大着胆一伸爪子—— 风滚草下面那只倒霉沙鼠被黑足猫含在嘴里，后者则慢慢地往后退，最后似风一般蹿到沙丘后面躲着了。

俞幼悠兴致勃勃地盯着沙丘后的那半只猫耳朵看，然后朝着小猫的方向递了块点心。

小猫没上来，露出来的半截耳朵还往后耸起，看样子警觉性极强。

于是俞幼悠便把点心朝着沙丘后方一抛，小猫跟着一动，也不知道捡着吃没有。

俞幼悠闲着没事，又在芥子囊里找了找，这次找到了狗蛋吃剩下的半个肉饼。

结果肉饼刚拿出来，还没来得及喂猫，另一个毛茸茸的脑袋就从她身后拱过来，很不客气地把东西叼走了。

御雅逸身上只带了兽粮，没带零嘴，它馋了好几天了。

俞幼悠搓了搓虎头，把沾上的口水擦干净："你还挺熟练？"

踏雪正讨好地蹭着俞幼悠的手呢，突然眼睛一眯，盯到了沙丘后那条鬼鬼祟祟的猫尾巴。

还没等俞幼悠让它小声点儿，大黑虎一声惊天动地的咆哮，沙丘后的黑

足猫猛地奓开尾巴毛，之后一道白光闪过，就见其化出双脚双手，变成一个长着猫尾巴的光腚小男孩，以不可思议的速度一纵一跃地逃远了。

原来不是一只普通的黑足猫，而是一个小妖族？俞幼悠看傻眼了。

后面听到猛虎怒吼声音跟上来的其他修士也看傻眼了。

“都说妖族生存能力极强，果然不错，连这种沙漠里也有当地妖生存。”张浣月抱着剑，啧啧称奇。

狂浪生他们的关注点就不一样了：“咦，原来妖修们从原形化作人形时是没有衣服的哦？”

俞幼悠也若有所思地考虑这问题：“那要是虎豹之类的从人形变成兽形，是不是还得提前把衣服脱下来放好？”

启南风和苏意致悄悄地望了俞幼悠一眼：“你不知道？”

俞幼悠面无表情：“我不知道！”

终于赶过来的御雅逸被噎住：“你们能思考些正常的问题吗？”

不过在这一出结束后，便到了天明时分，众修终于等来了前来接引他们的妖族使者。

沙丘被朝阳映得亮堂堂的，澄澈碧蓝的天际飞来一群巨鸟。

不等俞幼悠他们反应过来，这些鸟便朝着他们的位置降落。巨大的羽翼缓缓地将身子包裹，同时数道白光闪过，待再次展开宽大的羽翼时，他们已经化作人形，身上也穿好衣服了。

见到这一幕，启南风悄悄地凑到俞幼悠耳边嘀咕：“学会了吗？”

俞幼悠抬足狠狠踩他的脚：“没有。”

那一群翼族修士迎着众人走来，为首的是个身材高挑的女修，身后那双漆黑的羽翼都比其他妖修要大一些。

众修正色看向她。

“据说今年来的是东境的道友？”女翼族笑了笑，身后的翅膀也跟着抖了抖，声音中听不出是嘲讽还是单纯的感叹，“倒是有许久不曾见过东境道友了。”

她声音略沙哑，淡声自我介绍道：“我叫乌未央，是妖都派来接引你们的使者，一百年前也曾到过你们人族的北境修习数年。”

之后目光在人群中一扫，淡声问："听说御兽宗的少宗主也来了我妖界，不知是哪位？"

御雅逸上前，拱了拱手客气道："回乌前辈，正是在下。"

乌未央淡淡地望了他一眼，声音略含深意："原来就是你，我妖族众修在不日前已返回妖都，曾多次提及你的名字，真是有劳你如此照料他们了。"

御雅逸极有风度地笑道："彼此彼此，想来我南境的修士这几年也承蒙诸位照顾了。"

乌未央意味深长地冷笑了一声，之后淡淡道："既然已经见到诸位了，那就按照老规矩来吧，各位自行选择便是。"

"老规矩？"东境众修眼中有些茫然。

御雅逸上前一步："乌前辈，不知这老规矩究竟是何？"

乌未央笑了笑："很简单，当初你们人族与我妖族有协定，派遣两族的年轻修士互相交换历练数年，以增进两族感情，维持这上千年的和平。虽然明面上说的是你们一旦进入我妖族地界，就不再是我妖族的客人，而是和我们妖族年轻修士一样的身份，毕竟我们妖族的孩子自小就在各种险境中摸爬滚打，你们人族娇贵，真要按照妖修的标准来接管你们……若弄伤了，怕是要伤了两族的情谊。"

她微微抬起下巴，睥睨众修："所以我们妖族让你们自己选，若想在妖都里享受妖族风情和美食当三年贵客，现在我们就好生伺候着诸位飞入妖都，以免烈日风沙伤了贵客这身细皮嫩肉。"

这话说得好听，然而其中充满了对人族修士的不屑和轻蔑。

东境众修的表情已经冷下来了，就连原本还散漫的三个丹修也不例外。

他们是爱偷懒享受，但是现在很明显，一旦应下来，就真的成了妖修们口中细皮嫩肉的贵客了。他们来妖界是为了历练，而非真如乌未央口中那般躺在妖都当三年废人的！

俞幼悠懒抬眼皮看向乌未央，声音有点儿冷："不需要用激将法，你直接说准备搞我们就是了。"

一听就知道接下来没什么好事情，没必要听她在这儿阴阳怪气，浪费时间。

乌未央倒是颇为欣赏地看向俞幼悠："你倒是很懂啊？"

之后她再看向众人，声音淡淡道：“既然你们不想当贵客，那我就按照规矩把你们当作寻常妖族修士对待了。提醒你们一句，人族的灵石在我们这儿不管用，妖族所有资源都得靠完成任务后获得的功勋值来兑换，而想要领取任务，各部落的妖修都得自己想办法去妖都。”

乌未央身后的羽翅一扇，卷起一阵风沙，她同其他几个翼族一道缓缓地飞上天了。

“我们妖族也不用什么传送阵，妖都就在这片沙漠的东边，若想前往，你们就先靠自己的腿翻过这片沙漠吧！”

还不等众修反应过来，只见这群翼族把翅膀一扇，竟然就这样飞走了。

东境众修傻眼了。

苏意致喃喃道：“妖族这么抠？地图都不给咱们留一张吗？”

张浣月也觉得很离谱：“这……说好的两族互通以示友好，怎么我感觉妖族的态度并不太友好呢？”

俞幼悠倒是接受得很快，她差不多能猜到这两族之间的态度，大家你瞧不起我、我看不上你，这样也正常。虽然人族修士与妖族修士之间能在黑市里友好地一起喝酒，但是上升到两族颜面的高度，态度自然很微妙。

“虽然说的是友好交流，但是谁也不愿意低头，先来个下马威扬扬士气打压对方是很正常的事。”俞幼悠低头看着地上的沙子，干干净净，没发现翼族有掉毛的情况，羡慕了，“马长老说，他们那一次是被带着飞到了一片长满仙人掌的沙地里，半道被从天上丢了下去。”

曾听闻过宗门师兄谈及往事的御雅逸更是早有心理准备，神情淡然得很：“是这样，没错。有一次我们南境虽然被直接带去了妖都，还被安排到了整个妖族最高级的客栈，但是他们没给我们付房费。”

灵石在妖都不管用，南境修士们的下场可想而知。

狂浪生用手搭在御雅逸的肩膀上，挺好奇的：“可是她刚才还向你道谢，还说什么多谢你们帮着照顾妖族修士？”

御雅逸表情略显尴尬：“你们知道我们南境是如何照顾他们的吗？”

众修都摇摇头。

御雅逸掩唇轻咳一声：“咯，我们南境临海多岛屿，而御兽宗和回春门恰好都在海上，于是我们接引的长老也说了跟乌未央差不多的话，最后他们是

自己发狠游到岛上的。”

原来大家都在互相伤害，那也难怪现在他们这么倒霉了。

东境队伍开始了漫长的跋涉。

唯一庆幸的是乌未央还有分寸，告诉他们妖都在东边，不然到时候这群年轻修士走反方向跑回桐花郡就麻烦了。

正值午后，他们头顶的太阳火辣辣地晒，整片视野里除了黄色的沙子便是黄色枯草，身后的脚印也很快被风沙掩过，这一路走过去竟然比在万古之森还难熬些。

但那是寻常修士。也不知道启南风和苏意致到底买了些什么东西，这两人拿着俞幼悠的芥子囊翻找了半天，最后摸出来一把精致的小伞。

启南风搓了搓手，兴奋不已：“看好了啊！”

说罢他用灵力一催动，小伞瞬间变大，之后自动悬浮在了众人的头顶，随着众人行进的脚步一路跟随，原本还炙热的阳光瞬间消失，头顶变成了一片阴凉地。

走着走着，三人组似乎觉得渴了，又慢吞吞地从芥子囊里翻出好几套杯子分发给众人，一边走一边泡着茶喝了起来。

是的，从万古之森带出来的好习惯，三个丹修的芥子囊里都存着好几大缸净水。

不过他们好像还挺遗憾的，俞幼悠捧着茶杯叹气：“我后悔了，那个输入灵气就能冰镇茶和水果的法宝该买下来的。”

当时她嫌贵没舍得买，现在喝着热茶方才悔恨不已。

已经看得麻木的御雅逸：“你们为什么会有这么多奇怪的法宝？”

修士们也分为两种，一种是像他们这样不断突破，想要晋升至更高境界的，另一种是想要享受生活的，这些法宝主要就是针对他们炼制出来的。不过出身大宗门的修士竞争激烈，从入门开始就需要不断奋进，关注的全是有利于修为的东西，自然不了解这些奇怪的法宝。

“这很奇怪吗？好多修士家里都会备着的吧？”启南风转过头古怪地看了他们一眼，回答得理所当然，“而且出远门，你都不准备点儿东西吗？”

御雅逸不由得开始怀疑是不是自己思虑不周了，他转头问身边的俞长

安："俞道友，你们剑修也带了这些？"

俞长安愣了愣，如实回答："未曾，我们一般只带上剑就能走天下了。"

边上的赵师兄补充了一句："本来还会带点儿疗伤的丹药，但想着有丹鼎宗的道友在，所以连丹药也没带太多。"

边上的盾修亦是点头，狂浪生还介绍："辟谷丹我也没带，小鱼说给我们准备了，她炼的辟谷丹特别好吃，你等会儿记得去找她拿。"

御雅逸想起俞幼悠卖给自己的那些折耳根辟谷丹的味道，不由得用见鬼似的眼神盯着狂浪生：你的口味儿也太独特了吧？

三个丹修不断从芥子囊中翻出各种奇怪的法宝，所以修士队伍行进在沙漠中并不觉得困难，甚至都无须消耗灵力去阻挡高温和狂暴的风沙，只需要轮流用灵力维持着法宝运行。

御雅逸原本还心疼踏雪的肉垫被沙子烫伤，结果俞幼悠直接帮它在爪子上涂了层药膏，它便又精神百倍了。

可惜这货也变得更黏俞幼悠了，原本自己在的时候它还知道收敛，现在干脆就屁颠屁颠地跟在俞幼悠身后走了，御雅逸看得很是心酸。

踏雪：倒也不是，主要是你没有零食了。

大黑虎迈着优雅的步子走在沙地里，正准备将头靠上去蹭蹭俞幼悠的手索要零食时，忽然吸了吸鼻子，之后警觉地望向了前方。

最前方的俞长安亦是拔出剑，沉声道："有敌！"

众修的步伐齐齐停住，短暂地对视一眼后，众人迅速聚拢变阵。盾修以灵力护体冲上前屈身掩护，而剑修们则飞掠上天空，酝酿着剑气，凝重地望向不远处那片低矮的沙丘。就连丹修都摸出了丹炉和可能用得上的丹药，迅速地站在了安全位置开始戒备起来。

俞幼悠的手在芥子囊中触碰到了那两把短剑，在片刻的停顿后，最后选择拿出旁边的七彩丹炉。好在这时候丹炉正好变成了黄色，在这一片沙地中不算刺眼，没把队友们亮瞎。

他们的反应速度快得惊人，仅在三息内就完成了迎敌准备。这让御雅逸心惊不已，要换成御兽宗几个最默契的同门，那他们也能做到这样的程度，但东境这三个宗门的修士可是才接触不久啊！

他也跟上众人的步伐，翻身骑在踏雪身上，立在了盾修旁边。

前方的沙丘在不断耸动，在烈日的炙烤下有些扭曲，似乎有什么东西就要破沙而出，同时沙砾也开始往下滑落。

下一瞬间，一道巨大的影子自沙丘中钻出，居然是一条与沙子同色的金丹期异蛇！

异蛇像箭一般飞快游动而来，飞溅起的沙子同它巨大的身躯混杂在一起，极难看清它的行踪。

就在这时，狂浪生一声怒喝："左翼变阵！"

左侧的盾修马上迎着异蛇冲锋上去，而剑修们亦是默契地御剑转向，各色剑光在盾修的掩护下齐齐斩向异兽。

御雅逸被这好似提前排练过的动作惊得眼皮子直抖，更可怕的是，他还看到孱弱的俞幼悠拎着丹炉冲上去了，在剑光与巨盾之间的一处小小空隙里暴力地挥动丹炉砸向异兽……看她的动作和其他修士的见怪不怪，这种事她怕是干得再熟练不过了。

不到半个时辰，原本该棘手无比的金丹期异兽被斩成了数段。

张浣月和俞幼悠站在尸体边上找了点儿能用的异兽材料，然后便开始处理尸体。而启南风和苏意致一人负责炼化异兽血液给负伤的修士们饮下，一人负责给他们包扎伤口。

一切都是那样自然和井然有序。

御雅逸带着踏雪就好像吃瓜群众似的围观了这场战斗……他头一次怀疑起了自己存在的价值。

好在这位少宗主很会处事，这会儿众修都累得够呛，他自觉地撑起了大伞给众人遮阳，又乖巧地给大家泡茶端上。

"多谢。"俞长安接了茶，看着那具已被炼化了大半的异兽尸首微微皱眉，"没想到这里也有异兽。"

张浣月解释道："万古之森里时常有异兽逃出，走兽类还好防，飞禽异兽却没法儿阻止。那些异兽有些流窜到了妖族界域，再将这里的动物或者灵兽咬伤或者啄伤，于是妖界异兽的数量便跟着增多了。"

御雅逸也跟着叹息："而且妖皇闭关，他们各部忙着夺权，加上妖族各个部落极其分散，所以并不能像我们镇守万古之森那样防着异兽。据说这边许多地方异兽肆虐，好多平民妖修都丧命于异兽口中。"

众修皆是无声叹息。

虽紧临沙漠，但是妖都最外围有一堵百丈高的巨墙，将那些风沙和炎热都阻挡在外。

而此刻，身为翼族贵族的乌未央便带着翼族的几个妖修镇守在城墙之上。

此刻夕阳西沉，乌未央看着那一轮红日，淡淡问了一句："多少天了？"

"已经是第七天了。"身后的白羽翼族回答，之后有些犹豫道，"听说这次东境队伍里有俞不灭的儿子在，兽族那边……"

"俞不灭是豹族的贵客，又不是我们翼族的贵客，他儿子关我们什么事？"乌未央神情冷漠，并没有畏惧的意思，"才七天而已，三年前苏留白他们花了十天才走到妖都，这群人连一个金丹期都没有，我们还有的等。"

"是的。"白羽翼族点点头，笑道，"毕竟这片沙漠白日炽热、晚上极寒，都需要用灵力来护体，里面更时不时有异兽出没，说不定这群人族已经在哭闹着喊娘，后悔没选择跟我们飞过来了。"

乌未央语气平静地点评："见过这么多人族修士了，他们多是这般孱弱无能还死要面子，可笑至极。"

"是的，尤其是那几个丹修，瞧这风沙都能把他们刮走。"

正说着，几个翼族的声音戛然而止，他们齐齐抬头看向西边。

此刻红日下陷，唯独一束耀眼的光还残存在地平线上，将十多道年轻的身影映得极长。

他们齐齐抬手，冲着城墙这边竖了个大拇指，然后翻转——拇指朝下。

气氛是会被感染的，当那一排向下的拇指亮出，而且被暮日拉得格外醒目时……

御雅逸心情略微有些澎湃了，过了会儿才觉得这样的举止有点儿不太稳妥。

俞幼悠顺便摸了摸踏雪抬起来的白爪子，夸奖道："刚才你家踏雪的爪子都举得比你果断，大猫干得漂亮。"

灵虎并没有因为被夸而满足，而是低低呜呜叫着用爪子去刨俞幼悠的芥子囊，她只能抠搜地摸了半块点心喂给这货。

见到这一幕的御雅逸已经不想再说什么零食吃多了影响灵兽健康了，他微微皱眉解释："我是觉得我们初来乍到，太过张扬难免会惹祸上身。"

带头嘲讽的三个丹修听出他的纠结和不安，俞幼悠把剩下半块点心丢进嘴里，伸着手让踏雪舔指缝里的点心渣儿，又朝御雅逸那边瞥了一眼，不冷不热地提醒他："你就别想着什么以礼待之了，别忘了，你们南境先前可是好好地'款待'了妖修，他们肯定会重点照顾你的。"

"小丫头说得不错。"一道沙哑的女声自众人头顶响起，乌未央从城墙上飞到城墙外，扇动着翅膀落地。她将双手环抱在胸前，身后的翅膀亦是抖了抖，冷艳的脸上浮出认同，"不只是我，以后其他妖修也会帮着重点照顾你，'回报'南境道友的。"

御雅逸："……"

然后乌未央的视线就落到了笑得幸灾乐祸的俞幼悠脸上："还有你也一样，看不出来居然敢带头挑事到我头上，很好。"

俞幼悠仰起头用大眼睛盯着她，真诚发问："我如果不挑事，你就会对我手下留情，不搞我吗？"

乌未央挑了挑眉毛，给出无情的答案："不可能，我们可是跟你们人族商量好了，要好好磨砺你们这些后辈的。"

"那就没事了。"俞幼悠又恢复了浑不在意的懒散模样，甚至语气颇为自豪，"还好刚才先爽到了。"

东境众修齐齐点头，觉得她说得很有道理。

乌未央居高临下地望着众修，在短暂的失语后恢复了冷淡，她淡淡地提醒："希望你们进到妖都之后还能保持现在的盲目乐观，毕竟我们妖都跟你们四境不一样，这里从来不收废物。"

语罢，乌未央率先转身走向那堵高耸得仿佛穿破云层的巨墙："跟我来吧，不想做废物的人族小崽子们。"

自巨墙下的石门进入妖都后，众修终于见到了这座修真界最大的城池。

妖族与人族不同，他们分为大小部落，群居在妖界的各个角落，每月其中一天自发聚集换物，并不似人族那样以各城为居所，他们仅有妖都这一座巨型城池。

石墙之内，映入眼帘的是看不到边际的用各种巨石和原木修葺的大型屋舍以及宽阔得超乎想象的街道，不似人族那般处处都有多彩雅致的装饰品，更不似桐花郡那般街头巷尾都飘着翠叶繁花，整座妖都都散发着天然而冷峻的气氛。

乌未央带着这群没见过世面的人族修士一路往前，路上凡有见到她的妖修，无论是何种族皆避让到一侧，略恭敬地低头示意。

不过在看清楚她身后带的这群人族修士后，他们脸上便挂上了意味深长的笑容。更有甚者，摸索着自己尖利的獠牙，冲着这群身形娇小的人族修士比了个抹脖子的动作。

乌未央并未制止。

御雅逸心情有些沉重，看样子，妖修们对人族的轻视和敌意远比先前他听闻的还要严重，他偏过头想跟自己的同伴们交流下眼神，结果……

东境众修的心理素质极佳，他们所有人居然都是一脸兴致勃勃看稀奇的模样！

盾修们在嘀嘀咕咕地发牢骚：“我怎么感觉刚才路过的那几个妖族的胳膊都比我们壮啊？我还特意厚着脸皮在丹鼎宗蹭了几顿健体的灵食，怎么没起作用呢？”

孙师兄马上回答：“那是野猪族的妖修吧？那他们肯定肌肉发达了，你跟前面那个兔族的比不就好了吗？”

剑修们则时不时地抬头望望头顶飞掠而过的翼族们，全都是若有所思的模样，若靠近他们就能听到他们在小声地念叨：“到底是我的剑飞得快，还是他们的翅膀快呢？”

至于御雅逸身边的三个丹修，讨论的话题就更诡异了——

启南风一本正经地询问：“你们看清楚他们是怎样瞬间换衣服了吗？”

俞幼悠摇摇头：“没看清。”

苏意致马上安慰：“没事，等会儿我们再蹲守一下，观察清楚。”

御雅逸听着这群人的嘀咕声，不由得摸了摸踏雪的脖子，有点儿心酸：“踏雪，这次我们的同伴都没救了。”

踏雪甩了甩尾巴，莫名地望了他一眼，看到俞幼悠在摸点心后又屁颠屁颠地凑了上去。

御雅逸只能将视线从这群不靠谱的队友身上移开，转而打量起了边上的妖修们。

他注意到，妖修身上全都配有一块晶石，颜色各异，大多是红色或者橙色，印象中，乌未央和她后面其他几个翼族身上的晶石则是青色的。

“很好奇，是吗？”乌未央似乎脑后长了眼睛，在御雅逸盯着她看的时候就开口，“看样子你们运气不错，在死亡沙漠中没有遇到异兽。事实上不只你们人族被异兽祸害，我们妖族也是处处有异兽的踪影。为了杀死异兽，守卫我妖族安定，妖皇陛下几十年前在妖族便立下了新规，开启了以斩杀异兽兑换功勋值的规则。”

东境众修饶有兴趣地听着，倒也没有人马上跳出来说他们其实早就遇到了异兽，还是金丹期的。

“我妖族子弟从十岁开始便可领取功勋晶石，前往各个危险之地猎杀异兽兑换功勋值。不管是小部族的孤儿还是大部落的少族长，为了证明自己是真正的大妖，都会选择以斩获功勋值的方式来淬炼自己，没有一个妖修会自甘堕落成为一个不求上进的废物。”

乌未央按住自己胸口垂挂着的青色晶石，回首看向众人：“从红色、橙色开始，再到黄色、绿色、青色、蓝色，一直递增到紫色，随着功勋等级增加，高阶者在妖都的权力和地位也都水涨船高，哪怕是——”

她的声音和脚步同时顿住，之后神情淡然地看着前面的那一幕。

一个配有红色晶石的妖修不慎碰到了另一个妖修的尾巴，后者配有黄色晶石，他几乎瞬间暴起，伸手捏向了前者的喉管。

那个被袭击的妖修死死抱着对方的手，眼珠都快迸裂而出，口中呜咽着，脚拼命地挣扎，动作却越来越缓。最后，他无力地垂下双手。

这一幕发生得突然，石街上行人来来往往，无人驻足，边上的石楼中大口喝酒的妖修们也不曾停下酣饮。他们只是冷眼旁观着这一切，没有人打抱不平，也没有人出声指责，甚至连边上驻守的妖兵们也没人出手阻止。

在人族会被视为残害道友的魔修行径，在妖族却平淡得好似家常便饭。

乌未央饶有兴致地看向那群沉默下来的人族修士，悠悠道：“这就是我们妖都，高阶者拥有更高的地位，哪怕是打杀路过的低阶者也无妨。当然，低阶者的部落若有更高功勋值的人出面报复，那杀人的妖修也会落得同样下

场。”

前方被捏死的那个妖修像破旧的麻袋一般被丢弃在街边，边上守卫的妖兵们熟练地将这具尸体收进芥子囊中，并没有任何人拦住那个配有黄色晶石的杀人者追责。

这群年轻的人族修士一直都是在大宗门中成长，习惯了互称道友，哪怕有龃龉，也鲜有当街杀人的。

可惜乌未央没在他们脸上看到自己最想看到的恐惧和退缩，她略有遗憾地开口：“你们放心，哪怕是为了维持妖族跟人族的和平，也不会有人敢像刚才那样当街杀你们的。当然，背地里我就不敢保证了。”

东境众修对视一眼，表情皆冷然，没有说话。

好在后面的路上便没有再出现这种血腥的场面了，众修跟在乌未央身后走了许久，最后停在了一座巨型黑石建筑物前。此物呈圆形塔状，然而说是塔不确切，因为它太大了，若不是妖都太过庞大，恐怕都难以容下这么大的黑石塔。

“到了。”乌未央停下脚步说，“这里便是每个年轻妖修都会来的黑石塔，兑换功勋值和各种资源都在此处。”

黑石塔内部的妖修数量竟比方才街上的人还要多，圆形的一楼大厅内有无数个形态各异的妖修，其中更有几个人族的身影，俞幼悠他们一进来便成了被打量的焦点。

被看惯了的众修没有在意，他们的注意力全被大厅最中间悬浮着的七块巨石板给吸引住了。

“这是黑石塔的功勋榜，每一阶的前十名都能在上面留下名字，对于妖修来说，这是给自己的部族争夺荣耀的最好方式。因为我们妖族素来以自己的部族为信仰，所以大部分前来妖都历练的年轻崽子都会选择与同族的同伴组成小队获取功勋值，团队人数上限为十五人——”乌未央回首看了眼众修，微微挑眉，“嗯，很好，你们十三个，可以结伴。”

“当然，若是有对自己实力自信者也可以选择自己一人单干，资源也可以独享。”乌未央顿了顿，指着第三块石板上的某个名字，语气稍微严肃了些，“三年前来此地的苏留白就选择了独行，他倒是不错，这几十年间少有的像样人族修士。”

众修抬起头，果然在那块黄色石板第二名的位置上看到了“苏留白”三字。

俞幼悠饶有兴致地偏过头问：“你们南境的师兄们孤立苏留白了？”

御雅逸表情略显凝重。按道理来说，人族修士在外应当是协力互助的，师兄们虽然算不上热心善良，但也绝对不是那种冷漠搞内讧的性子，怎么可能会排挤苏留白？

他低声回答：“我也不知道，人族跟妖族相距甚远，就连传讯符都不起作用。师兄们自从离开南境后便再无音讯传出，本该在我们出发之前回返的，但是迟迟未归。”

石板上也没有留存有南境师兄们的名字，看样子他们在妖都混得并不算好。御雅逸正想询问，乌未央似是看穿了他的想法，似笑非笑道：“别问我，三年前负责接引的是兽族那边的人，我跟你们人族的那些修士从没有打过交道。而且你们内斗，与我们妖族无关。”

她一边说着，一边示意后面的妖侍拿了十三颗白色的晶石出来，分发给众修士：“这是记录功勋的晶石，收好。”

人族修士们都兴致勃勃地观察着自己手里的石头，边上的妖侍轻声询问：“请问诸位的队伍叫什么名字呢？”

狂浪生马上来了精神，大声提议：“不如叫狂浪队怎么样？又狂又浪，符合我们的气质！”

“滚！”这个提议被大家驳回了。

剑修们则想起了某句流传在剑修界的名言：“叫‘我命由我不由天’怎么样？”

“太土了。”丹修们反对。

最后吵吵嚷嚷半天，简单粗暴地定下了名字：“我们队伍一共有十三个人，就叫‘十三人’吧！”

妖侍颔首：“好，十三人小队，已为诸位记录在册。”

乌未央提醒他们：“晋升红色需要你们小队总计猎杀一百功勋值的异兽，橙色需要你们猎杀一千功勋值的异兽，黄色是一万，以此类推。”

俞幼悠摸了摸这块白色的晶石，开口询问：“那我们这样还没有颜色的呢？”

乌未央俯视着这个纤瘦的少女，眸光冷冷淡淡的，她指了指黑石塔的大门："还记得我们来的时候躺在外面大街上的那些妖修吗？他们都是功勋值不足一百的新人或者废物，在妖都甚至找不到一处容身之所。这些弱者只能睡在大街上，等着其他强大的团队雇用他们，被人驱使着去吸引异兽换取功勋值，直到凑够了一百功勋值才能在黑石塔兑换到一间住处。"

乌未央带着看好戏的眼神打量着这群稚嫩的人族修士，笑容很深："你们今晚也可以跟他们学着在外面躺好，去迟了恐怕就没位置了。"

这群人族的少年修士果然表情复杂起来，甚至低声议论着什么。

最后是不知何时拿了串糖葫芦吃的俞幼悠站出来问："乌前辈，不知道功勋值该怎么兑换呢？"

乌未央没开口，倒是方才那个发放功勋晶石的妖侍解答了他们的疑惑："诸位只要将异兽尸体的一部分带回来就好了，我们能够探查出准确的功勋值。炼气期的异兽积分为一、筑基期为十、金丹期为一百，以此类推。另外，若是有元婴期以上的异兽尸体带回来，可以兑换双倍的功勋值。"

听到这里，东境众修都若有所思地点点头，然后开始互相询问起来。

"你那儿好像还有一点儿异兽的牙吧？"

"你那儿是不是有两根刺？"

听到他们的对话，乌未央身后的白羽翼族忍不住冷哼一声提醒："可不要打小算盘用先前在人族猎杀的异兽尸体来充数，异兽死亡时间不同，休想骗过我们。在人族杀的异兽不关我们妖族的事，你们人族修士惯来狡诈，先前就有不少人妄图这样做，结果被倒扣了功勋值！"

俞幼悠只是莫名地瞅了他一眼，然后便自顾自地从众人手中接过各种各样的异兽尸体。

还好三人组很抠搜，本着"万一用得上"的原则，几乎每只异兽都被扒拉下来一些部件才被烧成灰。

看到他们将一堆异兽的牙齿之类的东西递上去，乌未央心中对这群人族修士的评价更为糟糕——狂妄自大，不听劝告，总是心存侥幸，非要等到被告知他们的这些东西不合格才肯罢休……

不对！乌未央的瞳孔骤然一缩。

只见数道红光闪过，那群人族修士手中的晶石竟然齐齐地变作了红色！

白羽翼族亦是一怔，难以置信地看向了正在清算功勋值的妖侍，大声提醒：“你看仔细点儿，不要弄错了！”

妖侍看到他胸前佩戴的青色功勋晶石，低头恭敬地摆出一物：“回大人，确实没出错，这是只有我们妖族地界才会有的异兽金沙蛇的牙齿。”

之后在这几个翼族越来越复杂的眼神中又拿出数件东西：“这是毒尾蝎的毒刺，这是我们妖族特有的利齿鼠……”

随着越来越多的异兽尸体被清点出来，那边正在分着糖葫芦的人族修士们身上又闪过一道亮光，变成了橙色。

几个翼族妖修的表情越来越凝重，方才妖侍报出来的异兽名字，有不少是金丹期的。

他们原以为这群人族在来的路上走了狗屎运没碰到异兽，所以才来得这么快。现在看样子，他们非但碰到了异兽，还斩杀了好几只金丹期的异兽！

“可惜了。”俞幼悠咽下一颗糖葫芦，长叹了一口气，声音却平静道，“我们遇到的那群沙蚁都被烧成灰了，不然估计还能加个一百多功勋值。”

翼族的人看着他们手上的橙色晶石，依然不信。他们沉默了片刻，带着审视的目光看向了妖侍，又质问：“这些异兽死了多久了？”

若是他们在人族那半边沙漠里杀死的，也不能作数，毕竟异兽这玩意儿很可能乱跑，种族不能框定得太死。

妖侍低头回答：“方才检查过了，全都是七天内斩杀的。”

七天前，他们刚刚把这群人族修士丢在界碑那儿，也就是说这群人族修士真的在沙漠中遇到并且猎杀了这么多异兽。

翼族皆沉默了，就连乌未央原本轻慢孤傲的眼神也随之收敛，带着凝重，无声地观察着这个新生的十三人小队。

尤其是最中间的那个女丹修，这一路以来各种有意无意的挑事，全是她带的头。

如果说当初见过一面的苏留白曾让乌未央觉得心思深沉，那这个俞幼悠便是将不好对付直接写到了脸上。

为首的俞幼悠好似浑然无觉，她眨了眨自己无辜的圆眼，把玩着手中橙色的功勋晶石，懒洋洋地问：“乌前辈，所以我们不用睡大街了吧？”

在功勋晶石变成橙色后，十三人小队的确免去了睡大街的苦恼，甚至有

一个妖侍为他们带路，将他们领往被分配到的住处。

“正如那几位翼族大人所言，若是功勋晶石没有达到红色，就只能依附其他小队赖以求生。若到了红色，就可以进入黑石塔入住，功勋等级越高，分到的住所也就越高、越奢华。”

“诸位是橙色功勋，所以随我来二楼。”

黑石塔内每一层都像是一座大型城池，进入二楼后，众人都有种进入了另一座城的错觉。

妖侍将他们带到了二楼的一间石室，微微一笑：“二层的住所还是很宽敞的，请诸位好好休息，若是想要购置各种东西，可以直接用功勋值兑换。”

等到众修真的走进那间石室后，才终于明白刚才那个妖侍说的话是什么意思了。

整间石室果真宽敞，四四方方约占了一个庭院的大小，窗边甚至还有一个可容纳二十余人的大露台。

只可惜…… 它真的就只有这间石室！

“没有床，没有被褥，没有桌椅板凳……”张浣月打量着这间空得好似一间雪洞的石室，苦笑着叹气问道，“我们要去兑换点儿家具吗？”

边上的御雅逸手里还拿着方才妖侍临走前给他们的一本册子：“这里可以用功勋值兑换日常用品，扣除晶石中的功勋值后，他们的人会给咱们送上来，要看看吗？”

十多个脑袋一起凑了上来。

狂浪生的视线紧盯在各种物品上面的数字上：“石床，一功勋值；粗麻被褥，两功勋值……”

御雅逸学会了启南风的享受生活，选择直接看向了后面的高级产品：“天蚕丝被褥，五十功勋值一套…… 我们一共是十三个人加一只大老虎，所以就是七百？”

众修对视一眼，眼中都流露出对妖都物价的绝望。

张浣月安慰大家：“我们都是修士，无须那么麻烦，席地打坐修炼也不错。”

“那可不行。”这时俞幼悠冷不丁开了口，她认真道，“我们还在长身体，不好好睡觉肯定长不高。”

“可是我们现在刚刚升到橙色功勋，要是再花点儿功勋值恐怕就不能住在这儿了。”

岂料俞幼悠很干脆地回答：“不用买，我们有。”

语罢，她跟启南风和苏意致三人开始淡定地从芥子囊里往外面搬东西。

“用不着买床，先前我们买了三张软榻了，催动到最大排在一起躺十多个人不是问题，至于桌椅板凳什么的也都有…… 哦对了，还有书架和其他的摆设……”

在众人齐齐发蒙的眼神中，三个丹修不紧不慢地从芥子囊里摸出各种不该出现的东西。

半个时辰后。

整间石室焕然一新，那一大通铺的软榻和被褥且不说，镂空雕花的灵石屏风，柔软如新雪的洁白地毯，还有各种装饰摆件一应俱全，墙上甚至都挂上了字画！

这全都是俞幼悠当初把启南风的院子弄垮后赔偿的，他也学狡诈了，当时就直接让珍宝巷的某个小店给全部打包，等俞幼悠去付灵石时差点儿气得原地暴毙。

狂浪生看着这一幕差点儿落下泪来：“我爹在我来妖族之前还一直担心我要被饿死冻死，万万没想到，来了这儿我住得比在家里还舒服。”

天盾门也是冷硬的石洞，里面最多就多了点儿家具，压根儿没办法跟启南风精心挑选的高价货比。

剑修也忍不住点点头，就连御雅逸也怀疑起自己到底还是不是少宗主了。

虽然在沙漠里有各种法宝的帮忙，不至于太疲惫，但是东境的霉运不改，几乎每天都会碰到异兽，所以他们也一直没休息过。

此时踏入清洁法宝的灵阵中涤净一身的疲倦后，众修终于排成一排躺在了软榻上。

他们齐齐地发出一声舒适的喟叹——“爽了。”

俞幼悠跟踏雪一起挤在最边缘，枕着老虎的肚子，捏着它慢悠悠摆动的尾巴，开始摆弄传讯符。

她本想跟长老们报个平安，再问问曲师姐自己炼制的辟谷丹好不好吃。

不过和御雅逸说的一样，妖都距离东境太远了，里面每个人代表着的光点全都黯淡无光，无法传送消息。

看到俞幼悠的动作后，御雅逸方才想起一件事：“对了，我得同师兄他们联络上才是！”

他摸出传讯符摆弄了一下，但是过了半天也没联络到人，最后叹气：“看样子，他们传讯符内的灵阵已经失效，不管用了。”

启南风安慰他：“没事，明天我们去打听一下就知道了，兴许他们在返程的路上，只不过我们没遇到他们呢？”

御雅逸也只能点点头，闭上眼不让自己再去担忧这件事。他还没睡着，就听到三个丹修在黑暗中开始嘀咕——

“我饿了，还有点心没？”

“存货都让大猫吃完了，等会儿得让御雅逸赔我们钱。”

刚想接话的御雅逸选择继续闭眼装睡：“……”

结果还没完，更远些又传来了盾修们的声音：“饿了，吃了七天辟谷丹都腻了，咱们出去买点儿吃的怎么样？我刚才听他们说有膳堂。”

这伙人马上达成了一致，于是御雅逸躺不下去了，马上睁眼：“我也要去。”

“一起去。”

俞幼悠的声音压得很低，她小心翼翼地翻身起来，用食指按了按嘴唇：“不要把大猫吵醒就行了，它吃得太多了，咱们这回别带它。”

御雅逸有点儿舍不得，但是想到踏雪这一路就没停过的嘴，再看看它越发圆润的肚子……

最后，十三个人把鼾声如雷的黑虎关在屋里，悄无声息地出去了。

想要兑换物资，包括食物，都得前去一楼大厅。

此刻正是午夜，然而黑石塔一楼依然热闹无比，时不时就可看见有小队提着血淋淋的异兽尸体前来兑换功勋值，其间更有无数持有白色功勋晶石的妖族孩子上前来询问是否需要他们帮忙去引诱异兽，喊价很便宜，目标是金丹期异兽的都只要十功勋值甚至更少。

在发现十三人都在盯着那些年纪小得过分的孩子看时，引着他们前去膳

堂的妖侍低声解释："像某些小的部落一共就一百多号人，可能前来妖都的人就只有他一个，连队伍都凑不齐，也猎杀不到异兽，就只能靠着帮其他队伍做事换取功勋值了。"

众修沉默了片刻。

路上又遇到了几个人族修士，不过都是生面孔。他们只是微微拱手示意便擦肩而过，并无交谈的意思。

眼看就要走到膳堂了，御雅逸终于没忍住，开口询问："请问道友，你可知三年前来到妖都的人族修士们返程了吗？"

妖侍静立在一旁，淡笑道："很抱歉，黑石塔内不提供任何修士的行踪……"

俞幼悠突然开口："十功勋值。"

妖侍的笑容不减："我真的不能……"

俞幼悠面无表情加价："五十点，再多就不问你了，反正外面多的是人可以问。"

妖侍的笑容变得更深，他冲着俞幼悠微微一躬身，笑道："这位大人都这样说了，再不说便是不识相了。"

他压低声音："那位位列黄榜第二的苏留白大人现在已成了各部拉拢的贵客，而他好像也暂无返回人族的打算，依旧时不时地前来兑换功勋值，每次都是骇人的数字，估计再过数月就有望反超到榜首了。"

榜首的位置是个中型部落的年轻修士队伍，里面整整有十五个妖修。

御雅逸皱了皱眉，悬壶派的人擅长毒杀异兽，一杀就是一大片，虽然苏留白这个速度有点儿骇人听闻，但还在他们的接受范围内。

他更关心的是南境的人："和苏留白一起来的那些修士呢？"

妖侍愣了愣，之后极力思索起来："在黑石塔的修士数量超过十万，其中下三层的更是在八万以上，我也记不太清……"

他正思索的时候，御雅逸猛地回过头，看向了黑石塔入口处。

那儿有十一个人族修士从外面走了进来，他们身上的法衣已经略显陈旧了，鬓发亦是略凌乱，看着很是落魄。明明该是英气凛然的年纪，个个身上都只透露出无尽的疲倦。

御雅逸喉头哽咽了一下，脚不受控制地往那边迈去，待走到离他们不远

处才艰难地喊了一句："王师兄！"

那一队人族修士缓缓地抬起头，先是微怔，最后为首的那个年轻男修才难以置信地问："你是…… 御师弟？"

十三人小队也顾不上比较价格了，囫囵地兑换了一些食物，便带了南境的这群师兄师姐一起上了二楼。

南境的那位王师兄似乎很疲惫，他声音略沙哑道："我们已经将功勋值兑换成了物资，就等着过两日启程回南境了。这里面还剩下两百多功勋值，待会儿我们转给你……"

话还未说完，他便被眼前过于奢华的石室给镇住了。

最后王师兄喃喃道："你们这日子过得…… 比我们想象中好得多啊！"

御雅逸的眉头始终未松，他细数着队伍中的人，无数个问题都涌出来了："王师兄，为何你们没有跟苏留白在一起？另外，我怎么没有见到冯师姐？"

南境的队伍陷入死一般的沉寂。

这时恰好踏雪醒了，吸了吸鼻子便从软榻上爬下来，又是讨好地蹭御雅逸，又是低吼着发泄被丢下的愤怒。

几个御兽宗的修士见到它以后像是松了一口气，都上去轻轻抚摸着踏雪的脑袋和下巴，颇为感慨——

"踏雪都长这么胖了啊。"

"三年前我们走的时候，它才刚刚会跑呢。"

踏雪略带疑惑地盯着这群人，俨然已经不认识了。

御雅逸没有被分散注意力，他紧皱着眉追问："师兄，冯师姐呢？还有，你们的灵兽呢？"

御兽宗的弟子一般都会将自己的灵兽放出来，除非特殊情况，否则不会把它们关进狭小的封兽石。

石室内再次陷入了短暂的死寂。

最后不知是谁喑哑地道出答案："陈师弟、楚师妹、文师妹的灵兽都死了，冯师妹…… 她和她的灵兽，都没了。"

御雅逸脑中有片刻的空白，他也终于知晓为何南境修士们的处境会如此

落魄。

回春门的弟子们虽然擅长针法，但终究只是医修，主要还是得靠御兽宗的灵兽来战斗，在折损了这么多只灵兽后，他们这支队伍等同废了一半，恐怕他们获得的功勋值只能勉力支撑这么多人过活。

然而他还是难以置信:“怎么会…… 苏留白呢？他不是已经到黄榜第二了吗？”

王师兄叹出一口气，提及那个名字就变得神情复杂:“其实最开始苏留白和我们是一起组队猎杀异兽的，然而我们的队伍在围杀一只伪元婴期的异兽时不敌，诸多灵兽负伤，我们只得想办法取异兽血为灵兽疗伤。冯师妹亲自去取异兽血，哪知血是取到了，但是异兽被苏留白先前的毒激得陷入狂暴状态，实力大涨，那畜生瞬间吞下了冯师妹和她的灵兽，而其他几只灵兽也都离奇地陷入狂暴状态，不听我们指挥，最后葬身在异兽口中……”

“后来我们才知道，苏留白的毒不仅会对异兽有影响，灵兽亦有可能中毒。我们不愿让自己的灵兽冒险，他却认为这是最有效地猎杀异兽的一种手段，不肯放弃。”

南境修士们皆红了眼，暗自垂泪。

“那次回来以后，我们便与苏留白分道扬镳了。”

在南境修士们讲完过去三年的惨痛历程后，石室内的气氛略显沉重。

就连原本还在探着脑袋企图去偷吃的踏雪亦听懂了方才那段沉痛的话，垂着头轻轻地蹭了蹭王师兄他们。

“苏留白认为我们既然来了妖族，就该不惜一切代价为人族的荣誉和颜面而争，这三年来他也的确为人族争得了妖修们的尊重。只是我一想到那些灵兽都是与我们自小一起长大的，与同伴并无任何差别，便无法与其为伍。”

御雅逸看着那边低声呜呜的踏雪，心口揪痛，低声道:“道不同不相为谋罢了。”

“我们的确给人族丢脸了，身为师兄的我也未能保护好冯师妹和那几只惨死的灵兽，待回到南境后，我会自请镇守万古之森百年。”王师兄的神情里写满了疲惫，原本意气风发的模样不复存在。

他抬手拍了拍御雅逸的肩膀，看了一眼这个年轻的队伍，声音苦涩道:“御师弟，师兄师姐待到日出就要返程。你们在妖都万事皆要小心，不求有

何建树，只求你们皆能平安归来。”

王师兄他们其实并不放心御雅逸一人在此，尤其是知晓这次人族来的是与南境素来少有交集的东境以后，更是忧心不已。

东境这些年来最有名的修士当属俞不灭。那位前辈是出了名的不爱与人合作，事事皆要一个人做得轰轰烈烈，是在四境大会上都能不理会队友，孤身一人往内围冲的狠人，比苏留白更不适合当队友。若东境的人全是俞不灭那样的德行，今年的人族队伍怕是更难熬了。

御雅逸抿了抿唇，还没等他开口，边上的俞幼悠便冷不丁地说话了：“那必须的。”

俞长安点点头，拎着剑承诺道：“我们一定会谨记诸位师兄的良言。”

而盾修们或是直接将手搭在了御雅逸清瘦的肩膀上，或是直接蹲下来拍了拍踏雪，声音洪亮地承诺：“有我们最强防御的天盾门在，保证大伙儿一根头发丝都不少，就连大猫的毛都不会掉一根！”

毕竟御雅逸可是出价一千日薪的大雇主啊！

王师兄看着御雅逸被盾修粗壮的胳膊压得不能动的样子，憔悴的脸上逐渐露出微笑，有些释然了。

众修也没有心思再睡觉了，大家听着南境修士们讲述在妖都的注意事项，也不知道过了多久。

待第一缕晨光落入石室后，王师兄偏过头看向外面变成淡青色的天空，轻声叹息——“我们该回家了。”

大家一起送他们出了妖都，最后在巨墙外站定，前方是那片看不到边际的荒漠，穿过那里方可归乡。

南境师兄们已经将这些年攒下来的功勋值都兑换成了各种资源，倒不用担心半路被晒死。不过他们的传讯符灵力耗尽无法再用，身上的很多法宝甚至好几个芥子囊都在同异兽相争的过程中损坏了。

御雅逸将自己的传讯符交给了他们：“待能用时你们就联络宗门，让他们前来接应吧。”

启南风见状，也马上把自己的传讯符交出来：“这位师兄，我们桐花郡离妖族最近，你们过了界石以后就联络丹鼎宗的诸位长老，他们会前来接应你

们的。”

苏意致挠挠头，他穷得要命，芥子囊里除了药就是药，最后想了想，把自己先前炼制的各种回灵丹和避暑丹之类的灵药都分了一部分出来，递上去。

俞幼悠则更加干脆，本着实用性的原则直接摸出一个药匣：“诸位师兄，这里是我炼制的辟谷丹，你们将就着吃吧。”

想了想，她还是把“你们要觉得味道不错，以后来丹鼎宗找我预订，有熟人价”这句话给憋回去了。

倒不是怕丢人，主要是看御雅逸眼睛红红的，快哭出来了，自己破坏气氛会被他记仇，要是这厮回去后不还他家灵虎的伙食费，那就麻烦了。

王师兄接了丹药一一道谢，最后听到“辟谷丹”三个字后不由得露出笑容：“妖都这边懂炼药者极少，丹药昂贵，说起来我好像也有三年没吃过辟谷丹了，竟有点儿怀念那个蟑螂味儿。”

俞幼悠再次憋回一句话，最后还是没说“这里面没有你想吃的蟑螂味儿”，她琢磨着都要走了，就别让人家带着失望离开了。

晨曦下，南境众修拱了拱手，便迈向回归四境的路途，只留了渐行渐远的影子，让目送的御雅逸眼睛酸涩。

他喉咙有点儿干，张了张嘴没能说出话来，下意识地想抬手去摸踏雪求得慰藉，结果摸了个空。

一回头，看到踏雪正不耐烦地跟狂浪生握爪，边上的俞幼悠懒洋洋地拿着一坨辟谷丹让它舔，边上的其他人也都在一边撸着老虎，一边安静耐心地等着他。

御雅逸在片刻的出神后恢复了清醒。他笑了笑，迎向自己的新队友们：“走吧，我们也该回去接任务拿功勋值了。”

而另一边的沙漠中，怀念辟谷丹味道的王师兄打开了俞幼悠送的药匣。

虽然他已经到金丹期了，但是也不能光靠吸收灵力过活，偶尔还是需要补充一点儿食物。

“嗯？丹鼎宗的丹药何时变得这么……形状古怪了？”王师兄跟其他几个南境修士凑在一起，盯着匣子中大小不一的丑丹，表情有点儿凝滞。

另一个女修替俞幼悠找理由：“沙漠中炎热，兴许是来的路上被晒化了，

才变成了这般模样。”

晒化了变成五彩斑斓的一坨坨，好像也没什么毛病？

好在王师兄也只是微有疑惑，其实并没有嫌弃的意思，反而很感激地将辟谷丹送入了口中，叹声道：“这就是家乡的味儿……”

他的声音蓦然止住，就连眼睛也跟着睁大了。

“怎么了，王师兄？”

“这不是普通辟谷丹的味道。”王师兄眼神有点儿飘忽，他回味着舌尖还残留着的甜蜜滋味儿，难以置信道，“这是甜瓜味儿的！”

边上的人一听，马上跟着伸手拿了一坨放进嘴里，片刻后惊喜出声：“我吃的这粒是葡萄味儿的！”

“难道这是丹鼎宗新推出的辟谷丹吗？这般美妙的滋味，想来是丹鼎宗的长老们特意为他们的弟子炼制的，数量肯定也不多，那位俞师妹居然如此大度，送了我们一整匣子。”

王师兄不由得感慨道：“早知道我们南境该多同丹鼎宗来往的，他们真是太仗义热心了。”

“我们去万古之森镇守之前不如去丹鼎宗拜访一番，顺便采购一些水果辟谷丹囤着如何？”

“极好。”

第二十四章

十三人小队

俞幼悠并不知道，自己的水果辟谷丹在南境打开市场了。

她现在已经跟其他人一起回到了黑石塔，众修本来是想接下清剿异兽的任务的，万万没想到……

“为什么接斩杀异兽的任务都要功勋值？”启南风觉得不可思议。

妖侍回答道：“因为有些小部落的修士无法斩杀异兽，专门提供异兽的位置给其他强大的队伍兑换功勋值，后者便免去了寻找异兽的麻烦。当然，也有不需要功勋值就能提供给您的异兽踪迹，而且还会附赠给您那片区域的地图。”

说着，妖侍便带着笑伸手指向七色石榜旁边，那儿时不时浮出异兽的踪影。

十三人小队定睛一看——

“藏鹰部落南侧火山脉有化神期异兽出没。”

“麋鹿部落北边雪原之下疑似有一群元婴期异兽……”

“火狐部落…… 化神期异兽……”

看着看着，大家都默默地收回了视线。

难怪免费提供这些异兽的下落呢，这种大家伙谁敢接啊？

正当众修商量着要不要花上十功勋值先买一只金丹期异兽的下落时，俞幼悠突然开口询问妖侍：“请问接了那些免费的任务以后，如果没完成会有惩罚吗？”她指着那些元婴期及以上的异兽信息。

这副一本正经的模样让妖侍忍不住想笑，他摇了摇头，回答：“不会有任何惩罚，毕竟这些任务太过棘手，哪怕是青榜上的队伍也不敢打包票说能完成。”

至于蓝榜和紫榜…… 那都是出生于妖族赫赫有名的大部落或者极其强势的个人了，但是他们忙着执掌妖族的大事，鲜有心思去斩杀异兽。

妖侍原本以为俞幼悠只是随口一问，哪知道她听完答案后若有所思地点点头，然后便伸出了手，语气淡定地道："我们全都接了，地图给我们吧。"

妖侍的笑容马上就滞住了，最后有点儿恍惚地摸出十多张小地图交到了俞幼悠手上。

素来深思熟虑的御雅逸觉得不妥，他皱眉道："我们的实力还不足以对付元婴期异兽……"

"谁说要对付了？"三个丹修用看傻子的眼神看他，就连东境其他修士的眼神也都不对。

御雅逸疑惑："那为何还要接这么难的任务？"

"反正接了完不成也不损失什么。"俞幼悠很淡定地晃了晃自己手中那沓地图，"白得这么多份地图不香吗？"

边上的启南风和苏意致马上接过话头："方才我们去兑换资源处瞅了眼，一张小地图就要十功勋值兑换呢。"

御雅逸脑子有点儿转不过来："还可以这样的吗？"

"当然可以！"

他们这话毫不避讳地传入了妖侍的耳中，后者的笑容越来越僵，最后待那十三个魔鬼走后，他果断地选择向黑石塔的长官汇报——"大人，我觉得我们发布顶级任务的流程似乎存在某些问题……"

东境众修将抠门进行到底，他们一点儿功勋值都舍不得拿来买异兽的消息，因为苏意致特意在黑石塔外围问了一圈，发现黑石塔里面果然在赚差价。

"这些妖修对妖界的情况比我们知道得多多了，我们在里面买金丹期异兽的位置信息要十功勋值，但是我刚才悄悄注意了一下，有个小孩去提供异兽位置给妖侍，他只给了那小孩五功勋值！"

苏意致一脸精明："所以我们花个六功勋值在外面直接找人买消息，不就能节省下四功勋值了吗？"

东境众修点头，都被苏意致的细致观察给折服了。

于是东境众修分作几个小队四散开来，寻找本地妖修找他们做交易。

御雅逸想了想，还没想好跟剑修走还是跟盾修走，他边上的大老虎已经自觉地跟着俞幼悠走了。

御雅逸：行吧，那就跟着最狡诈的丹修走吧。

不过他们这一行并不算顺利，因为这些妖修在认出他们是人族后眼神就不对劲了，就差把“种族歧视”写在脸上，不等俞幼悠他们开口，就警戒地转身走了。

就在这时，踏雪突然低声呜呜了两嗓子，然后拿着雪白的爪子扒拉俞幼悠的裙角，头还时不时地朝着某个方向张望。

俞幼悠顺着踏雪的视线望过去，结果没看到人，只看到了一个茶色的小耳朵。

她觉得这玩意儿有点儿眼熟，嗅了嗅味道，然后想起来了，这不是当时在沙漠里遇到的光腚猫妖吗！

不过今天他没有光腚了，身上穿着粗麻制的衣物，整个身体都藏在石墙后面，只露了小半张脸，紧紧地盯着俞幼悠看。

妖族的妖修们不修灵力，他们淬炼自身肉体以发挥种族最强的优势，所以哪怕是看起来最孱弱的兔族妖修，蹬一脚也能让丹修们上天。

而眼前这小东西就不一样了，他小得过分，俞幼悠怀疑踏雪一口能把他吞了。显然小猫妖也有同样的顾虑，所以虽然一直睁着大眼睛巴巴地盯着俞幼悠，但是身子老实地躲着，随时准备逃跑的样子。

最后，俞幼悠只能招呼御雅逸：“你帮我带一会儿大猫。”

不远处的御雅逸从善如流地应了：“好，没问题。”

他走过去把踏雪牵着后才觉得哪儿不对劲，什么叫帮她带？这本来就是他的灵兽啊！

俞幼悠没想那么多，她丢下踏雪独自朝着那只小猫妖走去，后者的耳朵慢慢向后飞起，但终究没离开。

“你跟着我们做什么？”

小猫妖犹豫了一下，才极小声地开口：“我没有跟踪你们，我刚刚听到你们好像要找异兽，是吗？我可以带你们去，我知道哪里有一只金丹期的大异兽。”

他明显有点儿紧张，眼巴巴地看着俞幼悠，匆忙地补了一句：“我比他们

都便宜！”

俞幼悠只是垂眸看了他一眼，然后慢吞吞地开口：“不用便宜，你跟他们一样的价，告诉我位置就给你五功勋值，你要是愿意带我们去，那就给你十点。”

但是小猫妖的耳朵垂下去，他很紧张地开口：“可以不要功勋值吗？”

“嗯？”这还是俞幼悠来妖都后头一次听到有人不要功勋值。

小猫妖声音有点儿沮丧：“我还没到十岁，不能领功勋晶石，所以没办法积累功勋值，你能给我点儿食物吗？”

顿了顿，他咽了咽唾液向往道：“就像那晚上的肉饼一样的？”

没有功勋值就无法在妖都里兑换生活物资，难怪当时碰到这个小猫妖的时候，他正在抓老鼠吃。要知道妖修们虽然带有兽类的特征，但是他们从未把自己当成野兽。

俞幼悠在芥子囊里摸了摸，没翻出肉饼，只找到了先前准备喂给踏雪的半只烤鸡：“这是订金，你带我们去了，我再给你其他吃的。”

不远处的踏雪发出愤怒的咆哮，吓得小猫妖奓开了毛，飞蹿到墙后面躲着。

不过踏雪再看不惯这只猫妖也没用，他还是加入队伍中了，甚至成了领路者。

众修出城之后跟随着小猫妖一路往前，他赤足踩在滚烫的沙子上，俞幼悠见状问了句：“你的脚烫不烫？”

小猫妖耳朵一抖，吃完烤鸡后精神满满地回答：“我没问题的，大人！”

下一刻，他身上闪过一道白光，原本小男孩儿似的身形越来越小，最后化成一只巴掌大的黑斑小猫，四足黝黑，尾巴像根小棍子似的直直竖着，灵巧地在沙丘上飞跃。

踏雪难耐地扭着，大有要追上去的意思，不过脑门儿被御雅逸拍了拍后还是老实下来。

随着时间的流逝，脚下柔软的沙地也变得越来越坚实，视野中逐渐出现了些许荒草和稀树林。

俞幼悠想起好像有张小地图画的就是这样的景象，然而她看了半天也看

不出门道，最后是启南风把地图翻转了一个方向："到稀树草原了，再深入会有很多中型部落。"

前方的黑足小猫回头，仰着猫脑袋口吐人言："就在这附近了，前几天我跑这边来抓老鼠，结果遇到了一只跟它差不多大的巨型异鼠。"

他伸出一只小黑爪指向踏雪，后者龇牙咧嘴地凶了一声，吓得他马上把爪子收好并拢。

"又是异鼠？"东境修士们对视一眼，都想起了在四境大会中遇到的第一波异鼠潮，那次差点儿把他们直接送走。

"如果是异鼠，还有只金丹期鼠王的话，附近可能会有一大波异鼠来袭。"张浣月打量着周围，没有看到异鼠的踪影，她皱眉道，"而且很可能是晚上才会出现。"

黑足猫飞快地点头："对的，我就是在半夜遇到它的。"

俞幼悠扫视了一眼周围的环境，这里地势平坦，一眼望去全都是枯黄的荒草和沙砾，寥寥的几株稀树和一些矮灌木被地平线的夕阳衬得越发荒凉阴森。的确找不到那只黑足猫口中跟踏雪一样肥硕的鼠王。

"马上日落了，沙漠入夜很快，做好准备。"俞幼悠望了眼那轮已经变成血红的暮日，收回视线。

东境众修马上进入了战斗状态，盾修一改先前嬉皮笑脸的样子，分散站开，看似随意，但是每人间隔的距离都很有讲究，能够在第一时间互相驰援。剑修们则将手按在了剑上，准备好随时拔剑而起。

御雅逸看了一眼，最后选择骑着踏雪，站在丹修边上保护他们。

他正在分析东境这战术时，中间的俞幼悠忽然抬手往下一按，把黑足猫揽到自己臂弯里，淡声下令："伏地！"

伏地是什么？还没等御雅逸反应过来，东境修士们便在三息内整齐地趴伏在了荒草丛中，而且个个都用灵力收敛了气息，风将荒草吹出一片波浪。少宗主猛然回想起了那噩梦般的一幕——好像也是这样的荒草丛，那些雷爆刺球从天而降，从此他安稳的人生彻底被打乱……

俞幼悠歪过头看他："愣着干吗，趴下啊。"

御雅逸带着踏雪不情不愿地伏地了，他趴在俞幼悠身旁默默握紧了拳头："原来你们当初是这样阴我们的。"

“这叫阴？这叫战术。”俞幼悠振振有词。

御雅逸有苦说不出。

沙漠的夜果然来得极快，在最后一束光线消失后，原本极高的温度很快降下，若不是因为这些荒草太过干燥，恐怕它们都会凝成冰。

一轮明月悬在众人头顶，皎洁的月光倾泻而下，将整个荒原映成凄凉的冷色，看不到任何异兽的影子，只在呜呜的风鸣声中有些许窸窸窣窣的声音传出。

东境众修对这声音太熟悉了，哪怕没看到也知道这玩意儿是什么东西。不过他们都没轻举妄动，而是静静地等着听候指挥。

俞幼悠仔细听着前方的动静，感受着夜风中越来越近的异兽腥臭味儿，最后轻声下令：“准备丢诱饵。”

在她臂弯中的黑足猫瞬间奓毛，原本还软绵绵的身体马上变得僵硬，它带着哭腔：“不行的，我太小了，还不够那只大老鼠塞牙缝，我不能当好诱饵的！”

他开始挣扎着想要跑路，心中充满了懊悔，为什么不听其他人的劝告，为什么要因为那天的两口吃的就轻信了这些人族修士，他们果然狡猾又卑鄙……

俞幼悠用力把这倒霉小猫按住，声音冷肃：“闭嘴！不然马上让大猫吃了你！”

边上的踏雪眼睛一亮，咧开大嘴像是露出了笑容，还用粗粝的舌头舔了舔鼻子。

黑足猫的瞳孔蓦地睁大，黑色的四脚一蹬，然后……直接吓昏过去了。

然而俞幼悠没空管他了，囫囵地在他脑门儿上揉了两把当作安慰就把他揣到了衣袖里放好，因为十三人小队的第一场正式战斗已经打响了。

东境修士们从芥子囊中摸出在万古之森里就习惯性存留的几块异兽肉，在月光下，那些半腐烂的肉划出一道弧线，齐齐坠向了荒原的某个点。

那一瞬间，御雅逸差点儿被这味道熏得原地暴毙，就连指挥干出这件事的俞幼悠脸色亦是一白。

然而对于异兽来说，这些腐烂的同类尸体才是最吸引他们的，甚至远比

鲜活的血肉还要美味。

众修趴伏着的荒草地仿佛都在震动，在月色下，无数只成了异兽的荒原沙鼠自隐蔽的洞穴中钻出，向那堆异兽肉的方向蜂拥而去。

就在这时，盾修们一声怒喝，齐齐召出巨盾，以不可思议的速度向两侧飞奔，果断地将异鼠群包围住了！

张浣月持剑飞身而出，食指在剑锋上划过，以鲜血为引将灵力催动到最盛，直接一道火系剑气劈向那群异鼠。她边上的俞长安则唤出一道惊雷剑气，摧枯拉朽地斩向了异鼠群。其余剑修则分掠在四周，以锐不可当的剑气配合着击杀异鼠。原本死寂的天地间回响起异兽刺耳的吱吱声。

将异兽困在盾墙内的狂浪生也催动着自己的寒晶石巨盾，凝出一道无形的冰墙，保护着自己和周围的师弟们。丹修甚至都没出手，最多是拎着丹炉在周围砸着那些从缝隙里逃出来的异鼠。

踏雪有样学样，这家伙记仇，它仍记着当初在万古之森里被异鼠咬的经历，这会儿疯狂用脚踩着异鼠。

御雅逸惊骇地看着这一幕，就算这些异鼠只有炼气和筑基期，但是他们这一番动作，竟然直接将这上百只异鼠“秒杀”了？

他装着云淡风轻的样子问俞幼悠：“你们这是提前操练过？”

俞幼嗯了一声，目不斜视地打量着前方的空隙，拿着七彩丹炉狠狠地把一只异鼠砸得稀碎，然后才用很平静的语气回答：“先前在万古之森里也遇到过异鼠潮，所以应付起来比较熟练。”

不过当时的他们可全都是在被动防御，而且当时可没有……金丹期的鼠王。

俞幼悠一眯眼，看着前方莫名拱起的一块草地，沉静地指挥：“变阵！”

原本组成圆形盾墙将异鼠群围困起来的盾修们立刻持盾归位，组成更加坚不可破的盾墙，耸立在剑修和丹修身前，而苏意致和启南风在他们身后动作飞快地处理伤口。

俞幼悠被盾墙挡住了视线，于是急声对御雅逸说：“借你的猫一用。”

还没等他反应过来，俞幼悠已经翻身坐到了踏雪的身上，顺便把袖子中的另一只小猫塞他手里：“还你一只。”

后面坐着的御雅逸拿着那只黑足猫，很不情愿。

有了踏雪做坐骑，前方的视野变得极其宽阔，俞幼悠有点儿走神，暗自嘀咕："原来这就是一米八以上的视角吗……"

御雅逸没听清："你说什么？"

"没什么。"俞幼悠飞快地回神，沉着地指挥着众修士对上那只异鼠王。

在末世对抗丧尸的都是些普通人，因此他们对于战斗中的各种布阵和列队远比修真界的修士们领悟得深，况且俞幼悠身为后方的医疗人员，一般都和总指挥站在一起，自然也学到了这些战术。

她几乎将每个人的作用都发挥到了极致，同时以绝佳的灵力操控能力将灵力分作数缕观察着每个人的状态，每当察觉到有人快撑不住时便下令那人退下。

而东境的修士们在经过无数次的战斗后早就对她无比信任，哪怕是上一刻正打算冲上去，在接到她的指示后也会马上后退。

"不能浪费时间。"俞幼悠凝眸看着前方的战局，冰冷的夜风送来了原本不存在的一些味道，恐怕有人在朝着这边靠近。

最后她把御雅逸也派上了战场，虽然他的灵虎被她征用了，但是他先前在四境大会上不是还施展了一套拳法吗？

御雅逸内心已经不想波动了。

在十三人小队完美的配合下，这只异鼠王很快就撑不下去了，原本敏捷凶悍的攻击开始变得缓慢，只有吱吱的怒吼声越来越大。

先前每场战斗必定会拿着丹炉参与的俞幼悠没有动手，她骑着踏雪冷冷地看着前方，手上的丹炉不知何时变成了双手握持的玉色短剑。

在异鼠王巨大的身形轰然倒下时，疲倦的十三人小队的精神也为之一松。

就在这时，荒草间有数道黑色的身影出现，若不是他们身上带着淡淡的血腥味儿，在黑夜中恐怕无人能发现。

"吃药，恢复灵力。"俞幼悠冷静地下达着命令，眼睛却死死地盯着这支妖修队伍。

这支妖修队伍一共十五人，里面有好几个种族的妖修，看样子是中小部

落或者散修们组成的小队，全员都是筑基期，最前方那个女修像是某个狼族或犬族，散发着金丹期的气息。他们身上佩戴着的也是橙色晶石，看样子同样是个新人队伍。

这个妖修队伍亦是静默地盯着这支人族队伍看，同时也看到了他们身后的那具金丹期鼠王尸体。这代表了一百功勋值，若加上那小山似的异鼠尸体，很有可能有上千功勋值。

一千功勋值，能够兑换许多修炼的资源，若是节俭点儿，还可以保证他们整个队伍在妖都一年的基本生活。很难不心动。

然而骑着灵虎的那个少女居高临下地看着他们，她头顶的那轮冷月将她本就白皙的脸映得如冰霜雕就一般，隐约地带着一种慑人的压迫力。

这种压迫力，金丹期妖修只在那些大妖身上感受过，而且哪怕是他们也不曾让女修产生过从血脉中生出的压迫感。

她深吸了一口气，视线落在了那只通体黝黑的巨虎身上，此虎一看就知血脉非凡，定是某种强大的灵兽后裔。自己感受到的压迫感应该就是从它身上传出来的吧？

金丹期女修眯了眯眼，若放在平时遇到这样的肥羊，她肯定会毫不犹豫地命令自己的队员将他们一网打尽。且不说对面是人族，就算是妖族，在两支队伍遇上后也时常会为了功勋值展开厮杀。

妖修和人修不同，他们的世界中强者为尊。而妖族大地和四境大会更不同，四境大会上，俞幼悠他们只是坑南境的法宝，但是在这里……那些妖修很可能会要他们的命。

此刻，那边的十三人小队已经吃完药慢慢恢复状态了，他们一改方才的疲色，剑修也好、盾修也罢，已经进入了迎战的状态。

金丹期女修隐蔽地往后看了看，他们这支小队方才被异兽伤了，有两个妖修已经完全失去了战斗力，就连她自己也被异兽咬伤了腿，若是跟这群人族修士对上不一定能赢。

她最后冷冷看了骑虎少女一眼，冷静地下令："走。"

妖族中部落分割严重，大部落有资源和传承，但是很多小部落都没有办法学到医修的手段。他们这支队伍也一样，需要快速赶回妖都寻找人治疗，不然被异兽伤的伤口会感染得很快。

就在他们警惕地转身过去时，后面忽然传来一声好奇的问话：“你们被异兽咬伤了，都不赶紧治的吗？”

“她在挑衅我们！”一个猪修咬牙切齿地低声道，“她以为我们受伤了就打不过这支队伍了吗？”

金丹期女修压低了声音：“准备迎战——”

“别误会。”对面骑虎的少女露出一脸单纯无害的笑容，甚至动作漂亮地将她手上的双剑插在了腰侧，语气中带了一种不合时宜的……诡异的热情。

俞幼悠注视着前方这支队伍，她在他们身上嗅到了那种掺杂着异兽臭味儿的血腥味儿，再加上其中某些人已经发黑的伤口和萦绕着黑气的面孔，差不多就判断出来局势了。前面这支队伍需要急救，里面伤势最重的两人甚至支撑不到回妖都了。

“你们听说过丹鼎宗吗？”俞幼悠语气骄傲地自我介绍。

对面一行人警惕地看着她，一脸“啥玩意儿没听说过”的表情，唯独那个金丹期女修的表情变了变。

“看样子你很见多识广。”俞幼悠转向她夸奖了一句，“没错，我们就是来自技术好心肠也好的丹鼎宗，我见不得有人在我面前因异兽而死，所以……”

她露出了称得上是圣人般的笑容：“你们需要帮助吗？”

金丹期女修的表情很警觉，并没有因俞幼悠的话而放松。

人和妖之间不好沟通，那就只能好好讲道理了。

俞幼悠的声音很平静，像是在阐述一件众所周知的事实，目光却看向了那两个伤得最重的人：“伤到他们俩的异兽很强，若再不救治，半个时辰以后，他们要么变得和异兽一样丧失理智，要么就会当场暴毙。”

“而妖都距离此地尚有三个时辰的路程。”

猪妖恶狠狠地打断：“我们妖修全速前进只要两个半时辰！”

俞幼悠挑了挑眉：“都是死，有区别吗？”

猪妖气得磨牙，却无法反驳。

俞幼悠眯眼笑了笑，她友好地看着前方的金丹期妖修：“如果我没记错的话，妖都看病并不便宜。”

不，她刚来两天根本不知道妖都看病是什么状况，但已知妖都没啥东西便宜。看到那群妖修瞬间沉默下去的样子，想来她说中了。

“你想怎么样？”金丹期女修冷声开口询问。

终于等到了，对方态度开始松动的时刻。

俞幼悠说得云淡风轻：“我只是想要你们身上所有的异兽尸体而已，只要你们交出来，我马上就给他们几个医治。”

“不行！”队伍中马上有人厉声反驳，“那是我们拼了命才弄来的！”

金丹期女修死死地看着俞幼悠，深吸了一口气问：“若是我们不交呢？”

“嗯？你觉得你们有的选吗？”俞幼悠脸上露出些许讶然，她的视线从这群妖修身上扫过，最后停在女妖修逐渐出现黑气的脸上，毫不留情地突破了对方心底的最后一道防线，“方才我们讲道理的这一小会儿……你身上的伤想来也在逐渐恶化吧？”

顿了顿，迎着对方冰冷的注视，俞幼悠纯真的脸上洋溢出称得上是儒雅随和的笑容——

“我们能杀金丹期的异兽，想来也能杀金丹期的妖修吧？”

俞幼悠坚信自己是个讲道理的大善人，所以体贴地给予了这群妖修选择的权利。很可惜，这群妖修似乎并不这样认为，他们眼中甚至快聚出实质的怒火，有几个妖修甚至已经开始默默地摸武器了。

俞幼悠啧了一声，看着保持沉默的那个金丹期女妖修，劝说道：“我们人族有句话叫‘留得青山在，不愁没柴烧’，你们现在治好了离开此地，以后还有大把反杀我们报仇的机会。要是不同意，那现在就只能躺在荒原上当异兽的储备粮了。”

后面的启南风和苏意致深谙俞幼悠的套路，这会儿自然是机智地你一句我一句开始帮腔——

“不是所有人都有这么好的机会，可以在临死前碰见能救命的良医啊！”苏意致顺便不忘拍拍胸口自夸道，“而且还是我们人族医修的三天骄！”

“异兽有价人无价，你们舍得看到和自己出生入死的同伴惨死在面前吗？”

边上的御雅逸表情有点儿古怪，他越听越能意识到自己当初为何会被这三个狡诈的丹修欺骗。当初知晓自己上当后，他当然感到异常愤怒，但是现在被“讲道理”的对象变成了别人……

御少宗主轻轻咳嗽了一声，语重心长地劝说这群妖修：“仔细算来，其

实你们要付出的代价并不算贵。你们仔细想想，我们完全可以直接把你们围杀，再拿走异兽尸体，可是我们这样做了吗？我们没有。”

他顿了顿，俊秀的脸上一派正义凛然：“其实你们并没有付出任何东西，而且白赚了十五条命啊！”

精彩！俞幼悠一边赞叹，一边为御少宗主鼓掌，看不出来啊，这位不太聪明的兄弟居然这么能说会道？

御雅逸有点儿飘飘然，讲道理他也是会的，他好歹也是整个御兽宗倾尽全宗之力培养出来的优秀接班人，怎么可能真傻？

女妖修早在俞幼悠放出狠话的时候就看清局势了，她暗暗咬了咬牙，冷冷地望向这群人族修士：“既然没的选，那……”

“红琅姐！”猪妖急得打断她的话，大声提醒，“你怎能轻信他们的鬼话？药师在大部落都是极尊贵的存在，怎么可能恰好就被我们碰到了，竟然还是三个！”

红琅淡淡地看了猪妖一眼，凝重道：“不赌一把，我们就都死了。”

猪妖仍不甘心：“我们与他们拼个死活……”

然而红琅已经下定了决心，她利索地将腰间佩戴着的芥子囊解开，面无表情地朝着俞幼悠他们脚边丢异兽的尸体。

与十三人小队只收集异兽尸体一小部分的习惯不同，这些异兽的尸体都是完整的，丢着丢着，十三人小队的眼睛就变得直勾勾的了。

“金丹期异兽…… 金丹期…… 还是金丹期？”

多只金丹期异兽的尸体被堆积在一起，而红琅的动作并没有就此停下，她又面无表情地开始丢筑基期异兽的尸体，直到一座骇人的尸山出现，她终于停下了动作。

这回遇到大肥羊了。

后面负责统计的苏意致发声都有点儿艰难了，他迷茫地问：“所以这些加起来……”

红琅声音淡淡的：“七只金丹期异兽，加上两百多只筑基期异兽，还有若干炼气期异兽，这里一共是三千出头的功勋值。”

她对这一大笔功勋值不带半点儿眷恋之意，只冷冷看向俞幼悠：“还需要搜我们其他人的芥子囊吗？”

“不用了，你们愿意信任我，我也愿意信任你们。”

猪妖恨恨地嘀咕：“谁信任你了，分明是你拿拳头硬逼着我们治病的！”

俞幼悠从踏雪身上翻身而下，红琅才发现，这个少女比自己所认为的还年幼孱弱得多。

妖修们很警惕，想让三个丹修走进他们的队伍中替几个伤患治疗，但是十三人小队也不是傻子，当然不会让柔弱的三人组走到敌方阵营。最后两边达成一致，妖修们抬着三个伤患走到两队中间，丹修们便在两军对垒的中线上治疗。

红琅也是伤患，但是她修为最高，尚可自由行动。她扶着伤得最重的那个同伴走上前数步，之后便握着手中的大刀，垂眸盯着三个医修看。

“你们先给他们三人治。”她不是想拿同伴做试验品，而是想趁着自己尚有余力护住同伴的时候，先将他们治好。

在那个年轻的女丹修与自己擦身而过时，红琅压低声音，用只有她们二人可听见的声音警告——

“我就在这里看着你，若你们骗了我，那我拼上性命也会捏死你的。”

俞幼悠微微一挑眉，侧身一回望，只见红琅的手已经变作了一对壮硕的狼爪，前方的利爪生着尖钩，在月光下泛着骇人的冷光。

她盯着那对狼爪看了数息，非但没怕，最后还莫名其妙地夸了句：“你的爪毛还挺浓密的。”

红琅的爪子一颤：“……”

接下来，俞幼悠便没空搭理这只警觉的狼姐了，身后有剑修和盾修们严阵以待地警戒着，她很放心。

她询问着这些伤患是由何种异兽弄伤的，然而他们自己都是一头雾水：“先前遇到了太多异兽，忙着跟它们拼命，记不清到底是哪只咬的了。”

俞幼悠：很好，你们妖修果然都很莽，妖命关天的大事都记不住。

俞幼悠很无奈，看了一眼那边的异兽尸山，同两位小伙伴道：“只能全都炼出来，挨个儿试了。”

苏意致和启南风点头，炼化异兽的血液比炼丹快得多，加上先前修为大为精进，半个时辰内，他们三个加起来的确能搞定这一大堆。

“他们的病状进展得很快，咬伤他们的异兽实力应该很强，先从金丹期

异兽开始吧。”

三人熟练地开始操作起来，掌心的灵力不断闪耀，不多时便将暗红的异兽血液炼化成鲜红，再粗暴地将那些妖修的嘴掰开，塞入血珠。那几个快要陷入昏迷状态的妖修只能任由他们摆布。

见到这一幕，猪妖先忍不住，又是担忧同伴又是愤怒，质问道：“我就知道你们是骗子，哪有你们这样救人的！”

俞幼悠头都没空抬，只是平静地问了句：“那你教教我该怎么救？”

她在阴阳怪气，猪妖却当了真，他冷哼一声：“我曾在黑石塔里见过药师们救治被异兽咬伤的人，他们都是取异兽的血肉和骨髓与诸多珍贵草药熬制解药。若是有伤势极重失去意识者，还需用还魂之术召唤回伤者的神魂，如此这般慎重才能将人治好！”

俞幼悠哦了一声，然后头也不抬地回答：“那是因为你遇到骗子了。”

猪妖明显不服，他咬牙道：“那些医师都是出自大部落，他们可不会像你们人族那样狡诈，而且我亲眼看到他们救好了重伤的妖修们！”

俞幼悠动作麻利地再次掰开一个妖修的嘴，把血珠塞进他嘴里，顺便问了句：“这些药师收费是不是都挺高？”

猪妖很瞧不起这些人族，傲然道：“药师们的工作如此烦琐劳累，又是救人性命的大事，贵一些也正常。”

“嗯，他们也是这样想的。”俞幼悠不留情面地戳穿真相，“这是在故意搞些花里胡哨的操作，好让你们心甘情愿地付钱。”

都说了你们遇到骗子了还不信，得，还在用那种看骗子的眼神看我们！

事实胜于雄辩，当俞幼悠三人将那三个重伤的妖修往边上一推，再云淡风轻地说一句“好了”的时候……

原本就万分警觉盯着众修的妖修飞快奔上前扶住同伴，待看到他们脸上的黑气真的消散后，又是惊喜，又是难以置信：“真的好了！”

红琅握着大刀的手终于松下来一些。她长出一口气，用复杂的眼神注视着这三个人族修士：“你们……”

“别多话了，你还记得咬伤你的异兽是哪只不？”俞幼悠低头看着她腿上几乎全然变黑的伤口，紧皱着眉，“不行就把这些全部吃了。”

说着，她伸出手来，上面用灵力包裹着数百粒小小的异兽血珠。

红琅低声道："咬伤我的是只金丹期的异兽，当时我们已经负伤，无力同它争斗了，所以并未将之斩杀，它的尸体自然也不在里面。"她说的很小声，刻意不让后面的队友听到。

俞幼悠看她的眼神带了点儿同情，如果不出意外的话……这个叫红琅的女妖修没救了。

红琅自己心里也很清楚，她之所以一直强撑着，也只是想带自己的同伴重返妖都求救，眼下他们已经获救，她也就释然了。

原本现在就该回头带队离开的，只是想起这三人奇异的救人手段，红琅再想要转身时却又鬼使神差地停了下来。她迟疑了一下，最后张了张爪子，犹豫道："不过我最后挠到了它……"

"不早说！"原本都用看死人的眼神看她的俞幼悠马上站起，毫不犹豫地捏住了她灰色的狼爪，开始观察。

红琅的手僵住不敢动，她犹疑道："可是我并未取下它的肉和骨髓……"

俞幼悠毫不客气地反驳她落后的思想："都说了，这是他们故意骗钱的！"

她一把将毛爪抬到自己眼前，借着月光开始观察，最后果然找到了一点点红色的痕迹，于是飞快地用灵力将这一丁点儿血渍剥离，再炼化成米粒大的小血珠。

俞幼悠冷漠地下令："张嘴。"

红琅有点儿别扭，却还是微微启唇，任由那小姑娘把这粒血珠送入自己口中。

俞幼悠炼制的异兽血格外精纯，红琅腿上那乌黑的伤口几乎肉眼可见地在转好，萦绕其上的黑气逐渐消散，露出血肉该有的嫣红色。

"完事。"俞幼悠拿了块帕子慢条斯理地擦了擦手，顺便从芥子囊中摸出一粒回灵丹丢进嘴里。炼制这么多异兽血并不是一件轻松的活儿，三人组这会儿都累得满头是汗，灵力也快消耗一空了。

妖修们看着他们的表情很是诡异复杂，俞幼悠慢悠悠地走回十三人小队中，然后回头看着还没打算离去的他们。

"你们的伤还要养个几天才能完全好，当然我有可以帮你们疗伤的丹药，为了预防你们吃了药就反过来打劫我们，我暂时不能卖给你们。"

俞幼悠笑眯眯地补上了一句："若有需要，到时候来黑石塔联系十三人小队购买就是了。不贵，一粒只要一百功勋值。"

整整一只金丹期异兽的天价，你是怎么觍着脸说出"不贵"二字的？！

出乎意料的是，队长红琅居然真的一脸郑重地点了点头承诺："好，我们无双小队到时候一定会来黑石塔中找你们。"

她的话语中没有半点儿威胁的意思，好像是真的打算找俞幼悠买药。

妖修们飞快地往后退去，待看不到那群人族修士的身影时，原本重伤的几人也恢复了清醒，他们听闻所有的功勋值都没了后，懊悔不已。

"那是我们在外面寻找了近半年才积攒下来的啊！"其中一个妖修差点儿痛哭出声，他的眼睛里全是悔恨，涩声道，"我们只差那三千功勋值就能升到橙榜第十了，可为了救我们几个，现在……"

每块石榜上仅有十个位置，如果榜上有名的话，不仅日常的需要都会由黑石塔免费供应，还代表着一种至高无上的荣誉。他们拼了命地在外奔波半年，眼看就能跻身第十了，却再次痛失机会。

"也许这并不是坏事，反而有可能是一次更大的机遇。"红琅的声音沉静，她看了一眼已然转好的队员，笃定道，"那三人的本事，可比红鲤部落的药师还要厉害，结识三个强大的药师，远比拿下橙榜第十有用。"

像他们这种出身小部落的妖修，是没机会结识到被大部落精心供奉的厉害药师的，只能去黑石塔里求助那些愿意给人医治的中型部落医师。但是他们的收费高得吓人，很多时候拼命杀死的异兽都不够救命的功勋值。

无双小队先前无意中结识了红鲤部落的药师，对方私下绕过黑石塔给他们看病，一般会少收他们三成的功勋值。

红琅低头看着自己腿上的伤口，随着她行走的动作，那里浸出了鲜红的血液，然而这说明她已经开始痊愈了。她想，那个小姑娘果然很厉害。

更重要的是，她炼制的那一小滴血几乎尝不出异味儿，这可比红鲤部落药师用一大块异兽肉加药材熬制的恶心汤水让人容易接受得多。

月色下，十三人小队在飞快地收拾那些异兽尸体。

有可能用于炼器的部位全部留着带回四境，牙齿全拔了等着交给黑石塔。三个丹修也在飞快地将不同的异兽血液炼制出来，分开装好备用，以防

后患，这是丹鼎宗传承下来的良好习惯。

等所有的工作做完后，天色也逐渐转亮。

原本被吓昏过去的黑足猫小爪子抽了抽，最后被刺眼的阳光晃醒。它眯了眯眼睛，拿黑色的前爪半遮住眼睛，再悄悄地把爪子下移到嘴边咬了咬。

俞幼悠瞥了这小东西一眼，淡淡道："别咬了，你没被丢出去当诱饵。"

黑足猫被看破小动作后耳朵都趴下了，它紧张又羞愧地乱甩着尾巴，却一句话也说不出来。

边上的踏雪像人似的发出一声轻嗤，很是瞧不上这小家伙。

俞幼悠给两只毛茸茸各丢了一半点心，在战斗中没出力的黑足猫吃得很不安，结果边上的踏雪一口就吞完了，用灼热的视线盯着它小爪里抱着的那半块点心，黑足猫脊毛奓开，飞快地将点心啃完了。

边上的张浣月也将最后一只异兽烧成灰了，她转头看向众人："我们是现在回黑石塔兑换，还是继续寻找异兽？"

"回去要三个时辰呢，来回就是大半天了。"

"来都来了，好歹再凑个三千功勋值再走吧！"

最后，十三人小队果断决定继续在这片稀树草原上扫荡异兽，甚至开始寻找起其他负伤的妖修队伍。

狂浪生振振有词："我们这是在为妖族道友们的性命着想，才不是为了打劫他们！"

众修一连在稀树草原上逗留了七天，异兽的确斩杀了不少，却再没碰到无双小队那样的大肥羊了。

"该回城去补给了。"俞幼悠打了个哈欠，其实她身上的辟谷丹还有不少，大伙儿省着点儿一起吃上半年不是问题，但是这七日都在麻木地斩杀异兽，她着实是犯困了，而且再不睡就要影响长高了。

众修带着满满的收获，蓬头垢面地奔回妖都。

路上正好遇到了值守的乌未央和那个白羽翼族，后者似乎对他们现在这副模样很是满意，露出了看戏般的笑容："看样子诸位贵客是彻底融入我妖族的生活了，若有什么地方不懂的，比如该如何挣功勋值之类的……"

看这些人族狼狈的模样，怕是日子过得并不怎么样啊。若是他们哭着求

着问该如何挣功勋值，那他也不介意让这群人做自己的奴仆，分他们点儿功勋值。

俞幼悠这会儿心心念念都是黑石塔里的食物，于是立马停下脚步，下意识地问了句："那你知道黑石塔里什么东西最好吃吗？"

正打算借机嘲讽的白羽翼族一怔，他顺着俞幼悠的问题张嘴回答："那肯定是油酥三脆了……"

"好，我们马上就去尝尝，谢谢啊！"

俞幼悠跟其他人头都没回，飞快地朝着黑石塔冲去，都不急着兑换功勋值了，干饭人眼中只有饭堂。

上次因为南境师兄们突然出现，众修都没心思吃饭，所以只随便拿了点儿食物就走了。这次到了黑石塔的饭堂，十三人小队看得那叫一个眼花缭乱。

妖族跟人族不同，他们不分区域、只分部落，大大小小加起来怕是有上万个。饮食习惯也大不相同，有的喜欢吃肉，有的只肯吃素，全都是人族修士们没见过的新鲜玩意儿。而且黑石塔饭堂里的价格也不算贵，一功勋值可以买到满满一盘食物，十功勋值就可以一整天无限量畅吃。

众修暴富后的心态与抠搜的七天前大不一样了。

狂浪生大气地对着妖侍道："不就是一百三十功勋值吗？我们全都要畅吃！"

就连抠搜的苏意致这回都没反对，俞幼悠炼制的水果味儿辟谷丹再好吃也只有一会儿的甜味儿，他太怀念食物的香味儿了，心中暗自决定，要在这里待足一整天，把本给吃回来！

不过俞幼悠突然出声："不对。"

众人看过来，很担心她要反对大家吃大餐。

好在俞幼悠只是拎着手中的小黑足猫，又指了指边上的踏雪："它们俩也算上，应该是一百五十功勋值。"

踏雪满意地哼哼了两声。

黑足猫则睁大了眼睛，又是惊喜又是脚爪无措地张合："我也可以吗？"这群人族修士在战斗的时候，它可是直接吓昏过去了。

"可以啊。"俞幼悠很淡然地揉了揉小家伙的脑袋，"你带我们去的地方的

确有很多异兽，所以你的任务完成得很不错，这是你的尾款。”

原来就这啊？狂浪生宽心了，飞快地拿着晶石一刷，付了一百五十功勋值出去。

原本橙色的功勋晶石闪烁了一下，下一刻就变回了红色。

“问题不大。”事事谨慎的御雅逸这次都不在意了，“我们等会儿吃完了再去提交功勋值就是了。”

御少宗主被迫接管了带着大小两只猫吃饭的任务，俞幼悠他们则端着餐盘开始分散寻找。俞幼悠还惦记着白羽翼族说的油酥三脆，于是跟两个小伙伴认真地寻找着这道菜。可惜在各式各样的肉类和蔬果里找了半天也没找到。

俞幼悠只好求助妖侍：“请问油酥三脆在哪儿？”

那个猴族妖修的脸上露出些许古怪，他盯着俞幼悠看了看，最后皱眉道：“这附近是走兽类的餐食，你们往左走，翼族那边才有这道菜。”

三个向往美食的丹修不觉有异，飞快地奔着妖侍指明的方向去了。到了那片区域，才知道为什么猴妖的表情不对了。

这里全是虫子！带壳的和软体的都有，甚至大部分都还在盘中蠕动！

苏意致默默地往后退了一步，脸色略微有点儿铁青：“我觉得我不行，我还是去兽族那边找肉吃吧。”

启南风和俞幼悠则是一脸好奇地盯着那些盘子中的各色虫子，热烈地讨论起它们的种类来。

苏意致想跑路，但是衣服后领被比他高了一个头的启南风给揪住了，后者用笑得阳光灿烂的脸看着他：“是兄弟就要一起吃虫！”

终于找到油酥三脆的俞幼悠拿筷子扒拉了炸成金黄色的不知名虫子，自己先尝了一口，然后又喂了一只给启南风。

两人品尝了一下，开始探讨——

“还真的挺香的。外酥里嫩，咬下去还会爆浆。”

“对，上面撒点儿辣椒面应该更不错，就有点儿像桐花郡火锅店里的小酥肉了。”

苏意致看着这可怕的一幕都快哕了。然后下一刻，俞幼悠就夹了一只递到他嘴边：“尝尝？”

苏意致死不张口，损友启南风很不要脸地挠了他的胳肢窝一下，他被迫笑出声，那只虫子也就送进嘴里了。

片刻后，尝完了虫子大餐的俞幼悠和启南风心满意足地走出，身后跟了个一脸菜色、拼命灌水想要把嘴里味道冲淡的苏意致。

边上抱着小猫、牵着大猫的御雅逸路过，好奇地问："你光喝水吗？那边有道烤肉滋味儿还不错，你要去尝尝吗？"

能得到御少宗主一句"不错"的烤肉肯定很好，然而苏意致欲哭无泪地摸了摸自己被水撑胀的肚子，只能眼巴巴地看着别人吃了。这就是他心心念念的吃回本吗？

最后俞幼悠和启南风被迫给苏意致各打了一张欠条，前者承诺回桐花郡后带他去珍宝巷购物一次，后者承诺承包他一年黄鹤楼的点心，这才哄好了这个臭弟弟。

苏意致摸着自己空空如也的肚子，露出了满足的笑容。没错，这就是他心心念念的回本啊！

他高高兴兴地同另外两人商量："我再吃一整盘三脆，你们能再给我打两张欠条吗？"

"做梦！"

在饭堂里整整吃了两个时辰，几乎把三大族的特产都尝完后，十三人小队加两只猫才心满意足地扶墙而出。

为了能吃得更多，黑足猫还特意化形成了人族小男孩，这会儿肚子撑得和球一样，连路都走不动了。

于是御雅逸随手把他放在了踏雪的背上，虽然大猫很不情愿，但是它今天是全场最佳大胃王，这会儿肚子都快拖地了，也就懒得计较了。黑足猫亦是安心，这只大老虎已经吃饱了，所以自己也不用担心被它吃了。

"咱们现在去提交功勋值？还是躺会儿再去？"

"躺会儿吧？"

众人正商量着，下一刻就被妖侍们给拦住了。

对方的态度倒还算是客气："诸位，你们现在的功勋值不足以在二楼居住了，还请你们在半个时辰内收拾完行李搬离现在的石室。"

御雅逸正想说他们马上就兑换功勋值时，后面突然传出一声轻轻的嗤笑。

前来此地用餐的白羽翼族抖了抖自己雪白的翅膀，盯着他们掉落成红色的功勋晶石，笑得很有深意：“嗯？吃了一顿饭就连房钱都不够了吗？怎么，需要我赠送点儿功勋值给你们吗？倒也不是不行……”

“那就麻烦翼族的朋友了。”俞幼悠马上露出了感激的笑脸，上前握住了他的手，双眼中流露出切实的感动，“不愧是我们来妖族后认识的第一个朋友，您真的太大气了！”

启南风感慨：“我早在人族就时常听长老们说翼族最为大方，事实果然如此。”

苏意致昧着良心：“你的眼光也很毒辣，油酥三脆真是世间绝无仅有的美味。”

俞幼悠看着他的翅膀，由衷地夸赞：“瞧瞧您这雪白的翅膀啊，您听说过有种叫天使的神明吗？您就是天使啊！”

东境修士们马上跟上，各式各样的溢美之词不断道出，把白羽翼族夸得天上有地上无。

虽然没听说过什么叫天使，但是这群人族已经把自己视若神明了吗？白羽翼族越发飘飘然，他微抬起下巴，斜睨这群穷酸的人族修士，淡淡道：“行吧，既然你们都这样说了，那我就给你们赠送点儿吧。”

他将自己青色的晶石递给侍者：“把他们刚才吃饭扣掉的那些功勋值都转回给他们。”

妖侍用双手恭敬地接过了晶石，一通操作后，十三人小队的晶石成功变回了橙色。

妖侍对着白羽翼族回禀道：“大人，一共是一百五十功勋值，已经在您的晶石中扣除了。”

白羽翼族的翅膀一抖，他难以置信：“一百五十？你们是猪妖吗！”

普通妖修一顿最多也就花两功勋值就够了啊！这群瘦弱的人族修士为什么能吃这么多！他原本以为只需要付出十几个功勋值就可以打压这群人族修士的自尊心的！

妖侍态度恭敬：“回禀大人，这几位选择的是无限量畅吃。”

“那也该是一百三十啊！”

俞幼悠指了指边上的两只：“还有它们呢！”

吃成个球的踏雪小声地嗷了一嗓子，宣示自己的存在。

白羽翼族的心都在滴血，积分都是队伍共享的，他简直不敢想，等会儿乌未央发现他们队少了一百五十功勋值后问起来自己该怎么回答。难道要回答“我吃了一百五十功勋值”吗？

他这下也没心思吃饭了，捂着绞痛的胸口，一脸纠结地朝着黑石塔外走去，琢磨着自己是不是该马上出去找两只金丹期异兽杀杀，把这些功勋值给补上。

结果好巧不巧，正好在门口碰到了乌未央。

果不其然，后者刚看到他便开口询问：“白宁，你刚才用一百五十功勋值兑换了什么东西吗？”

白宁心神有点儿恍惚，他嘴一瓢，下意识地回答：“我刚吃了一百五十功勋值……”

乌未央皱眉看着他，冷冷地问：“你是猪妖吗？”

白宁：“……”

第二十五章

药师殿

俞幼悠他们对热心请客的翼族朋友很是感激，不仅商量着下次要送他两盒丹以示友好，还体贴地决定先回去睡一觉，等到他离开黑石塔后再去兑换功勋值，免得他到时候看到了那好几千的功勋值更加心痛。

全员大善人的十三人小队回屋排成一队齐齐躺平，柔软的大通铺可比荒原上的野草睡着舒服多了。

俞幼悠照例跟两只毛茸茸躺在一起，兴许是吃得太撑，再加上过去七天完全没休息，他们很快便开始打起了呼噜，边上的其他人也不受影响地都睡着了。

她微微眯了一会儿，半夜的时候终于还是被踏雪越来越响的呼噜声惊醒了，这倒霉玩意儿真是太吵了，比盾修们还夸张。

隔壁的苏意致也坐了起来，揉着肚子悄悄地看了她一眼："我饿了。"

本着三人组"有觉同睡，我睡不着你也别想睡"的原则，已经坐起来的两人把启南风也给弄醒了。

启南风打了个哈欠，睡眼惺忪地问："怎么了？"

俞幼悠指了指苏意致："他饿了，我们陪他去弄点儿夜宵，顺便把功勋值都兑换了。"

也是，这么多异兽尸体还得花点儿时间去兑换，看其他人都睡得那么香，三人组也就息了吵醒他们的心思，悄无声息地溜了出来。

苏意致这次也没有再大吃一顿的心思了，抠抠搜搜地花了一点儿功勋值换了盘烤肉就吃饱了。

异兽的牙齿都放在俞幼悠这儿，他们三人直接去了兑换处。

负责清点的妖侍在慢慢地点着，俞幼悠等得无聊，忽然想起一件事，于

是顺口询问妖侍："请问黑石塔内要是想找药师治病的话，需要多少功勋值。"

她先前听红琅他们口中的称呼，妖族这边似乎不叫医修，而是叫作药师。

妖侍回答："我们妖族的身躯淬炼得非常强大，若是寻常的伤势一般都可以在数日内自行愈合的。稍微严重些的，比如断翅膀、断腿之类的才会寻求药师帮助，一般是十功勋值到数百功勋值之间。"

这价格的确还算正常，跟四境那边差别也不大。

俞幼悠继续好奇地问："那要是被异兽伤了呢？"

四境那边若是遇到被异兽咬伤的情况，绝大部分医修都是免费帮忙救治的。丹鼎宗每年都会有弟子在东境每个角落游历，为的就是救治那些被异兽伤到的凡人和散修。不过先前看红琅他们的反应，在黑石塔看病显然要功勋值。

结果妖侍说："一百起步，上不封顶，而且需要自带咬伤自己的异兽尸体。"

俞幼悠："……"

她思索了一下，最后又问："哪儿可以找到这些药师？"

"我们黑石塔就有药师殿，每个大中型部落都会有药师在此坐镇，救治受伤妖修的。"妖修顿了顿，之后对俞幼悠道，"不同药师出手的价格不同，若是诸位要去的话，费用应该会翻倍。"

俞幼悠纳闷了："为什么？"难道他们看起来很像肥羊吗？

妖侍很坦诚地给出答案："因为你们是人族修士。"

俞幼悠无语了，她看了看边上的两个小伙伴，正好他俩已经把功勋值兑换完了，于是拿胳膊碰了碰他们："要不要去见识下妖族的医修是什么样的？"

启南风和苏意致马上就来了精神，果断点头："去！先前牛长老就让我们偷学一下妖修们的手段。"

于是三人组打听着找到了黑石塔中的药师殿所在位置。还没等他们靠近，边上就有一队妖族侍卫将他们拦下来了。

对方语气很冷硬："药师殿乃黑石塔重地，人族修士需要先缴纳十功勋值方可进入！"

这该死的物种歧视啊！

“每个人要十功勋值，我们三个一共就是三十。”

“省着点儿够我们整个队吃两天了，拿来看热闹的话很亏。”

“我觉得不行。”

抠门三人组瞬间达成了一致，尽管现在十三人小队已经有接近五千的功勋值，其中大部分是从肥羊无双小队那儿宰来的，但他们还是舍不得。

想起牛长老先前说的“想办法偷学妖族医修们的长处”，三人组还是不甘心就这样离去。

苏意致托着下巴思忖片刻，最后露出最乖巧可爱的笑容，仰着小脸冲值守在药师殿外的妖兵走去：“这位大哥，我们不是来看病的，我们是来替人看病的。”

他拍了拍自己的胸膛，脸上有些自矜之意：“你们听说过丹鼎宗吗？你们听闻人族那边新出了三位力压悬壶派弟子的天才医修吗？”

妖兵很不耐烦地看着他，冷声回答：“悬壶派听过，黄榜第二的苏留白大人就出身于此，至于丹鼎宗还有什么三天才，那是什么玩意儿？”

苏意致脸上的笑容几乎坍塌。

启南风和俞幼悠只好把心碎的他拉回来，后者犹自沉溺于愤怒之中：“我盛名如此，他居然没听说过？”

“太正常了，你看我们在四境连人族的八卦都来不及听，哪有工夫关心妖族的八卦，估计他们也是这样。”

俞幼悠摸了摸苏意致的脑袋：“南风说得对，而且咱们丹鼎宗一百年没人来过了，他们不曾听闻也不过分。”

苏意致不甘心，虽然知道自己籍籍无名了，但是他为了省下那三十功勋值，还是又上去问：“没听过也没事，那你放我们进去给人看病就是了，没人规定药师殿必须要名医才能进吧？”

妖侍无情地打消他的念头：“不好意思，药师殿有明文规定，这里不接受人族药师加入。”

惨遭歧视的三人站在药师殿外面，深觉发财的道路被堵死了。

“偌大的药师殿却容不下小小的我们。”启南风一声叹息，然后带头蹲了下来，在芥子囊里翻出了一块油布垫在地上坐下，这还是先前在黑市摆摊

用的。

他仰头看向妖兵，询问："黑石塔总没规定说不准在门口摆摊吧？"

妖兵想了想，索性摸出一本小册子一条条地翻阅，最后不情不愿地回答："没有这条规矩。"

善于钻规矩漏洞的三人乐了。

苏意致和俞幼悠见状，马上有样学样地盘腿坐下，后者还顺便摸了块红布出来，上面歪歪扭扭地写了几个大字——

"治病救人价更廉！"

这也是先前她在黑市擂台边上帮人接腿的时候打出来的招牌，虽然瞧着跟凡间的赤足大夫有点儿像，但是每每在黑市上摆出来都能引得赌鬼们蜂拥而来。

可惜这次众修在这儿摆了大半个时辰，中途也有许多负伤的妖修路过，他们都只是冷漠地瞥一眼这奇怪的三人组就径直走入药师殿了，连上来询问价格的人都没一个。

最后就连那个妖兵都看不下去了，他不冷不热地提醒这三人："把你们的摊子收走吧，我们妖修除非重伤，否则是不会来药师殿的，但是哪个重伤的敢把自己的命交到人族修士手中冒险？这里不是你们能骗钱的地方，赶紧走！"

待在这儿像要饭似的，不知道药师殿是整个黑石塔最尊贵之地吗？

要饭三人组的心理素质却很强大，最乐观的启南风甚至开始分析起南境道友们穷酸的原因——

"南境回春门的几位师兄跟我们一样，进不了药师殿，也得不到妖修们的信任，偏偏妖都的人族修士又太少，空有一身医术却挣不到钱啊。"

"不过我们比他们好一点儿。"

两个少年默默地看向了俞幼悠，确切来说是看向她的腰，并且露出了迷之笑容。

"再等等，要是再过半个时辰还没人来，我们就让小鱼……"

启南风的话还没说完，头顶上忽然传来一声冷硬的责问："你是如何看门的？我们药师殿门口竟蹲了三个乞丐！"

三人组齐刷刷抬头，看向说话的人。

这是位头发花白的老者，脸上生有几片鲜红色的鳞片，嘴巴咧得极大，快要到耳根位置，唇上飘着两根红色长须，瞧着应该是某个水族妖修。

他手中握着一块绿色的晶石，居高临下地注视着三人，之后慢慢地落向了俞幼悠边上那块写有“治病救人价更廉”的红布招牌，眉头逐渐皱起：“果然是卑劣的人族，只有你们才敢拿别人的性命来行骗！”

一口将三人认定为骗子后，水族妖修淡然地睨向了妖兵，冷漠道：“你们就是这样看守药师殿这等重地的吗？什么东西都敢往这儿凑，影响到我们治病救人该怎么办？”

妖兵不想违反规定，不过对方是绿色功勋者，还是地位尊贵的药师，他只能低下头恭敬地解释：“鲤于敬药师，药师殿并没有禁止人族在外面摆摊，而且他们说他们也是药师……”

鲤于敬掂了掂手中的绿色晶石，嗤笑了一声，看着地上那三个小可怜虫：“他们也是药师？你知道想成为药师有多难吗？这些年我见过的人族可太多了，无一不是想要钻营取巧的卑鄙小人，想骗我，没门儿！”

很明显这个鲤于敬是个彻头彻尾的物种主义者，他话语中满是对人族修士的轻蔑，到后面甚至懒得再搭理三人了，直接对着妖兵摆了摆手：“把这三人撵远点儿，不然真有蠢货被他们骗了，我们药师殿的名声都会被影响。”

就在这时，有几道身影朝这边匆匆走来，为首的红琅惊喜地喊了一声——

“药师大人！”

鲤于敬转过头，也看到了红琅和她身后的猪妖。他捻了捻细长的胡子，笑了笑：“原来是红琅啊。”

红琅的脚步一顿，她原本是看到了角落里的俞幼悠三人才过来的，没想到在这里遇到了熟人。鲤于敬就是他们先前结识的那个药师，对方曾出手帮他们治过伤，价格比药师殿优惠了三成。

红琅很是感激地问候鲤于敬：“红琅见过鲤药师。”

鲤于敬扫了一眼她的腿，看到上面包扎的布条后，轻捻了捻胡子淡声道：“又受伤来找我了？不过先说好，你们现在看病可不能再便宜了，都得按照药师殿的价码来。”

红琅愣了愣，她下意识地看向优哉游哉托着下巴一脸看戏模样的俞幼

悠，然后再看向鲤于敬，略尴尬地开口："鲤药师，其实——"

"没有其实。"鲤于敬将手背在身后，红色的胡子因得意而止不住地往上翘，"我现在是药师殿的正式药师了，身份不同往日。"

红琅倒还好，她身后的猪妖忍不住了，难以置信地问："您先前不就说自己是药师殿的正式药师吗？"

鲤于敬所说的便宜三成是相较于药师殿正式药师们而言的，如果他不是，那他的收费反而贵了不少！现在猪妖才后知后觉地意识到，他们先前怕是真的上当了。

偏偏坐在墙边上的三人组一边嗑瓜子看热闹，一边还在点评——

"好可怜啊，真的被骗了。"

"我先前问了下，不是药师殿正式药师的话，市场价会便宜一半呢。"

"你看猪猪都快哭出来了，你们就别再揭他的伤疤了。"

猪妖是真的快哭出来了，因为这个鲤于敬是他在饭堂认识后介绍给队友的。

"早知道水族的人狡猾……没想到他们能比人族修士还奸诈！"他很是懊恼。

妖族修士大多坦率直接，不过林子大了什么鸟都有，其中水族就比另外两族狡猾得多。

鲤于敬胡子一抖，直接无视了猪妖的愤怒，笑眯眯地看着红琅："看在是老顾客的分儿上，这次给你少十功勋值，怎么样？"

红琅脸上没有愤怒，她这会儿平静得不合常理，回答得极其客气却又疏远："多谢鲤药师好意，不过不用了。"

她微屈膝，半蹲在地上，与俞幼悠三人视线平行，之后以手按在胸口将头垂下，只露出自己那对毛茸茸的狼耳朵。

这在妖族是很高的礼节，红琅更是金丹期的强者，怎么也不该对那三人低头。可是红琅觉得三位曾救她性命的药师值得这般郑重对待。当初离开时，众人还曾担忧人族修士在用某种手段骗他们，但是七日过去，连她在内的所有受伤队员都痊愈了。

再抬起头后，红琅定定地看向俞幼悠，冷艳的脸上浮出些许微笑："您的药……现在还愿意卖给我们吗？"

俞幼悠把瓜子壳往启南风手里一塞，拍了拍手后将它伸到红琅的面前，笑容灿烂道："当然，我们欢迎所有回头客。"

启南风和苏意致神情亦是轻松："果然，我就说再等等就有客人上门吧。"

在路过鲤于敬旁边时，这两人还阴阳怪气："所以说啊，当药师跟卖棺材一样，还是要童叟无欺才会有回头客嘛。"

鲤于敬："……"

边上的妖兵憨憨地挠了挠头，感叹："原来他们真的是药师啊？"

"胡说八道！"鲤于敬扯着胡子驳回妖兵的说法，很快，被扫面子的愤怒就变成了看穿真相的睿智，"无双小队的人还是太天真了，竟然真的轻信了人族修士的谎言。呵，等他们伤势恶化再来求我的时候，我可不会再给他们优惠了，到时候他们才知道什么叫追悔莫及啊！"

无双小队的人跟在三人组后面，心中又是欣喜又是紧张。像他们这种小部落出身的妖修，能够结识一位靠谱的药师就等于性命多了层保障。只是毕竟先前没跟人族修士打过交道，还曾经试图打劫对方，怎么都不算是友好开局。

而且说是买药，其实主要还是想找借口同这三个药师交好，惯常直来直往的走兽一族不像水族那般能言善辩，这会儿红琅的尾巴在地上扫来扫去，纠结着不知如何开口。

最后俞幼悠找了个僻静的地方站定，转身率先打破安静："你把布解开，我先看看你的伤口再给你开药。"

虽然她是贪财，但是医修的职业道德不会忘。红琅跟她没仇，她总得替人看看伤势再开药不迟。

上一次伤得最重的其实是红琅，不过她修为最高所以没像队友那样昏过去，但是现在队友都好了，唯独她的伤还没有愈合。听到俞幼悠的指示，红琅依言解开了绑在腿上的布条，大方地将一只笔直修长的腿伸过去。

近距离接受长腿暴击的俞幼悠心里咯噔一下，下意识地低头看看自己的腿……平时看着好像也不短啊，怎么这一对比就不对劲了呢？

好在这时候苏意致也过来观察伤口了，他皱着眉一边打量一边诊断："被异兽侵蚀的痕迹是消失了，但是伤口有反复裂开的迹象，你是不是随便包了

下就又去战斗了啊？”

俞幼悠趁机看了眼苏意致的腿：嗯，很好，心理平衡了。

在得到红琅肯定的答复后，俞幼悠一边翻了三粒止血丹给她，一边很认真地叮嘱：“每天吃一粒，这三天别再打打杀杀了，就当给自己放个短假。”

俞幼悠语罢，边上的启南风已经开始麻利地给红琅的伤口撒了点儿药粉，顺便帮她包扎起来。他给盾修们包扎伤口练出了一门好手艺，就连俞幼悠都没他包得快。

红琅有点儿受宠若惊，她不知所措地握着那三粒止血丹问：“一共是三百功勋值吗？我这就……”

“不用，说了给你熟客价了，一共三十，药粉就当送你的了。”

这丹药的原材料其实都可以在黑石塔兑换，而且平均每粒成本只有三功勋值左右，俞幼悠本着韭菜不能一茬儿割完的原则，给了无双小队一个合理的价格。

而且，她还有一个更重要的目的。

俞幼悠笑眯眯地看向红琅，和声细语地同她商量：“现在你应该知道我们的技术过关、价钱也合理了吧？”

红琅怔了怔，之后点点头：“是的。”除了头一次打劫他们外，这次卖药的确便宜得超乎红琅的想象。

俞幼悠搓了搓手，很期待地问：“那你肯定会把其他小队介绍到我们这儿来看病，对吧？”

红琅有些尴尬地开口：“这……恐怕有点儿难。”

看到三人组复杂的眼神，红琅心中竟诡异地浮出一丝愧疚，她如实道：“我们无双小队的队员全是小部落的妖修，出来以后也并不认识其他人，所以……”

更重要的一点，哪怕是耿直的红琅也没好意思说。妖修们都信不过人族修士，他们宁愿花高价去药师殿，也不可能来找人族看病的。

即便是无双小队这群人，要不是当时被俞幼悠强行“讲道理”说服，他们怕是死也不愿意让人族修士给自己看病的。万一人族修士借着看病的由头突然下毒手怎么办？过去并不是没有这样的例子。

送走红琅后，苏意致垂头丧气：“发财的道路就这样被堵死了，我恨。”

俞幼悠拍了拍他的肩膀以示安慰，另一只手却摸了摸自己的腰。她觉得这路还没被堵死。

接下来的几天里，十三人小队又开始高强度猎杀异兽。

跟着吃饱喝足的黑足猫终于彻底信任这群人族修士了，也可能是因为他年纪小，物种歧视的观念还没有根深蒂固，反正他觉得这群人族修士要比先前遇到的某些妖修靠谱。

以前他也曾卖过异兽行踪给其他队伍，结果他们在找到异兽后要么拿两块异兽肉打发他，要么就企图拿他当吸引异兽的诱饵，要不是他个子小巧容易逃窜，恐怕早没命了。

十三人小队还是头一个给了双倍尾款的队伍。

也正因如此，他把这件事告诉了其他未成年妖修。这些流浪的小猫小狗生活在妖都的角落里，对于各个消息最是灵通，不多时便将异兽的行踪卖给了十三人小队。

俞幼悠一群人也很讲信用，每次出门杀完异兽回来后，都会捎上那只提供消息的毛茸茸进饭堂去痛快地吃一顿。

在外面又奔波了六七天的众修眼睛都饿花了，冲进饭堂后就分散着奔往心仪的菜肴前。

若俞幼悠没看错的话，就连素来最是温柔端庄的张浣月都悄悄地掐了个口诀，用灵力加速冲了出去。

苏意致不挑，他就着最近的位置拿了盘食物，一边啃着烤排骨一边嘟囔："可惜这次没遇到像白宁道友那般热心的好妖修，饭钱还得咱们自己给。"

刚端了油酥三脆的启南风从不远处走来，闻言笑道："我们饿七天才吃一百五十点，算下来一人每天也就一两点，其实也不贵。"

俞幼悠埋头吃着铁板鱿鱼，不过一口咬下去，一股铁锈味儿在口中蔓延开来，与此同时，一滴血也滴落到雪白的盘子边缘。

她放下盘子，抬起头很冷静地问两个好友："有帕子吗？"

苏意致和启南风吓了一跳，两人马上反应过来，前者飞快地翻手帕给她擦鼻子和嘴角溢出的鲜血，后者则扶住了她："你又犯病了吗？！"

"嗯。"俞幼悠挺遗憾地看着还没吃完的铁板鱿鱼，补充道，"不用急，我

吃饭前就觉得有点儿疼，所以提前吃了粒止痛药。”

不过止痛药并不能阻止她的灵脉和血肉破碎，所以她又不紧不慢地摸了半粒天元丹出来吞服。

血脉反噬这玩意儿吧……虽然一次比一次猛，但是架不住俞幼悠的适应能力变态，现在她已经能够在两种血脉开战的瞬间就吃下药并淡然面对了。

“这两天我不太方便跟你们出去杀异兽，你们俩跟他们去吧？”

启南风的态度却很坚决，他完全没有要商量的意思，斩钉截铁道：“不行，我们得守着你。”

苏意致指了指不远处的队友：“没事的，刚才我听他们好多人都说想休息两天，顺便逛逛妖都，看能不能淘到宝贝，你安心养病就是了。”

启南风点点头，紧抓着俞幼悠的胳膊，也不知道是怕她突然跑了还是突然倒了。他沉声问：“你是不是怕又控制不住身体被他们发现？”他还记得苏意致先前说的俞幼悠曾经露出过大尾巴的事。

“倒也不是。”俞幼悠摸了摸自己的腰，声音压低了些，“我打算把尾巴放出来，溜去药师殿看看。”

先前血脉反噬的时候，俞幼悠体内的妖族血脉头一次彻底压过人族血脉，不受控制地露出了一条巨大的漂亮银色尾巴，且毛发丰满没有斑秃——后面的话是苏意致说的，俞幼悠当时太过虚弱，压根儿没注意到这么多的细节。

当时俞幼悠曾试着把自己的妖族血脉给压下去，并且成功地把它变回秃尾巴藏回了腰上。这次她想反其道而行之，压制人族血脉，让妖族血脉占上风，遮盖住身上的人族味道。有很多妖族的嗅觉都很灵敏，万一被嗅到身上有人味儿，那就有暴露的风险了。

趁着其他人都在干饭，三人组匆匆吃饱后先回了二楼。

她先把盘在腰上的尾巴解下来，看了一眼就不忍心看第二眼了，因为长时间盘腰上压着，这根尾巴的毛完全不蓬松了。

启南风和苏意致帮不上忙，两人只能紧张兮兮地盯着她的尾巴瞧。

苏意致还惦记着那条漂亮的银色大尾巴，小声地给它鼓劲儿：“长毛！快长毛！”

事实证明，从龙傲天那儿继承来的人族血脉还真的不太容易被压制，俞幼悠费尽全力，也只能让妖族血脉勉强压过它一点儿。

启南风盯着她的尾巴看，嘀咕道："毛好像是长漂亮很多，也变大了不少，但是……"

他指着某个地方，毫不留情地打击俞幼悠："你的尾巴尖是秃的啊！"

俞幼悠把自己的尾巴抓到手里瞅了瞅，约莫变大了一圈，瞧着跟红琅后面的狼尾有些像。不过红琅的尾巴是纯灰色的，而俞幼悠的毛尖细看之下其实泛着如月光般的银色，毛根则是干净的白色，还有就是——红琅的尾巴尖有点儿红毛，而她的尾巴尖正如启南风所言，是秃的。

苏意致已经无情地笑出声了，启南风倒是拍了拍俞幼悠的肩膀安慰她："不过还是挺好看的，我都想摸一下了。"

他俩跃跃欲试，想上手去摸，然而被俞幼悠无情地拒绝了："不给摸，摸踏雪去！"

"不过就这样去药师殿会被认出来的吧？"苏意致指了指俞幼悠的脸，陷入了沉思，"我们得给你装扮一下才行。"

俞幼悠本来想说把黑市的面具戴着将就一下算了，结果苏意致已经打开了传讯符，开始借用张浣月放在屋里的胭脂了，虽然没说要用来做什么，后者欣然同意。

"你等着啊，我保证让你成为全新的自己！"苏意致手里拿着鲜红的口脂盒，信誓旦旦地说。

俞幼悠心中一动。她上辈子可是看过不少小说的资深读者，照小说里的惯例，现在就来到了女主变身环节，原本相貌平平的女主在好友奇迹般的化妆技术下艳惊四座……

虽然俞幼悠长得不错，但受限于年龄太小，所以别人一眼看去想到的形容词都是"柔弱可爱"，而非只有女主角才会拥有的"绝美"一词！

谁不希望艳惊四座呢？她满怀期待地闭了眼，等着苏意致给自己惊喜。

苏意致没有辜负她的期望，一番手忙脚乱的全脸操作后，从启南风的芥子囊里翻出面铜镜递给俞幼悠，声音中透露出无比自豪！

"你看看这是不是全新的你？我敢保证，等会儿走出去，没有一个人能认出你！"

俞幼悠睁眼，在看清镜子里的人影后，陷入了长久的沉默。

是啊，没人能认出她了，因为她的五官都看不清了，整张脸只剩下鲜亮的红色，还泛着口脂特有的油光！

“苏老二，你居然用口脂把我的脸全涂红了！”

苏意致梗着脖子争辩：“对啊，这样才不会有人认出你是谁！”

边上默默围观的启南风强憋着笑，轻咳一声躲避这个战场：“我先出去一下，给张师姐重新买两盒口脂……”顺便多买两盒给俞幼悠涂脸备用，当然，后面这句他聪明地没说出来。

最后，俞幼悠还是忍着没有把脸洗干净，而是顶着这样一张大红脸，又随便换了件妖族的衣服，就往药师殿走去。

红就红吧，反正妖族每个部落都有不同的习俗，她要硬说这是自己部落的传统，也没有妖族敢把她的脸洗干净，毕竟“尊重各族传统”是妖族默认的惯例。

俞幼悠面无表情地走到了药师殿门口，这次妖兵们果然没有再拦着她了，在听闻她想成为药师殿的正式药师后，甚至有专人前来为她指引。

这是个狐族的漂亮女妖侍，她身后的白色尾巴轻摇，俞幼悠悄悄看了一眼，再回望一眼自己的大尾巴：嗯，不错，这次没有被比下去。

药师殿的装饰果然要比黑石塔中其他地方奢华，进门后便是一个巨大的正厅，有上百道通往不同房间的石门，门上烙印着不同的名字。

俞幼悠瞥了一眼，在最末尾的一扇石门上看到了“红鲤部落，鲤于敬”一行字。

正厅外有许多人在等候着前去寻医，不过女狐妖带着俞幼悠径直往前走向另一个略小的偏厅。这里面亦是坐了很多人，不过他们身上没有伤，看样子也是来参加药师考核的，而且看他们的装扮，几乎全都是大中型部落的妖修。

这些妖修身边亦站了不同的妖侍，时不时便有人走进其中一间石室。

白狐女妖带着完美的微笑，止步，优雅转身，望向俞幼悠。

“这位大人，药师殿的考核很简单，您只需要在半个时辰内成功救治一位被异兽所伤的妖修就可以了。”

她唇边噙着笑，指了指其中一间石室，温声道："伤者已经在里面等着您了，请进。"

俞幼悠进到石室中，才发现里面果然坐了个被异兽咬伤的妖修。他身上佩戴的是白色的晶石，代表这人的等级很低。

事实也是如此，药师殿每次考核都是在这些负伤的低级妖修中寻找自愿的试验者，不需要支付功勋值，但是也不能确保成功。虽然药师考核的成功率很低，依然有许多付不起钱的负伤妖修抢着来这里寻找最后一丝生的希望。

眼见俞幼悠走进来，这个妖修飞快地低下头，把手中的一只筑基期异兽尸体恭敬地递交上去："药师大人，这个是我带来的异兽尸体。"

俞幼悠打量了一眼，才发现石室分为内外两间，外面是病患等待处，里面才是她该待的地方。

她走进去探着头瞧了瞧，发现这里面跟丹鼎宗的炼丹房全然不同。这里的每间石室看样子只供给一个药师使用，里面的所有用具，包括炼药锅都只有一个，药材也只有最基础的止血止痛类的，还仅有一人份。见惯了丹鼎宗在培养弟子方面的大方，再看看妖族的药师殿，怎么瞧都很寒酸。

不过俞幼悠很快便想明白了，妖族各个部落"严防死守"，不愿将自己的各种技能传授给其他部落，所以中小部落的药师恐怕就跟四境的散修一样，都是东拼西凑学点儿东西，完整的药师传承恐怕只有最大的几个部落才有。

不过看药师殿这个考核的低难度，俞幼悠怀疑那几个大部落根本不会派人来，妖族抠抠搜搜，肯定会担心自己的技术被别的药师偷学了。

俞幼悠随手将异兽血液炼制完毕，顺便存留了一小瓶丢入芥子囊中，以备后患。

这次她很谨慎，没有就这样拿着一滴血出去给那个受伤的妖修疗伤。那晚猪妖曾经说过，妖族的药师都要熬点儿奇奇怪怪的汤药的……所谓入乡随俗，俞幼悠眼睛一转，视线落到了那口炼药锅上。

她按照猪妖所说的，把异兽肉和骨髓都丢了下去熬着，经过高温的烹煮，一股令人窒息的恶臭味儿顿时传出来，俞幼悠差点儿被熏死过去。

拿着这种东西喂病患吃简直是在作孽！俞幼悠心有不忍，她觉得自己该补偿一下这位可怜的病患。她从药架上把那些药材扒拉下来，又在自己的芥

子囊里选了两株一品的药材丢进锅里，配成了一剂有利于伤势恢复的药汤煮好，最后才把那滴炼化过的异兽血放进药汤里。

眼见她出来，那个已经奄奄一息的妖修眼睛里迸发出生的希望，背后血淋淋的灰色翅膀也奋力扑棱了一下。

俞幼悠把冒着诡异绿泡的药汤递过去，怕他没喝到那滴血，所以叮嘱道："要全部喝完才有用哦。"

灰翅膀重重地点了点头，如获珍宝似的端着碗，大口大口地把药汤一饮而尽，好像那不是什么恶心的异兽肉汤，而是世间难得的美味。

等灰翅膀喝完以后，俞幼悠凑上前检查了一下他的翅膀，她先前一直在担心炼化后的血液会被这锅肉汤污染，这会儿确定伤口上面的黑气开始消散后，便放心下来。

"你已经好了，走吧，该出去了。"她淡淡地说完这句话，便转身走向封闭的石门。

石门打开的瞬间，恰好隔壁的石门也开启了。

那似乎是某个大部落的药师，他嗅到俞幼悠这间石室里残存的恶心味道，在看到灰翅膀还紧紧握在手中的药碗后，眉头微不可察地皱了皱，脸上是明晃晃的嫌恶。

"又是一个从小部落出来的低劣药师。"

俞幼悠：原来煮异兽肉汤是小部落的庸医才会干的事吗？还以为这是妖族的传统呢。

好在药师殿没规定不准煮肉汤，那个白狐女妖侍确认了灰翅膀的伤势在好转后，对着俞幼悠恭敬地一躬身。

"恭喜这位大人，您现在是药师殿的正式药师了。请随我来，我将为您安排单独的药师室。"

俞幼悠跟着白狐女妖侍一路走回正厅，最后在一扇空白的门前站定。她偏过头望了一眼，这不就巧了吗？隔壁就是那位鲤于敬啊。

才刚偷看过去，隔壁的石室就打开了，鲤于敬从里面走出来，恰好同俞幼悠的视线对上。

他瞧了瞧俞幼悠，似乎有点儿惊讶："又来新药师了？"

白狐女妖恭敬回答："是的，这位是……"

她用询问的眼神看向俞幼悠，考核通过了是要在石门和身份牌上刻录部落和名字的，这位神秘的红脸医修还没有说过自己的名字呢。

俞幼悠脑子有片刻的空白，之后开始疯狂地转起来。

失策，来之前忘记给自己想一个威武霸气的马甲了！先前桐花郡黑市那个秃大师太难听了，肯定不能要了，那这次叫什么好呢？屠龙勇士？漆黑之翼？齐天大圣？

俞幼悠的脑子迷失在诸多威名赫赫的马甲中了。

而此刻，白狐女妖和鲤于敬面上的狐疑之色越来越明显，他们肯定已经起疑心了，这个人怎么连自己的名字都不敢说出来？这种一看就像是卧底啊！

在快被识破的极端危险时刻，俞幼悠的嘴巴先脑子一步做出了应对——

“叫我秃大师就好了。”

俞幼悠这辈子第一次想狠狠扇自己一个大嘴巴，叫什么不好，毛大师也比秃大师好听啊！

果然，在脑子运转过快的时候，身体百分百会下意识地选择第一个出现的答案。

然而白狐女妖已经露出恍然的笑容：“原来是秃大师啊，不知道您是哪个部落呢？”

名字都叫秃大师了，哪个部落还重要吗？俞幼悠很想说自己是秃鱼部落的，但是看了看自己的尾巴，还是麻木地开了口：“秃狼部落的。”

她不信真的有这个部落，瞎编就要编个没有的，免得被这个部落的人拆穿了。

妖族细分下来有数万个部落，没有谁能记得所有的部落，再加上俞幼悠的尾巴的确很符合“秃狼”这个名字，所以白狐女妖不觉有异。

她飞快地在石门和身份牌上都刻录上一行字——“秃狼部落，秃大师。”

俞幼悠接过身份牌，此刻她的内心已经停止波动了，她只想飞快地回去擦干净自己脸上懊悔的眼泪。

临走前，隔壁的鲤于敬带着亲和的微笑拍拍她的肩膀，感慨道：“这么年轻就能通过药师考核，还是从一个不知名小部落出来的。我们妖族的年轻人果然未来可期，比那些只会骗人的人族好上千万倍啊！”

因为红鲤部落也只是个小部落，所以他甚至热心地说道：“要是有什么地方不懂的，以后小秃你尽管找我便是，我一定知无不言。”

已经热情到叫“小秃”了吗？人族的我你爱搭不理，妖族的我你和蔼可亲，不愧是严重的物种歧视患者。俞幼悠感觉肩膀沉重极了。

她觉得自己需要缓缓，所以偷偷地溜到无人的茅房，把妖族血脉压回去，再藏好尾巴后，飞快地回到了小伙伴温暖的怀抱中。

回去以后，俞幼悠非但没有得到安慰，反而再次遭受重创。

自她进门后，狂浪生一直在悄悄盯着她看。俞幼悠以为是自己脸上的口脂没洗干净，摸了摸脸，纳闷道：“我脸脏了吗？”

盾修欲言又止，俞幼悠追问：“有哪儿不对劲，你直接说就是了。”

狂浪生轻咳一声，竭力让自己的说法委婉些：“俞师妹，你是不是在饭堂吃太多了？你的腰…… 咯咯，看起来好像粗了不少啊。”

尾巴没能变回纯秃状态所以把腰撑粗的俞幼悠：“……”

狂浪生看到俞幼悠脸上的绝望，马上指着踏雪安慰她：“没事没事，你看大猫的腰才是真的粗！”

踏雪毫不客气地照着狂浪生的手指咬下去，俞幼悠见到这一幕，心里终于舒服了。

她不知道的是，那个被她医治的翼族此刻正扑棱着已经痊愈大半的灰翅膀，激动地在黑石塔外向同伴宣扬着秃大师的药汤是多么神奇……

第二十六章

剑道天赋

俞幼悠盘腿坐在石室的阳台上，任由狂浪生被踏雪咬得嗷嗷叫。

狂浪生还当她是被说腰粗后生气了，心中立马咯噔一下，开始为自己以后的各种丹药来源担忧。

苏意致幸灾乐祸道：“看吧，让你嘴贱，以后她再也不会拿水果味儿的辟谷丹给你吃了。”

启南风倒是替俞幼悠解释道：“她不是这种小心眼，就算不给辟谷丹也肯定是因为抠，不可能是因为被说腰粗。”

俞幼悠：你这样的解释还不如别开口呢。

追悔莫及的狂浪生凑上去同俞幼悠说话，扯了扯她的袖子低声下气地哄道：“俞师妹，你别生我气了，大不了你少吃两顿，肯定马上就细回来了。”

俞幼悠：“……我没有生气，我只是想静静。”她这会儿是天元丹的药效越来越上头，浑身燥热难耐，所以才来阳台边上吹冷风。

上一次她直接啃了一株四品幽蓝花，结果暴走了好几天。原本以为经过炼制的天元丹药性会温和很多，再加上她又谨慎地只吃了半粒，怎么着也不该控制不住。事实证明，四品跟五品之间的鸿沟不是药量减半就能填补的，当血脉反噬的势头稍微一弱，就换成天元丹的药力跟疯狗似的在她体内乱窜。

俞幼悠又一次坐不住了，她现在迫切需要奔出去战斗，挥发自己多余的精力。

狂浪生被她红得仿佛在冒烟的脸吓了一跳：“好家伙，你这是中暑了？”

俞幼悠站起来灌了一杯凉茶，竭力让自己冷静下来，语气却有说不出的亢奋：“他们什么时候回来？”

十三人小队给自己放了一天假，俞幼悠跑去药师殿参加考核，其他人则各自在妖都闲逛。

至于狂浪生嘛，他选择跟踏雪一起在房中补觉。刚才俞幼悠回来的时候，一人一虎的鼾声此起彼伏，响得可怕。

启南风朝外面望了一眼，踏雪也跟着探脑袋，然后又齐齐地缩回脑袋："巧了，他们都回来了。"

归来的这群人脸上并没有逛完街的快乐，他们懒懒地坐在椅子上，很是郁闷的样子。

御雅逸先叹口气道："我原以为黑石塔收费贵，原来外面那些街上收费才更贵。"

"嗯？不是说有些店是妖都本地妖开的吗？按照道理应该更便宜些才对吧？"俞幼悠拿湿毛巾覆在脸上，懒懒地偏了脑袋过去问。

俞长安听完以后摇摇头，轻声解释道："对妖族来说兴许是这样，但他们一见我们是人族，就都漫天要价了。"

"所以我们什么都没买，外面连一杯水都要卖两功勋值，还不如回黑石塔来呢，至少在这儿喝水是免费的。"御雅逸很持家地这样说了句，惹来了抠搜的东境修士们的齐齐侧目。

他们大感惊奇："御雅逸，你怎么这么抠门了？"

"这还是那个阔绰的主动出价五件高级法宝换雷爆刺球的御少宗主吗？"

御雅逸握着杯子的手一紧，他痛心疾首道："还当我是兄弟，就别说那四个字了！"

作为一个大善人，俞幼悠还是没把当初自己只准备换三件高级法宝的事说出来，她怕现在一开口，等会儿御雅逸就要带着踏雪离家出走了。

她把变得发烫的毛巾重新泡回水盆里，回头看了眼众人："既然都没心思逛街了，那我们连夜出去杀异兽吧？"

战斗狂们没有异议，不过他们的注意力都被俞幼悠的脸吸引了。

"你的脸怎么这么红？"

俞幼悠如实回答："因为热血上头，迫切需要战斗一场了。"

结果其他人："噫——"

这次还是由熟知妖都周边情况的黑足猫带路。

黑足猫这会儿又化作了人形，迈着轻巧的步伐跳跃在地形复杂的地方，尾巴轻轻摇曳着保持平衡，身手矫健得不像是个未满十岁的小孩。甚至连路过一个比他身位宽五倍的水坑时，这小孩居然也轻灵地纵跃而过，众人看得羡慕不已，要知道他现在可不是猫形啊！

俞幼悠盯着他的动作略微发怔，过了会儿突然问："小黑爪，你有特意练过？"

黑足猫的小耳朵动了动，他轻快地回答："不用练啊，我们妖族都拥有各种与生俱来的天赋，像我们猫族的跳跃能力很好，翼族生来会飞，而且我们的妖力……嗯，你们那边是叫灵力吧？我们的妖力从出生起就会自行吸收入体内淬炼身躯，所以别看我很小，其实我很强壮的！"

说着，他便小跑到苏意致身边，轻而易举就把后者打横抱起，仰着圆脑袋笑嘻嘻地等着大家的夸奖。

苏意致摆着张死人脸："……你这样显得我很弱鸡，我劝你放手，不然过几天回去不带你吃饭了。"

妖族的天赋引得众人很是羡慕，不过也羡慕不来，等到异兽出现的时候，还是只能老老实实地列阵打异兽。

最开始依然是盾修们列阵防御，剑修负责出剑斩杀。不过这群异兽当中没有强大的金丹期存在，所以就连盾修们也都手持盾牌以盾击打着异兽。

黑足猫在边上看了看，瞅见不远处的踏雪无比帅气地一甩尾再踏爪弄死好几只异兽后，他也身躯微向前伸，之后学着踏雪的样子猛蹿向一只炼气期的异兔。

作为天生的猎手，黑足猫这一击成功扑倒异兔。与此同时，他那看上去小巧的手也化作毛茸茸的猫爪，利爪一伸精准地洞穿了异兔的咽喉。

可惜黑足猫还没来得及替自己高兴，边上另一只筑基期的异兽注意到了这边的动向，恶狠狠地朝他飞扑而来。

就在这千钧一发之际，离小家伙最近的俞幼悠好似早有预感般地转头看过来，先是砸出双生炉罩住黑足猫，之后伸手狠狠地抓住了异兽的尾巴，制住它的扑杀动作。

就这一瞬间，俞幼悠好似福至心灵，整个人沉寂至一种玄妙的境界。

她眼中的世界变成了黑白，就着那淡淡的月光，捕捉到了夜色中的每一丝细节，甚至连对面那只筑基期异兽身上飘落的毛发都没有放过。更奇妙的是，那只敏捷凶悍的异兽扑上来的动作，在她的眼中好像也变慢了许多。

俞幼悠飞快展开灵力，在这黑白世界中，金红交织的灵力幻化成丝线，最后交错在异兽的后颈处——找到了，它的弱点！

俞幼悠的手上多出了两把短剑，她反手持握双子剑，迎着异兽来的方向飞跃而上，在与之交错的瞬间，用最粗暴且野蛮的方式直接将两把剑同插在了异兽后颈，再狠狠地往下一按。

“砰！”异兽倒地震起一蓬灰尘，也让目睹这一切的众人吓了一大跳。

一般情况下，同等级的修士是打不过不知疼痛只知道厮杀的异兽的，剑修和盾修们毕竟是整个东境寥寥无几的精英，自然不是一般情况。

但是……俞幼悠是个本该柔弱无力的丹修啊！怎么一个没注意，俞幼悠居然把筑基期的异兽都给干翻了？而且，这只可不像先前那只异狼似的陷入濒死状态！

提着丹炉从远处跑过来的启南风剧烈地喘着气，不过他没顾上歇口气，匆匆地打量了俞幼悠一眼后，果断地把她拉到了自己身后。

其他人已经加快速度把那些异兽解决了，俞长安御剑飞身而来，眼含担忧地看向启南风身后：“俞师妹怎么样了？”

启南风言简意赅：“你们不用过来，她的脖子扭了，我给她揉揉就好。”

腿短些的苏意致也迟了片刻奔来，他以为俞幼悠的尾巴又露出来了，心里忐忑得要命，等凑近看后才松了口气：“还好还好。”没突然露出大尾巴就行。

“不太好。”启南风打断他的话，然后飞快地从芥子囊中掏出块帕子，打湿后盖在俞幼悠的脸上。

后者这会儿缓缓地回过神来，有点儿蒙：“唔，你们在干吗？”

启南风个子高，几乎把俞幼悠的脸挡完了。他一边装作给俞幼悠揉脖子，一边把声音压得极低解释：“刚才我过来的时候，你的眼睛在冒蓝光。”

启南风回想着那一幕都略有心悸，俞幼悠平时跟幼兽似的黑眼睛倏然间变成冰冷的幽蓝色，当她不带半丝感情地望过来时，真是像极了一只侵略性极强的野兽。

同样蹲在一边的苏意致也吓了一跳，好家伙，你们妖族的眼睛还会发光的吗？

俞幼悠："……"

冷帕子让她的脑子清醒了一点儿，她悄悄地扒拉了帕子一角，露出半只眼睛："现在呢？"

启南风认真地瞅了一眼，又跟苏意致一道上手扒拉开俞幼悠的眼皮看得仔细，最后终于长出一口气："好了，变正常了。"

俞幼悠翻身而起，刚才那一波爆发后，她多余的精力也消耗一空，现在又恢复成了懒懒散散的样子，一阵接一阵的空虚感浮上来。

她慢吞吞地把丹炉收回来，将再次被吓昏露出原形的黑足猫拎到怀里揉了揉，然后就准备找个角落躺平。万万没想到，她正想摸鱼的时候，剑修们都围了上来。

他们啧啧称奇——

"俞师妹刚才那一下爆发很有我辈剑修的风范啊。"

"这么好的苗子不学剑真是太可惜了。"

"先前你不是说过想学剑吗？要不现在就开始学吧，不要浪费了你的剑。"

俞幼悠低头看了看自己插在腰侧的两柄小剑，虽然身体很疲惫，精神却突然好起来了。

她点点头："那就麻烦诸位师兄师姐了，不过不知道谁愿意教我两手呢？"

这里的剑修全是云华剑派各个峰头的顶尖精英，教她一个新手是绰绰有余了。虽然不能传授绝密的镇宗剑术，但是其他的……私下传给她防身，想来长老们也不可能真的追究吧？

俞长安心中一动，他先前曾说过拜托父亲传授俞幼悠剑法，然而最后无疾而终。少年紧握着手心里的惊雷剑，下意识地朝前面走了两步，想主动揽下这桩事情。

然而俞幼悠的眼睛轻飘飘地掠过了他，最后眼巴巴地望向了张浣月："张师姐，你跟我都是火系灵脉，要不你教教我？"

俞长安的脚步顿住了，他张了张嘴，最后还是把想说的话都憋了回去。

其实这次俞幼悠还真没故意扫他面子的意思，她从头到尾就一直盯着张浣月，只因为张师姐最温柔耐心，想来教起剑法来也不会太严厉。

张浣月欣然应下。自姜渊走后，她就是这群人中修为最高者了，距离金丹期也不过只差一场顿悟。作为云华剑派上下默认的下一任紫云峰峰主，她可能比现在的俞长安还强上一筹。

上半夜众修杀得累死累活，这会儿都躺在荒草堆上休息，等灵力恢复。

张浣月趁着这空隙，单独把俞幼悠领到了一旁给她传授剑术。

她果然很温柔也很耐心，先是声音轻柔地夸了俞幼悠一句："方才我看你的动作甚是轻矫干脆，而且直击异兽的软肋，那一招很漂亮。"

俞幼悠被夸得有点儿不好意思，依然觍着脸笑纳了："还成，基本操作而已。"

可惜张浣月并没有接下去夸她的意思，而是话锋一转："不过光这样是不够的，你不仅要确保自己能找到对手的致命处，还得想办法一击毙命。"

她说的是对手而不是异兽，俞幼悠几乎瞬间明白了张浣月的意思。普通异兽全靠本能行事，不知道保护自己的致命处，但是换成修士后，情况就不一样了。

张浣月又道："至于各种剑术你也无须学，其实我们云华剑派的弟子平日里反复练习的都是基础剑术，因为剑修的剑法归根到底，其实就是由抽、带、提、格、击、刺等基础十三式组成的。"

她起身，执剑帅气利落地给俞幼悠演示了一遍，之后翩然立在俞幼悠跟前温声问："记住了吗？"

到这里为止，张浣月都还是轻言细语、温柔可亲的，然而俞幼悠嘴贱，她老实地摇摇头："没记住。"

于是，她就看到张浣月的笑容不减，说出来的话却吓死个人——

"没事，你被我这十三式打几顿就会记住了。"

俞幼悠震惊："什么？"

然而她没有逃命的机会了，那边的张浣月已经把剑插在了地上，转而抓住了剑鞘，冲着俞幼悠毫不留情地抽了下来。

远远看着的启南风和苏意致忧心不已："虽然看不太清，但是我怎么听见小鱼在叫救命？"

“正常的。”剑修们见怪不怪，他们用手当枕头躺平在草地上宽抚丹修道，“这就是我们云华剑派的传统，入门第一天师父就告诉我们：记不住剑招怎么办？挨上两天打就能记住了。”

“剑修之路全都是从挨打开始的。”

“不用担心，张师姐最是温柔，肯定只是吓吓俞师妹，不会真动手的。”

就连俞长安亦是点点头：“没错，我也曾被父亲这样打过。”

启南风叹气：“还好我家选择给丹鼎宗捐钱走后门，没给云华剑派捐钱，不然我也要跟着挨打了。”

被张浣月的剑招追得嗷嗷叫的俞幼悠只想哭泣，天元丹的药劲儿过去了，她已经没有刚才那样可怕的爆发力和洞察力了。

这会儿张浣月拿着剑鞘把她追得满草原跑，时不时她身上还要被剑鞘戳两下，同时身后响起张师姐细心的提醒：“俞师妹，这招为刺，刚才是平刺，还有一记侧刺我为你演示下。”

下一刻，俞幼悠背上又被剑鞘戳了一下。

张浣月柔和地再问一句：“记住了吗？”

俞幼悠把头点得飞快：“记住了记住了！”

“那就好。”张浣月收了剑鞘，不再追着俞幼悠撵了，她看着像条咸鱼一样瘫软在地的俞幼悠，将自己的剑鞘递给她，认真道，“接下来换你用基础十三式攻击我，若是有一招遗漏或出错，那我便再为你演示一遍。”

演示一遍约等于打你一遍。

俞幼悠飞快地翻身而起，握住了剑鞘跃跃欲试：“那我就献丑了！”

她手握着剑鞘，脑子转得飞快，按照先前挨打的记忆朝着张浣月回击。

“抽”式，分上抽和下抽。

“提”式，分前提和后提。

…………

围成一圈看热闹的众剑修不吝夸奖：“不错不错，俞师妹记性挺好，挨过一次打就把剑招都记住了。”

“那是肯定的，她好歹是背完了整个藏书阁的变态。”苏意致一脸与有荣焉。

启南风看得很专注，猜想道：“接下来小鱼只需要重复演练这几招就好了

吧？”

俞幼悠擦了擦额上的汗水，亦是眼巴巴地望着张浣月。

然而听到这句话的张浣月微微笑着摇摇头，温声道：“不够，她需要用实战让身体也记住这些招式，并能够熟练地将之组合。”

俞幼悠浮出了不好的猜测：“张师姐，你的意思是……”

张浣月笑容不变：“嗯，我们现在就去找异兽，你试着不用灵力，仅用剑招把它斩杀。”

俞幼悠脑子有片刻的空白，下一刻，她默默地把双生炉和双子剑都摸出来了，望向启南风和苏意致。

她无比诚恳地邀请：“我觉得身在妖族学习点儿防身技巧是必需的，所以你们也来学学剑术吧。我的剑可以借给你们用，一人一把正好。”

跟花里胡哨的剑招比起来，俞幼悠还是更习惯丹鼎宗祖传的砸炉大法，虽然这一招略微有点儿伤炉，上一个高级丹炉已经被砸得坑坑洼洼不能用了。

启南风和苏意致对望一眼，然后毫不犹豫地上前拿走了俞幼悠的……双生炉。

平日里恨不得把“我是天才”刻在脑门儿上的苏意致突然变得格外谦逊：“我们不一样，我只是没有练剑天赋的柔弱丹修。”

启南风则摸出一本厚厚的册子理直气壮：“我花了五功勋值兑换了一本《药材大全》，我得好好整理下，看哪些药材是妖族特有的。”

俞幼悠只能孤身接受张浣月的温柔教导。

稀树草原上的炼气期异兽和筑基期异兽有很多，张浣月御剑出去飞了一圈，回来时一手活捉了一只异兽，其他几个剑修有样学样都跑去捉异兽给俞幼悠当陪练了。

张浣月提醒俞幼悠：“不能用灵力，一旦有危险我们会出手救你，不过那也代表着你的试练失败了，得重新再来。”

边上的剑修们御剑在她头顶围成了一圈，纷纷道：“俞师妹，我们都给你保驾护航，你尽管出手便是！”

重新再来？那不行，她想要马上打败异兽躺平！

俞幼悠打足了精神。她一手握着一把短剑，背脊微微弓下，像是一只蓄

力的野兽般死死盯着张浣月的手。在后者松手的一刹那，她爆射而出，直直奔向异兽。

然而没有灵力加持，刚才那个玄妙的状态也消失后，俞幼悠的速度远不如先前那样快了，异兽似一阵风般飞蹿向她的面门。

俞幼悠灵巧地就地一滚，右手中的剑劈向了异兽，可惜后者的动作很是迅捷，以不可思议的速度闪避开了。

异兽与她几乎面对着面，张着大嘴嘶吼了一声。

"噫，你有口臭！"俞幼悠很是嫌弃，学着张浣月的样子在它脑袋上一划，异兽的动作一顿，似乎被激起了愤怒，竟然以更可怕的力度朝着俞幼悠袭击而来。

"不好！"张浣月一直紧盯着底下的动静，在异兽爆发的瞬间，她提剑准备护住俞幼悠。

然而俞幼悠的速度比异兽更快一步，她狠蹬了异兽一脚，往后纵跃拉开距离，之后抬起手，以某个令人眼熟的姿势将手中的短剑飞掷出去——

说是飞掷其实不恰当，若是把剑换成丹炉，大家都会称其为"砸"。

短剑精准地命中了异兽的脑门儿，结果了它的性命。

众剑修："……她刚刚是又砸了对吧？"

"是的，看这样子毛病是改不掉了。"

张浣月脸上的笑容凝住，她叹口气，之后严肃地看向俞幼悠："再来一次，这次不能把自己的武器砸出去了。"

俞幼悠愣了愣，然后挠了挠头还是应下了："成。"

又一只异兽被放了出来。

这次俞幼悠果然没有再用飞剑砸异兽了，从头到尾都是用的标准剑招对付异兽，虽然看着乱糟糟的，却很奏效。

众剑修如释重负地点点头，没乱来就行。

战斗的场面很激烈，当异兽照着俞幼悠的脑袋狠狠地咬下时，后者飞快地用剑精准地插在异兽的嘴里防止它闭合，同时躬身灵巧地往前一扑，双手抱住了异兽的尾巴。

不知道为什么，看到这一幕的剑修们心中浮出了不好的念头。

果不其然，下一刻，俞幼悠便抱着异兽的尾巴，面目狰狞地将之抡圆，

之后狠狠地朝着地面砸了下去！

正揣着双爪趴在草地里眯眼假寐的踏雪被吓得一声吼，以不符合身材的敏捷猛地飞蹿起来，惊疑不定地盯着突然被砸到自己眼前的异兽。然后，它果断出爪，把奄奄一息的异兽踩死了。

功成身退的俞幼悠如释重负，她胡乱地擦了擦手上的血水，仰起头看向逐渐失去笑容的张浣月。

她倒是笑得很灿烂："张师姐，我这次没把武器砸出去了！"

众人：是啊，你直接把异兽砸出去了。

张浣月僵硬地点了点头，声音有点儿飘忽："嗯，挺好的。"

曾为宗门数百位师弟师妹传授指点剑法的紫云峰大师姐，现在已经笑不出来了。她隐约中心神有点儿恍惚，开始怀疑起自己当时是不是看花眼了，竟然会觉得俞幼悠是个绝佳的剑修苗子。

她艰难地把视线从俞幼悠身上移开，最后落到了正在嗑瓜子的启南风和苏意致身上："妖族非我族地界，一旦出事我们只能靠自己，即便你们只是丹修，也必须要有一定的防身本领才行。"

看热闹不嫌事大的两兄弟煞有介事地点头，对俞幼悠道："张师姐说得对，是得学点儿防身本事，不然哪天在妖都逛街时被人打死都没法儿反抗。"

张浣月听了很是欣慰，她点点头继续道："你们有这样的觉悟很好，既然俞师妹已经有在险境中自保的能力了……"

两人组的瓜子突然嗑不下去了，他们的后背有点儿发凉。

反而是俞幼悠笑得淡然，慢悠悠地坐在他俩对面，也摸把瓜子出来嗑。

张浣月的目光变得火热而坚定，温柔的笑容也重新浮回脸上："来，启师弟、苏师弟，现在该轮到你们两个了。"

事实证明，丹鼎宗的丹修们能够拎着丹炉砸砸异兽都算是医修界的壮士了。

尽管身后有五位剑修天才拿着剑鞘鼓励鞭策，但是被张浣月寄予厚望的启南风和苏意致毫无剑道天赋。

张浣月想不明白，苏意致倒也算了，这弟弟一看就是十足的弱鸡，启南风好歹长得长身玉立的，怎么也没救了？

他们倒是能把那十三式剑招的名字和重点背得滚瓜烂熟，真上手后，二

人全方位地向众人展示了何谓纸上谈兵。

苏意致躲在启南风身后，面色惊恐："我不行，我不可！"

事不关己的盾修们笑出了声，拍拍两个丹修的肩膀："要不我们教你们怎么用丹炉当盾使吧,这才是真正的防御手段啊！"

两人组不想，但是那边剑修们又要挥剑打过来了，于是只好忙不迭地点头："好，我们改学盾！"

狂浪生哈哈一笑："很好很好，你们很有觉悟！"

剑修们彻底放弃了这两人，开始集中火力对付起了俞幼悠。

两方人马分别拎着三个丹修训练，御雅逸看得心惊肉跳，庆幸自己为了训练踏雪从小就跟着它满山跑，所以一拳一只小异兽不是问题，用不着被训练。

为了能把这三人训练出来，他们甚至在接下来的三个月里都没再回妖都，而是铆足了劲儿追在异兽后面跑。

启南风和苏意致很淡定地蹲在后方给伤员包扎，每有异兽冲上来，便眼睛也不眨地拿着丹炉一挡，动作日趋熟练。

在学习保命技术上，这两人可比学习杀人技术来得有天赋多了。只可惜了那两个丹炉，虽说不影响使用，但是时日一久，炉身上面也跟俞幼悠先前那个丹炉一样坑坑洼洼，丑得令人发指。

至于俞幼悠，她已经被迫化身为战斗医修，此刻正手拿着双子剑游走在战场中同异兽厮杀。

眼看着有一只异兽扑上来，她眼睛微眯，左手握着的剑倏然收起，转而变成了一个大丹炉，生生地卡住了那只异兽的大嘴，之后右手反持短剑利落地在异兽喉管上一划。

俞幼悠的脸上瞬间被溅射到一蓬鲜血，她微微眯着眼，脸上神情冷肃，原本无害的面孔被血染得带了些许戾气。

然而下一刻——

"南风啊、老二啊！你们快来救救我，眼睛被异兽血糊了好难受啊！"

启南风早就拿着湿帕子上来给俞幼悠擦脸了，顺便淡定地指挥她："头抬高点儿，再高点儿。"

俞幼悠仰着脑袋一边享受服务，一边嘀咕："我怎么感觉你长得这么快

呢？”

刚开始认识的时候两人的身高才不过差半个脑门儿，现在一对比，启南风已经快比她高出一个头了。

启南风带着笑容看向俞幼悠身后，不负责任地宽慰她一句：“没事，苏老二还是最矮的。”

苏意致气得暗自咬牙，酸溜溜道：“我怀疑小鱼当初跟我玩，就是因为看中了我的矮，想用我衬托出她的高。”

俞幼悠很无情地点头承认了：“不然呢？难道是看中了你的抠门吗？”

话音刚落，现场差点儿爆发一场丹修内斗。

最后还是启南风笑着往两人脑门儿上各弹了一下：“都别闹了，把异兽的尸体收拾下，我们该回黑石塔了。”

辟谷丹已吃了一半，其余从东境带过来的各种止血丹、疗伤丹也用得差不多了，是时候回去补充资源了。

他们这群人在荒原上奔波了三个月，现在个个都跟野人似的狼狈不堪，就连平日里很讲究风度的御少宗主这会儿都是满下巴的胡楂儿。他倒还记着每天要给踏雪梳毛洗爪，导致这一行人当中最光鲜靓丽的居然是大黑虎。

不过他们也不怕别人笑话，大大方方地进了黑石塔。

恰好白宁也在这儿提交任务，看了这群野人好一会儿，才算是认出他们来。

他背后的白色翅膀一抖，下意识地就想开口阴阳怪气地挖苦两句，然而猛地想起上一次的经历……这次他选择了闭嘴，只是偷偷地斜眼瞥着十三人小队。

俞幼悠他们还在商量：“先兑换功勋值，还是去吃饭？”

苏意致勤俭地提议：“先兑换吧，刚刚路上吃了辟谷丹还不太饿。我们先饿一晚上，明天去畅吃怎么样？”

“对，正好看看我们现在多少分了。”

众修达成了一致，于是每个人都开始疯狂地往外面掏异兽的尸体。负责接待他们的妖侍看着自己面前越来越多的异兽尸体，不由得心惊肉跳，果断地又喊来了两个妖侍来帮忙清点。

少有队伍会像他们这样在外面一口气杀三个月不带歇的，毕竟碰上其他队伍的概率太大，就像红琅那样，一不留神半年的努力都得被人劫走。

白宁在边上看得翅膀都在抖，下意识地摸了摸自己的嘴，还好还好，刚才忍住了没嘴贱，这会儿脸可以不用疼了。

“这里一共是五千多功勋值，加上你们原有的五千多，一共是一万一千五百功勋值。”妖侍微微笑着向十三人小队道贺。

在功勋值转入后，众人佩戴在身上的功勋晶石瞬间就从橙色变成了黄色。

他们脸上的喜色没有多少，反而忧心忡忡——

狂浪生挠了挠头，小声抱怨：“御雅逸，你算错分了啊！现在多出来这一千多功勋值怎么办？”

御雅逸很是无语：“我也在忙着打架，哪有空把分数算得太仔细？”

妖侍在边上听得一头雾水，带着无措的尴尬笑容询问：“不知诸位这是什么意思？”

俞幼悠在边上幽幽地问了句：“是不是在各个榜单上有名字，黑石塔就会提供免费的伙食？”

妖侍一怔，下意识地点头：“是啊，可是……”

可是归根结底，晶石颜色等级越高才代表着更高的荣誉，哪怕是橙榜第一，那也不如榜上无名的黄色功勋者更令人尊敬啊，怎么可能会有人为了那微不足道的饭钱不想晋级？

事实证明真的有。

“算上大猫和时不时来蹭饭的小黑爪，我们就是十五号人，去畅吃的话每天就要花上一百五十功勋值，如果连吃十天就是一千五百功勋值，一千天的话就会积累到可怕的数字。”苏意致语速飞快地与大伙分析着利害，最后坚定道，“我们要想办法跌成橙榜第一！”

这群人彻底丹修化，一个比一个务实。

变成黄色功勋的虚名有什么用？难道他们变成黄色，就会让妖族虎躯一震，对他们敬重起来，不再歧视人族吗？

狂浪生精准概括：“连饭都不能免费吃，要来何用？”

妖侍已经听得表情麻木了，最后只能顺着他们的意提示道：“如果诸位想

快速花功勋值的话，不如来兑换资源吧。”

妖侍领着众人往黑石塔深处走，低声解释：“有很多部落会选择以各种资源来兑换功勋值，也有些队伍在外出途中寻找到各种无用的宝物后选择兑换成功勋值，诸位以后也可以这样。”

当然前者还是居多，纵然妖修大部分都很拼，但架不住还有极个别不求上进又想挽尊的“妖二代”，他们获取功勋值的方法就是把部落里的各种资源拿出来兑换。当然，其他修士也很欢迎他们就是了。

妖侍在门外站定，例行公事般叮嘱：“宝库外有重兵把守，且每种资源上都有妖力烙印，必须用功勋值兑换后才能拿出来，若诸位私藏资源带出来，后果自负。”

十三人小队已经没心思听了，他们飞快地蹿了进去。

资源殿比俞幼悠先前去的药师殿还要庞大，无数石架上封存着各种物品，有药材，也有矿物，甚至有从人族流落过来的法宝。

众人这次没有分散，而是围在一起商量着要换些什么东西，最后默契地走向了耗资千位数以下的那些石架。隔壁是有好东西，但是动辄上万，他们刚刚看了一眼就飞快撤退了。

“我倒是看到了几块极好的矿石，拿来锻炼剑和盾都不错，但是太贵了，要一万五。”

“剑和盾的材料先放一边，在外面丹药消耗得多，我们先帮俞师妹他们兑换点儿药材吧。”

御雅逸举着一副虎族化成原形后用的铠甲，兴致勃勃地问：“我能拿这个吗？踏雪可以穿。”

这种东西在人族很少见，但是在妖族差不多人手一副，众修兴致勃勃地给踏雪挑选，本来是想选防御力最高或者看着最漂亮的，结果踏雪肚子过于肥硕，套不上去。

最后好歹是选到了一副合适的铠甲，就是颜色不太好看，上面泛着诡异的绿光。

踏雪有点儿不情不愿，它眼巴巴地看着一副金黄色的虎妖铠甲，流露出渴望。

张浣月拍拍它的肚子哄它：“你喜欢这个吗？要不你从今天开始少吃点儿，把肚腩肉减下去就可以穿了。”

踏雪歪着脑袋考虑了会儿，最后坚定地叼着绿色铠甲，示意自己还是要这个算了。

铠甲丑就丑点儿吧，要它少吃点儿是不可能的。

为防止功勋值又出意外，御雅逸这次特意拿了本子出来计算：“这副铠甲一共是两百功勋值，我们现在还需要花费一千三百功勋值。”

“都拿来换药材好了。”

妖族跟人族的大部分药材都是一样的，毕竟两地相隔甚远，自然也有不少药材是特有的。

启南风背熟了藏书阁的药材大全，而且对木系灵力格外敏感，所以由他出手来挑选药材。

看了一圈后，启南风的眉头微微皱起：“没有高阶的药材，几乎全是一品或者二品的，连三品的都没看到几株。”

而且诡异的是，这里的药材成色都不太好，就没看到过一株品相完美的。对于看惯了各种好东西的丹修们来说，这些药材当然不算好。

苏意致皱眉嫌弃：“这些像是被人挑拣剩下的。”

用剩下的没事，但是同样的价格只能买次品，这让斤斤计较的众人不乐意了。

这时，从不远处慢悠悠走过来的俞幼悠淡淡道：“刚去问过了，所有的药材在存库前都会先在药师殿放三天，等药师们挑剩下不要了，再拿到资源殿来。”

其他人都不知道药师殿是什么样的存在，在启南风简明地介绍一番后，他们便知道了那里又是个物种歧视严重的场所。

“我们不能去药师殿兑换，要不就先拿这些药材凑合吧。”

俞幼悠双手揣在袖中，与启南风和苏意致飞快地交流着眼神，三人很快达成了一致。

“我有办法买到好的药材，你们先回去洗洗睡，等会儿我就拿功勋值换药材回来，一起去吃免费大餐。”

启南风马上轻咳了一声提醒：“我也一道去，在挑选药材上，我的眼光比

你好。”

俞幼悠想了想，花上十功勋值当入场费能够换来药效最佳的灵药，这笔买卖不算亏，于是她点点头：“对，你也要去。”

听到他们俩都要去，总怀疑自己要被孤立的苏意致马上反应过来，飞快道：“我也跟你们一道去！”

俞幼悠有点儿舍不得那十功勋值，但是看到苏意致仰着脑袋眼巴巴地看过来时，还是只能顺着他意：“好，我们一起。”

余下的几人有点儿狐疑，盯着他们看了看：“你们去哪儿买？”

“我感觉你们有事瞒着我们！”

俞幼悠很淡定地解释：“这是只有我们丹修才知道的秘密，不方便透露。”

于是他们对视一眼，很快就脑补出真相了。

剑修和盾修们私下都有互相交易各种铁矿的组织，想来丹修们也一样吧。不过他们的圈子未免太广了，怎么连妖都都找得到人？

于是众人只给踏雪换了副铠甲就离开了，俞幼悠三人则飞快地做了装扮，把尾巴揪出来往外走去。

第二十七章

附骨草

俞幼悠现在已经能在一定程度上控制自己的血脉了，成功让自己身上的妖族气息盖过了人族气息，然后启南风从芥子囊中摸出了一盒鲜红的胭脂。

俞幼悠用狐疑的眼神看他："你的芥子囊里怎么会有这种东西？"

启南风不客气地用口脂给她涂了个大红脸，淡定解释："专门给你买着备用的，这东西在妖都挺便宜，一功勋值就可以买十盒。我给你买了十种不同的色号，绯红、桃红、正红都有。"

俞幼悠很好奇，让他把那十种胭脂拿出来看了看，然后纳闷道："这不都是红色吗？没区别啊！"

启南风：算了，你就不配拥有这么多色号的胭脂。

装扮完成后，俞幼悠把药师殿的红色长袍一披，再把药师牌子挂在自己腰上，领着这两人就往里面走。

看到妖兵，启南风和苏意致正打算摸晶石付入场费，没想到妖兵只是恭敬地对着俞幼悠行了礼，之后带着讨好的笑容道："药师大人，您的仆从是不需要付功勋值的。"

好家伙，原来是把后面这两人当成她的奴仆了吗？药师在黑石塔的地位果然高，还能带着人免门票入场！

俞幼悠原本有点儿担心这两人会被伤到自尊心不高兴，结果还没等她回头，启南风和苏意致已经欢天喜地地快速跟上来了，一人一边搀住了她的手。

启南风微微弯腰，态度非常好："尊贵的药师大人，让小的来扶您！"

苏意致的语气堪称浮夸："大人，您慢点儿，别让不长眼的废物妖修撞到您的千金之躯啊！"

俞幼悠："……你俩就这么坦然接受了？"

两个少年冷笑一声，对此事的态度非常默契——

"有便宜不占王八蛋！"

当走入药师殿后，便有妖侍向俞幼悠走来，微微躬身行礼："见过秃药师，您现在是要入药师室备诊吗？"

在某个字眼出现后，两束诡异的目光从俞幼悠背后传来，把她弄得后背一僵。她只能无视另外两人的视线，竭力保持淡然："我要去看看最新送来的药材，你带我去吧。"

妖侍微笑着引着俞幼悠往前："正好刚刚新送来了一批药材，这边请。"

待将俞幼悠引到药房后，妖侍便躬身告退："那就不打扰您了，若有需要可随时传唤在下。"

药师殿的药房和资源殿的兑换规则一样，都是拿走东西会自动扣除晶石里的功勋值。功勋晶石上没有名字，仅有本人的一丝神念，倒也不用担心在药师殿使用被人认出来。

至于别人问起十三人小队的功勋值为什么莫名多了或者少了，给伟大的秃大师当仆从，把晶石上供给秃大师或者得了秃大师的奖赏，不行吗？

这会儿药材刚送过来，加上药师殿的药师本就不多，所以偌大的药房里空荡荡的，仅有他们三人在此。

俞幼悠轻咳一声，一本正经道："那我们现在就先选药材吧，你俩的眼光比我好，赶紧去拿。"

然而另外两人压根儿没有看药材，反而在她跟前各蹲了一边，盯着她挂在腰上的药师牌啧啧称奇："嗯？秃狼部落秃大师？"

苏意致沾沾自喜道："我真是没想到，当初随意起的一个外号你居然这么喜欢，一直用到现在！"

俞幼悠胸口梗得生疼，她就知道这俩损友绝对不会错过挖苦她的机会！

"赶紧起来！等会儿晚了，好东西都让别人抢了！"

果然，只有在涉及切实利益的时候这两人才能想起正事，一听这话马上站起来，专心地看起来这些刚送来的药材。

启南风飞快地从药架上看过，眼睛中隐约放着光彩。

“刚送来的果然好，这些药材虽然没经过处理，但是里面的药性完美地保留下来了，药性比先前看到的那些强上不少！”

“因为这些都是野生的灵药吧，哦，不对，在妖族这边叫妖药？”苏意致纠结了一下，很快就不多想了，转而踮起脚看另一个药架，猜测道，“妖族这边好像不爱种田，而且他们的部落又都分散在各个荒山野岭里，所以这些药材都是妖修们在各个地方采集的野生灵药，药性自然也比我们宗门里种植的好些。”

“而且妖修们体格健硕，平时有伤都是自己熬着等它自行痊愈，少有用药，懂得药理的人也极少，所以很多人采到灵药后都会选择送到黑石塔中兑换成功勋值。”启南风如获至宝地盯着这些药材，手上动作飞快地从里面选出药性最强的。

“紫金果、蛇骨草……这些都是只有妖族地界才会生长的好东西啊，要换成在四境，这些一品灵药有时候甚至能卖到三品的价格！”

“二品的七星藤居然只要二十功勋值，还是一百年份的野生药材，天哪，妖族这边不愧是原产地啊！”

启南风的动作不停，眼见着有便宜的妖族特产药材，也不管现在用不用得上或者认不认识，直接扫荡过去！就像他先前在桐花郡黑市说的那样——“万一用得上呢？”

当然，这里面也有从四境来的特产，价格亦是贵得令人咋舌，三人组看了一眼就直接略过了。

苏意致谨慎地提醒：“你注意点儿，别把四境的特产给拿下来了，浪费钱。”

“放心，我拿的都是我不认识的。”启南风自信满满。

一听这话，苏意致就安心了。

启南风这厮在觉醒木系灵力后，原本连药材大全都看不进去的他突然对药材的种类了如指掌，用他的话说，就是在藏书阁看到那些玉珏记录的各种药材后，仿佛就察觉到它们旺盛的生命力，所以只要见一眼就不会再忘记。他在顿悟后，彻底成了行走的药材大全。

眼下，启南风一边挑选药材，一边默默背诵着那些新奇的妖族药材，准备回去后给牛长老交上一份完美的卧底答卷。

启南风转头教育两个在药架间看稀奇的好友：“你们两个也记得多背点儿，我一个人来不及。”

“背？为什么要现在背？”俞幼悠很是不解地看过来。

“牛长老让我们更新那本妖族特产《药材大全》啊……”

“不用。”俞幼悠不知从哪儿摸出一本厚厚的书，递给启南风看，“药师殿每个正式的药师都会分到妖族的《药材大全》，我也有一本。”

启南风面无表情，他把厚书往自己身上一揣：“拿来吧你，走，过来找药！”

俞幼悠在药架之间东张西望，她没有木系灵脉，对于药性的敏感程度远不如启南风，不过她眼神很毒辣，在走过某个药架时，发现脚边有个放得极偏僻的小盒子。这种位置的灵药本该是最廉价的，但是这个小盒子看着就很贵。

她下意识地蹲下来拿起了盒子，在打开的瞬间，即便是她都察觉到那股强烈的药材灵力了，正在附近找药的启南风更是毫不犹豫地奔来。

在看清药材的模样后，启南风吸了口气，之后笃定做出判断：“是四品灵药！”

顿了顿，他在脑海中搜寻着先前看到的信息，略迟疑道：“这是妖族特有的附骨草，据说只会生长在遍地枯骨的死气之地，好像有致幻和麻醉的效用。牛长老给我的书上也只有寥寥几句介绍。”

俞幼悠推了推苏意致：“四品药材啊，回去研究研究，说不定能炼成四品灵丹。”

苏意致有些犹豫：“我们刚刚已经拿了差不多一千功勋值的药材了，这个需要……五千！”

“四品灵药居然只要五千功勋值，我觉得划算。”启南风冷不丁地冒出一句。

俞幼悠也点点头：“我们丹鼎宗库存的四品灵药都不多，而且药师殿的药材过几天就会重新换一批，四品药材不可能每次都有，我们不拿，等会儿识货的药师来了肯定会换走。”

“等等，我问下他们。”

启南风摸出传讯符飞快询问队友的意见：“有一株四品灵药，但是要五千

功勋值，换不换？”

“你说的四品灵药是不是跟幽蓝花一个等级？”那边有位师兄突然这样问，御雅逸又想起了糟糕的回忆，默默地抱紧了踏雪。

“是的。”

那边的东境众修飞快达成一致：“那肯定换啊！上次你们拿幽蓝花炼的虚灵丹让大伙儿把快到元婴期的异狼都弄死了，这次换了咱们再去找个大家伙练手！”

“你们看到什么好药，不管是打算自己用还是咱们一起用，都先换了再说！”

“好东西不能错过！要不是今天那块矿石要一万五，我肯定早就把它换回来强化我的剑了！”

“先说好那块矿石是我预定拿来淬炼巨盾的，你不许抢！”

那边的剑修和盾修们为了一块还没拿到手的矿石吵吵嚷嚷起来，启南风听得头皮发麻，果断地将灵力从传讯符中撤出，切断了和他们的联络。

而俞幼悠已经伸手把附骨草拿出来了，低头沉思片刻，她总觉得这盒子放在这儿很可能是某人特意为之，万一上面留存着神念追踪就不好了。于是，她默默地把盒子放回角落，顺便把三人存留在上面的痕迹全部消除。

干完这件事后，三人组带着丰厚的收获心满意足地走出药房。

启南风摸出传讯符看上面的留言：“他们几个这些日子累得够呛，说想补两天觉，让我们回去的时候不要喊醒他们。”

“我们也回去睡吗？”苏意致仰着头问。

俞幼悠没有要睡的打算，她说：“我想去我的药师室看看，要是能接到几个医治的任务，说不定能把今天花的功勋值挣点儿回来。”

现在大家成功从一万多跌回了五千，功勋晶石也变回了橙色，可惜也与前十无缘了，不能免费去吃饭了。

另外两人听说能挣功勋值，马上不困了，表示要帮着俞幼悠去打工。

去往正殿的路上遇到了不少行色匆匆的病患，而他们没有半点儿犹豫的样子，一进来便很有目的性地指名要某位药师帮忙看病。

这让俞幼悠先前琢磨的揽客计划彻底失败。她冲启南风和苏意致招招

手，引着他们前往自己的药师室。

没想到的是，她刚走过来，就看到隔壁的鲤于敬跟条咸鱼似的端着茶，静静地蹲坐在门口。

俞幼悠心中咯噔一下，先前鲤于敬是见到过启南风和苏意致的，要是他又看到他们，然后顺着一联想，说不定连带着也会怀疑起她的身份！

在外行走最忌讳被人拿捏把柄，俞幼悠心中凛然，压低了声音提醒两人："你们先装着路过的样子走远……"

话还没交代完，鲤于敬正好喝完茶站起来了。他抬头看向俞幼悠这边，眉头皱得越来越紧。

俞幼悠已经打定了主意，等会儿死死咬定启南风和苏意致是自己收的两个仆从，想来对方这个种族歧视患者也能接受这个说法。

然而鲤于敬只是直勾勾地盯着她，压根儿没看后面的两个人族，过了好一会儿他才猛地拍下脑门儿，一脸欣喜加恍然："你是小秃！"

俞幼悠："……嗯，鲤药师好。"

鲤于敬脸上有点儿不好意思，他搓了搓手，哈哈笑着掩饰自己的尴尬："好邻居，你这都有好几个月没来了，我们鱼族的记性都不太好，要不是看到你这特别有记忆点的大红脸和秃尾巴，我差点儿都忘记你是谁了。"

俞幼悠心中有点儿犹疑，她怀疑这位是在扮猪吃老虎，等着抓她的小辫子，所以一边同对方客套地应付着，一边仔细地捕捉对方神情的变化。

果不其然，当鲤于敬看到站在她后面的启南风和苏意致后，脸色果然瞬间有了变化。

然而俞幼悠还没有开口，鲤于敬便先阴阳怪气地哼了一声："我说怎么整个药师殿都有股臭味儿呢？原来是来了两个人族，瞧瞧你们这样子，谁愿意给你们治疗！给我三倍的价格我倒愿意考虑考虑。啧，看着有点儿眼熟，不过你们人族都长这副寒酸样子，弱不禁风、瘦不拉叽，连我们族中一条小鱼苗也打不过……"

俞幼悠：确定了，这位不是扮猪吃老虎，他是真的猪。

鲤于敬抱怨了半天，在得知这两人不是来看病，而是俞幼悠的侍从后总算闭了嘴。

他转过头后，对俞幼悠倒是挺热情的，充分演绎了何谓双标："小秃啊，

你要来喝两杯吗？我这儿有刚泡好的海藻茶，味道不错。”

俞幼悠摇摇头：“不用了鲤药师，我要进去准备给病患医治了。”

鲤于敬一听这话就笑了，他慢条斯理地用拇指和食指捻着自己的胡须，悠悠道：“差点儿又忘了，你只在考核那天来过药师殿，你们秃狼部应该也是头一次出了你这个药师吧？没人教，不知道药师殿的情况也正常。”

俞幼悠的确还不知道，于是虚心地请教了一番，这大大满足了鲤于敬的虚荣心，便半是炫耀地为她讲解起来。

他指了指远方正殿中排列成数条的长队道：“看到那些队伍没有？那都是在药师殿最声名远扬的几位药师门外排队的患者，听说那几位药师都是出自最顶尖的几个大部落，除非没命等的患者，其他人宁愿多排会儿队，甚至花费双倍的功勋值，也要等着让他们出手，所以人家天天门庭若市。”

鲤于敬的手指再往大厅正中间矗立的一方石板上指了指，只见有一百多个名字闪着微光浮在上面。他抿了一口深绿色的海藻茶，慢悠悠说着话：“石板上的名字代表着这些药师正在石室中等着病患上门，药师中大部分人都是出身小部落的，除了他们自己部落的人谁愿意去看呢？不过我除外，虽然我才加入药师殿不久，毕竟医术精湛、声名远扬，每个月还是有十来个人主动找上门来让我帮着医治的。好赖也能挣个一两千功勋值，吃住是足够了的，至于你嘛……”

俞幼悠默默地看着鲤于敬拍拍自己的肩膀，后者的红色胡须因得意而一颤一颤的：“小秃，你毕竟是新人，还有的熬呢！”

俞幼悠客客气气地道了谢，并没有因鲤于敬的话而丧气，径直带了两个好友走进石室。

她心态极好，挣不到钱没关系，药师这个名头还在就行，能够挑选到最好的灵药这本就是莫大的福利了，这会儿没人上门求诊，三人在石室里处理药材，炼制些备用丹药也挺好的。

启南风捧着从俞幼悠那儿新拿到手的药材大全，蹲坐在内间看得入神。

“在这儿就开始看了？”苏意致凑上去看了一眼，瞥见那些密密麻麻的字后就飞快地收回了视线。

“嗯。”启南风头也不抬继续看，“我看看这里面有没有附骨草的详细说明，然后再研究下能跟哪些丹药配成方子。”

俞幼悠和苏意致在他身边坐下："那我们俩处理药材吧。"

三人组安静地开始了新一轮的工作，他们不知道的是，外面热闹起来了。

这是灰晖第十二次来药师殿了。三个月前，这个年轻人刚从灰雀部抵达妖都，还没来得及去找自己的族人，就在路上被异兽咬伤了，在一点儿功勋值都没有的情况下，只能蹲在药师殿门口自愿当试验品。

灰晖的声音略显低沉，他描述着自己见到的可怕场景："……药师殿的考核太难，失败的人太多了，他们都是走着进去的，但我看到很多人是被抬出来的。他们身上全部都被黑气笼罩着，要不就是彻底丧失理智，被妖兵们当场格杀。"

他边上另一个灰翅膀的翼族神情不耐烦地接过话茬儿："我知道，你满是忐忑地进去后，遇到了那位秃尾巴的秃大师。她给你喝了一碗药汤，接下来，非但异兽咬的伤痊愈了，你自己逃跑时骨折的翅膀也在一天后自动愈合了，那位秃大师的汤药真是神乎其神，对吧？"

"灰晖，你这事儿都念了十多次了。"

灰晖坚定地点点头："对，我隔壁那个当试验品的也是翼族兄弟，听说给他治疗的还是虎鲸大部的药师，但是他在大厅里躺了半天才能自己走路，我喝了药汤没过一会儿就好了！"

"你的意思是，那位秃狼部的药师能比虎鲸大部的药师好？"同伴用看傻子的眼神看着灰晖，"要不是你现在没咬我，我非得怀疑你被异兽伤后丧失理智了。咱们灰雀部也曾出过药师，稍微懂点儿的人都知道这年头还拿异兽肉熬汤的都是最底层的庸医。"

"秃大师绝不是庸医！"灰晖斩钉截铁。

"好了，我不想跟你在这儿等了，我的翅膀昨天折了，我得去找有名点儿的药师帮我看看……"

"我的爪子昨天也被个兽族给弄断了，等等我。"

灰雀部的几人起身朝着那块石板走去，在上面寻找着哪位知名药师现在有空。

灰晖心不在焉地跟在后面，他的伤早好了，不过每次有族人受伤时他都

会主动陪同，为的就是带着族人去体验下秃大师的药汤，证明自己当初不是没见识所以言过其实。

就在这时，前方的同族惊讶地回头看向灰晖，指着石板最下方突然多出来的名字："看，灰晖！"

灰晖心不在焉地低着头："嗯？"

"你的秃大师出现啦！"

灰晖眼睛猛地一亮，在看清那三个亮闪闪的大字后，一把拉住自己的族人："走，我们去找秃大师给你们治伤！"

灰雀部的妖修不太情愿，但是想着灰晖说了这么多次了，也不好扫他的面子，于是就在门口排着队了。

边上恰好有伤者路过，看到"秃狼部落秃大师"这个陌生的名字和外面等待就医的队列后，有点儿摸不着头脑："这位秃大师很厉害吗？"

还没等其他几个回答，灰晖已经毫不犹豫地比了个大拇指，目光坚定地给了个肯定的答案——

"我愿称其为永远的神！"

路过的这位兄弟果然被这答案镇住了，在迟疑片刻后，默默地排在了队伍最末。

事实证明，跟风这件事在妖都也是盛行的。当有人发现这边在排队后，都忍不住过来看一眼、打听下这位新出现的秃大师是何人，在得到口口相传的"永远的神"这个答案后，又都将信将疑地排在了队伍后面。

这么多人都在排队，这位秃大师应该真的有点儿本事吧。所有新来的都这样想。

当隔壁睡完午觉的鲤于敬又准备出来喝茶时，一眼就看到了隔壁的长队。他手中的茶杯哐当一声掉落在地。

里面俞幼悠正在不紧不慢地磨药粉，等她干完手中的活儿抬起头时，才发现石门上正闪过数道光芒。

她站起身来探头看了看："好像有人找我，你们先在里面继续忙。"

启南风和苏意致挥挥手头也不抬道："你去。"

俞幼悠一开门……就看到自己门前乖巧地排了一列长队。

俞幼悠只蒙了片刻，她毕竟曾在桐花郡拥有一堆老客人，所以她并未慌乱，而是有条不紊地先让第一个病患进来。

灰晖激动难耐，拉着自己的族人一道进屋："秃大师，您还记得我吗？！"

俞幼悠看了看他的灰翅膀，认出来了："记得。"这不是那个面不改色喝下异兽肉汤的勇士嘛。

她看了看灰晖："你好像没病啊。"总不可能是怀念起了肉汤的味道吧？

后者把自己的族人推上前，笑得一脸灿烂地介绍："秃大师，这是我的同族，他的翅膀断了！您能帮他熬锅汤治一治吗？"

同族表情麻木了：为什么我的翅膀断了你笑得这么开心？

翼族没了翅膀战斗力下降了大半，所以根本等不得它自行痊愈。

俞幼悠没上手去碰那半边明显垂下来的翅膀，而是静静地用灵力观察它的变化。片刻后，她从芥子囊中摸出数种奇妙的接骨缝皮工具——都是临走前去珍宝阁特别定制的，哪怕是四境的人来了，也不会觉得这玩意儿出自丹鼎宗。

"张嘴。"本着治病不该是一场折磨的原则，俞幼悠摸了粒一品止痛丹塞到伤患的口中。估摸着药效上来后，她开始飞快地操作起来。

翼族的那个伤者看不清自己身后的翅膀是什么样了，他也不觉得痛，只觉得后面有人时不时地在拨弄自己的翅膀，动作还挺轻柔的，让他昏昏欲睡。

吵醒他的是一句不冷不热的叮嘱："好了，两天内不要碰水，不要上天，老实在地上走。"

翼族的那个伤患有点儿难以置信，接翅膀都能这么快？不过他的翅膀的确不痛了，而且上面好像还拿白布给他包扎了。

俞幼悠不想让外面的患者久等，正打算让灰雀部的两人先出去时，灰晖突然满含期待地开口了："秃大师，请问您能再为他开一碗药汤吗？就是我上次喝的那种！"他还记得自己喝了那碗汤后，第二天翅膀就能动了。

"麻烦您多煮一碗，外面还有位断了爪子的族人，我们现在有功勋值了，不会赖账的。"

俞幼悠皱眉，她着实不太想煮这种东西："要不换一种？我这儿还有药丸

和药水。”

然而灰晖坚信自己喝过的汤是最好的，坚定道：“不用了，我们就要药汤！”

你果然是怀念异兽肉汤的味道了吧？没办法，病人就是祖宗，俞幼悠只能满足对方的一切需求。

她朝着病房内间喊了声：“煮碗有助于伤口愈合的异兽肉汤。”

两个翼族很惊讶：“里面有人？”

俞幼悠面无表情：“嗯，还有两位药师在帮忙煮药汤。”

此话一出，两个翼族看向她的目光越发尊敬了，不愧是敢自称大师的人，居然还能让别的药师甘愿帮忙！

苏意致和启南风一直都听着外面的对话，在听到需要药汤后，他俩蹲在里面，按照猪妖所说的食谱……不是，药谱，认真地切了块异兽肉下去，又把异兽脊髓捣烂丢进去，最后干脆地丢了止血丹和疗伤丹进去。

喝完这碗诡异的异兽肉汤后，翼族妖修瞬间精神满满，喃喃道：“我能感觉到伤口在慢慢愈合了！”

等他从石室内走出来后，外面排着的人又是期待又是紧张地问：“怎么样了？秃大师的技术好吗？”

翼族捂着自己丝毫不痛的灰翅膀，语气无比郑重地重复了先前灰晖曾说过的那句话——“我愿称其为永远的神！”

顿了顿，他又小声地向后面的人推荐：“秃大师的药汤果然是一绝，我从未喝过效果这么厉害的药汤！”

正在排队的众修若有所思地点点头。

一连接待了三十多个伤患后，俞幼悠的脑袋都有点儿累蒙了，好在石门外终于没人来了。她飞快地把自己的石室挂上了暂停诊治的牌子，然后直接躺倒在了石室地上。

“我感觉身体一阵接一阵的空虚。”她像隔壁的那条咸鱼似的躺着不动了。

“我现在连饭堂都不想进了，看到肉都想吐。”里面帮着煮了一天异兽肉汤的启南风和苏意致带着一身的腐臭味儿挪出来了。他们也很绝望，不管俞幼悠怎么推荐药丸、药水，那群妖修一定要喝妖族传统的异兽药汤！

唯一庆幸的就是丹鼎宗不愧是人族最顶尖的丹修宗门，他们炼出来的丹药居然没被那诡异的肉汤污染，依然能够完美地治疗这些妖修的伤。

“对了。”启南风艰难地翻了个身，把刚才拿着当枕头的那本书拿出来，飞快地翻到了某页，指着上面一处说，“我刚才在这上面找到附骨草了，你们来看看。”

“千年才会长出的奇珍药材，无色无味，修为越高者受其影响越深，会导致精神萎靡、心神不宁，甚至产生幻觉，难以致死，但也极不容易被发觉，毒素如同附骨之疽难以清除，故名附骨草……”

“这玩意儿是毒草啊。”苏意致有点儿失落，看着附骨草叹气，“原本还想拿来炼炉止痛丹，小鱼犯病了能够吃，我们也能嗑药去打元婴期异兽来着，但是吃了副作用这么大，还是算了吧。”

俞幼悠倒是心中一动，把附骨草拿过去了：“这东西我以后可能用得到。”

“没事，我们今天拿到的药成色都挺好的。”启南风拍拍苏意致的肩膀安慰，笑笑道，“走吧，我们先回去歇会儿，然后再仔细研究下妖族的这些特色药材该拿来炼制些什么东西。”

三人组躺了会儿恢复点儿精神，慢悠悠地晃出去后才后知后觉地意识到，他们已经在石室中没日没夜地待了将近二十个时辰了。

因为俞幼悠现在还是药师殿的新药师，还没有自己定价的牌面，所以都是按照药师殿统一的价码收费的。

也就是说，她接骨也好、缝肚子也罢，免费附赠的那些止痛药和药汤都没收到功勋值。不过她也不在意，那些灵药全都是最便宜的一品灵丹，不值多少钱。她虽然抠搜，但是在对待医治病人这件事上素来用心。

没想到的是，当她去妖侍那儿询问自己今天挣了多少功勋值后，发现好几位患者都给她多赠了功勋值，虽然数值不大，也就十多点，但是这说明她的技术是真的得到认可了！

妖侍笑眯眯地向她恭喜：“您今日一共救治了三十二位病患，一共获取六千六百功勋值，是现在就兑换到您的晶石中吗？”

俞幼悠面不改色，把自己的橙色晶石递上去：“把功勋值增到九千九百九，剩下的就先留着不兑换吧。”她还没忘记要成为橙榜第一，跟十三人小队一道享受免费干饭的事情。

等走到黑石塔最中间的时候，果然看到橙榜头名变成了“十三人小队”！后面的功勋值是整齐的几个“九”字。

三人仰头看着这一幕，不由得嘿笑出声——

“看到这个我心里舒服了。”

“这就代表着咱们之后又可以随意干饭了？”

“啧。”苏意致忍不住嘀咕，“在药师殿给人看病可比咱们去外面杀异兽挣功勋值来得快多了啊。”

俞幼悠戳了戳他的脑门儿：“不行，我打听过了，今天之所以那么多人来药师殿，是因为刚好前几天妖都外面爆发了一场异兽潮，负伤者众多，而且他们想赶紧治好继续去杀异兽挣功勋值，不然平日里是舍不得花大价钱来药师殿看病的。”

启南风也认真教育苏意致：“而且我们来妖都的目的是为了历练，不是为了来挣功勋值的，还是需要多与异兽面对面较量，日后镇守万古之森时方能游刃有余。”

苏意致哼了一声，眼睛瞥向隔壁的黄榜，然后眼中露出些许诧异。

“我大堂兄……不是，是苏留白，他居然已经到黄榜第一了？”

苏留白的功勋值高达九万九千多分，这样的分数对于一个小队来说可能不算什么，但是对于没有队友的独行者来说，堪称妖孽。

苏意致刚才还在为自己是橙榜第一而得意，现在看了苏留白的战绩，瞬间萎靡了。

“没事。”乐天派的启南风搭上苏意致的肩膀，“小鱼不是说了嘛，最近妖都外面爆发了不少异兽潮，咱们也抓紧去斩获功勋值，改天弄成九万九千九百功勋值，直接把他给压下去！”

苏意致幽幽道：“那时候他肯定都变绿了，而且你们先前不还都说这些虚名要来无用吗？”

“让你有嘚瑟的资本，那虚名也算是有用啦。”俞幼悠狠狠搓了搓他的脑袋，“走啦，臭弟弟，回去把上榜的好消息告诉张师姐他们，咱们该去饭堂吃饭了！”

勾肩搭背的三人组高兴地朝二楼走去了。

大厅一角，某个身着墨绿色长袍的俊美男人微微侧身，视线落在那三人的背影上。

“怎么了？”他对面的那个豹族修士皱眉问道。

“无碍，只不过像是看到了一个远亲罢了。”男人唇角扬了扬，本该是平和的微笑，可是因为脸色太过苍白，加上眼眸冰冷，所以瞧着带了些冷厉。他墨绿色的袍角被血污浸透，才在此站定片刻，脚边便洇出一团暗红色，显然是刚从外面斩杀异兽归来。

豹族有点儿焦躁：“先别管你的什么远亲了，先前你叮嘱我族药师留意的附骨草在前两天出现了。”

对面的男人无光的眼终于开始聚焦，他笑了笑：“那不是挺好吗？”

“好个屁！他买通了药房的一个妖侍，千叮咛万嘱咐，让对方看到你要的那些药后就把它们藏在隐蔽的角落，以便他去兑换。哪知道前两天出了差错，不知被谁先一步换走了！”

豹族妖修手握成拳，狠狠地往墙上一砸，咬牙切齿道：“那个废物！早不发情晚不发情，偏偏要那天发情！”

药师殿是由无数个部落的药师共同组成的，而黑石塔的负责人更是妖皇昔年的心腹，饶是豹族想在里面动手脚，提前拿走药材都做不到。他更无法提前预料谁会拿着他们想要的药材来兑换功勋值，所以只能买通妖侍通风报信，让自己部落的药师头一个赶去换好东西。

然而……这几个月正值盛春，对于妖族修士们来说，是段浪漫又麻烦的日子。

豹族修士恼怒不已：“眼看又要从药师殿选人去伺候那老家伙了，我们的人都准备好，偏偏药没了！”

“无妨，附骨草也不是没有替代品。”对面的绿袍男人垂着眸淡淡说了一句。

在对方惊喜的眼神中，他表情淡漠道：“你们妖族不是最擅用异兽躯体入药吗？我这几年翻阅了很多典籍，发现有一种元婴期异鸟的冠羽焚烧成灰后也有类似附骨草的效用。恰逢翼族那边近来兽潮泛滥，不如去看看吧。”

俞幼悠他们回到石室后，床上歪七扭八地躺着的一队人都正眼巴巴地望

着门口。

“你们终于回来了…… 我快饿死了……” 狂浪生差点儿哭出声，“俞师妹，你忘记给我们留几粒辟谷丹了。”

俞幼悠才想起来这茬儿，他们三个丹修在石室里奋斗了将近两天两夜，这群队友还在等着呢。

启南风皱眉，看着明显饿得眼睛发绿的队友们不由得叹气：“怎么你们不先去饭堂吃饭？”

“因为想等你们一起。” 御雅逸摸了摸踏雪的肚子，发觉那儿好像变小一些后，也不知道是该高兴还是心疼，“而且你们一直没回传讯符，我们担心你们出了什么事，不敢乱走，怕你们找不到人求援。”

俞幼悠愣了愣，愧疚道：“让大家担心了，先前我们三个在忙着给人看病，没有注意传讯符……”

“看病？”

“嗯，这几天受伤的妖修特别多，我们趁这机会赚了点儿功勋值。” 俞幼悠简明地解释了一下。

听到俞幼悠出手替人看病，场中所有人第一个想到的都是当初打了几十万欠条的西境修士们，她出手一次可不便宜啊，这还不得一次性挣它个好几大百功勋值？

“还好。” 俞幼悠难得谦虚地笑了笑，不过下一刻，她便用最云淡风轻的语气说出了最嘚瑟的台词——“也就让咱们十三人小队勉强成了橙榜第一而已。”

“？？？”

“！！！”

当十三人小队赶往黑石塔那块橙色石榜下，看到自家队伍位于最耀眼的头名位置时，每个人心中都洋溢着难言的激动。

“我今天、明天、后天…… 不，是以后天天都要去饭堂痛快畅吃！”

“走走走，吃个痛快！”

他们压根儿就不在乎自己是否成了黑石塔新晋黑马队伍，也不在意这第一名的头衔有多好听，他们只知道现在可以免费畅吃了。

为了庆祝这次大获全胜，众修甚至把黑足猫和他的一众流浪猫狗同伴都

带入了饭堂大吃一场。

这群饿得眼睛发绿的人冲进饭堂后没有数个时辰是不会出来的，不过俞幼悠他们这次并没有太多心思在吃东西上。

启南风拿了盘食物飞快地扒了两口，然后便又抬起头：“不行，那本妖族药材大全还有大半都没翻完，而且咱们那儿的那些妖族有的灵药还没有把药性全部分析出来，我得先回去。”

“我跟你一起，我们的疗伤药用得差不多了，再不炼点儿存货怕就不够了。”俞幼悠拿了块烤排骨飞快地啃完，又盛了一盘炒饭，三两口下肚后便站了起来。

好不容易有心情在饭堂里仔细逛的苏意致刚选完食物，就看到他俩都要走，虽然嘴里嘟囔抱怨个不停，身体倒是很诚实地跟了上去。

进入石室后，三人把从药师殿里兑换出来的各种灵药都摆了出来，当然，那株暂时无法派上用场的附骨草除外。

启南风也顾不上讲究了，直接席地而坐，将那本厚厚的大书放在自己的眼前飞快翻阅着，在上面查找着与这些灵药相关的内容。每当有所收获时，在边上等着的俞幼悠和苏意致便按照他说的开始对药材进行炼制前的处理工作。

这是一个极其漫长又枯燥的过程，兴许是从小在苏家当童工的原因，所以苏意致处理药材的速度很快，到后面俞幼悠索性把这个工作全丢给了他，自己则蹲到了启南风边上，同他一起看起了药材大全。

过了好久，启南风才仰着头闭了闭眼，再睁眼时，俞幼悠才发现他的双目已经泛起了血丝。

“基本的药性都差不多整理出来了，不过光是靠现在的这些药材，想要配制灵药恐怕还是不太足够。”

这里面一部分药材是四境和妖都皆有的常见灵药，另一部分则是妖族特有的药材，如何将这些药材配合着炼制好是他们遇到的最大问题。

本来启南风想在药材大全里寻找看有没有妖族的药方，结果才发现这些部族甚爱藏私，居然连个最寻常的药方都没留下。

“我们自己配制就行了。”俞幼悠倒是不觉得这有多麻烦，对她来说，不断尝试新的配方已经是一种习惯了。

启南风和苏意致也并不觉得奇怪，十三人小队的其他队友以为他们现在常吃的各种丹药都是丹鼎宗的秘方，唯独他们知晓，几乎所有的丹药，俞幼悠都或多或少地修改过药方。辟谷丹且不说，那一粒曾让众人震惊的强效止痛丹，其实完全是俞幼悠自创的丹方。

俞幼悠把丹书往自己身前挪了挪，然后径直翻到了最后面的那部分："后面半本记载的都是各种异兽躯体的药用价值，我先前在药师殿也听说了，好像妖族这边很喜欢用异兽的血肉骨髓甚至是毛发来入药。"

先前在药师殿的药房兑换药材时，其实也有过半的货架上摆着各种各样的异兽尸体等着药师挑选。

这件事听上去有些匪夷所思甚至恶心，但是作为专业的丹修，三人都接受得很快。

启南风点点头道："我小时候便听闻大人说龙蚕蛹之类的东西是药，想来对妖族人来说，异兽尸体也有同样的作用。"

"咯，其实悬壶派一直都用异兽入药来着。"苏意致轻咳一声，毫不犹豫地把自家的消息卖给了敌对宗门，"不过他们是拿异兽来炼制毒药。"

"或许我们可以学学妖族药师们的异兽药汤？"俞幼悠挑眉，拍了拍芥子囊，那儿存放了不少异兽的爪牙、骨头。

本着不能浪费一切现有资源的原则，三人组对照着药材大全，又开始在芥子囊中翻找着可以做药用的异兽材料。

不过他们没有像妖族那样直接煮汤，用灵力将其炼化的速度和效率远远高于这种较落后的方式。俞幼悠怀疑，那些大部落的药师也是选用妖力炼化的方式来制作药物的。

三人先前就在药师殿被异兽药汤熏了两天，所以现在再闻到这味道都习以为常了。但是对于刚走进来的其他人而言，开门的瞬间，他们险些被直接送走。

"你们这是在炼什么……唠！"狂浪生刚开口说话，便飞快地往后退了一步，趴在门边干呕起来。

其他人的反应也好不到哪儿去，就连踏雪都跟着吐起了舌头，露出了匪夷所思的狰狞表情。

"我们这段时间积累了很多异兽材料。"俞幼悠没有抬头，十指忙碌地交

错在一块巨大的异兽骨头上，金红交织的灵力闪过，瞬间将它炼成了一小把灰。

苏意致从她手中接过异兽灰，装入一只白瓷小瓶中，贴好标签，这才抬头向众人解释道："妖族这边的药师都很擅长用异兽入药，我们想着不能浪费芥子囊中的东西，就打算学一下。"

"药道学无止境，博采众长才能发展得更好。"俞幼悠如是概括。

在门外蹲守的众修一边被这味道熏得难以呼吸，一边又不由得暗自佩服俞幼悠他们仨在这种环境下还能面不改色。

留着好像帮不上忙？但是就这么走了，让他们仨辛苦，好像又不太道义。

最后还是启南风看出他们的纠结，语气很平和地说："我们估计还要过两天才能把新的药方配好，你们先去外面逛逛吧。"

等的就是这句话，这下众修连客套的话都不想说两句，直接转头就跑，甚至把门帮着锁死了！

石室内的三人完全沉浸在疯狂的工作状态中。平时屁话贼多的三人组，这次连一句废话都没了，只有简洁的问句和回答。

"异虎骨和鞭痕草配在一起的药效如何？"

"不行，药效不搭，下一组。"

"好，再把鞭痕草和异鼠髓放在一起试验一次。"

…………

窗外的光线在明暗之间不断转换，整间石室里的豪华家具也都被启南风收起来了，俨然成了一个临时的炼丹房。最中间的丹炉不断转换着刺目的七彩亮光，不过三人组现在都能淡然视之了。

角落的药匣摞了好几个，里面乱七八糟地摆着这段时日的各种成品，从恢复灵力到强效止血的丹药都有，但是三人组并没有要收工的意思。

此刻，他们头碰着头跪坐成一团，目光紧紧地盯着正中间的那几样药材，最中间的赫然是一颗和踏雪脑袋一样大的蛇胆，那是俞幼悠用双子剑好不容易划开异蟒尸体取出来的。

"这三株药全是三品，刚刚我试了试，药性和蛇胆完美契合。"

"但是用那条异蟒的蛇胆来炼制的话，万一失败了不是很可惜？毕竟是

化神期的异蟒。”

说着，启南风和苏意致都看向了俞幼悠，这蛇胆可是她的私有物。

俞幼悠在炼药这件事上倒是很大方，她淡定道：“没事，百里前辈善良又热心，下次咱们带上点儿好丹药去说点儿好话，说不定他还愿意弄具异兽尸体给咱们。”而且她真的很想知道，这炉完全由他们三人配制成的丹药究竟能到几品。

想要炼制化神期异兽所需的灵力消耗巨大，光靠俞幼悠一人是不行的。于是三人围坐在丹炉周围，再次闭上眼睛，使用了灵力牵引。

有了之前在万古之森的经验，加之上个月启南风也晋升到了筑基期，所以这次三人组灵力牵引进行得很是顺利。

伪仙器丹炉的光变得越来越强盛，里面的化神期蛇胆被灵力炼化成药汁，同其他几种药材逐渐融合在一起，在灵力的催动下不断地淬炼。

最后当三人软趴趴地躺倒在地上时，一股清淡绵长的药香在整个石室里蔓延开来，竟然将先前的臭味儿一概冲散了。

他们都躺平了，连动手指的力气都没有了。

俞幼悠懒洋洋地开口：“我困得睁不开眼了，你俩谁去开丹炉？”

“我个子矮不方便，南风你去。”苏意致飞快地甩锅。

启南风只好任劳任怨地坚持着爬起来，把封闭的双生炉打开，取出新炼制的这炉丹药。

数十粒算不上圆润的丹丸呈鲜红色，没有半点儿异蟒蛇胆的腥臭味儿，有的只是更加浓郁的药香味儿。然而三人组没心思关心丹药的模样和气味，此刻他们只是静静地看了它一会儿，之后才开口。

“四品？”

“嗯，是四品。”

短短的对话中没有惊喜和意外，因为炼药的过程中容不得半点儿差错，也不可能会有幸运之神降临，有的只是提前的无数次演练。他们早在正式炼制前便分析了上千种的药材配比方案，也知晓这炉以化神期蛇胆为主药炼制的灵丹会是四品。

“按照我们先前的分析，一枚丹药可以使金丹期修士的灵力瞬间被双倍激发出来，若是筑基期修士吃的话绝对会更猛。”

苏意致拿着一粒红色丹药放在眼前细细地观察着，可惜化神期的蛇胆只此一个，也就是说这炉丹很可能是唯一一炉，所以他舍不得尝一粒。

俞幼悠皱眉，这药效的确很生猛，不过一般来说催发灵力的灵药都有严重的不良后果："副作用是什么？"

"因为是全新的丹药，所以得在服用丹药后慢慢地观察才行。"启南风拿了一粒递过去问道，"要不我们先试试？"

"算了。"俞幼悠也有点儿舍不得，她叹气道，"歇会儿，等咱们去杀异兽的时候吃了再琢磨吧，现在就把一粒四品丹药吃了挺浪费的。"

"你不说我都差点儿忘了。"苏意致手脚并用地爬过来，眉眼上写满了难以抑制的兴奋，他雀跃道，"这可是咱们一起新配制并且成功炼制出来的四品灵药！要是说出去，咱们三天骄的名头还不传遍整个四境？到时候，主家那些人还不得望着我追悔莫及？"

"行，那就给你留两粒，到时候拿回去让你炫耀。"俞幼悠抛出两粒灵丹到苏意致手中，后者也不拒绝，美滋滋地把它收好了。

不过，三人组很快便产生了新的烦恼——

"新丹药得有名字，它叫什么好？"

启南风想了想，很简单粗暴地开口："叫蛇胆丹？"

俞幼悠驳回："不行，有这个名字的丹药了。"

苏意致露出谜之微笑："不如叫天骄丹怎么样？符合我们的身份。"

三个取名苦手嘟囔了半天，最后又起了一个很土的名字——"狂暴丹！"

苏意致对此很不满意："叫什么狂暴丹嘛，等会儿狂浪生那家伙铁定又要自恋说这丹名是取自他的名字……"

才刚这样说着，石门外就传来一道大嗓门："苏矮子，我可是听到了，你这家伙又在背地里说我坏话！"

苏意致吹了吹口哨，装作无事发生。

被迫流浪数日的狂浪生一行人推开门进来，先是帮着把地上乱糟糟的各种药渣儿和药匣都收好，然后才把在外面的人请进来。

"早上就有人上门来买药了，我们正好在外面碰到了他们，不过怕打扰你们炼丹，所以一直守在门外。"张浣月一边解释着，一边移开步子。

红琅走上前来，先是学着人族修士的模样笨拙地抱拳拱拱手，然后看向

了俞幼悠。她没有废话，直接说明来意：“俞药师，我想再向三位买一点儿疗伤药。”

上次红琅来找俞幼悠买药，主要是想同这三位药师搞好关系，万万没想到，他们开出来的疗伤药看似平平无奇，药效却好得惊人，她那条原本在夜里疼得无法安睡的腿，次日便好了大半！

红琅吃了一天药后就没舍得吃剩下的，不久前有队员不慎重伤，当时人在荒野无法求助，她拿着剩下的那几粒药丸喂了队友，竟然生生地将他从鬼门关拉了回来。

俞幼悠他们刚炼制了不少灵药，所以也没拒绝，一边在药匣里找疗伤丹和止血丹，一边随口问了句：“要多少？”

红琅的尾巴不安地在身后扫来扫去，原本冷艳的脸上也有些焦虑：“两种丹药我都要，各来一百粒可以吗？”

“嗯？”俞幼悠终于抬起头，纳闷地看向了红琅和她身后沉默的队员，却没见他们谁身上有伤，她直接问：“你该不是想拿出去二手倒卖吧？”

黄牛行为要不得，俞幼悠对高价卖二手药绝不支持。

红琅怔了怔，她以为是对方嫌先前的价格低了，于是匆匆道：“我们不会占诸位的便宜，这次便算三十功勋值一粒可以吗？”

苏意致眼睛失神了片刻，两百粒灵丹，每粒三十功勋值，好家伙，这一下子就是六千功勋值了啊！

六千，这或许是无双小队现有的所有功勋值了。

俞幼悠没有第一时间答应，而是皱眉看着红琅无处安放的毛茸长尾。她感觉得到，这个女妖修心情似乎很是急迫，这才想着用全部的功勋值换取这批灵药。

她不拐弯抹角，直接问：“你们遇到什么大麻烦了吗？”

红琅的尾巴倏然一僵，之后便软软地垂下来。她深深吸了一口气，语气无比严肃道：“想来诸位也曾听闻，前几日在寒鸦部落出现了第一波异兽潮吧？”

十三人小队不敢说话，因为红琅的语气和表情都说明此事众所周知，但是他们还真的不知道……

好在红琅没有盘问的意思，而是继续讲述道：“刚开始只是在寒鸦部落周

边出现了一大群筑基期的异鸟，有不少翼族修士都前去那边获取功勋值了。谁也没想到情况会糟糕成这样，不到十日的工夫，翼族聚集的地区几乎遍地是异鸟，且不说金丹期异兽，便是元婴期异兽也出现了数只。”

红琅的声音格外冷肃，十三人小队是曾在万古之森中见识过异兽潮的可怕的，自然也意识到了问题的严重性。

妖族各个部落分散而居，不似人族大部分都以各城为中心聚集，更无法如人族那般布置出严密的防线，控制异兽的进攻。

“据说寒鸦部落被异兽屠完整个部落后都无人知晓，直到第三日才有消息传到妖都来。这些日子翼族那边出现了数十波异兽潮，无数野兽和妖兽被异兽同化，已经从寒鸦部落的寒冰高原一路蔓延至稀树草原了，不知多少小部落就此灭族。”

红琅的语速极快，她闭了闭眼，声音沙哑地艰难道：“我所在的红尾狼部落，就在寒冰高原，我想带着药回家救我族人。”

无双小队虽然组建的时间不长，但毋庸置疑红琅是个好队长，所以除去个别队员选择分掉功勋值退出队伍外，其他人都坚定地跟着她一道前往寒冰高原。

“求三位药师将药卖给我们，若是他们还有人逃过了异兽，这些药兴许还能让他们活下去……”骄傲的女狼妖的耳朵都软软地趴伏下来了，看着可怜极了。

张浣月的性格格外温和善良，她有点儿不忍心，不过也不愿勉强队友，所以她没说话，而是用询问的眼神看向众人。

众修一番眼神沟通后，最后都把视线落到了俞幼悠三人身上。

功勋值一大笔是他们治病挣来的，药也是他们炼的，总要尊重三个丹修的意见才是。更重要的是，从万古之森开始，他们就近乎无条件地信任俞幼悠的决定了。

俞幼悠发觉自己被盯着了，于是回头看一眼众人：“你们都盯着我干什么？”

御雅逸没好气：“等你的指挥。”

俞幼悠哦了一声，然后利落地把药匣子合上，放回芥子囊中，并没有像大家想的那样把药卖给无双小队。

众人都一怔，这可不像是他们认识的俞幼悠！

红琅原本还饱含期待的脸瞬间变得灰白，张了张嘴，却一句话也没能说出来。

然而下一刻，俞幼悠便站了起来，用商量的口吻同其他人讨论：“我们也去寒冰高原怎么样？”

“啊？”狂浪生有点儿没反应过来。

于是俞幼悠又问了一遍，然后耐心地解释：“很多队伍都去寒冰高原杀异兽了，我们既然是来历练的，迎难而上没问题吧？也好再多积累些对付异兽潮的经验。”

“吾辈修士自当一往无前，同手中利剑一般不断淬炼自身。”俞长安举起手中的惊雷剑，目光灼灼地看着俞幼悠，唇边扬起笑意道，“我愿意同往。”

剑修们默默点头，琢磨着俞师弟不愧是俞不灭的亲儿子，说话的口吻和不灭剑神真是太像了。

“剑修都要去，我们盾修怎么可能会尿？”几个盾修拍了拍自己的大盾。狂浪生哈哈大笑道：“没有我们盾修的保护，你们几个还不得被异兽拍飞？”

御雅逸轻咳一声，正色道：“你们都走了，谁保护踏雪？那我也去吧。”

于是众修各自找了理由，最后都决定同无双小队前往寒冰高原。

说来好笑，黑石塔的队伍中许多都是冲着异兽潮带来的高额功勋值才去往险地的，而十三人小队的成员们作为异族，若是因获取功勋值而去更是无可指摘，偏生他们好似都忘了这茬儿。

隐藏在那各种由头之下的，正是少年们不曾说出口，也未被世俗偏见所磨灭的…… 最大的良善。

第二十八章

寒冰高原

从妖都出城后，隐约可见数支队伍奔赴北方的寒冰高原。

大部分妖修都化成了原形好方便赶路。无双小队这群人本来也想变成原形的，但是看到这群人族修士后，想着要照顾这些两条腿的，所以一时间都有点儿犹豫。

哪知俞幼悠先开了口："没事，你们跑就是了，我们跟得上。"

无双小队的人将信将疑，但是耐不住此刻心急如焚，于是一连数道白光闪过，纷纷化成原形朝着前方奔去。

于是草原上瞬间多出了数只毛茸茸的动物，猪狗牛马皆有，荒原上暴戾的风吹得它们的毛发乱飞，直接带着还没完全变绿的荒草飘到了后方的十三人小队的脸上。

"天哪，他们都是什么掉毛怪啊！"狂浪生连着呸了好几声，总算把吹到嘴里的毛吐出来了。

俞幼悠灵巧地一纵一跃避开一丛荆棘，淡定地回答："因为春天到了，正是掉毛最严重的季节。"

俞长安也抬起袖子擦了擦自己脸上的狗毛，剑修们素来以速度见长，自然无须担心跟不上前面的妖修队伍，而盾修们平时扛着巨盾都跑得飞快，现在把盾收起来后，简直个个都像野兽似的狂奔猛进，让人担忧的就只剩丹修了。

现在苏意致站在修为最高的张师姐的剑后面，而启南风则跟着御雅逸坐到了踏雪的背上，所以……

俞长安御剑飞到俞幼悠的身边，低声道："俞师妹，我带你飞。"

"不用麻烦了。"俞幼悠不冷不热地回答了一句，之后将手中的两柄短剑

一抛，将灵力灌输于其中，下一刻好似轻灵的风一般飘落在了双剑之上。

俞长安微微睁大了眼。

赵师兄已经惊呼出声了：“我的天！俞师妹是什么时候学会御剑术的！”

张浣月抿了抿唇，露出个促狭的微笑：“你们休息的时候她可是缠着我学了好久呢，后来是我拿着剑在后面揍她才学会飞的。”

剑修们啧啧称之为奇才，纷纷表示以后要是有了徒弟也得用这种棍棒教育。

俞幼悠飞是会飞了，不过她毕竟是初学者，所以速度比起其他剑修仍显不足，更重要的是她飞得东倒西歪跟喝了酒似的，吓得其他剑修默默地远离她，防止被撞下剑。

如此这般紧赶慢赶，原本在妖都已经变得温润潮湿的气候越来越阴寒，地上的绿草被越来越厚重的积雪代替，每至清晨和夜晚甚至会凝出浓密到仿若实质的冰晶雾，整个世界都变成了一片灰白。

这一路以来，他们见过不少妖修队伍，眼下却一个也没见到。不知是掉头回去了，还是已经抵达了寒冰高原。

众修不得不驱使着灵力来抵御这等极端严寒，而前方的无双小队众修前行的脚步也慢了许多。

俞幼悠等人顺着数道还没被飞雪覆盖的巨型梅花脚印，走到了它们身旁。

妖修们的毛上面全都是雪，它们这会儿正躲在一株巨大的雪松树下避雪，齐齐地甩毛抖落掉飞雪后，招呼着人族修士窝到自己身边来，好替他们遮挡风雪。

红琅的原形最大，她尾端那撮红色的狼毛已经浮满了白雪，差不多要变成只白狼了。

她凝眸看向远方，低声道：“已经到了稀树草原和寒冰高原的交界处了，攀登上前方的峭壁高崖，就会到寒冰高原了。那儿的地势极险极高，只有翼族能来去自如，所以有很多翼族部落选择定居在高原上的雪松林和高原后面的密林谷中，而我所在的红尾狼部落就生活在雪原边缘地带。”

红琅解释完后，便有些焦躁不安地刨了刨爪下的雪。这附近已经是红尾狼部落的活动范围，按道理应该能看见族人身影的，可是没有。

暴雪来得太大，连天色都变得昏昏沉沉，分不清究竟是白昼还是黑夜，只有黯淡的光落在头顶。这样的天气是不适合去攀登峭壁的。

红琅仰着头嗅着空气中的味道，之后表情突然大变。

“我嗅到了很多异兽的味道！”红琅的声音急促，她背后的毛亦是瞬间奓开。随着这句话落下，她几乎不带停顿地疯狂奔向通往高原的峭壁方向。

她的族人定是遇到异兽潮了！红琅四爪飞踏在松软的雪地上，飞溅起无数雪雾。

然而就在她近乎失去理智般狂奔时，有人在身后喊住了她。

“红琅！”俞幼悠大口大口地喘着气，这里风雪太大，她御剑不稳，只能追在红琅身后狂奔。

她拼命地喊：“我跟你去！要是有人被异兽弄伤了，我可以救他们！”

红琅的爪子一停，她倏然转过头看着雪地里几乎快被淹没的小小身影，眼中只剩下了震惊和不知所措：“可是…… 可是前面可能很多异兽，你可能……”你可能也会死，而且你受伤了没有其他药师可以救你。

俞幼悠脚步没停，反而趁着她止步跑得更快了，她回头匆匆地向启南风和苏意致交代：“你们先留这儿保护好两支队伍！”之后，她催促红琅：“赶紧带我去救你们的小狼崽子们！”

红琅牙齿颤了颤，之后前爪猛地一屈，跪倒在地，垂尾趴伏在地上。

俞幼悠本来想爬到她背上，然而红琅已经先一步张嘴叼住了她的腰，然后偏头将她好好地放在了自己的背上。

“大人，请您抓好我的毛，我带您去。”不知不觉中，红琅已经用上了尊称。

俞幼悠紧紧地揪住了红琅粗粝的灰色颈毛，整个人全部趴伏在了她带着温暖的狼毛中。

下一刻，金丹期妖修的速度全面爆发，好似一道闪电自风雪间穿刺而过，狂风和雪雾疯狂地自前方涌来，趴在红尾狼身上的俞幼悠抬起头，看到了一座好似天堑般的绝崖峭壁。然而红琅的脚步并未停歇。她的每只爪子都配合得极其完美，竟可以顶着如此可怕的风雪，如履平地般在峭壁间纵跃着。

这是人族修士不敢想象的肉体极限，唯独妖修才能掌握的绝佳平衡和爆发力。

不知不觉中，俞幼悠释放出了自己的灵力，一边替红琅遮蔽风雪，一边借由灵力观察着红琅的每一个细微动作。

她后爪弯曲的弧度，她腰用力的位置，她尾巴抬起保持平衡的瞬间，她身上每一块肌肉发力的时机，所有的细节，俞幼悠都铭记在心中。

过去的俞幼悠从未接触过这些本该由长辈教授的技巧，此刻的她却看得入了神。恍惚中，她好像也化作了一只银色的巨狼，先是跟在红琅身后学习着她的每一个动作，之后也可以熟练地在这山崖间飞驰纵跃，再跃到最高处仰头对月高呼。

然而就在这时，刚刚一跃登顶的红琅脚下一个踉跄，竟然跪倒在地。

红琅的眼中有些迷茫和惊骇，她刚才又感应到一股可怕的血脉威压，然而看遍周围，除了她跟俞幼悠以外并无别的大妖路过。

“红琅，你怎么了？”俞幼悠轻巧地从她背上跃下，略担忧地看着她。

红琅化回人形摇摇头：“不知道，可能是我刚才太累产生错觉了。”

刚才她在峭壁下看到了不少异兽和妖修的尸体，想来异兽潮已经在这边爆发了，所以她此刻也无暇细想，只是飞快地领着俞幼悠奔向红尾狼族的村子。

越是往前走，雪地上便堆积了越多的尸体，野兽形态的妖修也有，被咬得残破不堪的人形态的尸体也有，异兽的尸体更是密密麻麻、难以计算。

红琅的脸色越来越苍白，路上她已经看到好几具巨狼尸体了，有红尾狼部落的，也有雪狼部落的，满地的狼尸已经被异兽分食得只剩骨架了。红琅拉着俞幼悠的那只手牵得越来越紧。

更可怕的是，她们还听到了头顶传来的尖利叫声，那些异鸟并没有离去。

风雪将红尾狼部落的整个村子都染成白色，里面空寂无声，唯有积雪压垮树枝时发出的噼啪声。

晦暗的光使视野受限，但是在白色之上，那些红色无比醒目。

血，到处都是血迹和血痕，连积雪都覆盖不住。

红琅的脚步变得越来越沉，张大了嘴却一句话也说不出，俞幼悠只听到她剧烈的喘息声，还有她身后巨大的狼尾逐渐狂暴摆动打在雪地上的声音。

“红琅！”俞幼悠低声轻呵，让她从崩溃中清醒过来，同时冷静地扫视着周围，提醒道，“先别乱了阵脚，这里只有血没有尸骨，你的族人应该躲起来了！”

红琅果然清醒过来了。她甩了甩脑袋，那对大狼耳上的雪簌簌地甩落在俞幼悠的头顶。后者默默地自己抬手擦了，没让红琅发现。

红琅沉声道：“大人跟我来！这附近有个天然的矿洞，我们附近几个部落的妖修小时候都曾在那附近玩耍，他们说不定是避难到此处了！”

俞幼悠跟着红琅一起朝着矿洞的方向跑去，路上还不忘把见到的异兽尸体全收起来。

冰原上的雪堆积得太深，她又长得不够高，所以大半个身子都被淹没其中。

好在她身边有个红琅，后者化成一只巨狼，温柔地叼住了俞幼悠的后衣领把她解救出来。这次干脆也不把她丢背上了，直接叼着俞幼悠往前冲。

狼嘴中的俞幼悠顶着风雪，已经被吹得脑子发僵了，她只能苦中作乐，开始胡思乱想让自己的脑袋保持清醒——

“等会儿要是苏老二追到这里来了，怕是要被积雪闷死……”

“红琅又变成巨狼了，那么问题来了，她的衣服到底放在哪儿了，为什么没有被撑破呢……”

俞幼悠在短时间内看了好几遍红琅来回变身，然而一直没能发现红琅的衣服是如何飞快换好的。不过眼下不是询问这种奇葩问题的时机，所以俞幼悠选择乖巧地闭紧了嘴巴。

就在她快被冻成冰雕时，红琅终于带着俞幼悠抵达了位于冰原上的一个矿洞口。

入口处被积雪掩盖了大半，很是隐蔽，唯有上面残余的些许新鲜血渍证明真的有人躲到了这里。

红琅刚把俞幼悠放在地上，洞中便有两个脑袋顶着毛茸茸的耳朵循着声音警觉地探出来。

在看清来者是谁后，其中灰色狼毛的耳朵兴奋地抖了抖，大声招呼：“红琅姐！”

红琅变回人形飞快地迎上去，摸了摸那少年的脑袋，又是庆幸又是担忧

地问："阿大，族长他们呢？都在里面吗？"

叫阿大的灰狼少年眼睛还是红红的，他低声交代着："来了很多异兽，我们发现得早所以都躲过来了，但是断后的几位阿叔全都没跟上来，族长也受了重伤，怕是——"

"别怕！"听到情况后的红琅飞快地打断他的话，都来不及解释了，紧紧拉着俞幼悠就往矿洞里钻。

就在这时，旁边的白狼少年厉声质问："红琅，你为什么会带着一个人族过来！你知不知道这里有好几个部落的伤员！"

众所周知人族与妖族的关系不好，若这人族趁机屠杀这些受伤的妖修，他们连反抗的力气都没有，当初妖族被人族强大修士屠戮的经历，又不是没听说过。

红琅冷冷地看了他一眼，坚定地把俞幼悠护在自己身后，只丢下一句话："知道，所以我才带她来了。"

白狼少年还想阻止，然而红琅已经带着那人族少女飞快往前钻了。

矿洞内没有一丝光线，红琅还好，狼族的夜视能力本就数一数二，她没想到的是，俞幼悠居然也能这般自在地行走在黑暗中。要在从前，红琅定然会疑惑不已。然而现在，她脑中只有五个字：不愧是大师。

矿洞内越来越宽阔，隐约可见路上放置了几块夜光石将矿洞照亮，再往前几步抵达那最大的一处洞穴时，俞幼悠看着眼前的场景，不由得皱起了眉。她早在嗅到那股浓烈的血腥味儿后就猜测洞穴里的妖修们伤势惨重，也没想到会惨烈成这样。

洞穴里分散聚集了两三百个妖修，来自各个部落的老少男女都有，绝大部分都是冰原上的走兽族，还有些许翼族，不过无一例外的是，他们身上几乎都有伤。

在听到脚步声后，无数张绝望又惊恐的脸齐齐看向这边。在发现来者是红琅后，其他部落的人都收回了视线，不过有几个人警觉地看向了红琅身后的少女，眼中全是防备。这是个人族修士。

红琅的到来让红尾狼部落的人精神一振，她是他们整个部落修为最高的人，所有的族人都很信服她。

"小二和阿三呢？"红琅匆匆地打量着自己的族人，声音急促地询问，"还

有叶婆婆和玉姐姐呢？”

“他们都死在异兽口中了，还有些人半路走散了。”边上响起一道虚弱至极的声音，一只老狼已经支撑不住化回了原形，枯败的灰毛上沾满了血，肚子上更是破了个大洞，隐约可见掉落了一半的内脏。

他看着红琅，像是终于松了一口气：“看到你回来，我就能安心地回归雪原了。”

红琅冲上前捂住他的肚子，眼泪啪啪往下掉：“族长，您别说这种话，我带了位药师大人来救您！”

众人这才发现她身后还跟了个人族少女，因为太过娇小，以至于方才彻底被红琅的大尾巴挡住了。

红琅仰着头用祈求的眼神看着俞幼悠，一对灰色的狼耳几乎完全耷拉下去，张口：“大人，求您……”

“你让让。”俞幼悠没多说话，从刚进矿洞的时候，她就一边往前跑，一边默默地炼制异兽的血液了。

这些妖族都是被异兽所伤，他们忙着逃命跑得匆忙，幸亏俞幼悠在半道上捡了好几具异兽尸体，看模样，这些异鸟都是一个种族的，想来有用。

“我不确定这些是不是伤他们的异兽，你先拿去喂给他们。”俞幼悠把炼制好的几瓶异兽血递给红琅，提醒道，“每人一滴就好，每个部落都分一瓶吧。”

因为炼制了太多异兽血，所以俞幼悠这会儿脸色也苍白得可怕，不过她没歇，而是利落地摸出止血丹，先塞到了伤势最严重的红尾狼族族长口中。

老狼已经差不多失去意识了，他眯着眼看着她，隐约地只看到一道陌生身影，连是人是妖都辨不清，喃喃地问：“你是哪家的小狼崽子……”

俞幼悠头也不抬，挽着袖子飞快地摸出在珍宝阁中定制的手术工具，随口回答：“隔壁秃狼家的。”

老狼的呼吸微弱，他说不出话来，只是在昏过去前的最后一刻还在琢磨着一件事：隔壁什么时候来了个秃狼部落？

红尾狼族人畏惧地盯着俞幼悠手中形状奇怪的刀和各种针线，想要阻止，却又觉得不该怀疑红琅带回来的药师，只能眼巴巴地看着她飞快地把族长肚子上的毛全剃光了，又是一阵飞快的忙活。

俞幼悠被数个狼脑袋围在中间，她一边给老狼做最后的伤口处理，一边不冷不热地提醒这群忧心忡忡的狼妖：“每人一滴血，赶紧喝，不然待会儿要得疯狼病了。”

那边红琅已经把异兽血分发给其他几个部落的伤员了，听到这话后毫不客气地往几个围观的狼族修士脑袋上一拍，严厉道：“快照大人说的做！”

红尾狼们夹着尾巴不敢反抗，虽然依然对这个人族女孩充满了怀疑，但还是每个人都吞下一滴异兽血。

片刻之后，他们便察觉到自己被异兽弄伤的地方黑气在慢慢消退，而原本越来越疲乏的精神和模糊的意识也逐渐变得清明。

这些小部落都没有药师，以前被异兽咬了只能任由全身被黑气笼罩着然后等死，就算先前没有被异兽咬伤然后治好的经历，他们也知道这是自己的伤开始变好了！

“红琅姐说的是真的！这个小矮子是位药师！”

于是，整个石洞都洋溢着红尾狼们兴奋欢喜的嗷嗷叫声。

隔壁的矮鹿部落盯着红尾狼们看了好一会儿，最后低声讨论——

“好像真的有用？”

“反正都被咬了，不吃药就是死，早死晚死都一样。”

最后矮鹿们一合计，默默地把那瓶炼化后的异兽血分着喝了。

过了一会儿，洞穴里又传出了矮鹿们呜呜的欢叫声。

见此情状，原本还在犹豫的雪兔、雪牛等部落的妖修有样学样，都小心翼翼地把那瓶解药分着用了，唯独对面隐在阴影里的雪狼部落一直沉默着。

为首的年轻人是雪狼部落的新首领，也是方才俞幼悠和红琅在洞穴口见过的少年。

刚才红琅把药瓶给他，他没接，红琅也没有多说，只是冷漠地把药瓶放在雪狼部落前方，便离去了。

寒冰高原上，每个妖修部落都不算庞大，千百年下来也都成了熟络的邻居。因为妖修跟野兽不同，也不用担心狼吃兔子之类的事情发生，所以大家都算得上是和谐相处。

不过相处久了总有矛盾，其中红尾狼部落和雪狼部落之间的关系便不算太好，二者之间时常为了争抢狩猎的领地而发生争执。

有个雪狼小姑娘扯了扯少年的粗布衣摆，小声问：“少族长，我们要喝吗？”

“再等等。”年轻的雪狼心中又是焦急又是怀疑，他的父亲在几天前刚为了保护族人而死在异兽口中，尚未成年的他不得不肩负起带领族人存活下去的重任，所以无论何事都不敢掉以轻心。

“可是阿叔他们快撑不住了。”小姑娘忍着不让眼泪掉下来，狼族的少女们格外坚忍，绝对不会轻易哭出来。

她往后面看了看，有两个被异兽伤得最重的雪狼妖修已经被黑气笼罩着全身，现在陷入彻底的昏迷状态了：“其他部落的人都已经好了，少族长，我们也……”

年轻雪狼重重地按住小姑娘的肩膀，语气沉重道：“小雪，不能轻信人族来的那些药师，你忘了吗？先前我们曾看到的那个人族修士就是用可怕的药水让异兽瞬间暴毙，若是这个人族修士给的所谓解药也是那样的毒药，怎么办？”

小雪的白色尾巴紧紧地夹着，她沉默着回到两个阿叔身旁，想要照顾他们。

然而就在这时，其中一个躺在地上的雪狼妖修蓦地睁开变得通红的眼，之后狠狠地朝着小姑娘扑上来。

就在这电光石火的瞬间，石洞中修为最高的红琅飞跃而来，将小雪狼抱着避开了这次袭击。

她怒斥：“雪颂，你为什么不给受伤的人用解药！”

现在这两个重伤的雪狼妖修已经失去了理智，开始不分敌我地攻击在石洞中的其他人了！

雪狼族的年轻族长说不出话了。他咬咬牙，绝望地看着已经失去了理智的族人，只能沉默地帮着红琅去救被攻击的其他妖修。

俞幼悠飞快地奔向那群雪狼，吞下一粒回灵丹，趁着灵力恢复了一丝后赶紧又炼化出半瓶异兽血。

“红琅，把他打晕！”

听到俞幼悠的指示，红琅不加犹豫，抬起手在失控的雪狼妖修后颈来了记干脆利落的手刀。后者瞬间僵直落地，而俞幼悠同时奔向伤者，粗暴地掰

开狼嘴，把异兽血灌下去。

完事后又是相同的流程，另外的那只雪狼妖修也遭遇了同样的粗暴对待。

俞幼悠擦了擦脸上的汗水，不冷不热地朝着雪狼部落叮嘱了一句："不想再发生这种事，就赶紧给其他人喂药。"

雪狼少年还没来得及做出反应，小雪已经先一步从他手中拿过药瓶，焦急地奔往负伤的族人之中了。

不知不觉中，各部落妖修看向俞幼悠的眼神中已经少了怀疑和警惕，转而变成了敬畏。他们面向俞幼悠所在的位置，默默地以手按在心口，微微地低垂下脑袋，以示敬意。

石洞中重归寂静。

俞幼悠含着回灵丹蹲在红尾狼部落的角落里，慢慢地等着灵力恢复。等到灵力恢复了大半后，她开始继续给红尾狼部落的人治疗身上的伤口。红琅站在她身后寸步不离，每有人靠近一点儿就警觉地竖起了狼耳，恨不得贴身保护。

"红琅。"

被叫到名字的红琅马上站直身体做出反应："大人有何吩咐！"

俞幼悠略无奈地回头看向这位帅气的狼女，后者这会儿的举动真是像极了忠犬。

"这里暂时不会有异兽打进来，你们不是还有些族人走散了吗？你不如去把他们找回来吧？"俞幼悠温和地给她提了个建议，还有个原因她没说，红琅一直火热地在后面盯着，着实让人承受不了。

红琅环视了一圈洞穴，俞幼悠原本以为她是放心不下自己的族人，结果红琅开口却是："红尾狼部落听令，无论是异兽还是其他不轨者来犯，你们一定要保护好大人！"

红尾狼妖们沉声应答："是！"

临走前，红琅冷冷地又盯住雪狼部落的方向，抽出手中的大刀利落地一挥，寒声道："我妖族修士都该铭记恩情，若有恩将仇报者，我必将诛其全族！"

雪狼少年脸上略有隐怒，他咬牙道："少阴阳怪气！我们雪狼部落才不会

这么不要脸！”

之后他默默地看了一眼俞幼悠，低声说：“我们也知道何为恩情的。”

红琅冷哼一声不多言语，在警告完其他人后才蹲下来，乖顺地垂着脑袋。她看向俞幼悠的神情里全是温和，连声音都放得很轻，全然不似方才提着大刀威胁人的狠厉模样。

“大人，那您等我回来。”

被帅气狼女保护的感觉不要太爽，俞幼悠真想原地同红琅钩钩尾巴以示友好。可惜她这会儿尾巴还盘在腰上，不方便钩尾巴。于是俞幼悠只好抬起手，退而求其次，朝着觊觎已久的那对灰色大狼耳而去。

耳朵被摸上的瞬间，红琅眼中有点儿迷茫，不过也没避开。

俞幼悠摸着红琅温热柔软的狼耳朵，只觉得掌心好像拢着一团暖和的云，啊，这就是毛茸茸的极致触感吗……

过了好一会儿，她才心满意足地收回手：“去吧，这里有我。”

红琅一走，山洞里的气氛顿时变得紧张不少。

倒不是有人对俞幼悠生出了敌意，而是红尾狼部落默默地走出几个妖修，化成巨狼原形后便沉默地围着俞幼悠趴下了，差不多算是把她团在了毛茸茸的狼身之间。

因为在妖修的认知中，药师一般都是战斗力低下且身体孱弱，而人族的身体更是弱得连刚出生的幼崽都比不过，所以这位人族药师大人怕是要被冻死。

俞幼悠不知道自己在别的狼眼中已经连幼崽都不如了，她在装着淡定的模样给伤员们包扎伤口喂丹药，每治好一个妖修，就假装安慰地摸摸对方的毛耳朵奖励自己，到后面她胆子越来越大，脸皮也越来越厚，索性装着疲倦的姿态倚靠在身后的巨狼身上。

四面毛茸茸的软墙，这是什么人间天堂！

这样的快乐一直持续到了第二日，累得手疼的俞幼悠刚伸了懒腰想摸摸身后的狼毛，洞穴入口处便传来了阵阵脚步声。

红琅带着一身的风雪和寒意走了进来。她背上趴了好几个妖修，里面不只有红尾狼族，还有几个其他部落的受伤妖修，而她身后则是冻得哆哆嗦嗦说不出话的无双小队和十三人小队。

红琅将所有负伤的妖修都弄下来，然后松嘴，把口中叼着的那个小矮鹿往矮鹿部落那边拱了拱。

她一边化回人形，一边淡淡提醒："你们弄丢了个幼崽，就在山洞口。"

这可怜的小矮鹿身上倒是没伤，只是差点儿冻死。

矮鹿部落的人听到这话后第一反应就是摇头："不可能，我们绝对不会做这种蠢事，怎么会有部落遗失自己的幼崽呢！"

他们的族长甚至信誓旦旦地保证："我进到洞穴后还特意数了数，绝对没有少人！"

过了会儿那边又传来嗷嗷的叫声："这好像是小红啊！真的数漏了！"

红琅懒得管这群傻鹿了，她带着两个小队的人疾步走到族人身边，与俞幼悠碰了面，同时也将两支小队介绍给自己的族人认识。

在红琅和她的族人讲述外面的情况时，启南风偷偷往俞幼悠身边挤了挤，和她一起窝在了狼群中间，苏意致见状有样学样，也跟着挤进来了。

"你们路上没遇到什么危险吧？"看他们一身的雪就知道外面的暴风雪还没停，俞幼悠还以为他们要等到雪停了才会来的，毕竟那个悬崖怕是只有红琅这种金丹期的妖修才敢攀。

启南风摇摇头："我们没爬悬崖，绕了远路走的缓坡，半路上遇到了出来寻人的红琅，就跟着一道过来了。"

"寒冰高原上可真是太冷了。"苏意致上下牙都在打战，他把冰手悄悄地往边上的狼毛里伸，温热又柔软的触感让他忍不住发出一声舒适的叹息。

然后下一刻，便有数道聊天声从边上传来——

"对，我感觉我的盾上都结了一层冰。"

"我的剑还好，火系矿石锻造的，握着还挺暖和。"

十三人小队的成员都默契地往狼窝里挤来，个个都不要脸地从狼毛上汲取温暖，还以为自己的小动作没被狼们发现。

就连身上长了层短毛的踏雪也不例外，它甚至放弃了尊严，厚着脸皮往巨狼的尾巴底下挪了挪，大有将这巨大的毛尾巴当被子的意图。

巨狼们睁着迷茫的眼睛盯着这群笑嘻嘻的人族修士，这还是他们印象中狡猾奸诈的人族吗？为什么感觉他们都像是从矮鹿部落来的？

在短暂的歇息后，启南风和苏意致也开始帮着俞幼悠给妖族修士们看

病。这两人不仅包扎手法被训练出来了，就连接骨术也从俞幼悠这儿学到手了，寻常的骨折已经能够熟练应对了。

不过更严重些的伤情就需要俞幼悠动手了，比如这只小雪兔的耳朵被异兽咬断了，只剩一点儿皮还连在一起。

小雪兔的原形像一团雪球，俞幼悠双手把她捧在自己的怀里，小心地给她喂了止痛药，开始接耳朵。然而这好像还是只幼崽，胆子小得不行，她用无辜的大眼睛盯着俞幼悠，很快就蓄满了因恐惧而冒出的泪水。小雪兔咬着自己小小的爪子努力让自己不哭出声，可是爪子跟身体都在抖啊抖。

俞幼悠不得不承认，她对这只小雪兔心软了。

于是一向抠搜的她摸了粒橙色的辟谷丹出来喂到小雪兔的嘴里，哄她："这是胡萝卜味儿的辟谷丹，你吃了就不怕了…… 什么？你问我什么是胡萝卜？哦，也对，雪原上没有这玩意儿……"

虽然不知道什么是胡萝卜，但是甜丝丝的辟谷丹和糖果一样，很快就让小雪兔露出了满足的笑容，给她接耳朵时也不抖了。

接完耳朵后，俞幼悠把小雪兔放到一边，正打算歇歇时，一个黑色的大猫脑袋搭在了她的膝盖上，拱了拱她的手，然后也用那种委屈巴巴的眼神望着她。

俞幼悠挠挠头："踏雪，你想干吗？"

这大老虎身上还穿着他们给它换的绿色盔甲呢，也不该受伤啊。

边上的御雅逸幽幽道："它问你为什么只给那只兔子吃，不给它吃。"

俞幼悠："…… 别人那是幼崽。"

踏雪用谴责的眼神看着俞幼悠，低声呜呜叫了两嗓子。

御雅逸继续面无表情地替他家老虎翻译："它也还没成年呢。"

踏雪的脑袋压得俞幼悠腿疼，她只能不情不愿地摸了粒辟谷丹给这大老虎，结果踏雪的脑袋还没移走，她另一条腿上又是微微一沉。

不知道啥时候跑过来的小矮鹿有样学样，眼巴巴地望着俞幼悠。

最后，现场各个部落的幼崽们都分到了糖，而那些伤员也都医治完毕了。

红琅看了一眼石洞里的各部落修士，这里面大多都是熟人，不过很明显有不少部落都少了人。

方才回来的路上看到了异兽踪迹，想来它们还未离去，得尽快把那些东西清剿完毕才行。

无双小队跟十三人小队简单地商量了一下，打算一起出去杀异兽，顺便看看附近还有没有其他幸存的妖修。

“雪颂。”红琅喊了一声雪狼部落族长的名字。

被叫到的雪颂抬头望过来，虽然依然沉沉闷闷不想搭理人的模样，却还是老实地回了句：“什么事？”

红琅淡淡道：“这里的金丹期修士就你没有受伤，保护他们的事就交给你了。”

雪颂听到前半句的时候还以为红琅是打算嘲讽自己畏缩，还没来得及生气，就听到了后半句。

雪狼少年的脸上闪过一丝复杂的表情，最后暗哼了一声回答：“不用你说，身为族长保护自己族人义不容辞。”

顿了顿，他又略不自在地补上一句：“其他几个部落，我也会拼命保护他们的。”

红琅没说什么，倒是俞幼悠在路过雪狼少年身边时给他比了个鼓劲的动作。

雪颂略有错愕：心里突然觉得充满了干劲，怎么回事？

人族修士们的躯体远不如妖修那般强韧，更何况这里还是寒冰高原，就连猪妖他们都冷得把手揣在袖子里，更别说人族的这些修士了。这里随时有异兽飞过来，他们也不敢随便浪费灵力用来取暖，只能狼狈地硬撑。

十三人小队冻得哆哆嗦嗦，狂暴的烈风卷着风雪吹到他们脸上时，他们便飞快地一缩脖子、一揣手。

“南风啊……你的保暖毯子没带吗？”

“出来得急，还全都放在软榻上没带出来呢。”

狂浪生打着抖往边上一瞥，然后就看到大黑虎也在用相同频率抖动着，这倒霉的大猫甚至过一会儿就抬起只爪子抖一抖，看着像是在抽风。

俞幼悠也看得忧心忡忡：“御雅逸，你的大猫是不是被冻傻了？”

御雅逸极力让自己的声音不发颤：“前几天刚给它修了肉垫的脚毛，现在

估计冻脚。”

他跟踏雪都来自燥热的南境，这辈子就没见过雪这玩意儿。

在御雅逸既往的印象中，雪这东西就该是“白雪却嫌春色晚，故穿庭树作飞花”这样充满诗情画意的风雅事物，所以最开始从稀树草原过来，看到那些积雪的时候他还在暗暗兴奋，偷偷藏了一捧在芥子囊里，想带回去给同门看。

但是，眼下他来到了能冻死人和老虎的雪原上…… 对不起，他不要浪漫，他只要命。

最后还是红琅解救了他们，拿了十多件厚厚的狼毛大衣给他们御寒，就连踏雪都分到了一张狼毛毯搭在背上。

“这衣服挺好的。”衣服不够，俞幼悠跟苏意致两个小个子裹在同一件狼毛大衣里，她还能露出整张脸，苏意致只能露出一双眼睛。

红琅回头解释道：“这是我们的族人用在换毛季时收集的毛织就的，一般是给族中毛没长齐的幼崽御寒所用，你们披着大小正好。”

这样直白的解释让十三人小队深受打击，不过他们早就学会抛弃无用的自尊心了，所以现在都心安理得地装着幼崽模样不吱声。

苏意致躲在狼毛大衣里，低声地同俞幼悠嘀咕：“看到这件大衣，我想了个好主意。”

“啊？”

苏意致贼兮兮地出馊主意：“你尾巴不是秃了几块吗？要不咱们等会儿在山洞里捡点儿别的狼掉的毛收集起来，再粘到你尾巴上，这不就不秃了吗？”

俞幼悠用看傻子的眼神睨着他，不想说话。

苏意致觉得自己真是个天才。然而下一刻他就被俞幼悠无情地踹了出去，只能委屈巴拉地跑去启南风那边蹭大衣了。

暴风雪逐渐变小，最后化为平静，原本晦暗的天空不知不觉间变得晴朗，湛蓝的颜色亮得刺眼。

俞幼悠裹着狼毛大衣一望，微微眯起眼睛：“有东西来了。”

暴风雪停止后，他们队伍的行进速度得以加快，与之相对的是，那些因暴风雪而暂时消停的异鸟此刻再次出现了。

下一刻，众人都注意到天边飞来的那群异鸟。它们一边发出刺耳的尖

啸，一边在天际盘旋着，乌压压的一大片，竟然比先前的乌云还要让人感到压抑。

它们也注意到了底下这群新鲜的猎物，尖声叫着，在众修头顶盘旋不停，似乎在酝酿着进攻的时机。

走兽族的妖修们对上带翅膀的天生就有劣势，因为他们不能飞，而且过于庞大的躯体更容易被异鸟弄伤，所以此刻红琅他们没有化成原形，而是各自摸出了兵器。

红琅吸了口凉气，沉声提醒道："这些异鸟不好对付，我们只能等它们主动攻击的时候再——"

然而不等红琅说完，边上已经传出一句清亮的指挥："就位，从外侧开始，先下手为强！"

如临大敌般守在雪地上的妖修们错愕地转过头，就看到让他们无法忘记的一个画面。

十三人小队列作一个阵法，在最中间的少女放出动手的信号后，剑修们齐齐御剑升空，迎着异鸟群飞去，剑气纵横着在空中划出亮眼的光芒。剑修们并没有死缠着异鸟追杀，而是利落且飘逸地御剑飞行在异鸟群外侧，每次一扬剑就有只异鸟被削伤翅膀坠向地面。

这时候早早蹲守在地上的盾修们便一边举盾防御，一边奔向负伤的异鸟。下一刻，躲在巨盾下面的丹修便拿着丹炉狠狠地砸向异鸟的脑袋，然后开始熟练地肢解起异鸟的尸体。

这样一套操作堪称行云流水，妖修们看得目瞪口呆——

为什么他们在这么可怕的异兽潮中还能表现得如此游刃有余？

不过，这对于十三人小队来说其实并不算什么，毕竟他们曾在古城墙下面临过更加可怕的巨型异兽潮。当时苏飞白丧心病狂，撒下大量毒药把周边的异兽全招来了，那强度可远比这些异鸟可怕。

启南风在边上提示："这只异鸟的脚爪好像可以入药，收着。"

他这话一出口，俞幼悠马上摸出一把短剑，手起刀落，削下两只狰狞的异兽脚爪，然后把剩下的异兽躯体丢给苏意致。后者则从上面小心地拔一根毛收好，以方便到时候去黑石塔里兑换功勋值。

不管在何时何地，他们仨都不会忘记挣钱这件大事。

当头顶的异鸟群逐渐减少时，顶上剑修的攻势反而缓了下来，甚至转变方向朝着地面俯冲逃窜回来。

赵师兄大声喊："啊！来了只金丹期的异鸟！"

要是在地面上，有盾修们帮着扛盾布下防御阵，又有丹修们随时上来帮着疗伤，那对付金丹期异兽不过手到擒来。但是现在在空中，在这种只有几个筑基期剑修的情况下，想要斩杀一只金丹期异兽简直难于登天。

更可怕的是那只金丹期的异鸟飞行速度快得惊人，好似离弦的箭般追着众剑修不放，甚至带着那股浓重的腥臭味儿俯冲而下，从众人头顶飞掠而过。

剑修们飞快落地归入阵中，盾修们则反应极快地向上举着盾，以防御那只异鸟时不时的俯冲攻势。

赵师兄捂着自己被异鸟抓伤的胳膊，冷吸了一口气："糟了。"

大家对望一眼，脸上皆有沉重。

他被异鸟伤到了，可是这只异鸟飞得太快，大家恐怕追不上它，那异鸟的血该如何取得？

就在这时，张浣月提着剑毅然踏出，坚定道："我修为最高，我追上去想办法把那只异鸟的血给弄到手！"

语毕，她在手上掐了个御剑口诀便要飞出去，俞幼悠却抓住了她的衣袖："张师姐，吞了它！"

俞幼悠飞快地往张浣月的嘴里塞了粒狂暴丹，来不及解释这丹药的性质了，只能匆匆道："我跟你一起，你尽量缠住异兽，我在边上想办法弄到它的血。"

张浣月原以为这是一粒类似虚灵丹之类恢复灵力的丹药，因为在丹药入口的瞬间，她就察觉到自己原本枯竭的灵力竟然在不断攀升，隐约又恢复到了全盛的地步。

然而下一刻，她就意识到不对了。这不是虚灵丹，因为她的灵力在全满之后并未停止攀升，甚至在不断地上涨，奇迹般地突破了极限。

张浣月身上的气势越来越强，原本就筑基巅峰期的她居然一跃攀升到了金丹期的实力！

她眼睛一亮，不加犹豫地御剑飞出，而俞幼悠也把狼毛大衣一脱，操纵

着两把灵剑跟在她身后飞了上去。

异鸟几乎是在第一时间注意到了张浣月，死死地盯住了她，之后利爪一张，朝着她狠狠抓来！

此刻，张浣月的速度并不比异鸟差，她轻灵地闪避着，同这只金丹期的异鸟展开了一场精彩绝伦的空中追逐战。

一黑一白两道影子在碧蓝的天空中飞掠着，无人注意到有一个身着蓝裙的身影悄悄地朝着异鸟接近。

俞幼悠的精神全部集中在那只狂暴的异鸟身上，若是启南风在场，便会发现她的眼睛又隐约泛起了幽蓝色的光，那只异鸟飞行的速度在她眼中也逐渐变缓。

她的灵力似丝网般悄然覆在异鸟的身体上，虽然孱弱得随时会破碎，也无法对金丹期的异鸟造成太大伤害，却将异鸟身上的每一丝细节都反馈到了俞幼悠的眼底。

正如马长老所言，此刻的异鸟在她眼中，亦是一粒等待被炼制的丹药，只要寻找到它的薄弱处，便可以将它一举击碎。

脖子？不对。是翅膀。

俞幼悠紧握着手中的短剑，在异鸟躲闪张浣月全力催发的一道剑气的瞬间，她也砸……不对，是掷出了手中短剑！

伪仙器好似削泥般自异鸟最薄弱的翅节处穿透而过，精准地挑断了那根筋。

一声凄厉的惨叫后，翅膀负伤的异鸟盘旋着坠向地面。

早就等候在下方的其他成员齐齐飞奔上前，剑光和盾响不断，中间还夹杂着猛虎咆哮和丹炉碰撞声。

不多时，原本在天空中嚣张的金丹期异鸟躺倒在地，伏诛当场。

苏意致和启南风飞快地给赵师兄喂下炼化后的异兽血滴，之后同俞幼悠一道，万般紧张地盯住了稳稳落地的张浣月。

俞幼悠迫不及待地开口："张师姐，你现在感觉怎么样？"

启南风则如临大敌般摸出了纸笔，等着记载张浣月的回答。

张浣月是头一个体验到狂暴丹的人，药效也好、不良反应也罢，现在三个丹修迫切地需要得到她的反馈。

她脸上带着奇异的潮红，眼神迷茫，身上的气势依然强盛无比，只不过气息略有不稳。

平日里温和低调的张师姐此刻竟然口出狂言：“我觉得很好，我感觉能打十个。”

“厉害了！”苏意致眼睛一亮，也不知道是在夸自己炼的丹，还是夸张浣月。

不过俞幼悠还是很担心，她看着张浣月，迟疑道：“你有没有哪儿不舒服？”这种药一般都有副作用，但到底是什么，他们还不知道。

张浣月深深吸了一口气，之后摇摇头，抱着自己的剑低声道：“没有什么不舒服，因为……我好像快突破了。”

刚才和金丹期异鸟的战斗太过刺激，恍惚中让她顿悟了。

三个丹修：“……”

修士们在突破大境界时，身体都会被灵力再次淬炼一番，就算有什么伤和不适，只要不是太严重的都会自动痊愈。

俞幼悠他们抱着纸笔，也不知道是该祝贺张浣月，还是该为仍然不知道副作用是什么的狂暴丹而担忧。

不知道吃药后的反应是什么就像是头上悬着一把刀，不知道什么时候就会掉下来砍脖子，万一这玩意儿自带很麻烦的副作用，怎么办？

但是边上看得目瞪口呆的其他人就不一样了。十三人小队里，除了拉胯的启南风以外，连带着俞幼悠在内的其他人都是筑基期巅峰了，等待着顿悟晋升的人排成队。

但是顿悟这种事玄之又玄，有人喝口水都能顿悟，有人十岁筑基，到一百岁都没能顿悟，就一辈子到不了金丹。

所以他们这会儿心动了。平日里脸皮最厚的盾修就算了，被带坏了的剑修也算了，就连最爱保持风度的御雅逸这会儿也眼神灼热地望着俞幼悠，难掩激动地询问：“俞师妹，这就是传说中的破境丹吗？”

破境丹所需要的药材极其罕见，当初曲清妙被抢的五品灵药便是其中一种，炼制出来的丹药能够让修士免去顿悟的过程，直接晋升，就连御雅逸都没买到过这等宝贝。

俞幼悠摇头，毫不留情地打碎他们的幻想：“不是，这是狂暴丹，能够短

时间内激发灵力，但是估计会有不良反应。”

“我不怕什么不良反应，来，给我一粒，我来试药！”狂浪生无所畏惧地伸手要丹，后面其他人做出了相同的反应。

俞幼悠看着伸过来的十多只手和那只白色虎爪，冷哼一声：“这丹是四品的，很贵的！”

“算了。”一听此言，手和爪子又都自觉地缩回去了。

冰原之上，数道翼族身影降落在地，同地面上的数支队伍会合在一起。

站在最前方的，赫然是身负黑羽的乌未央。她身上穿着一套军队制式的铠甲，在冰雪的映照下泛着寒光，全无保暖的作用。然而她脸上不带半点儿畏缩，依然和先前一样冷厉而英挺，每当有飞雪飘到她身边时，便会被她周身凝出的无形护盾消融。

在她身边的，除了同样佩戴着青色晶石的那几个翼族之外，还有另外几支队伍，他们身上佩戴的功勋晶石也都是青色起步，其中甚至有一个壮硕的中年男子佩戴着蓝色的晶石。

“狮大人，这次竟劳您辛苦。”乌未央低头向这个中年男子道谢。

这次兽潮的主要受害者还是居住在寒冰高原上的翼族，再加上许多部落的妖修都无法适应寒冰高原上的极端气候，所以来支援者寥寥，便是想来夺取功勋的，大多数被暴风雪吹完一天后也就哆哆嗦嗦转头跑了。没想到，惯来生活在炎热地带的狮族愿意带人来帮忙剿灭异兽。

狮妖似乎很不习惯这样的极寒天气，一直在搓手跺脚，听到乌未央的致谢后却摇摇头，之后大着嗓门道：“你客气个啥呢？咱们两族好歹都是跟着陛下一起出生入死过的，哪能看着你们族遭罪不管呢？”

乌未央笑了笑，但很快表情又严肃起来，略带隐忧道：“说起来，雪原外围好像有不少狼族部落，我们得去看看他们。”

狮妖挠了挠自己乱蓬蓬的头顶，点头道：“也是，毕竟他们好歹也算陛下的远亲，陛下眼下无暇庇护他们，咱们得多加看护。”

这数个部落皆是妖族顶尖大部，也是妖都之中坚定的妖皇党，所以互相之间多有来往。此行有上百号人，修为最次者也是金丹巅峰期实力，行走在冰原上的速度亦是惊人。

然而越是往前，乌未央的表情就越是冷肃。

“异兽潮已经从雪松林蔓延过来了，地上有很多战斗过的痕迹。”她低声地同身旁的白宁说道，几乎化作了叹息。

外围尚且如此残酷，何况异兽潮最严重的里面呢？乌未央所在的黑鹰部落虽然并不在寒冰高原上，但是同为翼族，依然止不住地为同胞揪心。

白宁往下飞了一些，之后声音沙哑道：“大人，这边好像就是雪狼部落的村子。”

村子里已经空无一人了。

乌未央一行人沉默片刻，之后叹息道：“走，去下一个村子看看，万一还有人活着呢？”

然而周边所有的村子皆与雪狼部落相似，矮鹿部落、雪牛部落、红尾狼部落…… 全都空荡无一人。

乌未央闭了闭眼，在沉寂片刻后，低声道：“看样子我们来晚了。走吧，再深入雪松林，一只异兽也别放过。”最后那句话她说得斩钉截铁，带了比积雪还要冰冷的寒意。

这支强大的妖修队伍飞掠在雪地上，他们本以为这一路能遇到异兽的，然而不知道为什么，连只异麻雀都没瞥见。直到他们路过那个凝了厚实冰块的冰湖……

乌未央的表情从警觉到欣喜再到迷惑，短短的数息间转换了无数次情绪。

狮妖在她边上揣着手，心直口快地纳闷开口道：“那些…… 是狼妖们的原形没错吧？”

乌未央：“…… 嗯。”

狮妖继续不解：“这会儿在爆发异兽潮呢，他们没事在冰湖上撒欢瞎跑干吗呢？而且为什么他们身上还套着绳索，后面还拉着块木板？”

乌未央沉默了片刻，无奈地抚额：“我也不知道。”

此刻，出现在他们眼前的并不是可怕的异兽潮，而是一幅堪称奇葩的画面。

在俞幼悠他们出手将这几个部落的伤员全部救好，并把原本躲在村子里

避难的妖修们安全带回避难洞穴，又把附近的异鸟全部清剿之后，原本笼罩在各个部落之间的阴云瞬间烟消云散。

妖修，尤其是走兽一族，他们本就生性豁达，只要有一点儿生的希望就能斗志昂扬地继续生活下去。所以各个部落的幼崽们在洞穴中躲了好几天后，这会儿都趁着天晴跑出来放风了。

小狼们拉着雪橇载着矮鹿和雪兔们在冰面上窜来窜去，兴奋地嗷嗷叫。

边上蹲着看的是一群裹着狼毛大衣的人族修士，眼下张浣月正在洞穴中闭关冲击金丹期，他们也不好离开，便在这儿帮着带毛茸茸的幼崽们。

他们也都是第一次看到这种玩法，看得心痒难耐，但是总觉得跑去让人家幼崽拉自己太厚脸皮了。于是众人齐刷刷地把目光盯向了自己队伍中的大黑虎。

狂浪生拍了拍踏雪的肩膀，充满期待地问："狼能拉雪橇，你比它们还健硕一些，应该也成吧？"

踏雪把爪子往狼毛毯里缩了缩，一脸拒绝。

然而下一刻，平日里最宠爱他的御雅逸居然都开口了："踏雪，要不你试试？"

踏雪："……嗷？"

行吧，既然主人都开口了，踏雪也勉为其难地拉着雪橇在冰上缓缓行走，当然，后面坐的肯定是御雅逸，而不是一脸羡慕的狂浪生。

踏雪四只爪子的脚毛都被剃干净了，所以在冰面上有点儿打滑，但是很快它便适应了这样的玩法，竟然仰着脖子发出兴奋的啸声。

恰好它拖着御雅逸滑到了冰面边缘，此刻他俩头顶的雪松被猛虎咆哮一震，簌簌地落下来一堆厚厚的积雪，把后面的御雅逸彻底淹没。

狂浪生看得心痒难耐，在歪门邪道上素来很有想法的他很快便想出了主意。只见他拿巨盾垫在身下，之后回过头对边上的俞幼悠道："俞师妹，帮我推一下？"

俞幼悠无奈地推了他一下，于是狂浪生便跟着那些狼崽子一起嗷嗷叫着滑出去了。

"俞师妹给我也来一下？"

"俞师妹用力推我！"

…………

盾修们有样学样，最后就连剑修们也按捺不住，拿剑当滑雪板开始在冰面上玩耍起来。

俞幼悠叹气，细论下来，他们这群人里年纪最大的现在也才十六七岁，有点儿少年心性，贪玩也是正常的，不过她是干不出这种事情的。让她欣慰的是，自己的两个好伙伴还知道什么叫沉稳，没有跟着一起胡闹……

才这样想着，她身边的苏意致和启南风就摸出了丹炉，将其催动大以后摆在了冰面上，艰难地爬进丹炉里蹲好。

俞幼悠心中有了不好的预感。果不其然，下一刻这两人就无比兴奋地开始催促她了。

“小鱼，快帮忙推一下！”

“快，小鱼给我来一手，我要坐着丹炉去把狂浪生给撞飞！”

俞幼悠面无表情地一炉踹了一脚，成功地让启南风和苏意致二人的丹炉猛滑出去，甚至打着转。

俞幼悠心道：你们真是太不成熟稳重了。

然而就在俞幼悠准备继续蹲着嗑瓜子时，身后越来越强烈的上百道气息让她的动作一顿，之后皱眉转身看向背后。

乌未央一行人正表情复杂地看着这边。

看到乌未央后，俞幼悠的眼睛往她旁边一瞥，果不其然又看到了白宁。

于是她马上露出了热情的笑容，对着白宁挥挥手：“啊，这不是我们小队最忠实的伙伴白宁道友吗？”

乌未央皱眉看向白宁：“你们很熟？”

奇怪了，白宁以前素来不爱跟人族修士来往，怎么看俞幼悠的模样两人像是拜过把子似的？

白宁背后的白色羽毛都耸立起来了，他果断回答：“不，我跟他们一点儿都不熟！”

然而俞幼悠已经走上前来了，她很敷衍地同乌未央和其他人打了个招呼，之后便紧紧地握住了白宁的手，笑得无比真诚：“没想到在这里也能碰见白道友，这一定是上天安排的缘分，不如改天我们一起吃顿饭？”

白宁胸口一梗，飞快摇头：“不要！”

“那就算了，我还说什么时候回请你吃一顿呢。”俞幼悠满脸都是遗憾的样子，她的手却收回得极快，然后在白宁一脸茫然的表情中塞给他一把瓜子。

“既然不想一起吃饭，那这个就当是上次你请客的回礼好了，我们东境的特产，五香味儿的！”

白宁捏着那把瓜子，咬牙切齿：“……我那一百五十功勋值，你就打算这样回报了？”

然而下一刻，边上听了会儿的乌未央突然冷冷开口：“你当时不是跟我说翅膀抽筋，所以花了一百五十功勋值兑换疗伤药吗？原来是花我们队的钱请他们队吃饭了？”

白宁：队长，您能听我狡辩一下吗？

幼崽们的欢笑声自凝冰湖面上传来，乌未央静静地注视片刻，忽然微侧过头，看向后方的树林处。

那边有窸窸窣窣的响声传来，下一刻，便是数道身影从布满积雪的矮树林后冒出来。

他们的站位看似松散随意，实则很是讲究，互相之间皆可最快援助配合，而且借着那边幼崽们的嗷嗷叫声，他们竟然就这样悄无声息地把乌未央这群高手给包围了！

乌未央跟狮子匆对视一眼，眸中都闪过了一丝惊艳和诧异。

“很不错，有点儿像是军营中的阵法。”

“是的，没想到这些小部落中居然还有懂得军阵的人才。”

两人都是手中拥有众多妖兵的大将，对这个陌生却又熟悉的围阵瞬间来了兴趣。

而那边带领各部落高手包围了这群“可疑人士”的红琅这会儿也看清了来者是谁，在短暂的错愕后，她抬手示意众修解除戒备，之后拎着大刀快步走了过来。

她先看了眼俞幼悠，确定后者没受伤后，才恭敬地对着前方这一群人行礼。

“红尾狼部落红琅，见过乌大人、狮大人。”

听见这尊称，俞幼悠啧啧称奇，悄悄踮了脚问："你不是说你在妖都没认识多少人吗？怎么这两个人你都认识？"

红琅不动声色地屈膝让自己变矮些，低声回道："大人，这两位是妖皇大人的亲卫，也是妖都的妖将，哪怕是我们族中的幼崽也都认识的。"

在妖都待了半年完全没听说过这事的俞幼悠很淡定，还好，她好歹还知道妖将在妖族中的权限有多大，在紧急时刻，一名妖将甚至有调度绝大部分部落的权力，如若现在乌未央强行把这十多个部落都叫去攻打异兽，他们也不得不从。

不过乌未央的注意力在红琅身上，她目光灼灼地看着手握大刀的红琅，之后微不可察地点了点头。

这么年轻却能在红尾狼这种小部落修炼到金丹期，又自行领悟了绝佳的阵法，而且看这样子还统领了附近十多个部落……关键是出身狼族，这说明她至少不可能是那边的人。乌未央对红琅很有兴趣。

"你刚才率领他们布置的围杀阵很不错，而且能在异兽潮中保全这么多部落，若是加入亲卫队，想来大有作为。"乌未央抖了抖翅膀，顾不上红琅是走兽一族的，直接向她抛出橄榄枝，"我们亲卫四队还有个名额，你若是想进来，随时可以来找我。"

边上的白宁按了按自己胸口青色的功勋晶石，笑容得意："进来就是青色等级哦，而且我们乌大人即将突破化神期，届时我们四队很快就会升蓝色了。"

乌未央左边翅膀一张，神情淡漠地扇了白宁一下："自己等会儿想办法把那一百五功勋值补上。"

狮子匆挠了挠头上的乱发，拍拍自己胸口的蓝色功勋晶石很不客气地道："我们二队还在这儿，而且她又是走兽一族的，你一个翼族跟我争什么呢？"

他对着红琅笑道："来我们亲卫二队前途更广！"

红琅紧握着大刀，脸上略有些不知所措。

红尾狼部落的妖修其实实力不错，但是他们的人太少，部落领地又太过偏僻，所以只是个小部落。从这种小地方出来的红琅从未想到自己有朝一日会被亲卫队的人看中。

亲卫队，全名是妖皇亲卫队，是妖皇陛下在三百多年前亲自组建而成，

每队成员都是妖族中数一数二的天才，队长们更是各家族的族长或者继承人，比如乌未央现在就是黑鹰部落的继承人，而狮子匆则是狮子部落族长。

在妖皇闭关的这十多年间，便是这几个亲卫队在维持着妖族的秩序，可想而知他们的地位有多高，红琅能得到青睐又是多么不易。

然而红琅在片刻的兴奋过后，很快便恢复了清醒。妖族中像她这样年轻就到金丹期的修士不少，大部落中更是寻常，所以红琅瞬间明白，他们看中的并不是她，而是眼前雪原上各部平安无恙的结果。

红琅垂眸看向俞幼悠，之后扬起头从容道："多谢诸位大人好意，不过方才的围杀阵也好，将各部落从异兽潮中解救出来也罢，都非在下所为，而是俞大人和她的同伴鼎力相助的结果。"

方才乌未央就觉得哪里有点儿古怪，现在仔细一看，才发现不对的点在哪儿。

红琅从刚开始就站在了俞幼悠身后，俨然一副护卫模样，而且一个金丹期妖修竟然称一个筑基期的人族为"大人"？

在红琅和其他几个部落族长的解释下，乌未央他们总算知晓这些日子发生了什么事。

在把那些山洞中的负伤妖修治好后，俞幼悠他们一不做二不休，竟然带着战斗力不错的年轻妖修们主动出击，开始在整个雪原外围清剿异兽，顺便把其他小部落都接到了山洞周围来。

每次出门都要带回一群人，下次出门的人群再次壮大。如此这般，短短几天时间，竟然成功地把十多个部落全部迁徙过来了。

她嫌光是十三人小队打异兽太慢，于是顺便教了些简单的阵列给妖族各部，根据他们的种族特色来排兵布阵，顺利把周边的异兽全给消灭了……

若不是乌未央他们这会儿亲眼看到十多个部落的幼崽聚在一起玩闹，且那些族长都对俞幼悠等人恭敬有加，她绝对会认为红琅在胡说八道。

一个人族，还是个孱弱的丹修，居然能指挥着上百个妖修战斗？

此刻各部落的人都闻讯而来，密密麻麻地聚集在了一起。而十三人小队众人也都默默地走到了俞幼悠边上，虽然盾修和剑修们脸上笑眯眯的，但是手里都拿着武器，大有防备之意。

剑盾众人：你们可能误会了，我们只是准备等你们走了继续拿武器去

滑冰。

乌未央和狮子匆等人的目光从这十多个部落的妖修脸上扫过，最后又将视线落在了俞幼悠的脸上。

在片刻的沉寂后，乌未央语气郑重地开口：“多谢诸位。”

“嗯？”十三人小队的成员们都有点儿猝不及防，他们可还记得当初乌未央把他们丢在沙漠的“照顾”，还有她当初言语中表现出的对人族修士的轻视，没想到她还有向他们道谢的一天。

俞幼悠挑眉，她旁边的苏意致在拼命地拿胳膊碰她，而队伍中也传出好儿道气声——

“小鱼快点儿，上。”

“快跟她讲道理！”

于是肩负着队友期望的俞幼悠只好不要脸地开口了：“这是你应该谢的。”

乌未央被噎住了：不是该接“不用谢”吗？你怎么不按常理出牌？

俞幼悠继续慢吞吞道：“按照我们人族的礼节，要谢都会拿点儿谢礼，如果你愿意分点儿功勋值什么的，我们会更高兴的。”

乌未央：“……”

她身后的白宁开始磨牙：“果然，人族修士就是这么贪得无厌！”

要放在从前，乌未央定会赞同这句话，但是这会儿她没有点头，反而波澜不惊地点点头道：“异兽的尸体你们拿到的都归你们，另外救下的妖修，也都会按照药师殿的价格兑换成功勋值给你们，到时候我会给黑石塔那边打招呼的。”

其他人不清楚这句话的意思，但是知晓药师殿里医一个人有多贵的启南风和苏意致默默地在俞幼悠背后竖起拇指。

不愧是鱼扒皮，短短一句话就成功给十三人小队带来了大几万的功勋值！这下别说橙榜第一，就是黄榜都有机会爬到前列，他们可以继续在饭堂里蹭吃蹭喝了！

第二十九章

雪松林

眼见寒冰高原外围的各部落都平安聚集到了一起，乌未央便不打算继续在此逗留。她看向红琅，淡声道："此次异兽潮尚未平息，雪松林内部的情况亦尚未探明，极有可能再起兽潮。为保证各部平安，我们会派出队员护送你们的族人离开此地，前往稀树草原附近避难，待此事完了再迁徙回来。"

亲卫队在一定程度上代表了妖皇的意旨，况且乌未央此意也是为了保全各部，所以这十多个部落都没有抗拒，都在各位金丹期高手的护送下，飞快地回自己村子，收拾行李准备搬家避难了。

乌未央垂眸看了一眼底下那群人族修士，淡淡地提醒："雪松林内可不只有金丹期的异兽，更会有元婴期异兽出没，我们届时无暇看护你们，所以你们最好也一起回去。"语罢，她将翅膀一扇，径直飞往周边巡视去了。

方才还热闹无比的冰湖只剩下了十三人小队。

从雪堆里钻出个脑袋的踏雪抖了抖头顶的积雪，眼中有点儿疑惑。

俞幼悠裹紧了身上的狼毛大衣，不紧不慢地坐到地上，仰头看着队友商量道："你们怎么看？"

前途极险，她绝对不会一意孤行，把自己想去的念头加在队友身上，所以很冷静地提醒了一句："元婴期异兽很可能领悟天赋，也就是说咱们极可能和先前遇到异狼一样，被压着打成傻子。"

狂浪生把手搭在巨盾上，表情难得严肃了一些："俞师妹说得对，不过这也是一次难得的历练机会。"

几个剑修抱着剑，眉眼间皆是坚定："吾辈修士，自当一往无前。"

他们这一队人皆是各大宗门的天之骄子，本就不是昏昏度日之辈。在看到张浣月与异兽的那场生死相争，又见证她的成功顿悟之后，队员们都开始

渴望通过战斗淬炼自己。表面上是来挣钱的他们，其实始终铭记着来妖族的目的。

俞幼悠老神在在地点点头，然后掌心朝上，张开手——

“这里有一把瓜子，每个人拿一粒剥开，把瓜子仁和瓜子壳都留下。”

众人不解其意，却都照做了。

俞幼悠点了点前方那块洁白的雪地，不紧不慢道：“我们闭眼投掷，若要继续深入雪原者，便把瓜子仁丢到中间；若想返程回妖都，就把瓜子壳丢过去。”

顿了顿，她微微偏过头看向众人，同他们商量道：“若有一个瓜子壳，我们便组队回去，实在想去的就跟着乌未央他们一起去，怎么样？”

这样一来，就算有畏惧危险不敢前往者，也避免了被队友指责胆小的尴尬了。

十三人小队成员的手中都紧握着瓜子壳和瓜子仁。阳光将白雪映得仿若发光，他们齐齐闭上眼，朝着前方掷出手中的决策物。待睁眼后，少男少女们看着前方的雪地，那儿只有瓜子仁，半个瓜子壳都没有。

他们皆默契地相视而笑，然后你勾着我、我搭着你开始吹起牛来——

“行，那咱们就继续冲。”

“怕个鬼啊，我们无敌好吗！”

“异鸟有什么了不起的，我一剑就能把它们穿成一串给烤了！”

那边玩够了的踏雪甩了甩脑袋，一步一滑地走过来，用看傻子的眼神看着这群人。

大黑虎自顾自地走上前去，大嘴嗷呜一张，连瓜子带雪大口吞进肚里了。

张浣月出关的时机很合适，妖修们刚收拾完细软，她便成功晋升至金丹期钻出山洞了。

大家依然照例去问过了她的意见。

狂暴丹的药效好像终于过去了，闭关前那个嚣张地说要一个打十个的张浣月又恢复先前温柔可亲的模样，踌躇道：“我的确是想深入历练的，若是大家不想的话，我也——”

“那就没事了。”赵师兄打断了她未出口的后半句，洋溢着笑容说，“我们

都想去，现在全员达成一致。”

张浣月眸光亮亮，也很是高兴的样子。

下一刻，苏意致便钻过来把一粒瓜子递给她：“张师姐把瓜子嗑开，把瓜子仁拿着。”

张浣月不明所以，却还是照做了，捏着瓜子仁愣在原地。

踏雪垂下脑袋，粗粝的舌头把那粒瓜子卷到嘴里咽了，它哼哼了两声，俨然是嫌这玩意儿还不够塞牙缝的。

“这是何意？”张浣月盯着自己满手的老虎口水，看不太懂。

可惜众修都没跟她解释，他们只是神神秘秘地说：“这是我们十三人小队的特殊仪式。”

“下一次你就懂了。”

十多个部落，大大小小好几千人的妖修聚集在了一起。

乌未央所在的四队和狮子匆所在的二队各自派出一名金丹期修士负责带领这些部落撤离，而且红琅所在的无双小队亦会同行，倒也不必担忧他们在路上会遇到危险。

在得知俞幼悠他们要继续前往雪松林中屠杀异兽，不会跟他们一道撤退后，这些被救的妖修都很是不舍。

这些部落中大部分妖修的实力都很低，和寻常的凡人无异，此刻老老小小站在一起，眼巴巴地望着十三人小队。

过了会儿，便有各族中德高望重的老者走上前，颤巍巍地往他们怀里塞东西。大多都是从村子里拿出来的肉干、果干，也有妖修知道俞幼悠他们是药师，所以特意送上雪原特产的药材的。

那些吃了俞幼悠不少水果味儿辟谷丹的妖族幼崽没什么存货，就连玩具都没来得及带出来，所以这会儿只能各自搓下一团毛，递给俞幼悠他们。

“俞大人，我的毛送给你们，冷了可以拿着暖手。”

“我的毛更白，你们要带好，到时候可以拿着我的毛来找我，能换两个最甜的果子。”

俞幼悠等人觉得手中的幼崽毛有点儿烫手，于是假模假样地推辞了一下。

结果，不知道何为人情世故的妖族幼崽们毫不客气地戳穿了这些人族的谎言——

“你们明明就很喜欢我们的毛，没事就贼兮兮地盯着看。”

“我昨天睡觉的时候，你们有十个人过来摸我脑袋了。”

“特别是苏大人，他还偷偷捡我们掉在山洞里的毛。”

听到最后一句指名道姓，表情尴尬的大家纷纷做正义状谴责苏意致：“噫，你太猥琐了！”

苏意致看了看俞幼悠，有苦说不出，他是想捡毛帮俞幼悠粘尾巴啊！

而另一边红尾狼部落的队伍中，老眼昏花的族长眯着眼睛不知道在找什么。

红琅不解地问：“族长，您在看什么？”

老狼体虚，沉睡数日后才醒过来不久，他哑声问：“那个给我喂药的远亲呢？”

红琅怔了怔，她弯下腰低声道：“族长，救您的是俞大人，就是那边那位人族姑娘。”

这话她和族人不知道说了多少次了，但是老狼眯着眼仍在低声嘀咕：“不对啊…… 不是人族，我记得清清楚楚，是隔壁秃狼部落的小狼崽子才对。”

“您可能是听错了。”红琅耐心地同他解释，“冰原上的几个部落都在这儿，我们都没听说过什么秃狼部落。”

当“秃”字出来时，俞幼悠就耳尖地捕捉到这个关键字眼了。她略不自在地掩嘴咳了咳，踩了踩边上挤眉弄眼的苏意致。

收了妖修们的大堆特产和药材，俞幼悠觉得自己也该有点儿表示，于是她拿着一盒子疗伤的丹药走到红琅跟前。

“这里面有些疗伤的丹药，若是护送途中出了意外，你可以拿它们救人。”她仰头对红琅说。

红琅蹲下来，同俞幼悠的视线平齐：“不用的，大人。”

她声音中带着生硬的温柔之意，像是习惯了平日里冷厉的说话方式，正在笨拙地学习温和的口吻：“族人们有乌大人他们的人保护，我很放心，所以我要跟你们一起去雪松林里。”

狼族的骄傲是刻在骨子里的，而有恩必报亦是他们坚持的骄傲之一。她

永远不会忘记暴风雪中朝自己奔赴而来，呼喊着要跟她一起来解救族人的少女，也不会忘记雪原上那些重伤的族人在濒死边缘，是谁不眠不休地将他们的命拯救回来。

红琅单膝跪在雪地上，用手边的大刀撑着身体，低垂着头，用自己的那对毛茸狼耳碰了碰俞幼悠的手，行了她所认为的这种人族礼节。

“接下来，请让我来保护您吧。”

俞幼悠的手指疯狂抖动，最后还是没忍住，摸了摸狼耳朵。

“好——”爽啊。

“乌前辈他们飞得好快。”

“踏雪的爪子都冻红了，狮前辈的肉垫就不觉得冷吗？”

狂浪生呼哧呼哧在雪地上奔跑着，声音中透露着绝望。

乌未央他们不是元婴期就是金丹期，而且都是妖族，所以在雪地上要么飞天，要么变成野兽狂奔，那速度根本不是十三人小队能比的。

好在一场异兽潮将乌未央他们的脚步止住，也使得十三人小队和红琅勉强追了上来。

此刻雪地上堆满了异兽尸体，里面甚至有十多只金丹期异兽，而完成清剿的乌未央和狮子匆等人则在雪地上静静地站着，也不知道是在等他们，还是在休息。

看到十三人小队气喘吁吁的身影，白宁的唇角悄悄地扬起了一丝微笑——

颤抖吧，畏惧吧，人族，没见过这么多被秒杀的金丹期异兽吧？

御雅逸和红琅的确有片刻的错愕，但是出身东境的其他人就是一脸的淡然。

毕竟他们都是曾被化神期异蟒追着撵过的人，也是亲眼看过百里空山一剑单杀的人，这会儿那条蟒尸还在俞幼悠的芥子囊里呢。

他们非但没有颤抖畏惧，反而互相交换着眼神，最后在为了钱什么事都敢做的苏意致的带领下不露声色地往前，看似帮着销毁异兽尸体，实则开始悄悄地拔那些金丹期异鸟的毛。

一根毛能兑换一百功勋值，十根毛就是一千，有便宜不占王八蛋！这就

是被大佬带飞刷功勋值的快乐吗？

站在树梢上的乌未央看清了他们的小动作，嗤笑一声提醒：“你们尽管拔，黑石塔里的妖侍不是傻子，他们早就知晓该如何分辨异兽了，同一只异兽只能兑换一次功勋值。”这群人族能兑换到功勋值算她输。

十三人小队怒了：蹭经验不给蹭，你们又在前面把怪都刷干净了，那我们跟在你们后面是为什么？

启南风深深吸了一口凉气，之后俊逸的脸上露出一个堪称反派式的咬牙切齿笑：“那我们不要功勋，我们去拿异兽尸体！”

他的眼睛在异兽尸体上一扫，精准地报出目标：“左边那只异鸟的头冠、那只断翅异鸟的尖喙……”

这些都是金丹期的异兽，能入药的部位很多，还有些能带回四境让珍宝阁做成法宝。

于是在法宝这方面见识颇广的御雅逸也轻咳一声，压低声音指挥起来了：“最大那只的脚爪弄下来，还有那只红鸟的尾羽……”

其他人毫不犹豫动起了手，如同饿狼扑食般分散奔向眼前的这堆宝库。

管它入药还是做法宝，他们全都要了！

妖族在异兽尸体中收集有用部位的仅有两人，一个是狮族那边的药师，另一个便是白宁，其他人都不知道哪些能用，所以这会儿都没动手。

后者眼看着那群人族修士蜂拥而来就大感不妙，催促边上的狮族药师：“快！别管那么多了，先把所有尸体都收起来，不然要被抢没！”

此话一出，狮族药师浑不在意地哈哈笑道：“白宁，你们翼族啥都好，就是心胸狭隘了些。这么多异兽的尸体，他们能拿多少去？就算拿得多，他们也拿不走多少有用的部位。我可是去过四境，他们那边的人只识药材，从来不懂如何用异兽入药的。”

白宁不想跟他说话，见识过这群人族修士有多不要脸的他这会儿只想疯狂抢夺异兽尸体，可惜其他人不以为然，就连他的队友都不帮忙！他只能忍辱负重，独自和十三人小队作战。

事实证明，一个人是拼不过十三个人的，何况那边还有两个指挥夺宝的家伙。

那狮族的傻子药师还在挠着脑袋纳闷呢：“咦，怎么这些异兽身上有用的

东西都不见了啊？”

白宁气得难受，偏偏越是往里面走，异兽的数量越多，虽然并不会给他们造成麻烦，却使得他们行进的速度变慢，也使得后面的十三人小队成功跟在了他们队伍末尾。

在又一波异兽潮来临时，俞幼悠他们在边缘不断飞掠，因为有了红琅和张浣月两个金丹期高手，所以成功诛杀了一小群异兽，在乌未央这群元婴期手底下分到了一杯肥羹。

白宁这次盯得很紧，先是严肃交代队友记得把异兽尸体看好等他回来，然后便在俞幼悠他们战斗结束的瞬间飞快冲了过去——他要抢回来！

结果刚过去，就见到数道光芒亮起，那些不要脸的人族修士居然把所有异兽尸体都收进芥子囊了！

白宁震惊了，他费解地问道：“你们的芥子囊放得下那么多异兽吗？另外，你们不怕里面的其他东西被熏臭？”

异兽的躯体往往会比寻常的野兽大好几圈，芥子囊装个十来只就满了，这也是他先前慢慢在尸体里解剖出有用部位，而不是干脆把所有异兽尸体都带回去的原因。

“我们有专门拿来存放异兽尸体的芥子囊啊。”俞幼悠不紧不慢地回答，自万古之森出来后，就连最抠门的她都多买了个芥子囊，就别说其他人了。

“至于放不放得下，”御雅逸接过话茬儿，露出久违的豪阔微笑，“在下不才，手上恰好有两个顶级芥子囊，每个装几千上万具异兽尸体不成问题。”

白宁郁郁寡欢了。

俞幼悠他们倒是自来熟地同他聊起来了。

“你也是药师？那我们在药师殿怎么没看到你呢？”

白宁哼了一声，他以为俞幼悠是花了功勋值进的药师殿，心里也没做他想，轻蔑道：“我们这种高级药师可全在二楼，你在一楼怎么可能看得到？”

“原来如此。”俞幼悠点点头，之后大方地塞了把瓜子给白宁，同他唠嗑，“你们妖族的药师好像不太多啊？一定得非常优秀才能跟你一样成为高级药师吧？”

白宁有点儿飘飘然，他扇了扇翅膀自得道：“那是自然，我们妖修多好战斗，能静下心来钻研药道者寥寥无几。而且凡事都讲天分，大部分妖修即

便有幸背熟了药书，也学不会真正的炼药之法，只知道拿异兽血肉一锅乱炖……”

也是，光看那十多个部落的小崽子们就知道妖修们不像是能静下来背书的性格，他们个个都跟多动症患者一样，天天都在撒欢乱跑。

边上的大白鸟开始了吹嘘，俞幼悠有一句没一句地顺着他的话奉承着，成功套出妖族大部落药师的状况——在大部落里，的确不是简单粗暴地拿异兽血肉来熬汤的。他们也讲究精准的配方和药性的选择，用药材和异兽材料一道配合着炼化为药水，这才是妖族真正的药道。

白宁被俞幼悠花里胡哨的夸法弄得心情舒畅，对这群人族的戒备也逐渐减少，甚至他脑子一热，竟然答应下次带他们去药师殿二楼长长见识。

乌未央默默地回头一望，白宁果然跟这群人关系很好。

在这样“和谐”的气氛中，杀了一路的人妖两族修士顶着暴风雪抵达了目的地——雪松林。

这里的雪松树同俞幼悠印象中的雪松树并不是同一种植物。这些雪松树高约十丈，好似笔直的剑刃一般直入云端，树干无比粗壮，四五个成人才可环抱。枝叶亦是繁茂无比，上面生长的叶子并非绿色，而是雾白色，同雪白的积雪混杂在一起，竟然分不清何为雪、何为叶。

众人踏入林中，雪松林竟然将暴风雪遮挡住了，幽暗的林中宁静无比，唯有众人踩踏在松软的白色针叶上时传出的声响。也正因这份寂静，才让前方松树后传出的轻微异响显得格外清楚。

乌未央抬手示意身后的人止步，冷然注视前方，沉声开口：“出来。”

数道身影从前方树后而出，为首的是个精瘦高挑的男人，一头长发高束，眉眼间充满了狂肆之意。而他胸前佩戴的功勋晶石，是幽幽的蓝色。

狮子匆的脸色马上变得不好看，往地上啐了一口，冷漠道：“豹厉，你居然不在妖都钻营，来这儿干吗？”

豹厉缓缓地拍了拍手，挑眉道：“竟然能在这儿遇到二队和四队的各位。”

“你居然也会来此，我也是没想到。”乌未央神色漠然地回道。

豹厉不冷不热道：“毕竟我们是陛下的亲卫三队，合该为陛下解忧。”

前面的队长们在对峙，后面被高大的狮族挡住了的十三人小队在嗑着瓜子悄悄看。

“豹厉是谁？他说话怎么阴阳怪气的？”俞幼悠用胳膊肘碰了碰白宁的翅膀，不懂就问。

白宁翅膀一缩，羞恼道：“你是女的，别乱碰我翅膀！”

俞幼悠一脸懵懂，显然不知道为什么，白宁只好呼出一口气把这事略过，低声同他们解释：“豹厉就是亲卫三队的队长，跟狮族的二队和我们四队都不对付，他脑子有病。”

至于诸如豹厉自妖皇陛下闭关后就一直积极地在妖都钻营夺权，拉拢各个大部，疑似想要造反之类的事情，白宁聪明地选择不跟俞幼悠这群外人说。

他虽然不说，俞幼悠却知道得挺多——豹厉是俞不灭隐藏身份游历在妖族时拜过把子的兄弟。正如龙傲天文的基本进展，两人最开始看不对眼，然后无意中携手对抗了一只厉害的异兽，最后被龙傲天的魅力征服，成了无条件帮助龙傲天的异族好兄弟。按照小说的惯例，后面豹厉应该会在龙傲天的帮助下成为妖皇，统一妖族。

俞幼悠偷偷地歪头看过去，想偷偷记住豹厉的长相。然而就是这一瞥，她看到了一抹熟悉的绿色。那是悬壶派的袍子！

俞幼悠飞快地把苏意致拽过来，拿狼毛大衣蒙着他的脸，只让他露出一只眼睛，急声问：“快看，最后面那个是不是你的大堂兄苏留白？”

苏意致只看了一眼便飞快点头：“对，就是他！”

启南风不知道什么时候也钻入这件狼毛大衣里，声音沉闷地问：“他怎么在妖族还穿着悬壶派的衣服？太显眼了吧！”就不怕被妖族们针对了暴揍一顿吗？

“他一直都想证明悬壶派是人族第一宗门，估计是想穿着这衣服在妖族给悬壶派争面子呢。”

不得不说苏意致真是苏家人，对苏留白的心理活动拿捏得还挺准。

前面的豹族队伍似乎并没有同行的打算，很快便朝着另一个方向行进了。

即将远去之时，混在豹族队伍当中看着毫不起眼的苏留白神情淡漠地回头，望了苏意致一眼，后者飞快地把脑袋全缩到了狼毛大衣里面。

“怎么了？”他身边的豹族年轻人低声询问。

“我又看到那位远亲了。”苏留白的脸色在单薄的绿色长袍映衬下略显苍白，然而毫无畏寒之意，只是从容地跟着豹族之人疾行。

豹族年轻人眉头一皱，狠厉问道：“他们认出你了，会不会让乌未央怀疑上我们？”

豹族在妖都的势力极大，他们正准备想办法把苏留白一起安插进为妖皇炼药的药师中，不过因为苏留白是人族，所以此事很麻烦。

“不会。”苏留白轻咳了一声，苍白的脸上染出些许不正常的潮红，他淡声道，“这次来的是东境修士，他们一贯古板且自诩正直，更是格外坚持同宗同族之情。此刻在妖界，我与他们同为人族修士，所以哪怕与我有仇，他们也不会在你们妖修面前道我的不是。”

曾经同东境较量过的苏留白对他们太过了解了。正是为了这些所谓的坚持，当初丹鼎宗那些医修才会可笑到为了救队友而成了废人。苏留白愿意对他们表示敬意，但也仅是表示而已。

他不知道的是，这次的东境修士已经彻底反派化了。

按照正常的流程，十三人小队该防着妖族，所以什么都不说，万万没想到，他们非但不防妖族，反而开始热心提醒妖族防着苏留白——

“我跟你们讲，你们要防着豹族啊！他们跟苏留白勾结在一起了！”狂浪生一把拽过白宁的胳膊，看似悄声耳语，实则嗓子大得让所有妖修都能听见，“苏留白他会用毒丹！他能悄无声息地毒死元婴期修士，你小心明天就被毒死！”

“他三年前还是筑基期就能引得万古之森的异兽暴动，现在他都金丹期了，说不定你们翼族这次的异兽潮就是他撒药引来的！”

擅长以最大恶意揣测他人的御雅逸还记着南境的仇，他斩钉截铁道：“他一个人族修士，三年期满后不跟南境师兄们返回四境，居然跟豹族混在一起了，他们一定是在密谋什么坏事！我合理怀疑他想毒害你们的妖皇，建议你们马上除掉他以绝后患！”

接下来这一路上，雪松林里一直回荡着十三人小队的阴阳怪气。

白宁左边站的是大嗓门的狂浪生。此人拽着他的胳膊，一副“我把你当兄弟所以才告诉你人族秘事”的表情，把苏家上下形容成了行走的毒王，就差说苏留白走过的地面都会被腐蚀了。

右边的御雅逸也不拿自己当外人了。他时不时阴恻恻地补一句致命的推测，偏偏他的疑心病重，脑补能力也强，所以一切都显得有理有据、令人信服，唬得白宁一愣一愣的。

白宁尚且年轻，对于四境那边的认知就跟俞幼悠他们对妖族的了解一样——全靠脑补。

但是前方的乌未央和狮子匆就不一样了。他们对视一眼，经过十三人小队的反复提醒，二人霎时都想起了数百年前两族关系极恶时，悬壶派曾投毒灭掉一个部落的往事。

妖族跟四境之间的消息交流着实太滞后了，两族之间少有来往，只有些胆大包天的散修敢穿越两界，而大部落或者大宗门者轻易不会踏足对方的地界，因为一旦来了就会被视作奸细盯上，这也就造成两族互不干涉、知之甚少的局面。

当然，类似于各大宗门中又出了哪些强者这些要紧的消息，他们自然是知晓的，但是像四境大会当中的事情……天才太多了，元婴期化神期的大能是没有工夫去关注别族筑基期孩子们的小打小闹的，最多也就是在对方派出小孩们过来历练时，看一眼对方的年轻人都是什么样。

正如天上的雄鹰不会管地上的一群小蚂蚁打架一样，除非他们闲得无聊。

狮子匆这会儿也无聊了，他摸了摸自己的胡子闷声问：“你怎么看？”

乌未央对身后的声音好似并不关心，不为所动道：“苏留白身份不一般，一旦死在妖族地界，北境很可能会跟我们拼命，一个不好又要两族战乱。”

“也是，陛下情况不太妙，眼下的确不能再起战事。”狮子匆叹气。

乌未央冷笑道：“而且，后面这伙小崽子有拿我们当枪使，帮他们内斗的嫌疑。”

狮子匆原以为乌未央没有把十三人小队的话听进去，谁料想她话说得淡定，接下来的态度却过于诚实——

只见乌未央冲着边上的一个翼族招招手：“你想办法跟上豹厉他们那队人

马，盯着苏留白，若真查到他和这次异兽潮有关……”乌未央没有继续说下去，只是隐蔽地交代了一句什么。

这个体形娇小的翼族出自蜂鸟部落，在队伍中负责的便是侦察暗杀之类的活计。她点点头，化成原形飞快地掠往队伍相反方向，追着豹族队伍而去。

发现狮子匆正目光古怪地盯着自己，乌未央若无其事地轻咳一声，掩饰尴尬，表情依然很镇定：“此乃有备无患。”

队伍后方的十三人小队诸人见状，也停止了对苏留白的反派式攻讦。

他们就没指望妖族听了这一两句话就真上头杀了苏留白，堂堂妖族大将又不是傻子，哪有这么容易上头。所以他们一开始的目的就是体贴地替苏道友找点儿麻烦上身。

这不，麻烦就追着他去了吗？

两族队伍在雪松林中一直向前，积雪和雪松叶混合的触感极其柔软，但是踩着并不舒服，反而行走得艰难。

这一路以来他们没有见到一个翼族的身影，那些曾有居住痕迹的树屋巢穴和倚靠树枝搭建的各种村落，全部都空荡而残破，越是往雪松林里面走，这种可怕的荒寂感就越强。

方才已经有数只隐藏在暗处的异鸟飞来突袭了，不过都被队伍前列的乌未央和狮子匆利落地解决了。只是二人紧紧皱起的眉并没有松开，神情反而越发冷肃。

“前面是寒鸦部落，是雪松林内的一个大型部落，也是第一波异兽潮爆发的地方。”

众人沉默着往前奔走了约莫一个时辰，由一片树屋构成的大型部落出现在众人面前。然而和先前那些小部落一样，这里不见异兽，亦不见人，只有满目的白。

“不对劲，为什么都没有战斗过的痕迹？”

“没有人，也没有异兽？”

踏雪往前走了一步，之后脚爪被雪下的事物硌到了，于是抬爪在雪里刨了一下——一具被啃得残破不堪的尸骨出现在它爪子下面。大黑虎低声吼了

一嗓子，众修的视线顿时转了过来。

俞幼悠的脸色很难看，她就着踏雪刨出的雪坑继续挖，果不其然，厚厚的雪下躺着无数寒鸦部落妖修的尸体，异兽将他们啃食得干干净净，说是尸体都不确切，该是尸骸才对了。不知是经过了多少日夜的暴风雪，才能穿透重重密林，将这么多血躯掩埋在纯白的雪下。

寒鸦部落已经没有一个活口了。不知道究竟是多少只异兽疯狂肆虐，竟然一夜之间就让一个大型部落彻底消亡。

乌未央艰难地吸了一口气，咬咬牙，强迫自己保持冷静，下达指令——

“继续前行，去前方的部落探查是否还有活口。”

这次队伍加快了速度，队伍最末的俞幼悠他们略有吃力，为了能顺利跟上队伍，他们连身上披着御寒的狼毛大衣都脱了，依然与乌未央他们的距离越拉越远。

在雪地上奔跑对于红琅来说不算困难，她低头看向身旁脸色略苍白的俞幼悠：“大人，需要我背你吗？”

俞幼悠轻灵地越过前方断裂的一根巨大雪松木：“不用，你在后面帮我照看下苏老二和南风。”

“那您……”

“前方血腥味儿很重，我先去看看是不是有人受伤了。”俞幼悠不知何时已经摸出了双剑，御剑飞快地往前冲去。

红琅略有错愕。狼族的嗅觉格外发达，她都没闻到血腥味儿，俞幼悠是怎么闻到的？

被她单手拎起的苏意致嘿笑一声，骄傲道：“我们小鱼的鼻子可是很厉害的，比我见过的所有狗都厉害！”

红琅：等会儿要不要把这句话转告给大人听呢？

前面的乌未央他们在连续看到三个被灭族的部落后，终于遇到了一个幸存的部落。

整个部落已经快成为废墟了，异兽不知痛楚地不断冲撞着巨大的雪松木，逼迫躲藏在树洞里的老人和孩子出来，尚有战斗力的翼族修士们挥动着

翅膀同那些可怕的异鸟不断搏命。为首的那只异兽是元婴期，远非这些妖修所能抗衡的。

这只巨大的元婴期异鸟振翅一挥，轻而易举地将边上的十多个翼族掀翻后，与十多只金丹期异鸟和数百只筑基期异鸟集结成队，好似阴云一般朝着躲藏在巨木后的受伤人群乌压压地飞去。

远方的乌未央全身修为爆发，身后的黑色翅膀变得越来越大，死咬着牙以最快速度朝这边疾掠而来。与此同时，她手中忽然出现了一张巨大的金色弯弓。

乌未央冷眸微眯，左手持弓右手拉弦，七道强劲的光箭飞射向异兽群，瞬间贯穿六个金丹期异兽的脑袋，最强盛的那支箭狠厉地朝着最强的异鸟猛射而去。

可惜，那只元婴期的异鸟远非寻常异兽可比，振翅一挥避开了。

"呸。"乌未央啐了一口，之后冷酷地抬手下令，"齐射！"

翼族擅长飞行和弓箭，此刻乌未央带来的四队队员们皆取出弓箭，一边躲闪着异兽的袭击，一边射箭反击。

而狮子匆的狮族妖修们则化成了原形，踏着雪上倒塌的巨木奋力一蹬，便跃到了半空中，飞身一扑，暴力地将空中的异鸟抓下来开始近身搏斗。

这一场战斗充满了血腥味儿和暴力感。

乌未央站在树梢上，一边远射，一边镇定地指挥着翼族妖修进攻，没一会儿，她边上竟然传出了另一道指挥声——

"不要正面上，剑修从左侧动手。"

俞幼悠不知什么时候过来了，还爬上了她旁边的那棵雪松树，这会儿正一脸严肃地站在树杈上，盯着下面的战局。

她这会儿把传讯符拿出来别在腰间，语速飞快地指挥着剑修和盾修们动手——

"张师姐断后，其他人转向突袭！"

"盾修就位，准备顶盾冲到树后！红琅带上丹修绕开攻击去树后会合！"

"地上有残敌，踏雪注意补刀！"

这还是乌未央第一次真正听到俞幼悠指挥。她全然不似先前那样懒散不可靠，那镇定的语气和对整个战局的把握，竟像极了在战场中厮杀过十多年

的老将。

更可怕的是，实力明明不算强大的十三人小队，居然在她的指挥下完美地加入了战局，精准地把翼族和狮族出现的各个漏洞都补上了。

也就是说，俞幼悠不仅关注着自己的队员，她甚至有余力去观察整个战局的每处细节！乌未央心中大受震撼。

“唧唧！”

乌未央拉弓的动作一顿，她才发现俞幼悠怀里还抱了只毛都没长齐的翼族幼崽，并且一只手拿着坨粉色的丹药捏碎了在喂鸟。

少女蹲在树杈上，一边老辣地指挥着战斗，一边抽空匆匆瞥了一眼正在叽喳叫的幼崽，把手里的辟谷丹碎渣儿喂给它。

“乌前辈，别看我了。”俞幼悠好似多长了一双眼似的突然开口。

明明战局紧张，她还能抽空开个玩笑：“你再看，我等会儿害羞了会指挥出错的。”

刚才还觉得俞幼悠有点儿可怕的乌未央：“……”

乌未央定了定神，将心中复杂的情绪压下去，扭头专注应付起了前方的战局。

三支队伍携手并肩战斗，这波可怕的异兽潮暂时被平息下来。

方才战斗的修士们迅速地落地，帮着寻找在树洞里躲着的生还者，而药师们则迎来了新一波的忙碌。

俞幼悠看了一眼隔壁的乌未央，小心地御剑飞到她身边，然后把怀里的翼族幼崽递过去。

“鸟崽子你带，我要下去救人了。”说着，她还不忘把那坨喂了一半的辟谷丹也递过去，顺便叮嘱道，“你捏碎点儿喂，别把小鸟噎死了。”

乌未央略微僵硬地一只手接过了这只幼鸟，另一只手捏着半坨辟谷丹，有点儿不知所措。

但是俞幼悠没空教她该如何喂幼崽，因为这个部落几乎人人都有伤，而且由于异兽攻击他们好几天了，里面不少翼族已经失去了理智，甚至萦绕着黑气彻底死亡了。

白宁和丹修们动作飞快地采集着异鸟的血肉，然而他一抬头，看到盾修

们正在林间疯狂地捡着异鸟的尸体。

他一怔，之后便升起了一股无名怒火，这都什么时候了，他们居然还忙着捡尸！白宁倏地站起来想教训一下这群贪婪得过分的人族，岂料他们已经抢先大步奔来了。

一大堆异兽尸体被倒出来，堆在他们面前。

盾修们在白宁错愕的注视下擦了擦额上的汗水，大声道：“你们抓紧时间炼异兽血救人，找异兽尸体的事情交给我们就是了。”

见白宁还呆傻地站着不动，狂浪生劈头盖脸就是一通教训：“看我干啥？赶紧动手啊！”

牙尖嘴利的白宁这次却没反驳，而是乖巧到离谱地依言蹲下了，深埋着头，飞快地炼制着异兽的血液。

他为自己方才的想法感到羞愧，果然人不能总被过往的刻板印象束缚，其实这群丹修人很好，还帮着炼制异兽血去救助受伤的翼族……才这样想着，白宁就发现一件事。

对面那三个人的确是在飞快地炼制异兽血，但是为什么他们炼制完后还以更快的速度把异兽的尸体收走了？

更不要脸的是，他们还好意思催促：“白道友，你愣着干吗？赶紧炼血救人啊！”

白宁不想说话了。

不多时，搜寻幸存者的修士们便带来了上百个重伤的翼族，除去伤口上的黑气外，断腿、断胳膊的数不胜数。

白宁看得翅根发紧，妖族对各种外伤的态度大多是等着自愈，所以他也不太擅长这方面，但是眼下这些翼族伤成这样，怕是没办法自愈了。

“没办法了。”

白宁匆匆收回视线，继续炼制异兽血送到边上的翼族口中。他不让自己去看身旁那个翅膀连根折断的同族，努力让自己硬着心肠道：“先把他们的命救回来再说，至于断翅的那些人眼下没法儿治，只能后面带他们去药师殿碰碰运气了。”

妖族擅长医治外伤的不多。

这时，蹲在他对面的俞幼悠忽然抬起头问道：“从这里回妖都至少要半个

月，他们的伤没问题吗？”

“是。”白宁低头不去看俞幼悠，低声回答，“太迟医治的话，他们极有可能变成残废，这辈子再也不能飞了。”

他是翼族，这句话到底有多残酷比谁都清楚，不能飞的翼族就是废物，在竞争严酷的妖族可能连继续活下去都没办法。

这句话刚落下，对面的三个丹修突然齐齐把跟前的异兽尸体朝他面前推了推。

“你继续炼着。”俞幼悠站起身来，径直朝那些躺在雪地上的翼族走去，启南风和苏意致也跟上了她的脚步。

下一刻，白宁便看到俞幼悠手中多出了许多从未见过的神秘道具。

三个丹修蹲在一起，俞幼悠动作飞快地开始为他们接翅膀和断脚。每当她处理好一处伤口，一伸手，启南风便自觉为她递上各种工具，苏意致则低头给那个翼族人上药包扎。

似乎是疗伤丹不够了，中途苏意致还抽空炼了两炉丹药给俞幼悠送去，而这个过程中，他们甚至都没有开口交流。

那三人的配合默契无间，白宁看得有点儿傻眼了。

更可怕的是，他们接翅膀的速度未免太快了。

白宁没有注意到的是，他的第一反应居然不是怀疑他们是否真的接好翅膀，而是下意识觉得他们已经成功了。

“不行，不能输给人族！”

白宁抓紧时间炼制完剩下的异兽血，然后瞄了一眼那些受了内伤的妖族，飞快地取出自己的炼药锅。

虽然白宁不擅长治疗外伤，但是他对于内伤的治疗可是很有心得的，觉得自己炼制的药水不会比人族修士的疗伤丹药差。

一场医修与药师之间的无声战争就此打响。

他取出各种药材和异兽躯体，开始炼制翼族的秘制疗伤药水，此药对于内伤的治疗效果极佳，堪比人族的四品丹药。

在他丢药下去时，对面的启南风不动声色地往这边瞥过来一眼。妖族的洞察力惊人，白宁敏锐地抬起头来和启南风对望。

启南风手里还拿着一把奇怪的钳子，他问：“你不怕我偷师？”

白宁哼了一声："就你？"

炼制高级药水可不像那些小部落似的随便煮点儿异兽肉汤就完事，里面蕴含着各种复杂的原理和千万次的练习，就像剑修的剑法一样，有谁看一遍就能偷学会吗？

"看，尽管看！"白大药师甚至带着炼药锅往三人组这边挪了挪，方便他们看清自己的动作。

你们都敢在我面前展示接翅膀技巧，我还不敢当着你们展示炼药技术了？我妖族药道之高深，绝不是你们能偷学了去的！

"白道友真的太大方了。"启南风忍不住喟叹一声。

刚处理完手上这个翼族的俞幼悠也忍不住点头赞同："没错，太大方了！"

连续忙碌两天后，这个翼族部落的伤员算是救回来了。

炼制异兽血的活儿全被丢给了老实巴交的狮族药师，俞幼悠他们三人开始应付各种狰狞的外伤，白宁则铁了心要展示妖族炼药技术的博大精深，频频在三人组面前展示各种精妙的妖族特色药。

"呵，知道这是什么吗？能够帮助肉体痊愈的护心药水！"

"能够瞬间让昏迷者苏醒的药汁没听说过吧？"

看到最后，三人组都有点儿不好意思继续看下去了。

偏偏白宁觉得这是没见识的人族修士开始认㞞了，反而越发嚣张地炫耀起来。

两个妖族药师和十三人小队负责留守在这个部落，而乌未央他们则昼夜不停地奔走在雪松林中，一边清剿异兽，一边不断地把各个部落的伤患送往此地。

累得动弹不得的俞幼悠往嘴里丢了粒回灵丹，躺倒在狼皮大衣上，颤巍巍地冲着刚从天上飞下来站稳的乌未央比画了几下。

怀中抱着几枚蛋的乌未央脚步一顿，低下头语气淡漠地询问："什么意思？"

同样躺在狼皮大衣上休息的苏意致摸出个小本子，把上面记录的数字给乌未央看，他虽然累得小脸发白，眼底却开始放光——

"乌前辈，进入雪松林后，我们已经治了三百二十人了。"

药师殿不同治疗项目的价码不同，所以苏意致已经提前把每个伤员治了什么伤给背下来了，等着回药师殿一一核对后统计分数，也不知道为什么，他背这种东西远比背药材大全来得快。

那边刚把新来的伤者包扎完的启南风赶紧插话："不是，算上这个是三百二十一了。"

乌未央强忍着一脚把他们踹翻的冲动，面无表情道："知道了，一分也不会少你们的。"

三人组总算是安下心来，默默地瘫软在同一件狼毛大衣上，躺尸了。

乌未央并没有要走的意思，而是看向了俞幼悠，在迟疑片刻后突然开口："你好像挺懂照顾幼崽的？"

幼崽？俞幼悠看着乌未央怀里的蛋，心中浮现出不好的预感。

她不加犹豫，果断地指向了不远处的御雅逸："我其实不懂，真正知道怎么照顾小崽子的是他，最擅长饲养灵兽的御兽宗听过吧？他可是少宗主，看到那只肥老虎没，就是他亲手养这么大的！"

被指中的御雅逸这会儿正趴在雪地上，抱着踏雪巨大的脚爪为它挑肉垫上扎着的木刺，那模样要多认真有多认真。

乌未央看得心中一动，低头凝视着怀中揣着的那些鸟蛋。这是她刚刚在寒鸦部落路过时发现的一窝未孵化的蛋，也是寒鸦部落最后的几点血脉，差点儿就被冻没了。

翼族孵蛋并不麻烦，但是这会儿各个部落都是伤员，仅有的一些健全的翼族在忙着安顿照顾族人，怕是根本没有心思孵蛋。而亲卫二队跟四队的人都在忙碌奔波着清剿附近的异兽，更不可能随身带着一窝蛋。

片刻后，御雅逸抱着一窝蛋美滋滋地走过来了。

俞幼悠歪过头一看，为少宗主的慈爱震惊："你居然答应了？"

跟在边上的踏雪鼻子一抽一抽地嗅着那几枚蛋，有一缕口水从嘴角流出。

御雅逸小心地穿上了狼毛大衣，然后在怀里弄了个兜把蛋揣着，高兴道："她说，只要我这几天把蛋孵好别弄坏，回去后就会帮忙拜托虎妖部落的人为踏雪量身打造一副盔甲，带护爪套的那种。"

原来还是为了踏雪，还以为他突然想孵蛋了呢。不过昔年阔绰的少宗主如今竟为一副盔甲折腰孵蛋，真是让人唏嘘。

更让人唏嘘的是，他的老虎好像对盔甲没兴趣，对蛋倒很有兴趣。

御雅逸把踏雪凑上来的脑袋推开："不能吃，它们是你的新盔甲。"

踏雪哼哼唧唧，最后一脸失望地转道向俞幼悠身边走去了，蹭蹭她的手索要投喂。

这一路出来得急没补充点心，而且先前在雪原又分了不少给毛茸茸们，俞幼悠只能从芥子囊里摸了几粒瓜子给它。

可惜踏雪盯着这点儿东西不太满意，继续拿脑袋拱俞幼悠的芥子囊，示意她再多拿点儿出来。

这大猫被惯坏了，俞幼悠拍拍老虎脑袋教育它："多乎哉？不多也！"

说完，她残忍地把手往上一伸，对着头顶的树丛说了句："它不要，你们拿去吃。"

两只躲在树梢上探头探脑的白茸毛小肥鸟没料到他们早被发现了，慌张地扑扇着还没有长齐翎毛的翅膀想躲，结果一个不留神，脚爪没站稳，跌到了狼皮大衣上。他们有点儿紧张，磕巴地说不出话来，只啾啾地乱叫着。

这是两只连化人形都还没学会的小雪雀，他俩对人族很好奇，已经贼头贼脑地在树上瞅了俞幼悠他们半天了，这会儿近距离看到了人族也不怕，只是歪着小脑袋打量着他们。

俞幼悠大大方方地让他们看。

小妖修跟人族小孩子一样，还没被教着搞物种歧视，眼中只有好奇，没有半点儿畏惧或者恶意。就像俞幼悠记忆中的桐花郡小巷里的小孩一样，只是好奇她身后的尾巴，但是从未像外面的人那样借此羞辱她。

两只小雪雀打量完人族后，奓着胆子叼走了俞幼悠掌心里的瓜子，努力挥动着翅膀又往树梢上飞了。

目睹这一幕的踏雪嗷嗷叫了两嗓子，冲他们龇牙咧嘴，很不高兴的样子，顺便愤愤地把剩下的那两粒瓜子给舔了。

这轻松的一幕落入乌未央的眼底，她脸上浮出一丝笑，但很快又沉了下去。

先前她派出去探察周边情况的下属飞回来了，并且带回了一个好消息和一个极其糟糕的坏消息。好消息是，有许多生活在雪松林边缘的小部落未遭受攻击，他们现在已经自行飞离雪松林了。坏消息是，雪松林尽头的雪山上居然栖息着一只化神期异鸟。

乌未央只是元婴巅峰期，狮子匆倒是化神期，他也能依靠着磅礴的妖力御空，但是他天生被翼族克制，而且在寒冰高原上实力受到了限制。更重要的是，化神期的异兽远比化神期的修士难对付，它们不仅不畏生死和疼痛，往往还觉醒了未知的可怕天赋。

前去探察的那个翼族脸色有些苍白，他的翅膀因为方才扇得太快而无力地垂下来，甚至有些发抖："我没有看清那只异兽的样子，刚靠近雪山，它就发现我了。"他好歹也是元婴期的妖修，差点儿被那只异兽吓得原地暴毙。

"那只异鸟随时都可能离开雪山攻击这里的修士。"乌未央看向白宁，语气变得严肃起来，"你和俞幼悠他们一起，尽快带着这些部落子民离开雪原，我们要前往雪山诛杀那只化神期异兽，现在无法护送你们离开了。"

绝对不能放任一只化神期的异兽待在这里，这还是人烟稀少的寒冰高原，要是它哪天兴致起来了飞到妖都，那妖族怕是真要给毁了大半！

白宁一怔，下意识就拒绝："不行，你们去对付化神期异兽，没有药师怎么能行？我与你们同去！"

乌未央脸色一沉："那谁来保护这么多受伤的翼族？他们当中大部分人的伤势都未痊愈，离不开药师！"

白宁脱口而出："俞幼悠他们就可以！"

这话一出他才觉得不妥，这可是他们的同族，哪有让人族修士保护的道理！而且万一这些人族修士怀有异心，突然对着这一大群病恹恹的妖修下杀手，那辛苦救回来的这些翼族全都要没了。

这次乌未央出乎意料地没有训斥白宁，而是深深地看了他一眼，之后叫出队伍中的另一个翼族："雀青，你负责带领他们回去。"

被叫到名字的雀青有点儿犹豫："大人，我想同你一道……"

"这是命令。"乌未央不带半点儿温度地提醒了一句，在下属敬畏的眼神中冷然地转身，"现在就通知所有部落准备出发，即刻返程。"

白宁心中忐忑地看着乌未央的背影，待她走远一些后，才爹着胆子看向

雀青。

“雀青，你先别不高兴，你且听我说。”白宁拉了拉雀青的袖子。

后者一脸不悦地甩开他的手，不耐烦地问：“干吗？”

白宁指了指十三人小队的方向，低声询问：“你认识那个俞幼悠吧？就那个倒数第二矮的。”

雀青嗯了一声，不太想跟白宁说话，他不想带着伤员返程当逃兵，他想跟队长一起去斩杀那只化神期的异兽。

“你记着，回去路上要是遇到什么事，你一定要听她指挥。”白宁说得无比恳切，就差把心窝子掏出来了。

雀青用看傻子的眼神看着白宁，他跟乌未央一样，都觉得白宁和十三人小队关系好得不正常，气愤道：“我一个金丹巅峰期，要听一个筑基期的人族弱鸡指挥？白宁，你是不是打算退出我们四队，改去和他们一起成立个十四人小队了？”

十四人小队是什么鬼？白宁也顾不上生气了，他把自己这些日子的心得尽数传授给兄弟：“那个俞幼悠手段特别阴险，心特别黑，你跟着她绝对不会吃亏。”交代完这句话后，白宁拍拍雀青的肩膀，匆匆地跟上乌未央的脚步。

雀青脸上有点儿疑惑，啥意思？手段阴险心又黑，那你还让我跟着她做事？

雪松林外有只化神期异兽在虎视眈眈，而且它随时可能飞下来干掉所有人这件事，很快就被雀青转告给了十三人小队。

同时，保护所有人撤离的任务也落到了他们头上。

这次十三人小队都不用投票了，他们这群人现在去面对化神期异兽就是去送菜，谁敢脑子发热提议跟乌未央他们一道去雪山，俞幼悠保准要用丹炉把人砸昏扛走。

没想到的是还有意外之喜——

雀青板着和乌未央同款的死鸟脸，语气生硬道：“大人说了，若是你们能安全护送这群翼族离开寒冰高原，每个翼族再另外多给你们算一百功勋值。”

“好家伙！带回去一个人就堪比杀一只金丹期异兽！”狂浪生掰着指头算了算，瞳孔猛缩，“这儿可是有上千人，所以这就是……”

赵师兄艰难地咽了咽唾液："一百万？"

对数字最敏感的苏意致面无表情地纠正："是十万，可以让我们十三人小队从橙色升至绿色功勋了。"

若是再加上这些日子盾修和剑修们斩杀的异兽，还有丹修们救下的人，这个数字恐怕还要变得再恐怖些。

剑修赵师兄抱着自己的灵剑露出痴笑："我可以兑换那块矿石淬炼我的剑了。"

盾修周师兄不客气打断他的梦："不行，我俩猜拳你输了，说好的那块矿石归我的！"

"上次不算，你出拳慢了！"赵师兄反驳道。

俞幼悠："求求你们，不要为了还没到手的矿石争起来啊。"

好在他们只是嘴上嘀咕了几句，身体倒是很老实地开始收拾东西，准备护送着这些功勋值……不对，是这些翼族避难。

受伤的翼族实在太多了，白瞎了那么多对翅膀，结果能飞的没几个，尤其是雪雀部落全员断翅，现在全都成了走地鸡。

据说雪雀部落的习惯是变回原形站在同一棵树上睡觉，万万没想到，一只金丹期的异鸟飞过来把树撞断了，然后……全员坠落。

俞幼悠看着他们慢悠悠的行进速度就着急，这要是化神期异兽从后面飞过来，大家都得玩完！她打量了一眼数量最多的雪雀部落的这群人，最后默默地走过去同他们商量。

"要不你们化成原形？"

雪雀部落的族长是个胖乎乎的大叔，他愣愣地挠挠头："药师大人，我们要是化成原形，走十步的距离都没人形一步远啊。"

"没事，你们变就是了。"

雪雀族长念着先前被俞幼悠他们救下的恩情，这会儿也没有反驳，乖乖照做了。他带头化作了一只巴掌大的小肥啾，圆得像团雪球似的，后面的族人们有样学样，雪地上瞬间多出几百个毛茸雪团子。

这还没完，俞幼悠又去找了其他几个小型鸟雀部落的族长，他们虽然心里都有点儿纳闷，却还是照做了。这下子，雪地上多出了众多颜色各异的毛

团，它们都睁着绿豆眼巴巴地望着俞幼悠。

“嗞——”俞幼悠不敢继续看了，她飞快地指挥着剑修们伐木削木板，而且目标很明确，说道，“就照着先前雪狼部落的雪橇做！”

这玩意儿简单，剑修们先前都眼馋过的！

不多时，数个大型雪橇被制作出来，一个连着一个，边上体贴地装了防止掉落的护栏，底下还垫了从踏雪身上扒拉下来的狼毛毯和众修身上的狼毛大衣，保证不会让伤员们二次受伤。

除了身体孱弱的丹修外，就只有小心孵蛋的御雅逸身上还穿着狼毛大衣了。

几百只叽叽喳喳的断翅、断腿的小鸟被带上了雪橇，至于大鸟们，对不起，没位置了，自己靠爪子努力跑吧。

俞幼悠扯扯红琅的袖子，有点儿不好意思：“红琅，能拜托你拉一下吗？”

红琅：“好——”

红琅变成一只帅气的巨狼，拉着几百只鸟飞快地往前滑行，速度果然快了许多。

启南风在后面看着看着，表情却越来越诡异。他家以前很穷，小时候还在桐花郡叫卖过棺材纸钱，街头巷尾啥场面都见过。这些翼族排排站在木板箱的样子……咋那么像隔壁王大婶拉出来卖的那些鸡仔呢？

第三十章
大战异鸟

天色渐晚，雪松林中光线愈来愈暗，头顶呼啸的风声带着又一场暴雪降临，不多时便将那些密密麻麻的脚印掩埋干净。

乌未央站在雪地上，回头看了眼翼族撤退的方向，手中把玩着一个廉价的小盒子。

白宁对这盒子挺有兴趣，看这东西的风格显然不是妖族之物，不知道乌未央从哪儿来的。

“别猜了，是俞幼悠给我的。”乌未央的神情里也透出几分古怪，她淡淡道，“她说是给我试用的丹药。”

后面的半句话其实乌未央都懒得说，俞幼悠听说她要去对付那只化神期异鸟，临走前献宝似的把这粒灵丹送过来，还将某句话强调了三遍——

“先体验后付钱，到时候回了妖都你摸着自己的良心付钱，只剩两粒，还有一粒到时候你想买的话给你熟人价。”

且不说她会不会去买那另外一粒，就说这一粒丹药她都不太可能会体验。

白宁一时间陷入了沉默，他再一次生出俞幼悠脑子好像不太正常的想法：拿妖族大将来试药，疯了吧？鬼知道你们那是什么玩意儿，万一有毒怎么办？

不过他现在学会了谨慎开口，所以还是向乌未央要了那粒丹药，打算先观察一番：“大人，把这粒丹给我检查一遍吧。”如果他们真的疯到想给乌未央下毒，那也不能怪他不顾这些日子一同炼药救人的情谊了……

廉价的药匣子一入手，白宁嘴角就略抽了一下，这玩意儿怎么看都像是地摊货，俞幼悠他们真的是东境天骄吗？还是说人族现在穷到了顶级宗门弟

子都买不起像样的东西了？光看这盒子，就不像是装什么厉害毒药的。

药匣廉价归廉价，封存丹药药性的灵阵还是有的，所以没有半点儿药力泄出。

白宁一边抱怨着人族的抠搜，一边将盒子打开："这个木盒子怎么还有木刺扎我手……"他的声音戛然而止。

"能看出是什么丹药吗？"乌未央侧过头问他。

白宁吸了口气，感受着这粒小小的红色丹药上散发出的强盛药力，果断选择将盒子闭合。

"我不认识，没有试过，所以也不知道药效。"白宁如实回答，回忆着那股药力迟疑道，"但这是四品丹药。"

"四品？"乌未央都忍不住微挑眉毛了，百年前她也曾在人族待过，自然知道这东西价值不菲。

"嗯，估计是他们宗门长辈留给他们的。"白宁合理地道出猜测，他抖了抖翅膀上的雪，继续推测，"可能是疗伤药之类的，总之没有毒。"

乌未央将药匣子收起来，瞥了白宁一眼，按照后者以往对人族修士的成见，她还以为他会说"这东西很可能有毒"之类阴阳怪气的话呢，居然没有。

"看样子，你和那个小队的关系真的很好。"她平静地评价一句。

白宁一脸蒙：怎么，队长你也这么说！

不过乌未央没有要解释的意思了，她转身扇动翅膀飞向天空，凝视着远处那座高耸入云的雪山，她在那儿察觉到了一股可怕的威压。

不远处的狮子匆神情凝重道："那只化神期的异鸟有异动，恐怕是想动手了。"

他一边说着一边唤出一把巨大的血斧，金色的鬓发被暴风雪吹得乱舞，隐约透露出豪迈的战意。

"我先去拦它！"

话音刚落，天穹顶的暴风雪肆虐得越发可怕，而狮子匆的胳膊和大腿猛地暴出狰狞的肌肉，冲破了重重风雪怒冲向前，迎着雪山狂奔而去。

"二队随我来！"

而他身后的狮族二队亦是化作可怕的雄狮巨兽，从雪松林中爆射而出，径直奔着雪山之上而去。

陡峭如剑削的山壁被深雪覆盖，天色昏沉得见不到一丝光线，唯能在风雪呼啸声中听到异兽的尖利嘶吼。下一刻，山顶之上飞出一只双翅仿佛冰雪雕就的巨大异鸟，它翅膀扇动的同时，无数冰箭朝着狮子匆飞刺而去，然而异鸟并没有要同他纠缠的意思，径直飞向另一个方向。

登至山腰的狮子匆脸色大变："不好，那畜生想捏软柿子！"

已经到化神期的异兽绝非寻常异兽那般只会凭借本能行事，它们除了遵循屠戮的本能以外，还和灵兽一般懂计谋和进退，打不过甚至还会逃。

眼下这只异鸟便趁着二队和四队进攻之际，直接转道攻向尚未远离的翼族大部队！

狮子匆拎着斧头在底下猛地一跃，朝着异兽追去，怒道："乌未央，跟我拦住它！"

漆黑的天幕之下，一双宽大的黑翼无声展开。金色的巨弓在风雪中流光溢彩，在黑暗中被拉成了满月。

乌未央的翅膀猛地一扇，加速追在异鸟身后，狂肆的风雪吹得她的长发乱舞，然而女妖持弓拉弦的手稳得分毫不动，在拉至极限后，精准地朝着前方的异鸟心脏处射出一支光箭！

异鸟避开这一箭，速度仍不减。

乌未央面色无波无澜，她冷眸对着前方的巨大异鸟，臂上肌肉绷紧，一边扇动翅膀紧追不舍，一边对着目标连射三箭。

女妖射箭精准而狠厉，终于让那只追着残部而去的异鸟转变方向，朝着她凶厉地袭来。

"这就对了，你的对手是我们！"

乌未央唇角勾出一丝冷笑，同追上来的狮子匆分别掠往异鸟两侧，与异鸟开始了生死搏斗。

狮子匆挥着巨斧哈哈大笑："我又想起随陛下四处清剿异兽的日子了！"

是的。二队和四队里年纪略大的妖修们都浮出那段同样的记忆，手中的武器突然变得滚烫起来。

"为陛下而战！为妖族而战！"有人喊了一声。

下一刻，齐声呐喊震碎了风雪——

"为陛下而战！为妖族而战！"

暴风雪落在墨绿的衣袍一角，很快便浸入其中，和那些颜色更深的异兽血混在了一起。苏留白并没有任何反应，只是如同一株纤瘦的青草一般立在暴风雪中，静静地注视着眼前的厮杀。

豹厉利落地拧断一只元婴期异鸟的脖子，将它的尸体往前方一踢，之后甩了甩手朝着苏留白走过来。这一堆异兽的尸体是不需要他打扫的。

豹厉突然开口："说起来，豹绝他们从四境归来后，倒是同我说了一件事。"

苏留白神情依然淡然，客气地问："不知是何事？"

"你的弟弟苏飞白被他自己引来的异兽潮弄死了。"

苏留白脸上毫无波澜，他淡声评价："手段不精，怨不得别人。"

豹厉笑了笑，意味深长道："也是，有本事引得整个雪原异兽暴动却还能全身而退的金丹期药师，也独你一个了。"

乌未央是翼族新崛起的领袖，自小就在妖皇手下做事，某种意义上可视作妖皇亲手培养出的弟子，手段和妖皇如出一辙的老辣强势。她将整个翼族都纳入了自己的统领范围之内，以至于整个翼族都对豹族甚是敌视。所以，这次在翼族聚集的雪松林中引发异兽潮，也算是削减乌未央威望的手段之一。

豹厉对此乐见其成，当初知晓此举后并没有要阻止苏留白动手的意思。他拍了拍苏留白的肩膀，大有夸赞的意思。

苏留白苍白的脸上露出了一丝浅笑，只是肩膀微不可察地僵硬了一下。待豹厉大步走向被处理好的元婴期异鸟尸体后，才垂眸斜睨自己方才被碰过的地方，眼中浮出一丝极隐晦的嫌恶。

他抖了抖袍角，灵力从绿袍上流淌而过，将上面沾染的所有痕迹一并清空，之后又恢复了淡然的模样。

豹厉并没有发觉异常，他看着地上的异鸟尸体，对着豹族的药师使了个眼色。

都不必他说话，刚才还被这只异鸟的天赋尖利叫声弄得呕血不止的豹族药师从雪地上爬起，擦了擦嘴角的血，恭敬地走上前去，观察着地上的那只断首异鸟。确切来说，观察的是它头顶那根黑幽幽的寸长冠羽。

只是，看了片刻，豹族的药师依然一脸犹豫的模样，在豹厉眼底的耐性消失殆尽时，他才不得不开口："此异鸟之冠羽从未有人用过，所以我也不知道药性……"

豹厉的脸都快阴沉得和地上的雪一般冷了。片刻后，他转头看向苏留白，语气冷漠问："你确定此物可替代附骨草？"

苏留白淡淡地一抬眸子，平静地回答："能，但终究只是替代品，不如附骨草好用。"

豹厉被他的回答弄得神情阴恻："拿来对付老家伙确定能行吗？"

"不确定。"苏留白回答得倒是坦然，他同豹厉对视，冷静地提醒他，"我并未见过那位，不知晓他现在的状况，也不知道这些年他的意志被先前的附骨草侵蚀成何样了。"

豹厉无话可说。

就在这时，苏留白突然又开口："若是你想万无一失，另外还有一个办法。"

豹厉不喜欢他这样卖关子的说法，扬了扬下巴道："你直接说完。"

苏留白垂眸看着地上的异鸟头，神情淡然道："和这只异兽同类的还有另一只化神期异鸟，上个月我来雪原时曾无意瞥见过，就在雪山那边。"

到底是无意瞥见，还是曾胆大到想尝试把那只化神期异鸟也毒杀，真相不得而知。不过他的话的确引起了豹厉的兴趣，谋划了十多年的豹厉不愿意在最后出岔子，果断站起来朝着亲卫三队的人打了个手势——

"走，随我去。"

寒夜之中，一队黑豹悄无声息地自冰雪之上踏过，直直地朝着雪山方向奔袭。他们不曾发现的是，头顶有一只极小的蜂鸟抢先一步飞掠去往雪山方向。

豹厉等人在靠近雪山脚下时就听到了那边的动静。

"大人，是二队跟四队的人。"跑在最前方探路的豹妖这会儿已经变成了黑豹，与黑夜完美融为一体。

同样黑得伸手不见四爪的豹厉点了点头示意了解，凝视着远处打得如火如荼的战局："被他们抢先了，这异鸟冠羽不好拿了。"

“狮子匆虽然是化神期，但是被异鸟克制，所以他们那边主要的战力其实是乌未央，而她只有元婴巅峰。”苏留白不露声色地提醒道，“他们只能靠着人多的优势，花上好几日工夫慢慢磨死这只异鸟，我们不妨在此地先埋伏，坐收渔翁之——”

“利”字还未出口，前方正在和化神期异鸟鏖战的乌未央不知为何，竟像是未卜先知般径直飞向这片隐蔽的角落。看样子，她是打算直接把豹族也拖下水，根本不给他们捡漏偷袭的机会！

三队的豹妖们脸色大变。豹族极善隐匿之术，此刻正是暴风雪之夜，乌未央刚才又在跟异鸟死战，到底是如何发现他们的！

一只娇小的蜂鸟发出清脆的鸣叫，在乌未央身后化成一个身形娇小的女修。

豹厉咬牙，怒骂道：“是四队的隐蜂。乌未央，你这个疯子，这么强的探子不用来探察异兽，竟然让她来跟踪我们！”

他自认为豹族这次表现得很正常，两族一碰头也是分头行走，哪知道原来隐蜂一直跟着他们。这还是那个只知道打杀异兽、不知道玩弄权谋的黑鹰族女杀神吗？

乌未央握着弓箭，表情有点儿古怪。

按照她以往的性格，的确是杀异兽最重要。偏偏那天十三人小队拼命在后面形容苏留白有多恶毒，甚至扯到了她最敬重的妖皇陛下头上。于是她破天荒地没让隐蜂去探察异兽情报，而是让她去跟踪苏留白。

万万没想到这次隐蜂的追踪真立下大功了！若是他们在此遭伏，不用想都知道妖都将彻底被豹族纳入掌控，而重伤的妖皇陛下亦会被挟制，甚至就此丧命！

乌未央并不知晓，她的这番猜测真的和原本的命运吻合了。

原文中的妖族的确是在此战之后慢慢被豹族收入囊中，豹厉自封为新妖皇。豹厉充分履行了主角好兄弟这一角色的任务，无私地为兄弟奉献。他在后文中将妖皇的尸骨炼制成抵御天雷的法宝赠送给了俞不灭，那位原作主角便借由这件法宝扛住了最后一道天雷，顺利飞升成仙——

然而蝴蝶的翅膀被那群少年人的阴阳怪气推着扇动了几下，原文开始朝着越来越搞笑且离奇的方向狂奔而去。

乌未央眼眸一眯，身后的巨翅无声张开到最大，似她手中离弦的箭一般飞射向豹族的藏身之地。

而方才本就被她的弓箭惹得愤恨不已的化神期异鸟霎时转变方向，跟着追了上来。

“想阴我是吧？”乌未央一声冷笑，带着异鸟直接扑向豹厉。

要死一起死吧，狗贼！

身后震耳欲聋的打斗声把雪松树梢上的积雪全给震掉，时不时地落下一大坨砸落到脑袋上。

担心雪橇框里的伤鸟们被这些雪球砸到，俞幼悠赶紧追上红琅，匆匆地把自己身上的狼毛大衣一脱，盖在了木框上。

底下的毛茸鸟们感激不已，奈何头一次坐上狼拉雪橇的他们现在的状况也不太好，都晕得七荤八素的，这会儿除了叽叽喳喳地乱叫，连人话都说不出一句。

苏意致的狼毛大衣也贡献了出来，他冷得哆哆嗦嗦，一边跟着跑一边大声喊:“后面好像打得很激烈啊！”

俞幼悠在他头顶御剑乱飞，惊险地避开了一根树枝，擦了擦脑门儿上的汗，想要伸手去把苏意致给拉上来……结果苏意致没拉上来，她自己却一个控制不稳，差点儿从剑上跌下去。

边上的狂浪生路过，一把将苏意致扛上了肩膀，呼哧呼哧喘气:“别看了，咱们赶紧逃，等会儿打过来就没机会了。”

雀青频频回头，眼中的担忧越来越盛。他很想返身去帮自己的队友，但是又不得不在这里护送这些受伤的翼族。

暴风雪遮挡了大家的视线，好在红琅的原形不但生生地用雪橇替大家拖曳出一条路，而且鲜红的尾巴还成了这黑暗中的指明灯。

后方惊天动地的打斗声越来越小，众人也逐渐远离了危险，直到再也听不见那些可怕的动静，逃命的队伍速度开始慢下来。

踏雪这会儿正跟在雪橇后面。一双虎目直勾勾地盯着装满了各色鸟雀的雪橇木框，毛茸的大嘴微张，嘴角边上垂下一条长长的哈喇子，天气太冷，很快变成一条口水冰棍。

俞幼悠飞不稳，最后选择落下来跑，顺手把它的冰哈喇子给折断，压低声音警告："把你想吃鸟的眼神给我收敛点儿！"

踏雪心不甘情不愿地低声嗷嗷两嗓子，依然张着大嘴不死心。

恰好这时雪橇颠簸了一下，只见狼毛大衣被惯性掀起，雪橇框里蹦出一只圆滚滚的折翼雪雀，惊恐地叽喳叫着掉了出来。

大黑虎眼睛猛地变亮，张大嘴伸长舌往前一接……然而一只手比它的动作还快些，抢先一步抓住雪雀，把他从虎嘴里掏了出来。

惊魂未定的雪雀族长在俞幼悠的掌心里躺平，用尚好的那只翅膀捂着胸口剧烈喘息，可惜开口却是个大叔嗓门："差点儿被吓死，真是多谢俞药师又救我一次了。"

俞幼悠把狼毛大衣掀开，将他放回了木框里，顺手揪住了踏雪的耳朵："你是饿傻了吗，知道错没有？"

踏雪呜呜叫了两声，边上的御雅逸揣着蛋，没阻止俞幼悠的教育行为，但还是习惯性地帮着翻译："它说它就想给鸟舔一下毛，尝一下翼族的鸟味儿，没打算吃。"

它甚至抬了抬白爪子，大有举爪发誓的意思。

俞幼悠：这大黑虎好像是有乱舔别人毛的毛病。先前在山洞里基本上把各族幼崽都舔遍了，当时还一度怀疑它是跟御雅逸一样拥有慈爱的属性。敢情你是在舔毛尝味道啊？

她悄悄地凑到踏雪的身边，一边往前跑，一边指了指前方的雀青："去舔他的翅膀就知道翼族啥味儿了。"

踏雪迟疑了片刻，恰好这会儿众修都累得够呛，停在雪松林的一处歇息了，所以它好似巡视一般地摇曳着尾巴在人群周围绕圈，最后若无其事地站在了挺立在人群边缘警戒的雀青身后，张嘴，伸出粗粝的舌头舔了舔——

雀青的翅膀猛地张开飞蹿起来，最后蹲在了头顶的树枝上，他脸色变了又变，最后怒而转向御雅逸："那边正在孵蛋的，赶紧管好你的老虎！"

踏雪转过头呸了几下，吐出舌头上两根小小的茸毛，垮着张虎脸被御雅逸带走了。

长时间在暴风雪中赶夜路，众修的状态现在都不太好。

尤其是那些本就重伤的翼族，虽然小心保护着，但个个精神都不太好，有些身体虚弱的幼崽和老人甚至因为低温出现了昏迷状态，还好先前他们就化成原形用狼毛大衣挡了风，否则生病的妖修恐怕会更多。

雀青往后看了一眼，之后一言不发地张开巨大的青色翅膀，站在风口替这些受伤翼族遮挡风雪。

俞幼悠看了他一眼，丢了粒回灵丹过去，也不去看他吃不吃，径直开始给其他人分药。

众修也不敢休息，吃了回灵丹后都默默地拿着武器围站在受伤的翼族周围，警戒地看着黑暗的雪松林暗处，防备着随时可能会蹿出来的异兽。

苏意致匆匆地把药碾成粉末喂给一个幼崽，略不安地看向天空："雪好像越下越大了，今夜不太好走。"

"但是我们需要尽快离开雪松林。"俞长安握紧了剑，亦是担忧不止。

"先等等吧，待雪变小些后再继续赶路。"

俞幼悠没有说话，她抬起头，微微迷惑地看着飘落的雪，又看着附近每棵看起来都一模一样的雪松树。不知道为何，她总觉得哪里不对劲。这里有股味道，她好像在一个多时辰前就嗅到过。

俞幼悠循着气味在附近的雪松树边转悠，最后蹲在了一棵雪飘不到的树下。这儿有一朵纯白的雪松花，它看着和一团雪球似的，在雪地里很难发现，不过因为散发着一股奇异的香味儿，所以俞幼悠轻而易举地找到了它。

就在一个时辰之前，嗅觉同样灵敏的踏雪也曾找到过这玩意儿。当时它偷偷地叼了一朵想吃，结果被御雅逸训斥了一顿，说是不认识的东西乱吃会死的，强行从虎口中夺了食。然后它才转移了注意力去跟着雪橇跑，等着尝翼族的味道。

俞幼悠握着手中的雪松花，嗅了嗅空气中的味道，又往前走了一步，然后拾起一朵隐藏在灌木丛下的白花。

她低头看着这朵花瓣上莫名有个大洞的花，恰好踏雪这会儿也鬼鬼祟祟地跟过来了，俞幼悠便伸手将雪松花塞到它嘴里。

踏雪不敢咬下去，惊恐地看着她：主人都说了这个有毒不能吃，为什么她还要喂我！

而俞幼悠的脸色已经变得很凝重了，因为她发现踏雪的犬牙刚好能放进

这朵雪松花花瓣上的破洞里，她将它拿到鼻尖嗅了嗅，一股熟悉的老虎口水味马上袭来。

“怎么了？”启南风跟着踏雪走了过来，凑上来看了看雪松花和她。

俞幼悠把雪松花递上去：“这东西有毒吗？”

启南风先前在药材大全上看过，于是不假思索地给出答案：“没毒，而且味道鲜美，拿来煮着吃很不错。”

听到这里，边上的踏雪果断地把俞幼悠手里的两朵雪松花都叼走了，放心大胆地吃了下去。

启南风嘴角一抽，提醒：“但是生吃的话，肚腹内容易郁结胀气，简单说就是吃多了容易放屁。”

话音刚落，踏雪尾巴就翘了翘，发出了不雅的声音。

俞幼悠紧皱的眉头非但没松，警觉之意反而越来越明显。

“我觉得很不对劲。”她担心引起那些本就遭受了大难的翼族的恐慌，所以把声音压得很低。

启南风或许是这些人里最了解她的，他知晓俞幼悠从来不会无的放矢，所以这会儿表情也跟着严肃起来：“你发现了什么吗？”

俞幼悠不喜欢绕弯子，直接说明自己的猜测：“我们好像一直在同一片区域绕圈子。”

她把踏雪咬雪松花的事向启南风说明了，神情越发严肃：“雪松林里所有的树都长得差不多一模一样，而且现在暴风雪很大，我们走过的地方马上就会被风雪掩盖掉足迹。”

俞幼悠指了指她和启南风来时的路，果不其然，这才过去不到半盏茶的时间，就连体重最重的踏雪踩出的深深梅花脚印都不见了。

启南风皱眉打量着周围：“雪松林中有很多我们从未见过的灵植，我们会不会是中毒了？”

修士可不是寻常人，而且他们一直都在朝着同一个方向走，再加上有红琅这个本地狼做向导，怎么想都不该迷路。所以他们第一反应就是中毒了，干扰了他们的脑子。

踏雪还在边上啃着雪松花，俞幼悠跟启南风没空管它，飞快地跑去跟苏意致会合了。

“苏老二，赶紧找找附近有没有什么奇怪的灵植。”俞幼悠把他从毛茸茸的鸟崽团里拎出来。

启南风马上补充了一句：“尤其是有致幻或者干扰神识和记忆之类的灵植。”

想要解毒，得先找到这个毒是什么才行。

苏意致在关键时刻还是很靠谱，他也顾不上冷了，哆哆嗦嗦地走过来，紧张地问道：“有谁中毒了吗？还是你们要炼制毒药？”

“我们可能都中毒了。”

苏意致眨了眨眼，很不安地东张西望，马上有了精准的怀疑目标：“难不成又是我大堂哥阴险地在附近投毒了？”

鉴于先前苏飞白在万古之森里边走边投毒的行径，苏意致这番猜测倒是有理有据，让人信服。

“不知道。”俞幼悠回答得很干脆，语速飞快道，“你们俩先在附近找一找，看有没有毒药的残余，雪下面也翻一翻。我去给他们检查下身体，看有没有中毒的痕迹。”

翼族倒是有两个药师，然而都是跟鲤于敬一个水平，只知道熬异兽药汤救人，而且现在他们也昏昏沉沉的，叫过来都没用。只能靠他们自己了。

另外两人点了点头，俞幼悠心中不安，叫住了他们：“老二、南风！”

“啊？”

“怎么了？”

她略烦躁地握了握拳，把心中的莫名情绪压下去，提醒道：“你们不要走太远，不然很可能也会迷失方向走散。”

两个少年点点头，朝着两边仔细地巡查过去。

俞幼悠快速返回各人身边，开始给他们检查是否中毒。最先检查的是红琅，因为刚才就是她带的路，要中毒肯定是她头一个遭殃。

红琅看到俞幼悠过来，下意识地就要行礼，俞幼悠一把把她的胳膊抓住了，仰头询问起了她的症状。

“红琅，你头晕吗？想吐吗？胸闷气短吗？”

被问到的红琅微微一怔，之后摇头将俞幼悠所说的十多种症状都否认了：“大人，我没有觉得哪儿不舒服。”

俞幼悠只好亲自检查了，她有点儿不好意思地看向红琅：“你能变回原形吗？我需要确认一下你的毛上是否沾染了毒药。”

红琅被“毒药”两个字震住了，她看到俞幼悠一脸焦急，也没多问，飞快地变回了巨狼模样。

俞幼悠低声道了句“冒犯了”，然后凑到了红琅身上，就着它身上的毛飞快地嗅着味道——嗯，没有寻常兽类的臭味儿，反而带着一股雪松的清香味儿。

俞幼悠这会儿也没心思偷偷撸毛占便宜了，她抓着红琅火一般的毛茸尾尖陷入了沉思，一边无意识地捏着尾巴，一边低声地自问自答：“你身上也没有其他气味，所以应该不是沾染了什么毒药，而且这一路都没有吃东西，所以入口也不可能……难道是嗅到了什么有毒的气体？不对，若是有毒的气体，我应该能够马上嗅出来，不过要是无色无味的也说不定……”

“大人，可以了吗？”红琅趴在雪地上，毛茸耳朵开始发热发烫，最后终于忍不住开口询问。

俞幼悠这才惊觉自己好像一直在揉红琅的尾巴，连忙松手：“抱歉，你可以化回人形了。”

红琅变成人形后，整个人脸色都不太正常，呼吸略有急促，被风雪吹了会儿才又镇定下来。

俞幼悠摸了好几枚清热解毒的丹药给她吃了，也不知道有没有用，总之聊胜于无。恰好摸到了狂暴丹，于是她顺手也给了红琅一粒：“他们都有，你也拿一粒。”

红琅不愿意接，她直觉这东西很贵重：“不用的大人，你已经给了我很多疗伤药了。”

“这不是疗伤药。”俞幼悠把丹药塞给她，低声道，“很可能有人盯上我们了，待会儿打架要是打不过了，你就赶紧吃了这粒丹然后拖着那些翼族跑，能有多快就多快，最好直接带着他们回妖都。”她也怀疑是苏留白和豹族在暗处阴他们。

俞幼悠拍拍红琅的肩膀：“你先休息，我去看看其他人。”

俞幼悠继续去给其他队友和那群小肥啾检查身体了，就连阴沉着一张死人脸的雀青在听说“豹族可能在搞我们”以后，亦是一脸不情愿地化成了原

形，让俞幼悠检查得更仔细。

然而事情远比俞幼悠想象的更糟糕。这里没有任何人有中毒的迹象，就连她自己都用灵力给自己检查了一番，也没有发现哪里不对。

在周围巡视的苏意致和启南风这时候也归来了。

启南风带回了许多雪松林特有的灵植，沉声道："这里的大部分灵植都没有药用价值和毒素，我刚刚试着配制了一下，即便是组合在一起也不可能产生毒性。"

刚回来的苏意致也点点头："我们可以等天亮些再继续往周边走走，再找找看。"

知晓了情况的十三人小队队员都提高了戒备，盾修集结成防御阵守在边缘，剑修亦是灵剑出鞘默默等待着。

只是雀青表情不太好看："我并没察觉到哪里不对，所谓的迷路极有可能是你们的错觉而已。眼下我们都已整顿休息完毕，为何还不继续出发？"

"再继续出发的话，我们只会继续在这片林子里绕圈圈，除了累得半死然后被人杀，什么都做不了。"俞幼悠不冷不热地回了一句。

雀青冷哼一声，只觉得这群人族修士可笑，而当初神神秘秘让自己听从俞幼悠指挥行事的白宁更是可笑。什么他们这群人中毒了脑子不清醒，他倒觉得白宁更像是中毒了脑子不清醒。

雀青越想越气，恨恨地看向俞幼悠，怒道："队长他们在同化神期异鸟殊死搏斗，你们却在这里消极怠工，真是——"

"等等！"俞幼悠脸色猛地一变，眼睛倏然睁大看向了头顶漆黑一片的天穹。

雀青还想说什么，然而十三人小队的人已经把他挤开，朝着俞幼悠围过来了。

"你想到什么了？"

俞幼悠表情有点儿古怪，她指了指天上，吸了口凉气问："你说，会不会真的不是中毒，而是异兽弄的？"

"异兽？"众人的表情都有点儿蒙。

"嗯。"俞幼悠面无表情地点点头。

在片刻迟疑后，御雅逸试探着猜测："好像是有这种可能，元婴期以上的

异兽都会领悟天赋之力，要是…… 现在就有一只元婴期以上的异鸟在玩我们呢？”

此话一出，东境众人立刻想起当初在万古之森遇到过的那只觉醒了威压天赋的异狼——“求你别说了！”

暴风雪好像永不停歇般肆虐着，被风雪浇过的火焰逐渐变暗，眼看快要熄灭，一股火系灵力注入其中，它又熊熊燃烧起来了。

要放在从前，十三人小队宁愿摸黑都舍不得浪费这点儿灵力去续火的，但是眼下雪松林中的气温越来越低了，他们有灵力御寒还勉强能支撑，那些翼族就不行了，它们在重伤之余又面临失温的危险。

启南风只恨自己当初为何没能彻底狠下心来把俞幼悠的芥子囊掏空，这要是再买两家法宝店的法宝，肯定能找出点儿有用的玩意儿啊！

“咝——”苏意致倒吸了一口寒气，他把狼毛大衣贡献出来了，刚刚又去周围的雪地里翻找毒药的痕迹，所以这会儿手快被冻成鸡爪了。他往边上踏雪的肚皮底下一放想要暖暖手，结果发现连踏雪的毛上都快凝出一层冰碴儿了。

拎着剑在边上戒备的赵师兄也忍不住了，偏过头问红琅：“你们寒冰高原上一向都这么冷吗？”

红琅用身体挡着侵向伤者的风雪，正要回答，发现自己垂在地上的尾巴也被冰粘住了。她皱眉，将尾巴毛奓开，把冰弄碎，摇摇头：“雪原外围从未这么冷过，先前我也曾进入过雪松林，亦不见得风雪这般可怕。”

红琅身边的木框里钻出一只肥啾，正是雪雀族的族长。他磕磕巴巴道：“我们雪松林里其实不冷的…… 从来没有这么…… 这么可怕的暴风雪。”

话音刚落，他就差点儿被狂风给刮走，还是红琅用尾巴帮着一挡才避开此难。

“不正常，可能真的被御雅逸的乌鸦嘴说中了，有只异鸟在天上玩我们。”

俞幼悠冷冷地环视着周围，手中不知何时已经摸出了一把短剑把玩着，有一下没一下地在边上的雪松树上刻下剑痕。

御雅逸听不过去，纠正道：“不是乌鸦嘴，只是顺着线索做出合理的推测

而已。”

“我问了翼族的人，这样可怕的暴风雪在雪松林里也很罕见，极有可能是异兽引发的。”俞长安抬头看着天空，“这只异兽恐怕是在刻意折磨我们。”

在幽暗的雪松林里好似蒙头老鼠般拼命乱窜，自以为在逃离，实则是在不断返回原点，想想都很可怜，若是心智不坚者，这样持续下去不说冻死，恐怕精神都要跟着崩溃。

张浣月眯着眼看向天空，沉声道：“我上去看看。”

她的御剑术在众修当中最佳，而且又是十三人小队中唯一的金丹期，由她出去探看的确最合适。

在边缘看着这一幕的雀青也冷声开口：“我跟你一起去。”

俞幼悠提醒：“张师姐，不要走太远，上去看一下就赶紧回来。哎，对了……”她猛地想起有个东西能派上用场，于是在芥子囊里翻了翻，最后找出了半匣子剩下的药。

药匣子打开的瞬间，一股熟悉的恶臭味儿传出，东境众修的表情都变得格外诡异。

这东西可太熟悉了，当时苏飞白在四境大会上挥撒异香毒药，诱引异兽围攻他们，结果俞幼悠拿这恶臭丹药往大伙儿身上涂，硬是暂时把异香都给压得失效了。

“你居然没丢？”苏意致嫌弃地捏住了鼻子，往后面退了两步。

俞幼悠指了指启南风回答：“本来想丢的，他说万一用得到呢。”结果真的跟那些看起来没用的法宝一样派上用场了。

“……服了。”

俞幼悠把那坨丹药递给张浣月，认真道：“拿这个涂你剑上，要是找不到人了，我还能嗅着味道找到你。”

张浣月呼吸一滞，她看了看自己在四境大会后重新淬炼过的灵剑，剑身修长纤美，流光熠熠，甚是动人，每夜她都要抱着剑方能入定。

最后她把剑往自己身后一藏，抬起左手坚定道：“别涂剑上，你涂我手腕上吧。”

俞幼悠佩服不已，宁愿臭自己也不臭剑。

给张浣月的手腕涂了臭丹后，俞幼悠看向站得远远的雀青，迟疑地抬起

手：“你要来一下吗？”

雀青板着脸，虽然很是嫌恶，但在乌未央麾下多年的他不是会被情绪主导的人，所以也面无表情地亮出手腕。

俞幼悠有点儿遗憾，还以为要给他涂翅膀上呢。

做好准备工作后，张浣月身上灵力会聚，御剑直直飞往天顶寻找异兽的踪迹。

女剑修身上的白裙被风雪吹得簌簌而动，张浣月抬手挡了挡飞溅到眼前的大片雪花，一举越过约莫十丈高的雪松林，飞至最上端。

她御剑四处张望着，然而入目除了各种每株皆相似的雪松树外别无他物，更没有半点儿异兽的气息。她只好又择定了一个方向，朝着那里飞去。

夜好像漫长得可怕，张浣月在黑暗中飞行了不知多久，一无所获的她想起俞幼悠叮嘱的话，于是返身朝着来时的方向飞去。

她飞得灵力都开始衰弱了，终于看到了底下熟悉的火堆光点，于是朝着下方稳稳落去。

在张浣月身后，从另一个方向归来的雀青也扇着青色的巨翅降落到了边上。

“我往东边飞了大概三百里，并没有发现异鸟的踪迹。”张浣月对众人如是说道。

雀青将双手环抱在胸前，面无表情道：“西边三百里也无异常，我早就跟你们说了没有什么异兽，继续前进就是……”

俞幼悠的表情并不见半点儿轻松，她确认了一次：“你们都飞了三百里？”

“嗯。”

她大步向前握住张浣月的手腕嗅了嗅，臭丹的味道消散了许多，但是依然很清楚。

“如果真的飞了三百里，臭丹的味道刚才肯定闻不见的。”俞幼悠的表情很凝重，“但是我刚刚一直嗅到这两股臭味儿，说明你们一直就在天上盘旋。”

张浣月和雀青的表情一时间无比错愕。

就连红琅也点了点头，迟疑道：“我也一直嗅到头顶有两股臭味儿。”

这次雀青再也无言以对，同是妖族人，他当然知晓红尾狼的嗅觉有多可

怕，也知道红琅绝对不可能会配合这几个人族修士欺骗同族。

就在这时，正在和苏意致炼制疗伤药的启南风突然不看丹炉，转而直勾勾地盯着踏雪的爪子。

“血统极佳的灵虎爪，可入药。”

踏雪的尾巴一甩，抬脚踢了一堆雪到他脸上，又不客气冲着他哈了一口气。

启南风抹掉脸上的雪，一把捏住踏雪的嘴，靠近凑了凑，最后利落地拔掉了它的一根胡须。他满意地点点头：“虎须，也可入药！”

在踏雪委屈的嗷嗷声中，启南风在把虎须埋进雪里，开始专注地继续炼虎须了，口中还不忘叮嘱苏意致：“老二，等下这几枚驱寒丹炼制完后，先磨粉兑水喂给幼崽们吃。”

踏雪飞快地蹿到了御雅逸身后躲着，惊疑不定地盯着启南风看。

正在炼药的苏意致震惊地看着启南风，提醒他：“丹炉在这边！你别炼虎须了啊！”

然而启南风不为所动，把虎须渣渣从雪地里挖出来，混着雪团了团，然后熟练地摸出水杯调制成药水，端着这药水起身，开始小心翼翼地蹲在地上给一朵雪松花喂药。

俞幼悠皱眉，上前拽住启南风的手：“南风，醒醒！你看到什么了？！”

启南风的眼睛直勾勾地望着她，在片刻的失神后，他眼中的焦点慢慢会聚，之后猛地甩了甩脑袋。他回头看着众人，纳闷问：“你们围着我干吗？”

御雅逸抱着大黑虎的脑袋心疼不已：“你刚刚把踏雪的胡子给拔了，还炼成了药水浇花！”

“不对啊，我在炼制驱寒丹喂幼崽。”启南风笃定道，“我看得一清二楚。”

他指着那朵雪松花，认真道：“这只小雪雀喝了药现在没发热，睡熟了。”

说完，他还把剩下半杯虎须灰兑的药水往俞幼悠眼前凑了凑：“小鱼，你身子弱，也赶紧喝杯驱寒药水暖暖。”

俞幼悠果断把杯子推开：“我不用，你喂踏雪，它什么都想尝尝。”

被点名的踏雪用惊恐的目光注视着启南风，转身就往人堆后面跑。

然而启南风没追它，他眼睛又像是有点儿失神，然后起身看了看，最后果断地把苏意致面前的丹炉打开，将半杯水往里面倒：“大猫，你的嘴别闭那

么紧，张大点儿，不够我再给你炼一杯。”

苏意致飞扑到丹炉上抢救自己未完成的丹药，结果反被启南风教育了：“御雅逸，你别总是跟老母鸡护崽子似的惯着大猫，让它吃药是为它好！”

苏意致看着被毁的丹药心如刀割，揪住启南风的手痛呼：“你看清楚啊，我是你好兄弟！”

启南风无情推开：“那不行，朋友算，但拜过把子的好兄弟只有苏老二跟小鱼。”

苏意致指了指俞幼悠：“她是谁？”

“小鱼啊。”启南风看了一眼，回答得理所当然。

苏意致心中稍安，又指指自己：“我呢？”

启南风瞄了他一眼，朝他不耐烦地挥挥手撵人，继续蹲在地上炼雪：“御少宗主，赶紧带着你的老虎走远点儿，我还得炼药救人。”

苏意致：你这个虚假的好兄弟。

揣着一窝鸟蛋远远围观的御雅逸：“……”

踏雪歪出半个脑袋，探头探脑观察半天，最后得出结论：启南风瞎了。

然而瞎了的好像远不止启南风一个人。那边修为低些的翼族们已经开始狂欢了。

爪子和翅膀都断了的倒还好，只能认命地躺在狼毛大衣里叽喳乱叫着，不忘指挥：“那儿有条好肥的大青虫，赶紧把它叼去献给族长！”

另一只断翅膀的鸟只得艰难地蹦出木框，两只小爪子在雪地上飞快地印出一行竹叶印，最后果断地朝着红琅火焰一般的尾巴尖啄下去，拉扯着想把它往木框里带。

先前没有化成原形的一个翼族则怔怔地看着天空，然后脸色突变，惊恐地嘶吼：“它们又来了！又有异兽来了！”

这句话一出，人群好似水滴入油锅，瞬间沸腾。

尚能跑动挣扎的翼族开始拼命地往黑暗中逃窜，甚至有些断了翅膀的也不顾疼痛挣扎着想飞离此地，哀号声和求救声不断，好似黑暗中有不可名状的恐惧降临。

可是，除了漫天的风雪，黑暗中别无他物。

俞幼悠深吸一口气，飞快扫了一眼现场的状况。修为较高的都没看到幻

象，但是修为低的全部陷入幻境中了。她果断下令："结阵，拦住他们！"

话音刚落，盾修和剑修们便齐齐向着四周分散开，朝着那些胡乱奔逃的翼族追去，开始了雪地抓鸟行动，每每送回一只，红琅便赶紧把他装回木框里关好。

俞幼悠看了一眼还蹲在树下给雪松花包扎伤口的启南风，最后一把拎起苏意致："过来，跟我炼药！"

苏意致有点儿蒙蒙的："炼什么药？异兽天赋也能用药解吗？"

"迷药！"

这些修为低的看到了异兽攻击的幻象，现在已经没法儿劝了，鬼知道在这些翼族眼中他们是不是也成了异兽。与其放任他们被幻境吓昏，不如她先动手把他们迷昏！

俞幼悠摸出双生炉砸在地上，飞快地念出一连串的药名，苏意致连忙在芥子囊里开始翻找。

"梦里花、长生草……"

她每念到一个药名，苏意致便递过来一株药。然而递着递着，苏意致突然不动了。

俞幼悠忙着处理药材没抬头，又念了一遍药名："迷梦果，老二给我一颗这个。"

"等等啊，刚没拿稳滚下去了。"苏意致擦擦汗，站起来在附近寻找了一下，最后眼睛一亮抓起了雪上的圆滚滚。

他把那玩意儿递给俞幼悠："来，迷梦果给你。"

俞幼悠接过来，下意识就打算往丹炉里丢，好在她反应快，及时发现了不对。这是一只翅膀折了的雪雀！

她深深地望了不知什么时候也陷入了幻境的苏意致一眼，最后只能认命地夺了他的芥子囊，自己翻药。

还好，苏意致还认得她是谁，倒是没有抠搜地捂着芥子囊喊"抢劫"。

苏意致也没救了，开始抱着膝盖蹲在俞幼悠边上念念有词："刚飞走了一只翼族，这就是一百功勋值，哦又一只，两百…… 全飞了。"

刚才还只是炼气期和没修为的遭了殃，随着时间的推移，越来越多的人开始陷入幻境。更可怕的是，他们坚信自己看到的才是真的。

刚才还在持盾拦截受伤翼族的周师兄突然冲过来，一把拎起苏意致的后衣领，提小鸡似的把他提到了木框上方丢进里面。

周师兄还大声地向苏意致解释：“别逃了！你们看到的都是幻觉，没有异兽来杀你们！”然后扭头嘀咕了一句，“娘的，这只鸟还挺沉。”

被迫跟小鸟们挤在木框里的苏意致还在挣扎着想抓住周师兄：“等等，一百功勋值你别飞走啊！”

俞幼悠：“……”

她的头都快炸了，甚至开始怀疑自己是不是也陷入幻境才会看到这么多奇葩景象。不过顾不上这么多了，俞幼悠飞快地把迷药炼好，然后冲到了红琅身边。

她想先确认一下自己眼睛有没有瞎，于是扒拉了一下辛苦看守这群小鸡仔的巨狼：“你是红琅，对吧？”说着顺便凑上去嗅了嗅味道，嗯，还是先前熟悉的雪松清香。

红琅点点头：“我是。”

俞幼悠放心了，红琅还没瞎就行。

俞幼悠果断地把木框里的伤员们全药晕过去，然后擦擦汗站起来看了看周围的队友。金丹期的几个人都还正常，筑基期中修为最高的几个看着也还没事，已经飞快地把四处奔逃的翼族抓回来了。

在迷药的作用下，他们排排睡倒在红琅脚边，或许是先前忙着逃窜的原因，全部都化作了鸟形，地上还残余了他们挣扎狂飞时掉落的一地鸟毛。

没有了翼族们惊慌失措的哭喊，整个雪夜再次只能听到大风吹起的呜呜声。

张浣月紧握着剑，把最后一只雪雀递给俞幼悠，环视周围警惕道：“我感觉有股可怕的气息在向我们靠近，那只异兽玩够了，想对我们下手了。”

雀青摸出一把小巧的连弩扣在手中，翅膀扇动两下悬在空中，警惕地看着天顶某处。

头顶忽然传出声声刺耳的鸟鸣，把他们玩得心力交瘁的元凶终于现身了。

众人抬头，在黑暗中窥见两只异鸟在他们头顶不断盘旋，两只巨鸟似阴

阳鱼一般头尾相接，不断环绕盘旋在他们的头顶，它们的翅膀每扇动一下，这周天的光线便随之跟着不断扭曲。

“是幻虚异鸟！”刚才还在照顾雪松花的启南风不知道什么时候跑过来了，他站在俞幼悠身边仰起头，飞快地报出这种鸟的名字。

“这对异鸟曾在妖族的书上有过记载，据说它们分开后的战斗力其实比寻常元婴期异兽弱不少，但是聚在一起就拥有能干扰修士认知的可怕天赋。还曾在数年前将一整个部落的妖修拉入幻象中，让所有妖修活生生地互相残杀至灭族，至此之后再没有出现过了。”

俞幼悠飞快转头：“你清醒了？”

结果一转过头就看到启南风已经站在一株雪松树前面，偏着头继续和树说话。

“因为这对鸟没被抓到过，所以药用价值不明，但是我认为可以拿来配合附骨草炼制很厉害的迷药。小鱼，你觉得呢？”

树没理他，边上的真小鱼已经看麻了。得，现在干脆连她也不认识了！

就在这时，原本还在雪松林上方盘旋的这两只异鸟骤然转向，朝着他们飞快袭来。

在异鸟现身的瞬间，雀青手中的连弩瞬间扣动，倏倏的破空声接连响起，快到无影的玄色利箭飞向这两只异兽。

异鸟的翅膀一扇，雀青的眼前仿佛笼罩了一层迷雾，他咬牙，紧闭了闭眼再睁开，却看到自己的连弩竟然射歪了，数十支利箭全都扎在了前方的一棵雪松树上。雀青的脸色阴沉下去。

与他有同样遭遇的还有同时动手的剑修们，他们时不时就会被拉入幻象中，这边正在拼命地追杀上面的异鸟，下一刻却发现自己正在砍的其实是一棵雪松树。

更有甚者，赵师兄竟然和他身边的钱师兄打上了，两个剑修你来我往，看样子都将对方视作了异兽。

这样的无谓打斗使众修的灵力消耗得飞快，然而那两只异鸟像鬼魅一般飘忽地飞在众人头顶。每个人都能看到它们的位置，然而每个人看到的位置又不相同。

不出手，很可能毫无反抗就被异鸟弄死。出手，又好像只是在白白损耗

力气。

那两只异鸟挨得很近，如果启南风所言不假，只要将它们分开便可以破解幻象，但以眼下众人睁眼瞎的状态根本做不到！

元婴期以上的修士倒是可以依靠强大的神识来代替眼睛感知事物，然而这里最强者不过金丹巅峰期的雀青罢了。

俞幼悠飞快地往树梢上一跃，死死地盯住了某处上空，那儿有两只异鸟鬼魅的身形闪现。不知道为什么，她似乎并不受异鸟设计的幻象影响，还能够精确地将每个人的位置和气息对上号，分毫不差！

“闭上眼，听我指挥！”

俞幼悠的声音响起时，红琅和十三人小队众人毫不犹豫地听从了她的指挥，闭上眼睛杜绝了幻象的干扰。他们沉溺于这片彻底的黑暗中，唯独剩下少女冷静到可怕的声音回荡在密林间。

俞幼悠的眼睛微微眯起，若此时有人抬头看一眼树梢上的她，便会发现她的眼睛又变成了幽蓝色。

似幽灵一般的幻虚鸟被她精准地捕捉到了身影，众人无条件地信任她的指挥，所以自始至终不曾有人睁眼。

长久的默契使得俞幼悠对每个人的招式都极其了解，也使得他们对俞幼悠的指挥能做出反射性的配合。在最开始的狼狈后，竟然隐约地又组成了掠杀小阵，当异兽朝其中一人袭去时，总有俞幼悠好似预言般的避让警告。

雀青没有闭眼。他咬牙看着分明空无一物的天空，在听到俞幼悠那声抬高音量的“雀青攻击正上方”后，还是咬牙朝着空气接连射出弩箭。

他可不是相信俞幼悠，也没有听从俞幼悠的指挥，只不过是给自己的队友白宁一点儿面子罢了！

然而就是这爆发了他全身修为的连弩射出后，一蓬异兽血好似凭空出现般滴落在了纯白的雪地上，在火光的映照下显得尤为刺眼。

其中一只幻虚异鸟被雀青的连弩射中，翅膀扇动的动作一顿。也就是这一顿，让它和另一只幻虚异鸟一道设计的幻象逐渐坍塌，它们的真身终于出现在众人眼前。

“干得漂亮！”俞幼悠从树梢上飞跃而下，激动地往雀青的肩膀上一拍，“你把它们的幻象打破了！”

雀青呼吸一滞，他表情僵硬地握着连弩，扇动着翅膀避开俞幼悠的手，飞掠向天上的那对异鸟，疯狂地朝它们不断发起猛攻。

没有了幻象的阻碍，众修总算能够明确地捕捉到目标，攻击也不似先前那样畏首畏尾了。毕竟是两只元婴期的异兽，哪怕实力不如其他同阶异兽，对付起来也很是棘手。

唯一庆幸的就是，相比起在万古之森时的弱小，如今这支队伍里多出了三个金丹期的修士，其中还有金丹巅峰期的雀青。更重要的是……

“吃药！”

一声令下，众修默契地把先前分到的狂暴丹吞进口中，虽然每人到手也就半粒，但半粒药效也是奇佳，一时间队伍中每个人都气势大增，原本被狼狈追杀的局面瞬间反转。众人聚集在一起，竟不比那边的异兽们弱小多少！

俞幼悠在树上猛地一蹬借力，手上的短剑灵巧地刺向其中一只异鸟。

“将它们分隔开，不要让它们在一起制造幻象！”

狂浪生举着巨盾怒吼：“交给我们！”

在两只鸟即将接近时，盾修们以不可思议的默契飞掷出巨盾，短暂地在空中制造出了一面盾墙，生生地把异鸟隔绝开来。

其他人分别跟上，化作两个小队开始分别对付两只元婴期的异鸟。虽然压力倍增，但因为有狂暴丹的加持，竟然也能勉强支撑。

一切都在往好的方向发展，然而就在这时，其中一只异鸟猛地转向，竟然放弃攻击他们，朝着底下木框里受伤的翼族们袭去！它知道打不过这群人，所以想临死拉上一堆垫背的！

红琅化成原形猛地飞扑上去想要阻挡，然而幻虚异鸟的翅膀狠狠地在巨狼的腰上一拍，瞬间将她拍飞到了一株雪松树上。

巨大的冲击力使得巨木轰然倒塌，被压在下面的红琅挣扎着想爬起来，发现自己的一条后腿已经断了。

幻虚异鸟的速度不减，凶狠地朝着地上昏睡过去的翼族们狠狠一抓——

“砰！”

一个被催化到最大的巨型丹炉从角落重重地砸过来，让幻虚异鸟的动作一偏，同时精准地将底下的那些翼族罩住。

不远处的苏意致眼睛一亮：“南风，中了！”

然而下一刻，幻虚异鸟的爪子便狠狠地抓向一旁刚丢出丹炉的启南风。

这一切都发生得太快了。元婴期异兽的利爪从血肉之躯轻松穿过，高级防御法衣在它面前好像脆如薄纸，瞬间被洞穿。

幻虚异鸟的翅膀彻底展开，遮挡了远处所有人的视线。

苏意致仰起头，他整个视野里只剩下晦暗的异兽羽毛，还有从他头顶淋下来的滚烫鲜血。人血鲜亮的红色，刺得他眼睛都睁不开。

风雪落到苏意致的脸上刺得生疼，他的嗓子眼好像被堵住，一句话也说不出来，只能像只野兽似的发出凄惨的哀号。

苏意致不要命地朝飞遁离去的异鸟追逐而去，只是再怎么追，那边的飞影也变得越来越小。

被另一只异鸟死死纠缠住的众人察觉到这边的不对。他们猛地看过去，只看到那只负伤的异鸟飞快逃离的背影，利爪上好像还挂着一具生死未知的躯体。

眼下正在应付的这只异鸟爆发出可怕的力量，不要命地阻挡住他们想追过去的脚步。

狂风呜呜作响，白雪混着无数的血水吹散在整片暗林中。

狂浪生发出一声绝望的嘶吼，身上骤然爆发出金丹期修为，他猛地蹬地向上一跃正面迎敌，拼命地阻挡住异鸟的攻势。

“我拦着这畜生！你们快去救他啊！”

“快去啊！”

张浣月亦是将剑挥得飞快，竭力想要从异鸟的纠缠中脱身去救人。

“不要乱了剑阵，我去。”

一道娇小的身影倏然从树梢上飞纵而起，已经抢在所有人前面冲出去了。

第三十一章

银色巨狼

俞幼悠从来不曾御剑飞得这般快过。风雪冲她脸上直直地扑来，然而她的眼睛死死地盯着前方的小黑影，眨也不敢眨。不能眨眼，不能分神，不能让异鸟带走启南风！

在狂暴丹的加持下，每一丝灵力都被俞幼悠压榨到了极致，堪堪能寻到异鸟的踪迹。

当狂暴丹的药效开始逐渐消减时，一股极强的倦意从身上涌起，随即而来的便是压榨身体潜力过度的刺痛感和眩晕感。

眼前的视野好像快被风雪全部遮蔽住了，她拼了命要追逐的小黑点变得越来越遥远，那是元婴期的异鸟，哪怕是金丹期的剑修也追不上。

俞幼悠死死咬着牙，不要命地再次吞下一粒狂暴丹。她的灵脉再次被压榨着挤出灵力，一股接着一股腥甜味儿从喉头涌出，从她嘴角不断涌出，将胸口染得血红。

一阵眩晕感再次涌上来，最后一丝灵力也被剥出，失去灵力驭使的俞幼悠连同飞剑猛地掉落在雪地里。

她浑身控制不住地颤抖，险些连剑都没能捡起。双脚好像都不是自己的了，整个身体陷入了濒临崩溃的境地，再也无法御剑飞行，只能在淹没到她胸口的雪地中手脚并用地挣扎前行。

不行。

要快点儿。

要再快点儿！

她要把启南风从异鸟手中抢回来！

俞幼悠剧烈地喘息着，死死地盯着飘雪的天顶。没有办法用灵力御剑，

那她就用腿去追！

近来相安无事的两族血脉被俞幼悠突然强行掀起波澜，原本总是被压制的妖族血脉被她发疯似的催促着壮大觉醒，而人族血脉刚想要反抗，便被狠狠地镇压下去。

妖族血脉放肆地一点儿一点儿侵向全身。仿佛有一道暖流从她脊背流淌而过，之后便是无法形容的刺痛在身上每处血肉绽开，远超出任何一次血脉反噬的剧烈疼痛蓦地涌上来。

一道耀眼的白光闪过，跪倒在雪地上的小小身影不断变大，最后化作一只巨狼。

那是一只优雅高贵到无法形容的野兽。身形修长矫健，兽首高昂。银色的皮毛上泛着月华似的光泽，巨大的狼尾仿若在发光，曳在雪地上时将白雪映出点点微光，风雪吹拂而过，尾巴尖上的银毛流光熠熠。

幽蓝色的兽瞳中映着每一片雪花的影子，也将前方各处细节收入眼底，连带着天空中残余的黑点也清晰可见。

巨狼四爪踏过积雪，以不可思议的速度猛地向前冲刺而去。冰雪落在她银色的毛发上，还未碰到便被巨大的冲击力击溃四散开来。

原本已经变得微不可察的细小黑点逐渐变大，那只负伤的异鸟似乎察觉到后方的危险，速度再次攀升，直直地冲向一处峭壁。

不知道为什么，异鸟察觉到了一股从未感到过的可怕威压，以至于它连返身对抗的心思都没能生出来。

然而巨狼的速度还在不断加快。她死死盯着异鸟的爪子，终于看清楚上面的身影。

异鸟甚至都不是抓着启南风，而是一只弯曲的利爪直接从他的腹部穿透而过，启南风像一块碎肉似的被挂在了弯爪之上。而少年脸色惨白，双目紧紧闭合着，不知道是生是死。

俞幼悠没有因为看到这一幕失去理智，反而变得冷静到可怕。她不断加速，在雪地上冲刺着追逐，最后在抵达异兽下方时，猛地踩过一块巨大的石头，借着力向前飞跃。

巨狼的利齿狠狠地咬住异鸟的一边翅膀，吃痛的异鸟伸爪去抓她的头，狼毛狼血飞溅了一地，她死不松口，而是更用力地咬下去。

异兽血的腐臭味儿在她口中猛地绽开，她顾不上恶心，只凭借着野兽般的本能用力撕咬着对方的翅膀。

这是一场充满了血腥味儿的原始搏斗，没有武器也没有技巧，有的只是以命搏命。

直到将那半边翅膀彻底咬断，半张脸都被利爪抓得血肉模糊的巨狼才松开了牙齿。

异鸟发出凄厉的嘶吼声，扑扇着独翅想要朝着山崖的另一边飞去。而俞幼悠不愿意罢休，她仿佛对底下的峭壁无所畏惧，猛地朝着异鸟的长爪再次飞扑而去。

咔嚓一声脆响，那是脚骨被咬断的声音。

俞幼悠和异鸟一齐朝着陡峭的山崖下滚落而去，被巨狼咬断的那只挂着启南风的鸟爪，因为惯性也朝着陡峭的山壁下滚落。

就在这千钧一发之际，俞幼悠咬住了断爪，而她的脚爪死死地抓牢了峭壁的一块凸起，在山壁上险险地站住了。

这是俞幼悠先前看红琅在山壁上行走时偷学会的平衡技巧，没想到有朝一日真的能用上。

俞幼悠不敢动，也不敢大喘气，偏偏有片雪花落在她湿漉漉的鼻头上，酥痒难耐。

忍着，不能打喷嚏！

俞幼悠死死地咬着那只还挂着个人的鸟爪，努力地嗅着启南风身上的气味，辨别他是否已经死了。

好像没死？她真的把启南风连人带爪抢回来了！

俞幼悠的心因激动而跳得飞快。突然，她莫名生出了想要仰头在悬崖上张嘴嗷呜乱号的冲动。

莫名其妙涌上来的本能差点儿让俞幼悠激动得张嘴乱号，好在她理智尚存，还记得自己嘴里叼了个人。这要一张嘴，好不容易抢回来的启南风肯定就没了。

暴风雪大得可怕，俞幼悠的左眼被血糊满了，什么都看不清。她只能叼着鸟爪子朝右上方看，结果发现右上方的峭壁像被剑削了似的光溜一片，连

个借力的地方都没有。

就转脑袋的一个细微动作，鸟爪上的启南风身体便跟着一晃，再加上狂肆的暴风雪，一副摇摇欲坠的样子。

“嗷呜呜——”俞幼悠叼着鸟爪含混不清地喊了启南风一声，他没回应。

没办法，上不去，那只能往下面去了。

龙傲天每次掉下悬崖都能捡到武功秘籍，半个小龙傲天应该也成吧？

俞幼悠慢慢地往下一瞥，用右眼警觉地打量着下方的峭壁，最后精准地发现了一小块能站立的壁岩，于是她不再犹豫，照着记忆中红琅的动作迈腿一跃，稳稳立住。就这样，她叼着启南风一点儿一点儿往下跳。

其间俞幼悠想起了红琅叼着自己往后面一甩丢到背上的动作，咬着鸟爪子有点儿牙酸，她挺想学着做一下的，奈何动作一大，鸟爪上挂着的启南风就跟着摇晃不停，只得认命忍住牙酸继续叼着。

也不知道过了多久，风雪忽然消失了，极寒的温度好像一点儿一点儿变得温暖起来，原本落在她身上的那些积雪也跟着消融化成水。漂亮的狼毛没被打湿，反而被水光映得越发闪亮。

俞幼悠喘着气往下一望，终于看到了一片宽阔的平地，地面上堆积着薄薄的白雪，远不像雪原上那般能埋掉苏老二的高度，甚至能看到积雪之下钻出了三两株碧绿的嫩草。

好像到山崖底部了？俞幼悠叼着鸟爪往平地上一跃，打量着周围的景色。

这里像是一个山谷，前方氤氲着暖烘烘的雾气，居然布有数个天然的温泉水坑。谷中的树木和野草都生得郁郁葱葱，与上面的死寂相比充满了生机。

她抬头仰望，变成巨狼后的视野变得极可怕，从谷底看过去，隐约可以看见正上方有一座高耸入云的雪山轮廓。

只稍加思索，俞幼悠便想起来了，红琅曾说过，翻过雪山后有个密林谷，那儿四季如春，跟雪松林一样也栖息了很多翼族。

也就是说，她先前不要命地逃了这么远，眼看就要远离正在发生化神期大战的雪山了，结果又被这只天杀的幻虚异鸟给带回来了？

要不是嘴里还叼着爪子，她非得狠狠地骂句脏话发泄不可。

结果刚想起那只鸟，前方忽然就传来几声沙哑的尖鸣声。

巨狼眯着眼望过去，就看到前方的那个温泉坑中浮着无数片漆黑的羽毛和暗红色的血，那只被咬断了一只翅膀和一只爪子的异鸟正死死地盯着她，眼中的仇恨浓得就要溢出来。

呵，你先来玩我们，玩不过搞偷袭被反杀，现在还好意思恨上了？

“仇兽”相见分外眼红，不把对方杀掉自己就会死，两只野兽都清楚地意识到这个问题。

巨狼的前爪刨了刨地，小心地将启南风连人带爪放在一边，之后微微躬身，幽蓝的眸子死盯住那只异鸟。它化作一道闪电般的银光，朝着异鸟狠狠地扑杀而去。

异鸟虽然只剩下一只翅膀和爪子，但是它的尖喙凶悍无比，在俞幼悠扑过来的瞬间便以残翅狠击，鸟喙狠狠地朝着巨狼的眼睛啄来，尽管它畏惧这只巨狼身上的威压，但是生死攸关的时候，它已经顾不上害怕了。

俞幼悠的动作并不熟练，她不像别的妖族那样从小就有长辈带着学习战斗技巧，她对自己的身体一无所知，只能笨拙地模仿着红琅的战斗技巧。

可这是元婴期的异兽，就连红琅自己都会被它一翅膀扇飞，俞幼悠撕咬也好，蹬腿也罢，好像都打不过。到最后，她全然凭借着本能去战斗了。

尖喙在她的脑袋顶上啄出无数血洞，异鸟的利爪把她胸口的肉撕下一块，可是早就对疼痛有了超强忍耐力的她半点儿不退让，只是以最凶狠的方式同对方撕咬着。

温泉坑中的颜色变得越来越深，黑色的鸟毛和银色的狼毛浮满了整个水面。

异鸟残存的那只爪子死死地抓在巨狼的胸口上，正准备穿透后者的身体时，巨狼已经狠狠地咬住了它的脖子。

“咔嚓——”鸟脖子断成两截，异鸟跌落到了水里。

恐怕这只元婴期异鸟都没有料到，自己没有死在那些强大的修士手上，而是死在了一只野蛮的巨狼嘴里。

俞幼悠勉强爬到水坑外，吐出一嘴的鸟毛和鸟血，四脚一软差点儿瘫在地上。她的眼睛被血糊得模糊不清，什么都看不分明了，此刻狼狈地站稳，想要朝着那边躺着的启南风而去，却发现自己好像走不稳了。

先前脑子一急，她全凭着本能行事还好，现在松懈下来以后，习惯了两条腿走路的她实在无法适应突如其来的四条腿。

别家的大狼走路优雅灵巧，后爪能精准地踩在前爪的脚印上，而俞幼悠的后爪跟前爪在打架，走一步歪一下，也不知道究竟是不习惯，还是身体已经支撑不住了。

考虑到未知的副作用，所以俞幼悠给队友的丹药都是分成半粒的，唯独她自己吃的时候不管不顾，直接强行吞了两粒完整的狂暴丹，也就是说，她此刻其实承受着双倍的副作用。现在她脑子一片混沌，已经没办法思考任何问题了。

一块大石头挡住了前路，歪歪扭扭走过来的巨狼眯眼盯着它，也不知道为什么没选择绕路，而是像没脑子似的，抬起前爪狠狠地朝着石头踢去。

“嗷呜！”石头被踢飞了，巨狼的前爪子也肿了起来，呜呜呜地委屈乱叫着，然后一瘸一拐地趴倒在了启南风的身边。

俞幼悠把脑袋凑过去，嗅了嗅启南风身上的味道，还有一点点活气，没死透。

她本想努力把妖族血脉压下去化成人形，奈何这会儿自己已经在昏迷的边缘，全凭着一股意志才支撑到现在，压根儿没力气再去调整自己的两族血脉了。

芥子囊在哪儿来着？对了，化形前她把芥子囊拴在尾巴上了。

俞幼悠艰难地回过头，把尾巴上挂着的芥子囊叼下来，伸着狼爪进去乱摸，最后颤巍巍地刨出来一粒天元丹。

尖利的狼爪子在丹药上一磕，瞬间把它分成了两半。一半自己舔了吃，另一半用爪子尖小心翼翼地戳着送进了还剩半口气的启南风嘴里。

这是五叶海棠炼制的五品灵丹，也是修复肉体的最强神药。俞幼悠先前只舍得吃那半粒，剩下的这粒一直完整地保存着，没想到有朝一日还能拿来救她和启南风的命。

喂完药后，俞幼悠才把目光投向扎穿启南风的那只巨大鸟爪上。她小心翼翼地叼住鸟爪，一口气把它扯了出来。

地上的启南风似乎闷哼了一声，之后血从肚子上的大洞中涌出，他原本被血浸湿又干透的衣服这会儿再次变湿润。

俞幼悠呜呜低唤了几声，伸着爪子想给他捂伤口，又怕自己的爪子弄伤了他。最后，俞幼悠把大尾巴盖在了启南风的肚子上，用身体小心把启南风团在自己的保护之下，做完这一切之后，她终于缓缓地闭上了沉重的眼皮。

失去意识前，她模糊地想起一件事。真是多亏了那位有漂亮尾巴的老板大方，当初多分了她一粒天元丹当酬劳，否则今天她和启南风都要死在这里了。

等回到黑市后，她一定要再送他一匣子最漂亮的水果辟谷丹当作谢礼，再礼貌地缠缠他的尾巴好好道谢，顺便让他见识下她不秃了的大尾巴……

雪松林内。

和元婴期异鸟的战斗已接近白热化，狂浪生在关键时刻潜力爆发晋升至金丹期，他表情狰狞地举着盾不断跃起砸向异鸟，而那异鸟也被他彻底激怒，疯狂地朝着他抓来。

“你来啊！”狂浪生的眼睛通红，胳膊上的肌肉绷得快要炸裂。他冲着异鸟不断怒吼，发泄心中的狂躁。

亲眼看着自己的队友被异鸟抓走，而俞幼悠现在追上去又再也没回来，这让狂浪生的精神已快接近崩溃边缘了。

自己是盾修，本该站在最前方为队友承担一切伤害，最后却没能保护住他们！

眼看着狂浪生已经失去了理智，先前在俞幼悠指挥下严密不可破的阵法也逐渐溃散。俞长安拧紧了眉毛，向来内敛温和的他竟难以控制地怒斥一声：“狂浪生，你清醒点儿！”

被惊醒的狂浪生猛地一怔，狂躁逐渐消退。他深吸了一口气，一面巨盾狠狠地把想要逃走的异鸟给砸了回来，恢复了先前的理智。

“我不知道怎么了，觉得有股无名火在燃烧。”狂浪生抹了把脸上的血水，死死地盯着前方的异鸟看，“我甚至想亲手撕了这只鸟。”

与他有相同想法的还有其他队员，好在现在也只剩下一只异鸟了，众修在愤怒之下攻势亦是越来越猛，最后毫不留情地把异鸟的两只翅膀都给削了下来，利剑不知在它身上戳了多少个洞。

在异鸟七零八碎地落下后，十三人小队的成员也重重地瘫倒在地上，剑

也好、盾也罢，全都没有力气捡起来了。他们身上都布满了狰狞的伤口，鲜血几乎把这一整片区域的白雪全部染成了暗红色。

除了修为最高的雀青尚能站立外，其他人都动弹不得了。

苏意致一直在注意着这边的动静，在异兽伏诛的瞬间便沉默地跑上前，捡起异鸟的尸体碎块炼制出异兽血，先递给了雀青。

“你先吃这个，还有这些疗伤丹，然后帮忙守一下，我去给他们治伤。”他的声音沙哑得很厉害，完全不似先前那样清亮的少年声线。

雀青默默地点头，一口吞下疗伤的丹药，又默默地提着连弩站在人群前方。

他的目光有点儿复杂。要放在先前有人告诉他，十三人小队可以在两只觉醒了天赋之力的异鸟利爪下活下来，还顺利斩杀掉其中一只，恐怕他听后会嗤之以鼻。

可是他们真的做到了，甚至雀青在其中并未扮演关键角色，是十三人小队生生靠着默契的配合和可怕的爆发，一举将元婴期的异兽斩下。

而那个小矮个子也不似外貌那般柔弱无用，这一路上，雀青自然看得出苏意致跟另外两人关系最好，原以为他会在同伴生死不明后痛哭到失去斗志，也不指望他能帮着救人。没想到苏意致在这时候站了出来，一个人承担起三个丹修的责任。

苏意致头也不抬地继续炼制异兽血，他的动作越来越快，却半点儿差错也没出。

将炼制的血喂给所有受伤的人后，苏意致脸上已经有些苍白了。不过他却没有停下来，而是匆匆地咬碎一粒回灵丹，借着丹药的效果强打起精神，开始给地上受伤的队友们喂疗伤丹，包扎伤口。

其实最开始的时候，苏意致只会炼丹，并不会处理任何外伤。只是后来在万古之森的时候险象环生，往往这边俞幼悠还在给人止血，那边又有人被咬出个血窟窿，于是他跟启南风两人也在俞幼悠的训练下开始学基本的包扎方法。

“坏死的肉要清除，止血丹可以碾成粉撒在伤口上，再用在珍宝阁定制的强效止血纱布包扎上……”这都是当初俞幼悠教他们的。

苏意致麻木地重复着当初俞幼悠说过的重点，把张浣月的腿包扎好了，

又继续给红琅处理伤口。

不过红琅好像不是外伤，当时她被异鸟的翅膀扇得砸到了雪松树的树干上，现在躺在雪地上动弹不得。

苏意致观察了一会儿，一边给红琅喂止痛丹，一边头也不抬地下意识道："小鱼，你快来给红琅看看，她的后腿好像断——"话没有说完，苏意致自己已经怔在原地，之后陷入了死寂般的沉默中。

他竟然又忘了，小鱼和南风现在都不在，整支队伍只剩下他一个丹修了。

好像都忘记是从什么时候开始的了，苏意致习惯了遇到事情就跟另外两个好友商量，也习惯了当老二，反正头上有老大，底下有老三，至于到底谁是老大、谁是老三他也不在乎，总之遇到问题都有另外两人帮着一起扛。

因为年纪最小，其实另外两人都有意无意地护着他，每次要去危险的地方采药，都是启南风主动去，让他在营地等着。

苏意致低垂着头，没人能看清他的表情，唯有两滴温热的液体溅落在红琅的手上。

红琅的手指颤了颤，她死咬着牙拼命想要爬起来："我去把大人和启南风救回来。"

"你趴好，我给你接骨。"苏意致按住红琅的手，他吸了吸鼻子，努力让自己保持镇静道，"我跟她学过，你躺好就是了。"

苏意致的天赋其实极强，当初在苏家的时候就算没正式学过炼药，也还是凭着超强的学习能力自学了炼丹术，所以跟着俞幼悠学了这么久的接骨术，现在真正做起来好像也不算差。

此刻暴风雪依然不见停歇，没有了异鸟制造的幻象，众人才发现其实天色虽然阴沉，却已经天亮了。原本晦暗不明的前路也变得格外清晰，雀青扇了扇翅膀飞到雪松林顶上巡视了一圈，最后落回地上，看向红琅。

"我们现在的位置就在雪松林最外围，再往西边走十多里就到你们红尾狼部落的领地内了。"

这也代表着他们即将离开危机四伏的雪松林，彻底脱离险境了。

红琅抬起头，却不是看向自己部落的方向，而是看向昨夜俞幼悠追着异兽离去的方向，然而暴风雪早将她和异鸟的踪迹隐藏，无人知晓他们所去

何方。

她身上那块错位的骨头刚被苏意致接好，这会儿一言不发就打算蹿起来化成原形去追回俞幼悠。只不过早就防着的苏意致把她拦下来了。

红琅用刀支撑着身体，一字一句道：“我要去找大人。”

苏意致的眼睛红得像只兔子，他仰头看着红琅，冷静道：“她让你把这些翼族带回妖都。”

“可是大人她……”

“你跟雀青一道，把这些翼族都护送回去。”苏意致顿了顿，握紧了拳头继续道，“小鱼和南风，我们会去找回来。”

摊在地上的十三人小队成员们大口喘着气，他们这会儿全都灵力耗尽，动弹不得——

“对，你们先走，我们去找他们！”

“小鱼那么狡猾，肯定已经把南风给救下来了，说不定他们现在正躲在哪个山洞里睡大觉，等着咱们去接呢！”

“你先回去帮咱们交功勋值，到时候我们十三人一起回来，请你们无双小队吃饭！”

风雪中，那个纤瘦的矮个儿少年没有说话，只是默默地拾起启南风的丹炉，之后目光坚毅地看向了远方。

启南风是活生生被疼醒的。腹部被洞穿的启南风当时就只剩下半口气儿了，内腑皆被异鸟的利爪绞碎，险些连灵脉都被绞碎。

天元丹是能修补躯体，但是这玩意儿不能止痛，所以启南风一直昏昏沉沉地躺了许久，等到身上的疼痛感化作一股暖意后，才逐渐恢复意识。

启南风睁开眼后的第一件事，便是狠狠地连打了三个喷嚏。也不知道为什么，他在昏迷状态中总觉得有人在挠他鼻子。喷嚏打完后，他搓了搓鼻子，结果果然摸到了两根毛。

“哪儿来的——”话还没嘀咕完，他就猛然看到自己身边躺着的巨狼，还有那条盖在身上的巨大狼尾。

瞧着跟红琅有一点儿像，但是这只狼的模样远比红琅原形来得美丽。它身上的毛隐约像是在发光，优雅和野性完美融合在一起。

山谷内朦胧的日光下，巨狼身上似乎闪耀着不比太阳弱小的光芒。更莫名其妙的是，他隐约产生了一股想要对着这只狼顶礼膜拜的冲动。

启南风的脑子空白了片刻，他最后的记忆便是自己砸出了丹炉，然后就昏死过去了……所以哪儿来的一只巨狼？

启南风打量着这只从未见过的狼，小心捡起落在他身上的一撮带血的狼毛，开始嘀咕："看起来是极其罕见的品种，这狼血和狼毛拿来入药应该不错——"

话未说完，巨狼被鲜血染得暗红的脑袋一动。启南风的后背一僵。

下一刻，一双幽蓝色的眼睛冷冷地睁开，无波无澜地望着他。

启南风怔了怔，他与那双眼睛对视片刻后，心中浮出了一个离谱的猜测："小鱼？"用的是问句，但是启南风的声音已经很笃定了。

俞幼悠懒懒地"嗷呜"了一声表示回应，之后继续把脑袋埋下去，她不想说话。

得到肯定的启南风脑子都蒙了，他跳起来噼里啪啦就是一通问——

"我们怎么会在这儿？我记得那只大鸟好像抓我了，是你把我救下来的吗？"

"你怎么变成狼了？你不是狗妖吗！"

俞幼悠懒得动，她只是静静地把脑袋放在两只前爪上，眯着眼听着启南风在边上情绪激动地追问，头一次没嫌他吵闹。

能吵才好啊，像昨晚那样半死不活的不搭理她才吓人呢，她还以为这家伙真的要没了。可惜了，看样子启家棺材铺里那口镇店棺材，少东家你是没福气用了。

启南风一边啰唆地追问，一边又在芥子囊里翻找着伤药，颤抖着手想去给俞幼悠被异鸟抓烂的脑袋治伤。

"你脑袋怎么了？还疼不疼？你上次放我这儿的止痛药还有两粒，我给你……"

俞幼悠张嘴，刚想说话，结果发出来的声音却是——"嗷呜嗷呜！"

"啊？"启南风愣了愣，提醒她，"说人话。"

我但凡知道该怎么用狼舌头说人话，还用得着你提醒吗？

俞幼悠拿前爪挠了挠头，瞎嗷了半天，把先前在山崖上没能号出来的那

嗓子都叫完了，终于能含混不清地说话了。

“不用给我上药，我俩都吃了天元丹，伤都好了。”

启南风指着她狼狈的脑袋一脸不信：“你脑袋上都秃了，还全是血，你不要逞强了。”

俞幼悠扭过头，果然看到满地都是她被异鸟抓飞的狼毛，所以不用看都知道她现在头顶是啥状况。

太惨了，尾巴是不秃了，脑袋又秃了！

她舌头能捋直了，无语地解释道：“血是先前流的，毛也是先前被异鸟抓掉的，天元丹只能治伤，不能生毛！”

俞幼悠简略地把昨天的事儿以及现在他们的处境大概解释了一下，她说得轻描淡写，但是启南风看着不远处温泉坑里的血水和狼身上无数的暗红血渍，就能想象出她为了救自己有多拼命。

启南风喉头紧了紧，最后重重地把手搭在了狼爪上握住，却什么都没有说。

她跟他都知道，对方是愿意用命救自己的存在，彼此之间早和家人一般亲密，不需要再说什么谢了。

现在的问题是，俞幼悠身上的伤虽然在天元丹的作用下变好了，但是她依然保持着狼形。

一人一狼大眼瞪小眼。

最后启南风忍不住：“你打算不做人一直保持原形了吗？”看红琅和雀青他们都能在原形和人形之间无碍变化啊。

俞幼悠烦躁地拿爪子刨地，挖出一个大土坑把自己的脑袋埋了进去，声音憋闷道：“我现在不方便变成人形。”

启南风蹲在她面前，思索片刻后恍然大悟：“你是不是还没学会在变身的时候怎么快速穿衣服？没事，你先变，我在旁边去给你盯梢，大不了变回人了慢慢穿！”

俞幼悠的脑袋还埋在土坑里。她的确被这个问题困扰，因为她变成巨狼的时候发生了一件很尴尬的事——

别的妖族变身，身上的衣服好像都没啥阻碍，而俞幼悠一变身，刺啦一声就把高级法衣给撑成了碎片。这不是问题，毕竟正如启南风所说，大不了

变回人慢慢穿，反正芥子囊里还有备用的衣物，回去以后再找红琅直接问清楚变身穿衣服的事也成。

问题在她被那只异鸟薅秃了脑袋啊！这要是变回人也是个秃头怎么办？

在土里埋了一会儿脑袋后，俞幼悠终于冷静下来。她面无表情地甩了甩狼头，然后开始试着控制自己的两族血脉。这次还挺顺利，在短暂的疼痛过后，她慢慢变回了人族的模样。

俞幼悠拿手捂着脑袋让启南风转过来，慢慢移开手，强作镇定问："秃吗？"

启南风看得仔细，还上前动手把她的头发撩起来看了看，最后确定："没秃！很茂密，跟以前一样！"

俞幼悠总算放心下来，天知道她多担心自己的脑袋变得和天音禅寺那群小和尚一样锃光瓦亮！

在妖族血脉被压制后，俞幼悠的尾巴也变回了细小的狗尾巴模样，重新缠在腰上毫无压力。

启南风跳到温泉坑里把那具残破的异鸟尸体扛出来，又去边上把俞幼悠咬断的异鸟翅膀和爪子也找回来拼上。

看到这具元婴期的异兽尸体，两个丹修瞬间忘掉了不久前还躺在地上半死不活的恐惧，转而眼睛发亮地盯住了地上的宝贝。

启南风仔细地观察着异鸟的尸体，兴奋道："先前我就跟你说过的吧，这只异鸟领悟了天赋，说不定能跟附骨草一起配合炼制成厉害的迷药。"

"你没跟我说，你是跟那棵雪松树说的。"

"那不是受幻象影响了嘛，区别不大。"

俞幼悠看了看异鸟的脚爪子，在水里泡了这么久，上面居然还沾着她的狼毛和血。她想起不好的回忆，脾气暴躁地把它踢开了一些："算了，回去有的是时间研究。我们得先想办法回去和老二他们会合，现在他们说不定都开始为你哭丧了。"

启南风点点头，收了异兽尸体，拿出传讯符，结果发现这里的灵力很紊乱，根本传不出去。

整个密林谷里也是一片死寂，悄无声息。

俞幼悠和启南风往里面走了许久，发现这里和雪松林的情况相差不远，早被异兽侵袭过了。

大部分翼族都已经在异兽来袭时逃走了，整片绿色的丛林里只剩下躲藏着的伤员和那些还不会飞的小崽子，而那些受伤的翼族要么已经被黑气萦绕着昏死过去，要么就已经丧失理智，开始无差别地攻击人了。

俞幼悠他们一路捡异兽尸体炼血救治过去，能救下来的都丢到催化到最大的丹炉里面拖着走，成年的翼族没看到多少个，倒是捡了好几窝没孵化的蛋。

行至一处灌木丛时，里面猛地扑出一个发疯的翼族。

“小心！”启南风下意识地想摸出丹炉砸过去，却摸了个空。

好在俞幼悠反应飞快，左手拿着丹炉把那个疯了的翼族给敲晕了，右手摸出一把短剑分给启南风：“喏，借你一把剑用，回去得还我。”

启南风惊疑不定地瞅着俞幼悠：“你刚刚为什么这么快？”

这反应速度换成张师姐他信，换成一向体弱的俞幼悠就不对劲了。

“啊，可能因为我刚刚醒来后就发现自己多了粒金丹吧。”俞幼悠说得云淡风轻，实则腰上的尾巴都不受控制地开始得意地摇摆了。

一觉睡醒就成金丹期，这说出去得让多少人羡慕？！

她拍拍启老三的肩膀宽慰：“没事，你回去以后多睡睡，万一睡醒了也能晋升到金丹期呢？”

启南风一脸凝重地摸出了自己的小本子，一笔一画在上面记录：狂暴丹，副作用疑似是可助人晋升等级。

两人不断地在密林里前行，捡着鸟蛋和受伤的翼族。

走着走着，俞幼悠停下了脚步，然后抬起脚：“我好像不小心踩到一个翼族的翅膀了？”

那个翼族昏倒在很深的灌木丛里，只露了一点儿白色的翅膀尖出来。

俞幼悠和启南风费了好大工夫才把他拖出来，在看清这人的模样后，两人都有点儿诧异。

“这不是白宁吗？！”

“他怎么会在这儿？他不是该在上面一起围攻化神期异兽吗？”启南风震惊地指了指头顶那座被阴沉云雾遮蔽得只剩下模糊轮廓的雪山。

“他的翅膀被咬断了。”俞幼悠观察着白宁被鲜血染红的翅膀，皱眉道，“不对，这像是兽类的齿痕，不像是被异鸟弄伤的。”而且看白宁的脸上并无黑气，看样子倒像是被其他妖修给弄伤的。

在思忖片刻后，俞幼悠心中已经有了推论：“可能是苏留白和豹族那群狗贼下黑手了。”

启南风正在芥子囊里给白宁翻找疗伤药，听到这话后抬头问：“那我们要去雪山那边帮忙吗？”

话音刚落，一声凄厉的嘶吼声响起，继而是一阵强烈到让人站立不稳的地动山摇。

俞幼悠脸色一僵，她飞快地把白宁也丢进双生炉里放着，顺便抓住启南风的手就往来时的山壁跑。

“没法儿帮了！雪崩了啊！”

雪山上的战斗已经到了极其惊险的地步。

被乌未央强行卷入战局的豹厉双目通红，他原本设想的埋伏早就成了泡影，甚至不得不被迫同乌未央等人一起去对付那只化神期的异鸟。

当然，在对付异鸟的间隙，他依然在想方设法对二队和四队的人下手。比如那个药师白宁，就已经被他直接打成重伤掉下雪山了。

躲在豹族修士后方的苏留白声音飘忽地提醒豹厉：“干掉另一个药师。”

豹厉眼睛一眯，他盯住狮族的那个药师，没想到药师被后方苏留白的一粒毒丹弄得神志不清，直接被异鸟一爪子抓爆了脑袋！

异鸟的气息已经越来越弱，但是越到这时候越是危险，因为它极有可能会选择与人同归于尽。

豹厉眼中露出狠厉，他死死地看了乌未央一眼，低声对着三队的人下令：“准备撤！”

化神期异鸟的鸟冠是取不到了，但是二队和四队现在没有了药师，化神期异鸟的毒远比其他异兽强大，而包括乌未央在内的所有人身上都被异鸟所伤。他们在一日之内返回不了妖都，妖都的其他药师也赶不过来救他们，乌未央和狮子匆就算杀了异鸟也是死路一条。也就是说，妖都其实已经是豹族的囊中之物了！

豹厉等人齐齐化成原形，其中一只黑豹毅然选择扑向乌未央等人，其他十多人则毫不犹豫齐齐地跃向雪松林中。

狮子匆一脚把那只负责殿后的豹族踢开，怒道：“三队的王八犊子们居然就这样逃了！”

乌未央冷冷一瞥三队逃走的方向，豹族的奔袭速度快得可怕，若是全力追击她尚有希望撵上，但眼下她身负重伤，就连握弓的手都在颤抖。而底下的狮子匆更擅近身搏斗，对于这只灵活的异鸟奈何不得。

眼下异兽存了同归于尽的想法，二队和四队的妖修已经快撑不住了，他们脸上都浮出了黑气，而狮族药师已死，白宁也落下雪山不知死活。

真的就这样结束了吗？乌未央捂着嘴大口咳出一摊鲜血，她眯着眼，在那血中也看到了萦绕的黑气。

风雪中，黑甲女翼族脖颈高扬，发出一声绝望的悲鸣。

下一刻，她不管不顾地从芥子囊里摸出大把的丹药吞下，那都是白宁先前给她的疗伤药，然而疗伤药并不能缓解那些黑气带来的眩晕感。乌未央的身体开始颤抖，甚至差点儿让自己的巨弓从手中滑落。

就在这时，她又摸到了一个粗制滥造的木药匣，那是俞幼悠所赠的丹药，不知好坏，不识用途。乌未央不再犹豫，一把捏碎盒子，径直将那粒鲜红的丹药送入口中。

蓬勃的妖力从血肉之中升起，炙热仿佛灼烧着她的全身，生生地驱散了黑气带来的眩晕感，同时身体有股可怕的力量涌出！

乌未央有点儿恍然，她感觉自己好像又回到了巅峰时刻，一张金色弯弓在黯淡的天穹之下闪耀出刺目的光辉。

无数支光箭似流星划过，狠狠射向那只化神期的异鸟，无数个血孔在后者身躯上绽放，那一霎，似在天空中盛开了一场血腥的花火。

风雪呼啸。

巨鸟折翼，随着坍塌的雪崩坠入山下的深渊。

番外

小蒲

妖族公主出生那日，正是初夏，妖族大地那片辽阔无垠的草原郁郁葱葱，绿草几乎能没过成年妖的小腿，风一吹，那碧色就翻腾着，仿若雪绒花的蒲公英就跟着飘到天边，在和煦的阳光下飘散到整个天空。

她叫小蒲，兴许是母亲在生她的时候难产，又或许是身上的天狼血脉太过强悍需得慢慢成长，别的小妖早早就从小兽变成人样，唯独她还是一只野生小狼的模样。

小蒲尤其爱在妖都黑石城外的稀树草原上练习狩猎技巧，她能够灵活地越过那些带刺的荆棘，再精准地用自己尖利的犬齿咬住那些异兽的脖子，咔嚓一声，就能把那些祸害妖族的怪物的脑袋扯下来。

对于一个妖族来说，用自己的利爪尖牙亲自将这些异兽驱逐出去，便是强大和美丽的象征。

每当这时，其他小妖都会半是呆滞半是钦佩地嗷嗷乱叫，这次也不例外。小蒲那垂在肉爪边的蓬松银色狼尾忍不住地悄悄摇晃，之后她又优雅地舔舔前爪，再似疾风般飞扑向下一只异兽。

乌未央远远看着那边的草原，只能隐约看见蒲公英被飞奔的小狼撞碎乱飞，隐约还有些银白色狼毛跟着飘。她紧紧看着那只小狼，不敢有半点儿松懈。

妖后当年死在了一场异兽潮中，而妖皇为了寻求复活妖后的方法毅然决定渡雷劫飞升，然而失败重伤后一直都在闭死关疗伤。如此这般，照顾小蒲的事自然落在了她的头上。

乌未央扇动翅膀飞到天上，唤了一声："小蒲！"

回应她的是几声稚嫩的嗷嗷叫。下一刻，一个漂亮的狼头便从远方的茂

密野草中钻出，乱糟糟的毛脑门儿上还顶着几朵不知名的野花。

她似乎叼着什么沉重的东西，四爪跑起来都有些踉跄，依然欢快地直奔向乌未央的方向，将如碧色海面般的草原破开一条路。

乌未央连忙扑扇翅膀朝小蒲飞去，落地接住她的小狼。

小蒲跌跌撞撞地扑到她的怀里，胡乱地拱了拱，蹭掉了脑袋上的野草碎屑，之后兴奋开口：“乌姐姐，你看我捡到了什么宝贝！”

乌未央才发现她刚才叼来的是一把剑，只是这把剑和寻常的不一样，饶是乌未央拿起来都费了点儿劲儿，也不知究竟是何种材质锻成的。

小蒲挺着胸膛围着乌未央和这把剑绕圈，幽蓝色的圆眼仿佛在放光：“你瞧，这剑是不是很厉害的样子？肯定是哪个厉害大妖的法宝！他到时候若想来赎，就先得去西南的沼泽地里把那只化神期异兽杀了才行！”

拿着剑的乌未央微微一怔，自妖皇闭关，百里空山也失踪后，妖族各个部落间的凝聚力略有松动，以至于某些偏远部落出现强大异兽都难以解决。豹族近来越发难掌控，而狮子匆等大妖又在其他地界镇守，她这阵子正在为西南沼泽那边的化神期异兽头痛，只是念着小蒲尚且是只幼崽，所以不曾在她面前表露半分忧心。

不知小蒲在什么时候已经知道这事了，甚至早在心里盘算起该如何解决这麻烦。

“我也想去守护我妖族子民，但是……”小蒲龇了龇牙，愤愤地用爪刨地，“但是我现在这样子好像还打不过化神期的异兽。”

乌未央眼神柔和许多，安慰她：“你已经很厉害了，刚才我还听他们说你杀了一只金丹期的异兽呢，等你长大变厉害了，就能去杀那些厉害的角色了。至于西南沼泽那只异兽，你就在妖都乖乖等我。我已做决定，待会儿就集结黑鹰部落的精英去收拾它，顺道在西南沼泽镇守几年，把那边的异兽尽量驱逐干净。”

小蒲有点儿慌，语无伦次道：“你要去吗？可是我刚刚捡到这把剑……”

“总不能一直等着那位大妖来吧？多等一天，异兽就可能多屠戮一个部落，等不了了。”

小狼的四爪紧紧抓着地，仰着头从喉咙里发出低微的呜咽声，很快又装作淡定的语气：“好，那我等你回来，妖都有本公主镇守，你不要担心。”

明明是只迟迟没进入成年期的顽皮小狼，现在却要装出这副稳重的模样。

乌未央忍着笑，掀起袍角单膝跪倒在地上，用微凉的额头碰了碰小狼温热的头顶，同她告别。

“小蒲，等我回来。”

乌未央离开妖都之前，亲自嘱咐亲卫一队要看护好小蒲。后者没有哭闹，只是在送别了乌未央后胡乱地舔了舔爪子，之后用更快更迅猛的气势朝着远处的一只异兽扑去。

风在她的耳边呼呼响着，也不知过了多久，等到风的热度快要彻底消散时，小蒲抬头望去，才发现细碎的星光洒在前方的一处水塘中，原来夜已经深了。

她甩了甩脑袋，满头的杂草和野花落了一地，可惜身上那股恶臭的异兽血味儿却摆脱不掉。

趁着月色，她慢慢地朝着水塘走去，正准备跳下去洗个澡的时候，忽然抽动鼻翼嗅了嗅。

若有似无的血腥味儿和某种熟悉的气味出现在水底，这味道淡得其他妖族绝对嗅不到。然而身为天狼，小蒲嗅得清楚，那气味和她白日里拾到的那把剑上的气味一模一样。

“嗯，哪位大妖前辈受伤了？”

小蒲喃喃嘀咕了一句，谨慎地在水塘边绕了绕，最后还是有些不放心，小心翼翼地朝着水底迈出第一步。

水是冰凉的，毛茸茸的狼爪入水的那一霎，平静的水面上便泛出一圈一圈的涟漪，把漫天的星子搅得更碎，落入水深处。

她一点儿一点儿往下游，终于在水塘底下发现了一个不知生死的身影。

“是水族的吗…… 兽族的和翼族的应该不能昏迷了还在水底待这么久吧？”小蒲远远观望了一会儿，踟蹰了半天以后，想着自己终究是天狼一族，总该要好好守护每一个妖族子民，于是还是拨动四爪游到了那人身边，小心地叼起那人的手带着他朝水面游去，想着待会儿就将他送回家去。

从水底游出后，小蒲将那人丢在水边，用狼爪拨了拨这个年轻男子，他

就这样浑身湿漉漉地躺在草地上，水渍和血渍混在一起，将脸色衬得尤为苍白，身上更是遍布狼狈的伤口，谈不上多好看，只是瞧着格外凄惨可怜。

“还打算让你去杀化神期异兽呢…… 真是白指望啦。”小蒲抖了抖耳朵，有点儿失望，过了会儿又低下头瞧了瞧，才发现这人身上没有鳞片，也没有兽耳或翅膀，看不出究竟是哪个部落的妖。

而且地上这男子身上的衣物也好、配饰也罢，都是她在妖族不曾见过的样式。

“总不可能是…… 人族吧？”

小蒲从未见过人族，她只听乌未央说起过人族的阴险狡诈，也记得乌未央曾提及眼下妖族和人族暂时能和平共处，不能挑起争端。在思索片刻后，她扭过头将系在尾巴下的芥子囊叼下来，从里面拿出一些疗伤的药粉，笨拙地撒在这个人族的身上，担心撒不匀，还认真摇着尾巴扇了扇风。

堂堂正正的妖族公主是不会趁人受伤动手的，更何况她还想着用那把剑换这人帮忙清缴那些突然增多的异兽呢。妖族的规矩便是这样，一物换一物，谁也别想占谁的便宜。

接下来的三天，她每日都来瞧瞧那个人族，时不时叼着疗伤药给他用，等着他醒来后认真谈好这笔交易。

第四日她却晚了许久，并非贪玩，只是她终于从狼的模样变成人的模样了。

小蒲看着镜中的自己，眉眼也好、唇角也罢，都和妖皇长得半点儿不像，却让她觉得熟悉。

边上的侍女笑着替她将银白色的长发绾好，轻声道：“公主和妖后长得一模一样呢。”

她听罢不由自主往前走了两步，将手覆在冰凉的镜面上，心中涌起一股奇怪的感觉，仿佛从未见过的母亲正摸着她的手在笑。

待小蒲带着药再去寻那个人族时，天边的日头都已西斜，暮色洒在整片草原上，仿若罩着一层温柔的轻纱。

水塘边不见人影，水面映着少女孤零零的倒影。

她懊恼地拿出那把剑抱在怀中念叨，嘀咕着这次亏大了，前些日子用的灵药可都是从药师殿里拿的好东西，结果那人连一只炼气期的小异兽都还没

替她杀呢……

就在这时，夕阳下一道影子朝她靠过来。

小蒲下意识想要挥爪袭去，却忘了自己现在不是狼形，竟让那人一把抓住了手腕。

夕阳如火般燃烧了整片天幕，那年轻男子眸子亮亮地看着她，笑了笑："真是好生警惕的小姑娘。"

手腕上的热度惊人，小蒲藏在裙底的尾巴也跟着奓了毛。

那人这才注意到她裙底的尾巴，眸光微有变化，很快又恢复了温和模样："你该把我的剑还给我了。"

小蒲抱紧了剑，怕被这人族看轻，所以认真摆出了王族的架势冷声道："那不行，你是人族，我信不过你。得先替我做事才能赎回这剑。"

他只问："什么事？"

"你得在妖都替我杀异兽。"她有些怕这个人族恩将仇报，所以将剑飞快地收入芥子囊，往后退了一小步后才继续道，"你看起来很厉害，至少能帮我杀掉……十只元婴期异兽吧？"

就在这时，远处传来了亲卫队呼唤公主的声音，她和以前一样，仰头嗷呜叫了一声作为回应。

少女的声音还带着稚嫩，她一字一句向他保证："我是妖族公主，绝对不骗你。"

男人垂着头，神情隐没在天边消失的夕阳中，他似乎轻笑了一声，之后便是一句回答。

"原来只是杀异兽罢了，这事儿我熟，好，我跟你走。"

这下小蒲倒是犹豫了："我是妖族，你就这样和我走了，不怕吗？"

他语气缓缓地回答："妖族和人族都为异兽所祸，在四境杀异兽和在妖都杀异兽并无区别，况且我乃剑修，不知何为怕。"

小蒲心中顿感欢快，她以前只听说人族都很坏，不知道原来人族也可以这么干脆利落，也和她一样都在杀异兽。

她竭力压下脸上烂漫的笑，露出冷漠的模样，还不忘假作凶狠的语气道："那便说好了，想要剑就拿异兽的尸体来换。"

只是少女心中却琢磨着，那把沉重的剑被捡到那日布满污渍血痕，如今

干干净净躺在她的芥子囊中，连上面的划痕和豁口都在前日被她遣人修好了，还打磨得更加锋利，到时候他拿到了定然不会觉得这笔交易亏了。

这么锋利的剑啊，想来能轻而易举地刺穿异兽的心脏吧。

“我叫俞……俞傲，你叫什么名字？”

“小蒲。”

她看着月色下随风轻舞的蒲公英，在心中悄悄补了一句——

“蒲公英的蒲。”

U0880606

图书在版编目（CIP）数据

禁止物种歧视．人族：全二册 / 暮沉霜著．-- 北京：北京联合出版公司，2024.2

ISBN 978-7-5596-7273-5

Ⅰ．①禁… Ⅱ．①暮… Ⅲ．①长篇小说－中国－当代 Ⅳ．① I247.5

中国国家版本馆 CIP 数据核字（2023）第 238270 号

禁止物种歧视．人族：全二册

作　　者：暮沉霜　　出 品 人：赵红仕
责任编辑：徐　鹏　　产品经理：槐　冬　胡雨童　宫丹妮
封面设计：Recife　　版式设计：许慧娟
书名题字：仓仓仓鼠　　插画绘制：与　荷　时春三月　砂糖酥酥　木木迷

北京联合出版公司出版
（北京市西城区德外大街83号楼9层　100088）
北京联合天畅文化传播公司发行
天津光之彩印刷有限公司印刷　新华书店经销
字数 662 千字　710 mm × 1000mm　1/16　印张 41.75
2024 年 2 月第 1 版　2024 年 2 月第 1 次印刷
ISBN 978-7-5596-7273-5
定价：79.80 元（全二册）